新一代人的思想

［美］詹妮弗·范德贝斯 著

林华 译

苦涩的灵药

Wonder Drug

沙利度胺、"海豹儿"和
拉响警报的英雄

The Secret History of Thalidomide in America
and Its Hidden Victims

Jennifer Vanderbes

中信出版集团｜北京

图书在版编目（CIP）数据

苦涩的灵药：沙利度胺、"海豹儿"和拉响警报的英雄 /（美）詹妮弗·范德贝斯著；林华译. -- 北京：中信出版社, 2025.1. -- ISBN 978-7-5217-7064-3

Ⅰ. I712.55

中国国家版本馆 CIP 数据核字第 2024J11Z49 号

Wonder Drug: The Secret History of Thalidomide in America and Its Hidden Victims by Jennifer Vanderbes
Copyright © 2023 by Jennifer Vanderbes
Simplified Chinese translation copyright © 2024 by CITIC Press Corporation
ALL RIGHTS RESERVED
本书仅限中国大陆地区发行销售

苦涩的灵药：沙利度胺、"海豹儿"和拉响警报的英雄

著者：　　[美]詹妮弗·范德贝斯
译者：　　林 华
出版发行：中信出版集团股份有限公司
　　　　　（北京市朝阳区东三环北路 27 号嘉铭中心　邮编　100020）
承印者：　三河市中晟雅豪印务有限公司

开本：880mm×1230mm 1/32　　印张：15.75　　字数：442 千字
版次：2025 年 1 月第 1 版　　　　印次：2025 年 1 月第 1 次印刷
京权图字：01-2024-4856　　　　　书号：ISBN 978-7-5217-7064-3
　　　　　　　　　　　　　　　　定价：78.00 元

版权所有·侵权必究
如有印刷、装订问题，本公司负责调换。
服务热线：400-600-8099
投稿邮箱：author@citicpub.com

推荐与赞誉

在《苦涩的灵药:沙利度胺、"海豹儿"和拉响警报的英雄》中,有一张C.琼·格罗弗(C. Jean Grover)童年时期拍摄的照片。6岁的她坐在桌边学习,脸上露出令人难忘的微笑。同样让人难忘的还有她的手。作为一名沙利度胺药害事件的受害者,格罗弗的手只长到了手肘的位置,手指也不全。全世界像她这样的"海豹儿"数以万计,有的仅仅是因为母亲在孕期服用过一片沙利度胺。这本书以翔实的史料记述了沙利度胺悲剧的前因后果,充满共情的笔触让人仿若置身于一个个饱受沙利度胺伤害的家庭当中。沙利度胺事件是一场令人触目惊心、无比愤怒的惨剧,也是最著名的警示事件之一,时刻提醒所有医疗相关行业人员和全社会,医学的发展与任何其他行业一样,无法离开资本的赋能,因而要永远警惕资本逐利的天性可能放大人性邪恶的一面。如果没有严格缜密的制度监管、医学伦理的约束以及人类良知的坚守,医学研究和临床应用就可能脱离正确的轨道,甚至给人类带来巨大的灾难,包括反噬始作俑者。书中最令人尊敬,因而最熠熠生辉的人物毫无疑问是弗朗西丝·凯尔西医生,她顶住巨大的压力,以对科学原则和良知近乎偏执的坚持最终阻止了沙利度胺在美国上市,避免了更多"海豹儿"的降生。相信阅读《苦涩的灵药:沙利度胺、"海豹儿"和拉响警报的英雄》能让公众通过这一事件更好地理解像弗朗西丝·凯尔西医生这样的食品药品监督管理者的工作，更加理性、科学地看待和支持食品药监工作，同时也能让我们这些医生以及食品药品监督工作者更加感到肩上的责任以及工作的重大意义。历史需要铭记，代价惨痛的历史更是如此，以史为鉴、坚守科学理性与良知才能尽最大可能避免类似的悲剧重演。

姜玉武
北京大学医学部儿科学系主任
北京大学第一医院儿童医学中心主任

《苦涩的灵药：沙利度胺、"海豹儿"和拉响警报的英雄》以翔实的史料和深刻的人文关怀揭示了医学史上沙利度胺事件的悲剧及其对孕妇和新生儿健康造成的影响。这本医学人文的佳作让我们能更加深刻地理解药品监管的重要性，以及医者所肩负的责任。让我们从历史中汲取教训，共同守护孕妇和新生儿的健康。

周文浩
广州市妇女儿童医疗中心院长
中华医学会儿科学分会新生儿学组组长

无论是医者还是病人，在面对任何病症时都希望能有药到病除的灵药。但如果这种灵药——假如真有的话——存在不良的副作用呢？我们该如何权衡使用药物的利弊得失？把逻辑再往前推一步，我们应该通过何种途径去发现治病救人的药物可能存在的毒副作用？在资本逐利的驱使下，相关利益方是否会重视药物的安全性问题，甚至是否可能对药物的毒副作用视而不见或者刻意隐瞒？《苦涩的灵药：沙利度胺、"海豹儿"和拉响警报的英雄》聚焦医学界著名的沙利度胺药害事件，通过一个个饱受沙利度胺伤害的家庭的悲剧，以及以弗朗西丝·凯尔西为代表的学者坚守科学信念，拉响警报从而避免更大灾难发生的壮举，向我们展现了药物临床试验和安全监管的必要性。无论是医学从业者、立法执法者，还是为人父母者，这本书都不容错过。

罗小平

华中科技大学同济医学院儿科学系主任

同济医院儿科学系主任、同济儿童医院院长

沙利度胺药害事故引发的"海豹儿"悲剧以惨痛的教训展现了出生缺陷防控工作的意义，让医学界深刻认识到药物安全性评估和监管的重要性。《苦涩的灵药：沙利度胺、"海豹儿"和拉响警报的英雄》以翔实的资料和全方位的视角描述了这场原本可以避免的悲剧是如何一步一步成为现实的。了解这段历史有助于我们关注孕产妇和新生儿的健康，避免类似的悲剧重演。

梁德生

中南大学医学遗传学研究中心教授、主任医师

中南大学国家生命科学与技术人才培养基地主任

中国医师协会医学遗传医师分会副会长

中华预防医学会出生缺陷预防与控制专业委员会主任委员

作者詹妮弗·范德贝斯用 6 年时间，通过 283 次采访和研读数千份几十年前的文件，还原了 20 世纪最大的医药丑闻——沙利度胺和"海豹儿"惨痛悲剧的始末，还原了这一悲剧对受害家庭的巨大影响，还原了美国食品药品监督管理局那个年代新药审批制度的漏洞（类似司法领域"疑罪从无"的逻辑），还原了资本逐利的黑手是如何扰乱药品研发与审评监管过程的，还原了制药公司在新药有效性与安全性方面的潦草疏忽与举证职责缺失，还原了受害者们困难重重的漫漫维权之路，读来触目惊心。

前车之鉴，后事之师！ 2019 年新修订的《中华人民共和国药品管理法》

提出了"国家建立药物警戒制度"的目标和要求。药物警戒贯穿于从药物研发、使用到退市的全生命周期，其核心思想是防控用药风险，保障患者与公众安全。

时代在发展，科学在进步。守护公众生命健康，为患者安全用药保驾护航，事关科学与良知，是责任与担当！

朱珠

北京协和医院药剂科研究员、教授

国家卫生健康委合理用药专家委员会委员

无论是医生还是病人家属，都有必要改变急着使用新药的观念。在这一点上，沙利度胺是一个很有代表性的药物，对药物开发、基础研究、审批、推广、应用都产生了深远的影响。新药（如新的靶向抗肿瘤药）往往疗效好、适应病种少，但与之并存的是药物可能的不良反应。然而医生或患者有时仅看到（或寄希望于）药物可能治愈疾病的一方面，在不良反应出现前不会在意不良反应。在新药研发和监管方面，特别需要像《苦涩的灵药：沙利度胺、"海豹儿"和拉响警报的英雄》中弗朗西丝·凯尔西医生这样的人。患者和患者家属一味追求新药的理念也需要修正（需要改变对新药的认识），待药物成熟后再用不迟。

陈孝

中山大学附属第一医院药学部主任、教授

中华医学会临床药学分会委员

中国药学会医院药学专业委员会副主任委员

"反应停"（沙利度胺）事件是人类历史上最大的药害事件之一，直接导致了上万名婴儿患上肢体畸形和其他严重的先天性缺陷。美国作为制药业最发达的资本主义强国，受害的人数远少于其他国家。其中的原因是什么？《苦涩的灵药：沙利度胺、"海豹儿"和拉响警报的英雄》讲述了美国食品药品监督管理局的医学审查官弗朗西丝·凯尔西以及一群热心医生、社会人士为之付出的艰苦努力，甚至不懈斗争。这个案例不仅启示我们在药品的研发和临床试验环节需要严格的监管，更告诉我们人性的光芒是照亮世界的永恒存在。

赵立波
北京大学第三医院、药学院教授
北京大学治疗药物监测和临床毒理中心主任
中华医学会儿科学分会临床药理学青年组副组长

凡药三分毒，任何一种药物，既可能是治病救人的天使，也可能是造成严重后果的恶魔。《苦涩的灵药：沙利度胺、"海豹儿"和拉响警报的英雄》为我们揭示了人类历史上最为严重的药害事件，也展示了具有科学原则的药品审评工作者的人性光辉。如何避免类似悲剧再次发生，需要每一个医药从业者深思。特别是对于药品监督管理部门而言，应坚守并执行"最严谨的标准、最严格的监督、最严厉的处罚、最严肃的问责"四个"最严"要求，以监管科学为指导，做好药品的科学监管。本书值得所有医药从业者读一读。

邓黎
四川大学华西药学院药剂学系副教授

以弗朗西丝·凯尔西为代表的一群英雄，以他们的不懈坚持和勇气，避免了沙利度胺给美国带来灾难性的后果。《苦涩的灵药：沙利度胺、"海豹儿"和拉响警报的英雄》向我们展示的不仅是实验室里的科学，还涉及伦理、法律和社会层面的考量。英雄们的行动展现了一个负责任的科学家在面对商业和政治压力时，如何坚守科学真理和保护人类的健康。更为重要的是，这一里程碑式的事件突显了药物毒理学在新药研发和上市前评估中的核心作用，使药物的毒理学安全性评价和管理毒理学成了药物开发不可或缺的一部分。

余沛霖
浙江大学医学院毒理学教授

《苦涩的灵药：沙利度胺、"海豹儿"和拉响警报的英雄》以深刻的调查与细腻的笔触揭开了被誉为"奇迹药物"的沙利度胺在美国的隐秘历史，以及它所带来的深远而惨痛的后果，是一本具有深刻社会意义的作品。它不仅为我们揭示了沙利度胺背后的黑暗历史，更让人反思药品监管、企业责任以及人性中的善与恶。这本书不仅是对过去的深刻回顾，更是对未来的警醒与启示。它提醒我们，在面对科学与医学的进步时，必须保持清醒的头脑与审慎的态度，以确保科技真正为人类带来福祉而非灾难。

胡晓静
复旦大学附属儿科医院护理部副主任
中华护理学会新生儿学组副组长
国家儿童医学中心儿科联盟新生儿亚组组长

《苦涩的灵药：沙利度胺、"海豹儿"和拉响警报的英雄》记录了美国药品监管体系中的漏洞与失职，生动刻画了制药行业在追逐利润时如何漠视公众健康与安全。作者以极富洞察力的笔触展示了监管机构的无能与疏漏给整个社会带来的灾难性后果，唤起了对生命价值与患者尊严的深刻关注。医疗界不应仅限于技术的进步，更应牢记卫生工作人员的道德底线。这本书为中国医药卫生政策与立法者敲响了警钟，提醒我们该如何在复杂的利益博弈中坚守公众安全的底线与初心。

王岳
北京大学医学人文学院医学伦理与法律学系教授

在《苦涩的灵药：沙利度胺、"海豹儿"和拉响警报的英雄》中，作者詹妮弗·范德贝斯讲述了一名又一名产妇初见自己孩子时的心碎一幕：这些新生儿有的"没有手臂，也没有腿"，有的"四肢就像鱼鳍"，还有的手就像"海豹的爪子"。他们都是沙利度胺的受害者。在欧洲，这种药物未经严格的安全试验就被用于孕妇，导致数以万计的新生儿出现"海豹肢"畸形。但在美国，得益于三位杰出女性弗朗西丝·凯尔西、芭芭拉·莫尔顿和海伦·陶西格对良知的坚守以及深入的调查，沙利度胺没有通过审查，无法上市，从而避免了一场更大规模的灾难。她们的举动还直接促成了美国有关药物临床试验、审批流程以及受试者知情同意权的法规的立法，并且为全球医学界的药物安全性评估提供了借鉴。这本佳作不仅能让我们谨记历史的教训，同时也能让我们更深刻地理解药物安全性审核是对孕产妇、新生儿以及所有人群健康的保障。

李智文

北京大学公共卫生学院研究员

国家卫生健康委生育健康重点实验室副主任

《苦涩的灵药：沙利度胺、"海豹儿"和拉响警报的英雄》揭示了20世纪影响最大的药害事件之一沙利度胺悲剧中鲜为人知的一段历史。沙利度胺最初作为镇静剂和治疗妊娠反应的药物上市销售，在全球多个国家造成了大量儿童的出生缺陷。在广为流传的故事中，沙利度胺从未在美国被正式批准上市。但通过细致审慎的资料研读和广泛深入的访谈，作者詹妮弗·范德贝斯为我们重新描绘了沙利度胺在美国的故事，揭示了隐藏的受害者被淹没的声音。更重要的是，作者在书中对制药业和政府机构的失职做了批判性的审视，为当下的食品药品监督管理工作敲响了警钟，也对医学伦理和卫生法工作寄予了沉重而殷切的期许。

这是一部有些残酷的纪实文学，它告诉我们，医药产业并不因为其与健康的紧密联系就自然而然地体面高尚，相反，玩忽职守和逐利行为深深根植其中，等待着抓住每一个漏洞从关乎性命的大事中牟利。

这也是一部鼓舞人心的英雄故事。弗朗西丝·凯尔西、海伦·陶西格等医学史上伟大先驱的名字为我们熟知，但这本书的细节让我们更加真切地体察到她们的智慧和勇敢。她们和众多同行者的故事让我们知道，保持医学的初心、维持社会正义从来都不是简单的事，但这条道路上总会有志同道合者同行。

这是一本引人入胜的作品，不仅适合医药监管、药品研发、医学伦理和医学史等领域的专业读者，也适合每一个关心健康、医学和正义的普通人。

谷晓阳
首都医科大学医学人文学院医学伦理学与医学史学学系副教授

严格的药物监管从何时开始？从一个著名药物导致的千千万万个家庭的悲剧开始，从一个无畏女性挺身而出，保护万千家庭免受未经严格监管的药物的损害开始。这是一个至今仍然有深刻意义的故事。事关大众健康的药物该如何监管？在利益、职级的威严与职业道德面前，一个普通的职员应该如何选择？这就是 20 世纪沙利度胺的故事。我向每一位关心药物研发、关心药物监管的从业者，也向每一位希望了解 20 世纪最惊心动魄的药物监管故事的读者推荐这本书。

仇子龙
上海交通大学医学院松江研究院特聘教授

救命的灵药，也可能是致畸的毒药。当制药业成为大生意，资本的逐利本性可能导致巨大的药品安全问题。这本书的作者用了 6 年时间，通过 283 次采访和数千份文件，不仅还原了 20 世纪最大的医药丑闻，而且出于调查记者的良知和勇气，进一步揭示出被美国各个权力部门竭力隐瞒的受害者规模。在继承"发掘黑幕"的传统方面，这是一部震撼之作。

马凌

复旦大学新闻学院教授

《苦涩的灵药：沙利度胺、"海豹儿"和拉响警报的英雄》出色地讲述了医药领域的一个惊悚故事，也尖锐地揭开了一场被遗忘的美国悲剧。詹妮弗·范德贝斯穷尽 6 年的开创性研究，以对难以磨灭的细节的敏锐观察和坚如磐石的道德信念写出了关于制药业渎职行为的一部令人震惊的长篇叙事。

帕特里克·拉登·基弗

畅销书《什么也别说》《疼痛帝国》作者

《苦涩的灵药：沙利度胺、"海豹儿"和拉响警报的英雄》既是幸存者所面临的艰苦斗争的感人故事，也是调查性新闻报道如何发挥作用的鲜明例证。如果这本书的出版能提高各方对美国沙利度胺事件的认识，那么它就完成了一项重要并值得称赞的使命。

《科学》杂志

詹妮弗·范德贝斯引人入胜的新书表明，20 世纪 60 年代早期真正发生在美国的事情远比我们记得的更令人痛心……范德贝斯的讲述充满了热情、力量、共情，穿插其中的受害者的故事更加深了内容的沉重感，书的结尾处也再次把叙述拉回到受害者身上。

《哈佛公共卫生杂志》

这个故事有真正的英雄，也有真正的恶棍。读过《苦涩的灵药：沙利度胺、"海豹儿"和拉响警报的英雄》，你会感激这世上有意志坚定的科学家和研究流行病的书呆子这些真正花时间来细读数据的人。你也会感激具有奉献精神的儿科医生、屡屡碰壁却坚持不懈的父母，还有范德贝斯这样刨根问底、坚忍不拔，能够挖出应该让世人知道却尘封已久、被刻意隐瞒的往事的调查记者。

《华盛顿邮报》

詹妮弗·范德贝斯灵动而深入的《苦涩的灵药：沙利度胺、"海豹儿"和拉响警报的英雄》讲述了沙利度胺悲剧的来龙去脉。书中的叙述如同约翰·勒卡雷的惊险小说，从一个国家跳到另一个国家。此书的出版紧随相关纪录片的上演，希望美国政府能知错认错，确保幸存者得到承认和足够的支持。美国的幸存者人数估计有 100 人左右，他们的身体真正成了现代药品安全的试验平台。

加拿大《环球邮报》

目 录

推荐序：人类只有靠灾难和悲剧才能学乖 　　III

书中人物 　　IX

时间线 　　XI

序　言 　　XV

第一部：新　手 　　1

第二部：灵　药 　　77

第三部：斗　争 　　135

第四部：代　价 　　291

后　记 　　415

致　谢 　　421

注　释 　　427

推荐序

人类只有靠灾难和悲剧才能学乖

医学的历史不仅仅是人类与疾病斗争的历史，有时候也包括人与人的斗争，私利与公义的斗争，民间个人与大型机构的斗争，公共健康与商业自由的斗争……美国食品药品监督管理局（Food and Drug Administration，FDA）是现代医药监管体系的一个典范，它的发展史扑朔迷离、引人入胜，一直都是非虚构写作领域的热门对象。而作为药物的沙利度胺，曾造成人类历史上最严重的药物悲剧，这一悲剧也多次被写成书和文章警醒世人。如果每一段历史都是一条河流，那么，当FDA的历史与沙利度胺悲剧的历史汇合时，又将激起怎样的水花？这段历史又将如何改变水流的方向？

美国调查记者詹妮弗·范德贝斯用一部《苦涩的灵药：沙利度胺、"海豹儿"和拉响警报的英雄》向我们揭示了这场悲剧中种种鲜为人知的细节。在既往粗略的讲述中，很多人都误以为沙利度胺副作用导致的新生儿"海豹肢"畸形只是在欧洲发生了近万例，而美国则由于FDA的警觉，阻止了沙利度胺在美国的使用，从而避免了同样的悲剧在美国上演。但在范德贝斯笔下，当年的美国FDA并非童话世界里的完美英雄，这个机构在当时也没有足够警觉。美国事实上也出现了沙利度胺的受害者，所不同的仅仅是受害者规模要小一些，估计受害婴儿有近百人。

真正的英雄是以弗朗西丝·凯尔西为代表的一些人士。作者用了相当大的篇幅和丰富的细节讲述了凯尔西的成长经历，比如一个令人忍俊不禁的细节是，她小时候被送到了一个原本只招男孩的学校，男同学们经常绊她、踢她，但她很快就学会了还手，晚上回家还会向家人炫耀她反击的战绩……一个改变历史之河方向的杰出女性绝不可能是从天而降的，只有合适土壤的充分滋养才能让她在关键时刻以高度负责的职业敏感阻止一场惊天悲剧的发生。

让我十分惊喜的是，书中出现了一位我的"老熟人"——儿童心脏病先驱海伦·陶西格医生，她是拙作《心外传奇》第一个章节里的女主角。尽管《心外传奇》主要描绘的是一幅外科医生的群像，但陶西格医生的光芒依然耀眼。电影《神迹》(也译作《天赐良医》)讲的也是陶西格医生参与开创心脏外科手术的故事。在《苦涩的灵药：沙利度胺、"海豹儿"和拉响警报的英雄》中，陶西格医生远赴欧洲做了第一手调查，她带回的数据以及她的奔走呼吁直接影响了FDA以及美国司法部门后来的决策。

还有一位令人印象深刻的女性是芭芭拉·莫尔顿。在这个故事中，她也是凯尔西的盟友。早在凯尔西入职FDA之前，莫尔顿就一直批评FDA存在种种问题。她认为FDA已经沦为"制药业的一个服务机构"，并决心改善当时的药物安全状况，甚至想把FDA的局长拉下马。所以，当凯尔西不经意间介入沙利度胺的评估，并打算与莫尔顿联手阻止一场悲剧在美国发生时，莫尔顿立刻就打算拔刀相助。然而莫尔顿也为此付出了巨大的代价。她当时预言："我也许无可挽回地危及了我将来在政府部门就职的机会。"情况也确实如此，她很快就被列入了黑名单。几年后，她试图重回FDA，毫无意外地遭到了拒绝。

这跟我们看过的许多英雄电影一样，为众人抱薪者，总是最先冻毙于风雪。

有些人可能生来就是要改变世界的。如果这个世界上真有菩萨，那么凯尔西、陶西格和莫尔顿都是。

今年（2024）有一个网络流行语："世界是个草台班子。"很多人可能没有意识到，这个世界的昨天比如今更加"草台"。在20世纪50年代，FDA的高级官员几乎都没有医学背景。按照莫尔顿的说法，FDA当时的局长乔治·拉里克"既没有学过法律，也没有学过科学"，缺乏"对知识的诚信态度"，仅仅是"一名公务员，没有这个领域的背景，不过是在这里干了多年罢了"。

当时，FDA的确有一个医学部门，也有几名医学博士，但他们主要的工作是在外面行医，在FDA的工作只是兼职。

凯尔西加入FDA多少有一点儿意外的成分，她与丈夫结婚后，按规定两人不能继续待在同一个部门，所以她选择了离开，另谋他路。因此沙利度胺没有在美国造成跟欧洲一样规模的危害也并没有什么历史必然性。如果我们熟悉FDA当时的工作流程，那一定会在事后感慨，美国的孕妇和婴儿躲过了这场灾难，实在只是侥幸。陶西格医生曾在事后说："压倒性的证据表明，沙利度胺会造成一种高专一性的、恐怖至极的畸形……的确只是靠了'上帝的恩典'，我们的国家才得以幸免。"

在凯尔西的时代，法律规定只要FDA在60天内不提出反对意见，那么新的药物就可以自动上市出售。也就是说，制药公司拥有主动权，而FDA负有举证责任。在推崇商业自由的美国，这样的规定似乎不无道理：如果官方不能证明我的药物有问题，那么我就可以卖给公众使用。这其实是司法领域"疑罪从无"的逻辑。而在今天，情况则完全颠倒过来了。制药公司必须承担证明药物安全和有效性的责任，监管机构则默认新药是无效和不安全的，直到制药公司能有充分的证据证明其安全性和效果。要完成这一举证，制药公司就需要严谨、科学的实验设计，在验证疗效方面，必须设立盲法对照。逻辑变成了"疑效从无，疑毒从有"。究竟哪种模式更有利于保障公共权益，我们一望可知。

在沙利度胺悲剧之前，没有法律要求必须让病人了解自己使用的是什么药物，也没有法律要求医生或制药公司必须保留药物的实验记录。这些漏洞也导致美国出生的"海豹儿"后来的维权之路困难重重，有些母亲甚至根本搞不清楚自己到底有没有服用过沙利度胺。

如果说几十、几千、上万仅仅是抽象、冰冷的数字，那么经由作者细致重现的具体悲剧则能让读者认识到，这样令人痛心的悲剧曾发生过上万次。作者在书中写到过一对男女，他们原本像其他所有相爱的人一样度过了浪漫的恋爱阶段，而后步入了幸福的婚姻。他们或许原本可以像其他夫妻一样，幸福地生儿育女，但所有幸福都在一名不幸的畸形婴儿出生的那一刻戛然而止。

作者的写作异常冷静克制，行文过程中议论极少，但恰恰是这样只讲述不评论，却让读者感受到胸口仿佛被压上了一块巨石。比如她引述受害者后来的回忆："我是我母亲的第七个孩子。她说在我出生前她就知道出了问题，因为她感觉不到我踢她。然后我出生了，没有腿。"再比如，"她们从麻醉中醒来，看到医生在落泪"，而护士不敢直视她们的眼睛。这样冷峻的叙述似乎并没有在控诉，但其实无一字不在控诉。

书中出现的人物有上百人，其中有敏感的专业人员，试图力挽狂澜的 FDA 职员，勇敢的调查记者，勇于担责的医生（相比之下死命抵赖的医生更多），草包官僚，扯皮的政客，邪恶的制药公司管理人员（在陶西格医生的调查中，居然发现有 7 名受害婴儿是制药公司雇员的孩子），为受害家庭维权并且愈挫愈勇的律师（也有数量几乎相同，阵容更加豪华，为制药公司辩护的律师）……还有为数众多，也最可怜的无辜受害孕产妇和残疾婴儿。

这是一幕由公众安全、商业利益、政治需求三方纠缠、周旋、斗争的大戏，按照作者在序言中的介绍，她对健在的各方当事人进行了 283 次采访，查阅了公共和私人档案，走访过不同的法院，研究了数千份几十年前的文件，才又一次重现了这场发生在 60 多年前的沙利度胺之祸。那么，审视这段历史，能让今天的人吸取教训吗？

比如，这场悲剧的重大遗产之一，是专家意见必须让位于科学实验。这个原则能被后人永远铭记吗？还是说，践踏科学原则的事注定会再次发生，而后把本可以避免和预防的悲剧带到人间？一位名叫保罗·道格拉斯的参议员曾说："因为使用沙利度胺，欧洲国家发生了许多可怕的悲剧，我们国家也有这种病例……我们能吸取这个教训吗？还是说人类只有靠灾难和悲剧才能学乖？"

如果说全世界的人是一个命运共同体，那么或许这位参议员担心的还不是最糟糕的情况。有些人即使看见过其他人类同胞经历的灾难和悲剧，甚至哪怕自己的同胞在历史上也遭遇过类似的悲剧，也不会学乖，因为下命令要去撞南墙的，和必须亲自去撞的，往往不是同一群人。

李清晨
外科医生
科普作家，《心外传奇》作者

书中人物

美　国

弗朗西丝·奥尔德姆·凯尔西（Frances Oldham Kelsey）——药理学家、医生，1960 年被 FDA 聘为医学审查官

弗里蒙特·埃利斯·凯尔西（Fremont Ellis Kelsey，"凯尔斯"或埃利斯）——弗朗西丝的丈夫、药理学家

乔治·拉里克（George Larrick）——FDA 局长，任期 1954—1965 年

尤金·M. K. 盖林（Eugene M. K. Geiling，E. M. K.）——弗朗西丝的导师、出生在南非的芝加哥大学药理学家

约瑟夫·默里（Joseph Murray）——梅瑞尔公司负责与 FDA 打交道的联络人

埃弗特·弗洛鲁斯·范·曼侬（Evert Florus Van Maanen，"弗洛"）——医生、梅瑞尔的生物科学主任，负责动物研究

雷蒙德·波格（Raymond Pogge）——医生、梅瑞尔的医学研究主任

托马斯·琼斯（Thomas Jones）——梅瑞尔的医学主任，雷蒙德·波格离职后晋升为凯瓦登试验的主管

拉尔夫·史密斯（Ralph Smith）——弗朗西丝在 FDA 的顶头上司

雷·O. 纳尔森（Ray O. Nulsen）——辛辛那提的妇产科医生，在为梅瑞尔试验凯瓦登期间接生了多名海豹肢症的婴儿

埃斯特斯·基福弗（Estes Kefauver）——田纳西州的联邦参议员，他领导的小组委员会对制药业开展了调查

芭芭拉·莫尔顿（Barbara Moulton）——前 FDA 医学审查官、揭露内幕的吹哨人

小埃佩斯·威尔斯·布朗（Eppes Wayles Browne, Jr.）——莫尔顿的丈夫、基福弗参议员团队中的经济学家

海伦·布鲁克·陶西格（Helen Brooke Taussig）——约翰斯·霍普金斯大学儿童心脏外科医生，亲自前往德国调查了婴儿受沙利度胺伤害的情况

约翰·内斯特（John Nestor）——FDA 医学审查官、弗朗西丝的盟友

莫顿·明茨（Morton Mintz）——美国记者，1962 年在《华盛顿邮报》首先爆出了沙利度胺的新闻

德 国

赫尔曼·维尔茨（Hermann Wirtz）——纳粹党员、格吕恩泰化学公司的共同创立人
海因里希·米克特（Heinrich Mückter）——前德国国防军军医，被聘为格吕恩泰化学公司的首席科学官
汉斯-维尔纳·冯·施拉德尔-拜尔施泰因（Hans-Werner von Schrader-Beielstein）——医生、格吕恩泰化学公司研究部主任
奥古斯丁·布莱修（Augustin Blasiu）——德国医生，他对产后服用沙利度胺的妇女的研究被用来证明该药在妊娠期是安全的
拉尔夫·福斯（Ralf Voss）——杜塞尔多夫的神经专科医生，就沙利度胺与周围神经炎的联系发出了警告
卡尔-赫尔曼·舒尔特-希伦（Karl-Hermann Schulte-Hillen）——德国律师、沙利度胺幸存者扬的父亲
林德·舒尔特-希伦（Linde Schulte-Hillen）——卡尔的妻子、沙利度胺幸存者扬的母亲
维杜金德·伦茨（Widukind Lenz）——德国儿科医生和遗传学家，就沙利度胺与出生畸形的联系向德国医学界发出了警报
埃莉诺·卡马特（Elinor Kamath）——驻德国的美国记者，提醒其他外国记者和美国大使馆注意到了沙利度胺的危险

英联邦

乔治·萨默斯（George Somers）——迪斯提勒公司（英国）的药理学家
丹尼斯·伯利（Denis Burley）——迪斯提勒在伦敦的医学顾问
A. 莱斯利·弗洛伦斯（A. Leslie Florence）——苏格兰医生，向迪斯提勒发出了沙利度胺有引发周围神经炎的副作用的警示，并就此在《英国医学杂志》（*British Medical Journal*）上发文
威廉·麦克布莱德（William McBride）——澳大利亚妇产科医生，在皇冠街妇女医院工作，接生了多个受沙利度胺伤害的婴儿，并率先试图证明该药的危险性
哈罗德·埃文斯（Harold Evans）——记者，领导了伦敦《星期日泰晤士报》（*Sunday Times*）对沙利度胺的揭露

时间线

1960 年 9 月
梅瑞尔向 FDA 提交在美国出售沙利度胺的申请，这项申请被分配给了医学审查官弗朗西丝·凯尔西处理。

1961 年 5 月
弗朗西丝·凯尔西要求梅瑞尔提供沙利度胺妊娠安全性的证明。

1961 年 5 月
澳大利亚妇产科医生威廉·麦克布莱德开始调查沙利度胺与海豹肢症之间可能的联系。

1961 年 11 月
遗传学家维杜金德·伦茨宣布沙利度胺很可能是德国海豹肢症暴发的原因，沙利度胺在德国和英国被召回。

1938 年
美国颁布《食品、药品和化妆品法》。

1954 年
格吕恩泰化学公司在德国提出第一份沙利度胺专利申请并在不久后开始了人体试验。

1956 年 11 月
史克公司开始在美国开展沙利度胺人体试验。

1956 年 12 月
格吕恩泰化学公司一名雇员的新生儿成为德国第一个受沙利度胺伤害的婴儿。

1962 年 3 月
梅瑞尔撤回在美国出售沙利度胺的申请。

1962 年 7 月
莫顿·明茨在《华盛顿邮报》上发表了关于弗朗西丝·凯尔西的报道，这是美国第一篇有关沙利度胺的重大报道。

1962 年 8 月
FDA 开始调查梅瑞尔在美国的沙利度胺临床试验。

1962 年 10 月
约翰·F. 肯尼迪总统签署基福弗-哈里斯修正案（药品效力修正案）。

1959 年 2 月
总部设在辛辛那提的威廉·S. 梅瑞尔公司开始在美国进行沙利度胺人体试验。

1964 年 9 月
美国司法部拒绝 FDA 起诉梅瑞尔的建议，称美国只有一名沙利度胺受害者。

1968—1970 年
在西德（联邦德国）阿尔斯多夫举行了对格吕恩泰化学公司的审判。

1971 年
"麦克卡里克诉理查森-梅瑞尔案"在美国开审，陪审团判给受害者 250 万美元的伤害赔偿。

2011 年
哈根斯·伯曼律师事务所代表那些据称没有得到承认的美国沙利度胺幸存者提起民事诉讼，原告超过 50 人。

1972—1976 年
哈罗德·埃文斯在英国《星期日泰晤士报》上刊出了关于沙利度胺的一组共 3 篇系列报道。

1987 年
辛辛那提本地人艾琳·克罗宁在《华盛顿邮报》上发表文章，宣称自己是美国的沙利度胺幸存者。

2019 年
非营利组织"美国沙利度胺幸存者"成立，在圣迭戈召开了一次美国幸存者大会。

序　言

　　1962年8月一个炎热的夜晚，安·莫里斯（Ann Morris）感到了第一次宫缩。[1] 她丈夫道格（Doug）领着她走出他们在辛辛那提的小公寓，公寓里已经摆好了崭新的婴儿床和成堆的手缝婴儿被。夫妇俩坐进他们新买的雪佛兰轿车——为了迎接宝宝的到来，道格放弃了他心爱的克尔维特跑车——在安静黑暗的街上开了五分钟，来到犹太医院（Jewish Hospital）。

　　在产房里，安疼得越来越厉害，宫缩一直持续到次日。安和道格于一年前结婚，31岁的她生头胎稍显晚了些，不过她的分娩过程很顺利。安在肯塔基州的一个农庄长大，摘烟草、杀鸡都干过，很能吃苦。除了晨吐现象外，她这次怀孕没怎么难受。针对晨吐，她的医生给了她装在一个小白药瓶里的维生素。吃过药后，她的恶心感减轻了。

　　宝宝出生后，安在医院醒来时，看到道格沉着脸走进房间。他告诉安，他们生了个女孩，但孩子既没有手臂，也没有腿，恐怕活不长。小两口原来拟了一个宝宝名字的单子，可是现在他们原来的首选"盖尔·伊丽莎白"（Gale Elizabeth）怎么看怎么不对。[1] 事实上，整个单子看来都不合适。他俩赶紧再想名字，最后决定用"卡罗琳·琼"

---

① Gale 在用于人名时有喜乐之意。——编者注

（Carolyn Jean）。

安在镇静剂的作用下沉睡期间，医院安排把她生下的女孩送入了寄养系统，并劝道格和安不要见孩子。道格回到家，把他拍摄的安兴高采烈准备迎接宝宝到来的照片尽数毁掉。与此同时，安孤身一人待在医院的单人病房里，接触不到其他新妈妈。给她接生的医生终于来看她时，问了一个奇怪的问题：安有没有去加拿大买过沙利度胺？

安是一周前在《生活》（*Life*）杂志上第一次了解到沙利度胺这种药的。杂志上那篇文章的标题是《留下一连串心碎的药》。文章配有好几页照片，照片上是一些在欧洲降生的没有手臂的婴儿。看到发生在德国的这场悲剧，安不寒而栗，但她觉得那和自己没有关系。她从没出过国。所以她告诉医生自己绝对没有去加拿大买过这种药，然后就把这件事抛到了脑后。

无论是FDA，还是俄亥俄州或者辛辛那提市的卫生当局都从未联系过安。犹太医院没有一名医生或护士告诉她，过去的一年中，在这家医院至少出生了4名有同样畸形的婴儿。这种叫作"海豹肢症"的新生儿畸形十分罕见，大部分医生一例都没见过。没有人告诉安，离她家仅15分钟车程的辛辛那提市和睦东路110号是威廉·S.梅瑞尔公司（William S. Merrell Company）的总部，这家公司给全国各地的1 200多名医生，包括200名产科医生送去了数百万片沙利度胺"样品"。3年的时间里，这些颜色、剂量各不相同，没有恰当标签的药片被随意用来给病人治疗各种病症，从失眠、头痛到孕妇的晨吐。

那个叫卡罗琳·琼的婴儿活了下来。在福利院待了近一年后，她被父母接回了家。尽管没人看好她的未来，但她却茁壮成长起来，成为一名职业艺术家和4个孩子的母亲。这么多年来，每当有人问起是什么造成了她女儿的畸形时，安都回答说："事情就这么发生了。"

1962年7月,一种被宣传为"自有水以来最安全"[2]的安眠药被揭露出在全世界造成了1万多名婴儿死亡或畸形,成为医学史上"最大的一场浩劫"[3]。

报纸上充斥着让人触目惊心的无腿无臂婴儿的照片。从政者对制药公司发出警告。所有药片都受到怀疑。在婴儿潮的高峰时期,将为人母的喜悦变成了恐惧担忧。不幸服用过沙利度胺的妇女被说成是任性的瘾君子,虽然她们很多人只吃过一片沙利度胺,而且是医生给她们吃的。成千上万的父母只能靠自己照顾身有前所未见的严重残疾的孩子。医生帮不了任何忙,因为他们对这种残疾一无所知。

那么问题来了:谁本应保护世界避免这场灾难?有什么机构性保障措施本应对它防患于未然?这是那个时代的化学成就无法避免的一场事故吗?还是疏忽或者贪婪所致的蓄意无视造成了上万名婴儿的残疾?

随着政府机构和法院对这场灾难展开紧急调查,一个险恶的故事逐渐浮出水面。发明沙利度胺的公司是一家由纳粹分子创办的德国制药公司。据悉,它对医生威胁恫吓,还隐匿相关文件。这家公司连续**4年**在世界各地出售沙利度胺或发放相关许可。它大肆宣传这种药物完全无毒,对包括儿童和孕妇在内的所有人都非常安全,作为依据的数据却少得可怜。将近50个国家的孕妇在毫不知情的情况下服用了这种有毒的镇静剂。她们生出的残疾婴儿震惊社会,重创公众对战后繁荣兴旺的制药业的信心。

第二次世界大战期间,制药公司因制造抗生素和抗疟疾药物而兴旺起来。自那以后,制药业发展成了价值数十亿美元的生意。到1960年,制药成为美国最赚钱的产业。人们在日常生活中少不了号称能减轻各种疼痛、痛苦和忧虑的药片。沙利度胺更是带来了前所未有的光明许诺。它被宣传为一种没有风险的万灵药——不会上瘾,没有副作用,没有过量的危险。它看起来简直是药物世界中的不沉之舟。然而,无论是获得该药专利的化学家,为该药开处方的医生,还是出售该药的公司,谁都不知道它在人体内是如何起作用的。相关的研究粗劣马虎，关于该药安全性的断言轻率鲁莽。待到世界各地已有数百万人服用了沙利度胺，该药造成的伤害大白于天下时，公众不禁发问：是什么驱动了各种灵药的发明？是健康还是利润？如果出了大乱子，谁来负责？

— ⊘ —

在科研潦草疏略、公司冷漠无情的故事后面，还有一个扣人心弦、令人振奋的故事，一个静悄悄的英雄的故事。全球各地少数几名医生、父母和记者经过整整一年的艰苦努力，发现沙利度胺会导致新生儿畸形，他们中有人自己的孩子就深受其害。他们集体拉响了警报，迫使拒不承认沙利度胺存在危险的制药公司召回了该药。这个由热心公民组成的松散团体做到了任何政府机构或卫生当局都没有做的事：他们揭露并终止了 20 世纪最大的药物丑闻。

在第一次看到关于这些人非凡事迹的记录时，我的心中油然升起了对这些逆行者的敬意。一名德国儿科医生力图摆脱自己父亲曾是纳粹分子的耻辱，冒着事业被毁的风险与强大的制药公司斗争。一名年轻的德国律师为了给自己没有四肢的儿子讨回公道，发动了德国自纽伦堡审判以来最大的刑事审判。[4] 一名曾经盲目自信的澳大利亚产科医生在得知他给孕妇病人开的药造成了她们宝宝的残疾后深感震惊和痛心，在停车场的一个小屋里临时搭建起自己的动物实验室来证明沙利度胺的危险。

但本书将主要聚焦于沙利度胺在美国相对不为人知的故事。世界上仅有美国在沙利度胺最初在其他国家销售时拒绝允许其进入市场。[5] 对沙利度胺的斗争中也有美国勇士的身影：驻德国的年轻美国记者埃莉诺·卡马特奋力推动国际媒体就这种药的危险发出报道；失聪的儿童心脏外科女医生海伦·陶西格专程飞到德国去收集证据；FDA 官员芭芭拉·莫尔顿是美国历史上第一位女性吹哨人，她冒着被解职的危险努力推动 FDA 的改革；莫顿·明茨自己有一个残疾的孩子，他成为《华盛顿邮报》(*Washington Post*)记者不久后率先报道了关于沙利度胺的可怕新闻；不守常规的田纳西州联邦参议员埃斯特斯·基福弗利用沙利度胺事件迫使美国国会对制药业进行彻底改造。不过这部传奇中的头号英雄是弗朗西丝·凯尔西，她是世界上唯一在沙利度胺的科学资料中看出了危险的医生。

身为 FDA 的医学审查官，凯尔西凭一己之力把沙利度胺拒于美国市场之外。这场官僚斗争耗费了她将近一年半的时间。因为此事，这名有两个孩子的娴静已婚妇女在 1962 年站到了媒体的聚光灯下，成为美国的英雄。约翰·F. 肯尼迪总统为她颁发了奖章。她的照片登上了《生活》杂志。在世界各国的所有安全保障全部失败的时候，弗朗西丝·凯尔西固守本心的坚定激起了强烈的赞佩。人们钦慕她的事迹，反而忽略了沙利度胺在美国的故事中一个令人不安的脚注，那就是这种**药曾经在美国广泛流传过**。在等待 FDA 批准期间，威廉·S. 梅瑞尔公司开展了临床试验，试验的面铺得极广，管理却很松散，FDA 最后甚至要求司法部对该公司提出刑事指控。

撰写本书期间，我对全球各地的受害者、科学家、律师、医生和记者进行了 283 次采访，还查阅了公共和私人档案，到访过不同的法院。我研究了数千份几十年前的文件，采访了许多过去从未说起自己参与过这些事件的人。从来没有人写过弗朗西丝·凯尔西的生平。在过去的叙述中，在这场斗争中起到关键作用的很多其他女性也不出意料地被忽视了。我的研究挖掘出了尘封 60 多年的重要信息：庭审笔录表明，威廉·S. 梅瑞尔公司对 FDA 隐瞒了动物毒性数据。至少在梅瑞尔要求医生们停用沙利度胺的一年前，不少为梅瑞尔试验该药的产科医生其实就已经观察到了婴儿的先天畸形现象。最重要的是，FDA 开展了一项调查，其中一些细节令人震惊：沙利度胺的危险见诸头条新闻几个月后，弗吉尼亚州的一名医生还在药柜里囤着 1 000 片沙利度胺；正式的"试药"医生找不到使用了这种药物的病人记录；医生伪造病历，抹去给病人服用沙利度胺的所有记录。医生彼此间转交成批的沙利度胺药片。大量沙利度胺药片被送给了慈善机构。沙利度胺**被召回一年后**，一批沙利度胺神秘地从一所美国教堂运到了中国台湾的一个布道所。这还不算，另一家美国制药公司几年前就曾秘密开展过沙利度胺试验，据说隐瞒了这种药有致畸效果的证据。事实很清楚，服用过沙利度胺的美国孕妇大多都不知道自己吃的是什么药。她们生下海豹肢宝宝后，没有一名医生承认造成这种情况的原因。

  由于这种实际上的掩盖，美国幸免于沙利度胺之祸这一虚假叙事被举国传颂，成了 FDA 的光辉业绩。事实是，数十名因公司贪婪、医学无能和普遍撒谎而遭到伤害的人近 **60** 年后才知道到底发生了什么。本书讲的就是这个故事。

第一部

新　手

一个面对面绝不肯伤害你的人,一个有善心、有公德、有爱心并且笃信宗教的人,会在公司的面纱后伤害你或者杀死你。[6]

——莫顿·明茨

第 1 章

弗朗西丝·凯尔西开着车在华盛顿特区市中心拥堵的街道上一点一点往前挪，引擎盖被瓢泼大雨砸得咚咚响。她又迟到了。过去5个星期，每天早上准时上班都不是一件容易的事。因为弗朗西丝成就斐然——她有两个高级学位，还出版了一本科学教科书——所以她上班迟到成了家里的笑话。妈妈获得过国家级的研究奖，用鱼叉捕过抹香鲸，却斗不过交通拥堵，无法在一小时内从马里兰州切维蔡斯的新家赶到华盛顿特区的国家广场。

这天，弗朗西丝开车上班时正值飓风"唐娜"的边缘扫过。这场飓风给美国东北部带来了倾盆大雨。狂风吹得路边的树木左摇右摆、枝叶零落。可以感觉得到空气中的悸动，即便弗朗西丝的生活中也许并没有什么值得兴奋的事情。

时值1960年9月12日，这位有两个孩子的46岁已婚妈妈刚跨越半个美国来到FDA工作。过去几十年间，弗朗西丝在实验室里研究海狸和犰狳，夏天还乘船出海，采集鲸的巨大腺体样本。现在，她成了FDA的医学审查官。她这个医生是官僚机构的一员，负责的是评估资料，而不是诊疗病人。这并非弗朗西丝的专业，但她知道这项工作很重要。这也是为了迁就她丈夫的新工作的必要之举。

此时距离掀起女权主义革命的《女性的奥秘》(The Feminine

Mystique）一书出版还有3年。弗朗西丝在当时是个异数：她既有医学博士学位，也有哲学博士[①]学位，虽已结婚生子，却仍在自然科学领域干出了自己的事业。她很少情绪外露，也不注重打扮，有特殊场合时才会化妆。她的一头短发在齐下巴处剪得整整齐齐，长了白头发也听之任之。出生在加拿大乡村的弗朗西丝足有5英尺7英寸[②]高，长大成人后依然像个假小子，喜欢钓鱼、挖蛤蜊，只要天气凉爽就拖着球杆去球场打曲棍球。她不会做饭，也不打扫屋子，但她知道要保持家庭和睦，自己必须为了埃利斯在事业上做出一定的牺牲。弗朗西丝和埃利斯结婚17年了，其间为了迁就埃利斯的事业发展，她从一个州搬到另一个州，换过工作，读了学位，还做过五六回自由职业的工作。

然而，FDA这份早九晚五坐办公室的工作令通常忙碌不停的弗朗西丝很不适应。此前的7年，他们住在南达科他州，埃利斯是南达科他大学药理学系的系主任。那段时间里，弗朗西丝同时做好几份临时的工作。除了在大学实验室研究海狸的甲状腺外，她还时常乘夜间火车去芝加哥，为考取放射性同位素诊疗师的执照做准备。整整一年，她每天都通勤去扬克顿的一家医院做实习医生，做晚饭和安排女儿们上床睡觉的事情都落到了埃利斯的头上。弗朗西丝还去全州各处小镇的医院为休假的医生顶班，有时一走就是好几个星期。巴德兰兹地区的许多偏远小镇过去从来没有过女医生，弗朗西丝因此而上了头条。一家地方报纸的标题炫耀说："莱蒙的病人得到了女医生的诊治。"[7]莱蒙镇的所在地极为偏僻，弗朗西丝是乘坐租赁的螺旋桨飞机抵达的。

弗朗西丝非常喜欢在南达科他州的这些偏远社区处理一个接一个的紧急病例，不管是分娩还是阑尾炎。任何"一连串接踵而来的危机"都强烈地吸引着她，什么可怕的场面她都能泰然面对。[8]她经常讲一个

---

① 指Doctor of Philosophy（PhD）。在欧美的教育体系中，此处的"哲学"并不限于传统意义的哲学，物理、化学、生命科学等诸多学科的博士也称为哲学博士。——编者注
② 约1.7米。1英尺 = 12英寸 ≈ 0.30米。——译者注

有关一名猎人的故事,这名她刚到莱蒙镇时救治的猎人打猎时出了事故,被打羚羊的猎枪射中了腹部。

在家里与两个女儿苏珊(Susan)和克里斯蒂娜(Christine)、暹罗猫菲利普以及圣伯纳犬乔治在一起时,弗朗西丝尽量充分享受大学城的生活。她的丈夫埃利斯身材魁梧、待人亲切,他俩常去弗米利恩雄鹰俱乐部(Vermillion Eagles Club),一次不落地定期打桥牌。这对夫妻才华横溢、爱玩爱闹、机智风趣、对生活充满热情,喜欢享受的名声在外。谁都知道"弗朗姬和凯尔斯"家的酒吧存货充足,并且常在自家那座贴着白色护墙板的殖民式房子的壁炉旁举行气氛热烈的派对。他们家的派对热闹非凡,每次派对开始前全家人都笑着拉紧"威克斯帘"——在发现住在隔壁、总板着脸的那个人是大学校长 I. D. 威克斯(I. D. Weeks)后,这对夫妇在餐厅窗户上安装了厚厚的窗帘。弗朗姬和凯尔斯从大学"借"了一台开盘式录音机,架在沙发后面给派对录音。晚上派对开始后,他们的两个女儿端着装满橄榄、苏打饼干和熏肉片裹鸡肝的盘子,穿行在人群中为大人们服务。

但是到1956年,在南达科他大学待了3年后,弗朗姬和埃利斯开始不受欢迎了。在给一个朋友的信中,埃利斯写道:"从专业同行的角度来看,这是个荒凉的地方。"[9]弗米利恩①那些人本事不大,脾气不小。他们夫妇遭到了恶意流言的诋毁。大学的一名主管告诫同事们不要和凯尔西夫妇来往,警告说谁要是傻到与他们合作,那么等他们拿走了"所有数据"后,就会"遭到冷落"。[10]作为一名女性,弗朗西丝整个职业生涯都在遭受排挤,所以对这些手腕一笑置之。她刚成为美国公民,正在考虑是否要另谋高就,而他们夫妇研究生时的导师此时刚搬去华盛顿特区,那里有很多科学方面的政府工作机会。每天晚上,她和凯尔斯都仔细查看华盛顿特区的房地产信息。他们像计划小型越狱一样耐心而专

---

① 弗米利恩是南达科他大学的所在地。——编者注

注地计划着离开南达科他。

埃利斯把一份求职申请寄往东海岸。经过整整3年的官僚程序，他终于在国立卫生研究院（National Institutes of Health）谋到了一个职位。就在此时，FDA的一个人联系到了他。拉尔夫·史密斯是在一次药理学大会上结识埃利斯的，他现在是FDA新药部门的掌舵人。他想雇一个"既有医学博士学位也有哲学博士学位的人"来担任FDA的医学审查官。[11]

埃利斯只有哲学博士学位，他坦承自己达不到要求。但他给出了一位杰出的**医学博士兼哲学博士**的名字——他的妻子弗朗西丝·凯尔西博士。

— ⊘ —

到了国家广场，在杰斐逊大道和第七大街的交叉处，弗朗西丝终于驶入了FDA的停车场。FDA设在一座已经开始破败的"二战"时期军方预制建筑里。寒酸的楼房没有任何标记。与用大理石装点得富丽堂皇的国会大厦相比，FDA简直就是政府的胳肢窝[①]。

食品药品监督管理局于1930年得名，前身是南北战争时期创建的化学处（Division of Chemistry）。在长达70多年的时间里，该机构一直负责监督全国的食品、化学品和药品。FDA刚成立时，主要聚焦于食品。当时的制药业只有地区性的小型制药公司，都是由原来的药商转型而来的。整个产业在国内生产总值中所占的份额几乎可以忽略不计。[12] 然而，依靠战时的补贴，这些小型公司扩张成了国家级的大公司。到弗朗西丝来到华盛顿特区的1960年，制药已成为美国利润率最高的产业，年销售额大约27亿美元。[13] 监督这个庞然大物的是一个资金严重不足的联邦机构，也就是弗朗西丝的新雇主：食品药品监督管理局。

---

① 指最差的地方。——译者注

FDA 的任务是监管全美所有的食品、药品、化妆品和医疗设备。它设在华盛顿特区的总部协调着 18 个地区办事处和驻 41 个城市的检查员的工作。[14] 然而，杜鲁门执政期间以及艾森豪威尔政府早期对预算的削减使 FDA 遭受了沉重的打击。到 20 世纪 50 年代中期，FDA 只有不到 900 名雇员在竭力执行赋予他们的巨大任务。[15] 1959 年，美国的制药公司提交了令人瞠目的 369 份新药上市申请，[16] 相当于每天提出一项专利药申请。FDA 只得赶紧寻找更多的医生来审查制药公司提交的所有科学资料。弗朗西丝就这样登场了。

弗朗西丝工作的地方是二楼一个破破烂烂的办公室，房间号是 2605。墙上的绿漆斑驳剥落，木地板光秃秃的。一张金属长桌靠墙放着，算是她的"办公桌"。这是某个政府家具供应商在 FDA 少得可怜的预算限制内提供的。弗朗西丝资质优异但不讲究排场，所以她并不在意办公室的寒酸。这天早上她既兴奋又期待。经过一个月的入职培训，包括看幻灯片演示、听讲座之后，她要真正开始工作了。桌上摆着分配给她的任务：新药申请 12-611。这是辛辛那提的一家制药公司为一种叫作凯瓦登（Kevadon）的镇静药提交的申请。申请材料有几本电话簿那么厚，各种数据、信件和报告都装订在蓝色的文件夹里。

申请材料的首页说这种药是一种特别安全的非巴比妥类催眠药，已经在超过 46 个国家销售。由威廉·S. 梅瑞尔公司提交的申请通篇皆是用凯瓦登做过临床试验的美国医生的赞美之词，说它"非常鼓舞人心"，还说它"优于其他助眠药物"。[17] 一些很快就将发表的研究论文也对凯瓦登赞不绝口。弗朗西丝的上司似乎给了她一个轻省活。

申请材料中有几百页德文资料，是发明该药的外国公司格吕恩泰化学公司（Chemie Grünenthal）提供的。弗朗西丝的德文阅读能力很有限，但梅瑞尔公司——从格吕恩泰化学公司那里获得了生产许可——提交了欧洲研究结果的总结，看来欧洲方面也称赞这种镇静剂有效且无害。

按照 FDA 的规定，弗朗西丝需要在 60 天的时间内完成对她桌上这些资料的审查，并决定此药是否足够安全，可以在全国销售。除非她发现具体的问题，否则这种产品将在60天后自动获准销售。事情看起来很简单，因为这种通用名[①]为沙利度胺的药已经得到了几十个国家的医学审查委员会的批准。

然而，弗朗西丝特别喜欢分析数据。她做过好几年研究工作，甚至为《美国医学会杂志》(The Journal of the American Medical Association)审过稿，评估哪些研究报告值得发表。她精通药品研究，与人合著过美国药理学研究生用的最重要的教科书。面前的这份申请虽然看似可以不假思索地盖章通过，但弗朗西丝的职业道德要求她一行不落地仔细阅读。正是她的这种职业道德为她赢得了诸多科学奖项，使她在一个男性统治的领域干得风生水起。她回到申请资料的开头，读了起来。

— ◎ —

"弗朗姬"弗朗西丝·凯瑟琳·奥尔德姆1914年出生在家里——温哥华岛上一座巨大的木头房子。

房子名叫"巴尔戈尼"（Balgonie），坐落在岛的南侧，是弗朗西丝的父亲弗兰克·特雷弗·奥尔德姆（Frank Trevor Oldham）亲手盖的。奥尔德姆上校生于澳大利亚，曾在英国陆军皇家野战炮兵部队服役数十年，在印度和中国驻扎过。1911年，清瘦英俊的奥尔德姆上校决定靠军队发给他的退伍费带着他年轻的苏格兰新娘开始新的生活。他们搬到了加拿大的太平洋海岸，生了4个孩子。

奥尔德姆上校为人随和，喜欢读书和侍弄菜园，他的妻子凯瑟琳·布思·斯图尔特（Katherine Booth Stuart）却是个急脾气。昵称"基

[①] 与商标名相对，一种药物的通用名往往描述的是这种药物的结构、组成等特征，商标名则是制药公司根据药物的营销需求取的名称。不同制药公司生产的同一种药物会采用不同的商标名。以此处梅瑞尔公司申请的这种药物为例，沙利度胺就是通用名，凯瓦登就是商标名。——编者注

蒂"（Kitty）的她是业余演员，热爱骑马、打高尔夫球、游泳，不过她后来在神秘不明的情况下溺水而亡。基蒂苏格兰娘家的女性都受过良好的教育，她自己在加拿大旷野中带孩子的办法是让孩子们自己管自己。弗朗西丝是家中的老二，大家都叫她"弗朗姬"。她经常徒步穿过巴尔戈尼外面高大的常青树林和起伏的草地。她家拥有 30 英亩[①]的土地，包括一条小河，弗朗姬就在那条河里游泳和钓鳟鱼。弗朗姬还会在树林中的一个池塘里捉青蛙、蛇和昆虫，把它们带回自己的二楼小卧室仔细研究。

弗朗姬很早就显现出极高的智力，她母亲教她哥哥认字时她专心地在边上旁听。父母安排她学画画、学钢琴、学跳舞，还强迫当地一名叫卡农·巴里（Canon Barrie）的爱尔兰裔校长接受他们早慧的女儿到他为男孩办的小学上学。

弗朗姬在那所学校学习与她的水平相符的拉丁文、代数和几何，逐渐培养出智识上的独立性。学校生活也让她变得坚强起来。男同学们经常绊她、踢她，但弗朗姬学会了还手，晚上回家还会向家人炫耀她反击的战绩。她下定决心在任何方面都不落在男孩后面，甚至让一位男性朋友教她射击，并悄悄地教她开汽车。（她家生活简朴，去镇上的时候只驾着轻便马车在狭窄的道路上通行。）

弗朗姬的性子越来越野，父母把这些都看在眼里。大萧条刚开始，那所男校就倒闭了。这一次，父母决定给弗朗姬找一个温和一点的环境。在家里接受了一年家庭教育后，14 岁的弗朗姬被送到了不列颠哥伦比亚省维多利亚的一所规矩古板的学校——圣乔治女校。

但此时老师们也感到担忧。"弗朗姬的行为有很多不足之处，"校长萨蒂小姐写道，"我希望弗朗姬能够做到在我不在场的时候也遵守学校为数不多的校规。作为一名高中女孩，她因不守纪律被罚的记录是不

[①] 1 英亩 ≈ 4 047 平方米。——编者注

第一部：新　手　　11

光彩的。"[18]

弗朗姬上的下一所预科学校是圣玛格丽特女校,那里的校长注意到了她的进步:"这一年中,弗朗姬在举止和外观上进步很大。"[19]尽管如此,弗朗姬"必须努力改正她那笨拙的步态"。她还被批评对长辈不礼貌。

不过弗朗姬的学习很好。高中毕业后,她勇敢地决定上大学。在她妈妈家这边,弗朗姬在苏格兰有两个姨母,一个是律师,一个是医生。她觉得她们的生活"很有意思"。[20]在苏格兰,教育的重要性仅次于宗教。弗朗姬的父亲则早已认定女儿是个神童。

1934年,弗朗西丝获得了麦吉尔大学的生物学学士学位,但大萧条时期失业形势严峻,不多的工作机会都给了男人。弗朗姬的父亲想尽办法也没能在温哥华的启航湾生物站为她找到一份工作,于是弗朗姬决定和母亲一起去英伦三岛度夏,秋天回来接着上学。

弗朗西丝考进了麦吉尔大学的硕士研究生班。她想研究垂体腺,这种腺体被称为"主宰腺体""内分泌交响乐的指挥",[21]是当时的热门研究课题。但内分泌学系的研究生名额已经满了,系主任建议她试试新成立的药理学系。那里一位暴脾气出了名的教授正在研究脑垂体后叶。也许这个不太热门的系能够接纳一名女学生。于是弗朗西丝爬了一层楼去见雷蒙德·施特勒(Raymond Stehle)。这位戴眼镜的秃头学者立即表明他不喜欢带研究生。但弗朗西丝坚持要求他给自己一个位子。

弗朗西丝没出两年就获得了硕士学位,但大萧条仍在肆虐,工作机会依然少之又少。施特勒此时已经开始欣赏弗朗西丝。他提出让她做他的研究助理,月薪50美元。但很快施特勒又提出了一个更好的建议:芝加哥大学新建的药理学系系主任在研究脑垂体后叶,这可是弗朗西丝的专长。施特勒鼓励弗朗西丝申请那里的工作。

弗朗西丝赶忙寄出了一份简历和求职信,但并未抱太大希望。不到一周后,芝加哥大学药理学系寄来了一封航空专递信,诚聘她担任研究助理，报酬是每月 100 美元，比她在麦吉尔的薪金多一倍。弗朗西丝高兴极了。

不过有一个问题：信是写给"奥尔德姆先生"的。芝大药理学系显然以为求职的是一名男性。正直诚实的弗朗西丝准备对他们说明真相。

"别犯傻，"施特勒反对说，"接受聘请，签上你的名字，在后面加个括号写上'女士'，然后就去上任！"[22]

弗朗西丝给父母发了个电报：

> 周六去芝加哥……前景很好。很兴奋。地址是芝加哥大学国际公寓。一切都好。希望你们也都好。爱你们的弗朗姬。[23]

一周之内，21 岁的弗朗西丝收拾好了行李，登上了南去的列车。换了好几次车后，她平生第一次来到了美国。

那是 1936 年 3 月，芝加哥还覆盖着闪亮的冰霜。弗朗姬住进了国际公寓中她小小的宿舍。她打开行李，拿出她心爱的曲棍球棒、她的笔记本、她的日记。在寒冷中走过短短一段路就到了药理学系，那里有她的新老板——神秘的尤金·马克西米利安·卡尔·盖林教授。

出生在南非的 E. M. K. 盖林是一位一丝不苟的科学家，颇有些戏剧天分。他是个很有魅力的单身汉，每次旅行都带着两个仆从和一只宠物斗牛犬。两排银发围着他那光秃秃的宽阔头顶。钢丝边眼镜和嘴唇薄得几乎看不见的嘴巴令他的面容显出一种学者的专注神态。不过他厚实的手掌和宽阔的溜肩暗示着他曾是美式橄榄球球员的过去。盖林经常给学生们讲一个可怕的故事：他年轻时，有一次他乘坐的客船正在开普敦海岸附近航行，突然水下的一颗水雷爆炸了。他急忙爬到一艘救生艇上，在接下来极为难熬的 5 个小时里，他亲眼看着 19 名其他乘客死去。为此，盖林教授——学生们叫他"皮特"——声称他讨厌水。然而，他

第一部：新　手　　　13

每年都会出海到夏洛特皇后群岛①附近捕鲸。他在那里把抹香鲸锯开，切成块，把抹香鲸巨大的内分泌腺装进容量1加仑②的标本罐。

（1941年春天，盖林将登上全国各地报纸的"疯狂新闻"专栏。为了测试约拿被鲸吞掉的《圣经》故事的可信度，他从头到尾爬完了一条抹香鲸的食管。"里面滑腻腻、黏糊糊的，"他从死鲸的体内爬出来后得意地对记者们说，"但很宽敞。"[24]）

盖林受的教育可以溯源到德国。他的导师、美国人约翰·雅各布·阿贝尔（John Jacob Abel）曾在斯特拉斯堡跟随奥斯瓦尔德·施米德贝格（Oswald Schmiedeberg）——被誉为"现代药理学之父"——学习过。回到美国后，阿贝尔创建了约翰斯·霍普金斯大学的药理系。盖林于30岁时来到了这里，在15年的时间里，他磨炼精进了自己的研究技能，从阿贝尔的研究生变为他的同事，又成为他的朋友。两人一起首先制备出了胰岛素结晶。随着阿贝尔因有关肾上腺素的发现一夜成名，③盖林则开始对当时流行的假药发起讨伐。1932年，他在一场受到高度关注的政府审判中为新成立的FDA做证，上了头条新闻。

自殖民时代起，美国人就一直在吃各种药饮和"独家药品"（proprietary medicine）④，但直到1906年才颁布了管理这类产品的法律。带头推动创立这部新法的是哈维·华盛顿·威利（Harvey Washington Wiley），一名牧师的儿子。在普渡大学教化学时，威利被印第安纳州政府请去参与调查商用蜂蜜和槭糖浆可能掺假一事。威利发现他拿到的

---

① 加拿大西海岸群岛。——编者注
② 加仑分美制和英制，此处作者应指美制，1加仑（美制）约为3.79升。——编者注
③ 作者此处描述得不够清楚，阿贝尔发现的并不是真正意义上存在生物活性的肾上腺素，而是肾上腺素一种没有生物活性的衍生物，此外，阿贝尔做出这些发现是在他和盖林制备出胰岛素结晶之前。——编者注
④ 此时的制药业仍不发达，很多药物都是私家作坊制作的，在这样的语境中，proprietary着重强调的是私家制造，因此译为"独家"。但在其他语境中，proprietary也指药物受专利保护，本书将根据语境灵活翻译。——编者注

样品中 90% 都是假货,因此发表了一篇言辞激烈的演讲。美国农业部注意到了他的演讲,任命他为化学局(FDA 的前身,由化学处发展而来)的第一任局长。威利上任后很快发现一场食品危机正在全国肆虐:黑胡椒里掺土,咖啡粉里加木炭,糖果里含铅。他揭露的牛奶生产内幕显示,牛奶被稀释过,用白垩染白了,里面漂着蛆。

"把这比作翻开一段圆木,看到下面的虫子到处乱爬都说得太轻了。"威利慨叹。[25] 情况更像是"移开一大蓬灌木,发现了一个马蜂窝"。

威利走遍全国各地,报告他发现的情况。报纸称他为"圣战化学家"(Crusading Chemist)[26]。家庭主妇视他为家庭安全的卫士。

然而,立法者用了整整 8 年才就威利的发现采取行动。直到 1890 年,美国才推出了规范食品生产的法律。即便如此,正如记者莫顿·明茨后来写的那样,这项法案"终究不敌由江湖庸医、毫无心肝的骗子、道貌岸然的冒牌货、无赖、高价律师-说客、既得利益集团、满口谎言的人、腐败的国会议员、见利忘义的出版商、位居政府高职的胆小鬼、蠢货、麻木不仁的人和受骗上当的人组成的持久同盟"。[27]

美西战争期间,运给美军士兵的军粮中发现了变质的"经防腐处理的牛肉",[28] 这一丑闻一度激起了公共舆论的反应,但国会仍迟迟不采取行动。于是威利开始动手证明毒性物质**无处不在**。

1902 年,威利得到了 5 000 美元的国会拨款,用来"进行卫生餐桌试验","研究食品防腐剂、食品染色剂以及其他食品添加剂的性质"。[29] 他从政府雇员中招募了志愿受试者,开始为他们提供实验餐食。连续几个星期,他给志愿者一日三餐的饭菜里偷偷地一点点加入硼砂、水杨酸、硫酸、硝酸钾、甲醛和硫酸铜。他记录下了受试者的健康变化,这些变化让人极为忧心。在听说了这项研究的消息后,报纸将威利的这些受试者称为"试毒队"。[30] 公众的注意被紧紧吸引住了。1906 年,《食品药品法》(Food and Drug Act)获得通过,这是美国第一部此类法律。威利的长期奋斗终于结出了果实。

新法限制在食品中秘密添加别的成分,并规定对"独家药品"开展更严格的监管。政府现在可以对有些产品发布禁令,比如"Cureforhedake BraneFude"①,因为它的主要有效成分乙酰苯胺是有毒性的,再比如"约翰逊医生的温和复方治癌剂",因为其实它根本治不了癌症。然而,1906年的法案有其局限。最高法院在释法时只关心产品成分是否被准确地列举了出来。"镭补"(Radithor)是一种价格高昂,含有放射性物质的水,号称可以治疗男性阳痿、性病和160种其他病症,但它含有的镭粒子会腐蚀骨头。在一位著名的钢铁大亨因为喝镭补被镭腐蚀掉颅骨死亡后,法院基本上只是表示爱莫能助。该药的包装上写明了它是"包含镭和新钍的三重蒸馏水",那人不知道镭会腐蚀骨头是他倒霉。

1912年的一项修正案本来旨在扩大政府的权力,不想却弄巧成拙。修正案禁止"虚假**和欺骗性的**"标签(粗体为作者所加),[31]结果检察官依法必须**证明**发生了欺诈。政府继续艰难前行。打官司虽然获得了寥寥几次胜诉,但代价却高得惊人。花5万美元的诉讼费,胜诉的判决也许只是50美元的罚款。

当时FDA着力打击的最著名的产品之一是B&M膏(B&M Balm)。这是一种味道难闻的药膏,用松节油、氨水、水和鸡蛋制成,原来是给马吃的。一名马厩主和一名赛马赌注登记人合伙把它作为万灵药推向了市场,说它包治百病,从风湿病到肺结核、肺炎、癌症、百日咳、猩红热,无所不治。事实上它什么都治不了。然而,辩护方在审判中辩称,公司老板**没有受过**医学教育,这证明他真心相信自己的说法,所以没有欺诈。陪审团同意了这个论点。之后,B&M膏得意地把法庭判决拿来作为卖点。"B&M膏通过了审判的考验,"新一轮的广告宣称,"所有这些证词都是经过宣誓提交给法庭的。"[32]

---

① 英文谐音是"治头痛补脑剂"。——译者注

几年后，FDA 手握证明 B & M 膏有欺骗意图的具体证据再次出击。该公司盗用了麻省药学院（Massachusetts College of Pharmacy）[①]的信头来伪造证明，说这种药膏能改变血液中氢离子的浓度。[33] 此外，该公司还以每月 75 美元的报酬请一些医生帮助打消顾客的担忧。FDA 的调查铁证如山，一名拿了 1.5 万美元为 B & M 膏的科学属性背书的医生还没来法庭做证就逃之夭夭了。[34]

审判中揭露的令人瞠目的真相数不胜数，但审判最戏剧化的时刻是 E. M. K. 盖林的出场。身穿西装、打着领带的盖林提着两个手提箱大步走到证人席上。"我带来了我的权威资料。"[35] 他用带南非口音的英语宣布，然后出示了资料，表明 B & M 膏声称的疗效是"彻头彻尾的胡说八道"。几十年来，政府的多次审判都深陷"他这样说，她那样说"的争辩里无法自拔，现在盖林给法庭带来了新的权威标准：他从科学角度讨论了药物如何作用于人体。这一次，陪审团站到了 FDA 一边。[36]

1936 年，盖林来到芝加哥大学任教。他决心找到一种条理分明的办法来讨论药物**如何**在人体内起作用。他想用动物研究来指导医学实践。例如，如果能够搞清楚一种药物在兔子或鸡的体内如何起作用，那么就将有助于确定如何在人身上测试并使用该药。他设想了一个新的跨学科领域，叫作临床药理学。

盖林开始在生物化学楼阳光充足的五层建立实验室，同时在医学院广发通知，希望能吸引医学院的学生来工作。但是在 20 世纪 30 年代，就连基础药理学都是一个新生的领域，是随着制药业的发展而兴起的专业。起初，盖林招不到人。所以眼下他的研究助理只有这个来自加拿大，能够吃苦耐劳的姑娘一个人。

弗朗西丝知道盖林信不过她的能力，[37] 所以拼尽全力要证明盖林的疑虑没有道理。不久前，盖林发现鲸、鼠海豚、海豹和犰狳的脑垂体的

[①] 2013 年更名为麻省药科与健康科学大学。——译者注

第一部：新　手

前叶和后叶是完全分开的，因此可以把前叶和后叶分开来研究。于是弗朗西丝开始研究九带犰狳的脑垂体后叶。大学新学期开始时，她提出申请，成了盖林的第一个博士生。[38]

但弗朗西丝对旅行和探索的渴望依然如故。她专程前往得克萨斯州的一个农庄，在那里抓藏在丝兰和刺梨丛里的犰狳做研究样本。夏天，她报名参加了盖林的康吉特岛之旅，在那里采集鲸巨大的脑垂体。她成天在捕鲸站收集样本，在屠宰棚和停尸台边走来走去，看日本工人像剥香蕉皮一样从鲸身上剥鲸油。晚上，她在工棚里吃厨子给访客们做的鲸肉。弗朗西丝觉得那味道和牛排差不多。

在水边长大的弗朗西丝特别想和挪威船员们一起，每天驾着 90 英尺长的船去捕鲸——蓝鲸、露脊鲸、抹香鲸、长须鲸和座头鲸。然而他们总是找出各种借口不让她上船：天气不好啦，海浪太大啦。事实是，挪威人认为女人出海会带来霉运。但弗朗西丝不停地恳求捕鲸站站长的儿子，最终他偷偷地带她出了海。弗朗西丝不仅发现了一条鲸并给捕鲸手指出了目标，而且她是全岛唯一出海没有呕吐的科学家。

一年夏天，盖林想要六线鱼的组织（据说这些组织能产生胰岛素），于是弗朗西丝套上防水长靴，连续几个月在日本商业捕鱼船的甲板上咚咚地走来走去，翻检数百条巨大的六线鱼黏糊糊的肠子。夏末回到实验室时，她带回了好多装满六线鱼组织的瓶子。那年秋天，弗朗西丝重新投入了研究。可是到 10 月时，盖林停止了实验室的一切工作。他接到了美国医学会（American Medical Association）的一个紧急电话，这个药物监督组织说，发生了一系列死亡事件，都与一种叫万灵磺胺酏剂（Elixir Sulfanilamide）的新药水有关。

磺胺粉在第一次世界大战期间被用来治疗感染。受此启发，总部设在田纳西州的麦森吉尔（Massengill）制药公司觉得如果把它制成药水也许会畅销，特别是作为儿童用药。麦森吉尔的化学家把磺胺、水和防冻剂的一种成分二甘醇混在一起做成药水。他还在药水里加入了覆盆子汁使之呈粉色，加入了糖精和焦糖使之有甜味。到 1937 年 9 月，该公司已经在全国各地销售了 240 加仑这种药水，声称它从淋病到喉咙痛无所不治。不出一个月，71 名成人和 34 名儿童命丧黄泉。

在 B & M 审判期间那次强有力的做证后，盖林加入了美国医学会的药品理事会（Council on Drugs）。现在，美国医学会恳请他找出万灵磺胺酏剂致人死亡的确切原因。终于在实验室里证明了自身能力的弗朗西丝被任命为盖林调查组的一员。她后来回忆说：

> 盖林博士立即展开了关于急性和慢性中毒的动物研究……我的具体任务是观察大鼠……立刻就发现问题出在二甘醇上，再清楚不过了……那些大鼠很快就死了，就像那些孩子一样。[39]

罪魁祸首是防冻剂。美国医学会和 FDA 开展了一场史无前例的全国性行动，到各地去没收所有的万灵磺胺酏剂。

后来发现，麦森吉尔从来没有用这种药水做过动物实验。尽管如此，按照 1906 年的《食品药品法》，麦森吉尔已经履行了自己的法律义务，因为它列举了药水的成分。没有一个人知道把防冻剂喝下肚的危险，就连麦森吉尔的化学家都不知道，但这只是"不小心"，在法律上是可以原谅的。麦森吉尔只犯了一个细节上的小错：药水英文名字中的"elixir"只有含乙醇的药才能用。因为这个语言学上的失误，麦森吉尔被罚了款。

麦森吉尔的老板塞缪尔·埃文斯·麦森吉尔（Samuel Evans Massengill）一口咬定公司"从未预料到会有这样的结果"。[40] 后来每一次发生药物导致的灾难时，几乎每一家制药公司的辩解都如出一辙。怎么能够责备别人忽视了根本没有想到的危险呢？麦森吉尔的老板坚决表示，他不觉得"我们有什么责任"。

公司的化学家却不这样想。他在审判开始前自杀了。

磺胺酏剂药水造成的死亡成了立法的引爆点。整整5年，一份旨在堵住1906年《食品药品法》漏洞的法案在国会被踢来踢去。1933年，一本名为《一亿只小白鼠：日常食品、药品和化妆品中的危险》(*100,000,000 Guinea Pigs: Dangers in Everyday Foods, Drugs, and Cosmetics*)的书上市后，曾是医生和卫生专员的纽约州参议员罗亚尔·S. 科普兰（Royal S. Copeland）迅疾建议了一项措施，禁止误导性的广告宣传并给予FDA更大的监管权。FDA积极支援，组织了一次展览，用海报和立体模型来展示危险的江湖医术造成的各种巨大伤害：一个年轻姑娘在用了睫毛膏后失明；罗得岛一家三姐妹服用B＆M膏后身亡；当然，也少不了颅骨被镭补腐蚀掉的那位钢铁大亨。包括埃莉诺·罗斯福（Eleanor Roosevelt）①在内的许多人看了这个"恐怖之屋"展览后都惊骇不已，[41]但科普兰仍旧无法动员起国会的支持。媒体锲而不舍的深挖曾经帮助威利动员起公众对1906年原法案的支持，现在媒体却集体失声，因为如今的媒体高度依赖药品广告收入。谁都知道市面上在出售不可靠的药品，但谁都不愿意采取行动。

然而，麦森吉尔造成了这么多儿童的死亡却逍遥法外，这令全国群情激愤。报纸上刊载的一位痛失爱女的母亲写给富兰克林·D. 罗斯福总统的信推动了这方面的行动。

> 我们现在能做的只是照看她小小的坟墓。即便是对她的回忆也充满了悲痛，因为我们仍能看到她小小的身体翻来覆去，听到她稚嫩的声音尖声叫痛……我恳求您采取措施，阻止出售这种夺走幼小生命、留下无尽痛苦的药品。[42]

一直支持科普兰法案的罗斯福遵从了这位母亲的意愿。E. M. K. 盖

---

① 美国总统富兰克林·罗斯福的夫人。——译者注

林再次应召，这次是制定新法中确保药品安全的标准。盖林的建议包括要求制药公司在把产品投入市场之前向 FDA 提交动物安全数据，实质上就是要求出售药品必须先获得 FDA 的"批准"。

1938 年 6 月 25 日，罗斯福总统签署了《食品、药品和化妆品法》（Food, Drug, and Cosmetic Act）。这项法案是美国自 1906 年以来对药品监管最大的修改。盖林新建的芝加哥大学药理学实验室，包括他的学生弗朗姬·奥尔德姆，在其中起到了核心作用。

弗朗姬 24 岁时获得了芝加哥大学第一个药理学博士学位，[43] 成为奥尔德姆博士。她从此甩掉了"弗朗姬"这个名字，要求别人平时称她为"博士"。她不仅在对一场全国性药品灾难的调查中出了大力，而且目睹了美国政府对一个强大的产业给予了立法上的打击。然而不久后，这个产业在第二次世界大战爆发前夕力量成倍增长，变得更加难以控制。

受试者的自愿同意绝对必要。[44]

——"允许的医学实验",《纽伦堡法典》(1947年)

第 2 章

药物的制作和使用基本分为两个时代——自然药物时代和实验室药物时代。人类历史的大部分时间都处于第一个时代。那时，"药"指的是用臼和杵将草药、果实、藤蔓和菌类捣碎后混合而成的东西。尼安德特人用杨树皮来缓解牙齿脓肿。能产生抗生素的霉菌就是他们的碱式水杨酸铋咀嚼片（Pepto Bismol）。大约公元前 1850 年的"卡洪纸草文稿"（Kahun Papyrus）是最古老的人类药物记录之一，详细记载了用奶、油、椰枣、药草和啤酒做的各种涂抹阴道的药膏和药水。大约300年后，108 页的"埃伯斯纸草文稿"（Ebers Papyrus）描述了治疗四肢僵硬、眼疾、骨折、烧烫伤、寄生虫、坏疽病、水肿和肝病的药物。在数百种药物中，柳树皮（阿司匹林的前身）被用来止痛。萨满、巫医和男女郎中用这些药给人看病。最终，药房让这个行当变得正式起来，把药水装进瓶子，贴上标签。但这些药店出售的仍然是自己在后院熬制的药物。它们从事的不是化学，更像是"混合学"。

1832 年，一名有远见的德国人尤斯图斯·冯·李比希（Justus von Liebig）彻底改变了这种情况。可称为现代制药之祖的李比希 1803 年生在小城达姆施塔特。他父亲是合成油漆、清漆和颜料的化学品制造商。李比希先是在父亲的车间里帮忙，后来又去当地一家药房当学徒。作为正式教育，尤斯图斯在普鲁士波恩大学享誉欧洲的化学专业获得了化学学位,又在巴伐利亚的埃尔兰根大学获得了博士学位。

李比希最终成了吉森大学的教授,但他的科学远见超过了学术成就。他总是在思考如何为化学品找到新用途,他也喜欢在实验室里鼓捣各种各样过去未曾研究过的材料。李比希发现氮和微量矿物质是植物的关键营养素。这一发现促成了化肥产业的快速兴起。他做出牛肉精后,成立了李比希肉制品公司(Liebig's Extract of Meat Company)。他从海藻和真菌中分离出了液体氯仿(就是劫持者手中的白布浸的那种药水),这种通用麻醉剂是19世纪医学必不可少的一部分。

不过李比希最大的成就是制造出了水合氯醛。1832年,他把乙醇(粮食酒精)倒入盛着硫酸的烧瓶,然后把气味刺鼻的绿色氯气通入瓶里的混合液体中。这不知怎么造成了氯和乙醇分子中原子的互换,产生了白色的晶体。李比希起初称其为"chloral"(氯醛)——这是把"氯"(chlorine)的前几个字母"chlor"和"酒精"(alcohol)中的"al"合到一起造出的一个单词。乙醇和氯本身都没有医药用途,但李比希新制成的白色结晶 $C_2H_3Cl_3O_2$ 后来被发现有镇静神经系统的作用。与以前的药物相比,他制造出的这种新分子有一个巨大的不同:作为人在实验室中造出的产物,水合氯醛成为世界上第一种人工合成药。[45]

不出30年,水合氯醛(可以吞食的药粉,不用注射)取代了吗啡,成为精神病院和富裕人家的首选镇静剂。因为创造发明出的分子可以申请专利,所以发明者坐收厚利。两个已有的产业赶忙抓住了这个利润丰厚的新机遇。

药房早就在兜售加了鸦片的糖浆,还给这类糖浆取了"霍珀止痛剂,婴儿的好朋友"这样的名字。现在它们纷纷转向合成药。李比希家乡的一家药房默克(Merck)在1890年成为世界上第一家制药公司,[46]瑞士的霍夫曼罗氏公司(Hoffmann-La Roche)、英国的宝来惠康公司(Burroughs Wellcome)、法国的普朗兄弟公司(Poulenc Frères)和美国费城的史克公司（Smith, Kline & French）[①]紧随其后。

欧洲纺织业主也抓住了这个机会。纺织公司已经在从煤焦油中提取化学物来生产合成染料，所以有现成的研究和制造框架。李比希成功制出水合氯醛后，各纺织公司开始仔细研究染料合成过程中那些黏糊糊的副产品，看哪些原子有可能被用作下一种灵药。

这就是拜耳公司（Bayer）的故事。1887年，这家德国染料公司发明了退烧镇痛药非那西丁（Phenacetin），10年后又发明了适于治疗各种疼痛和发烧的乙酰水杨酸。这种被定名为"阿司匹林"的药成了世界上第一种超级畅销药。[47] 接下来，拜耳公司推出了用巴比妥酸制成的一类新药：巴比妥酸盐。这类药不只缓解身体上的疼痛，还能减轻**精神痛苦**。1903年，佛罗那（Veronal，巴比妥）问世，9年后又推出了更强效的鲁米那（Luminal，苯巴比妥）。巴比妥酸盐作为助眠药、麻醉剂和抗惊厥药大受欢迎，作为日常改善情绪的药物更是风头一时无两。

很快，阿片类药物这种吗啡和可待因的廉价合成品也上市了，有羟考酮（1917年）、氢可酮（1924年）、哌替啶（1939年），还有美沙酮（1939年）。随着改造分子的技术日臻完善，出现了专门的特效药。1939年，帕克-戴维斯公司（Parke-Davis）的地仑丁（Dilantin）成为第一种能够治疗癫痫的非巴比妥特效药。[48]

到第二次世界大战时，药物——无论是自然药物还是实验室药物——成为重要的军事资产。在太平洋战争中，配备了阿的平（Atabrine）和奎宁的部队能更有效地治疗受疟疾折磨的战士。为了准备诺曼底登陆，美国政府认购了私营部门生产的磺胺和青霉素，以备治疗伤员。改善情绪的合成药也在战斗中派上了用场。日本神风特攻队的飞行员在执行自杀任务之前会注射甲基苯丙胺。盟军士兵靠吃苯丙胺来解

[①] 著名药企葛兰素史克（GlaxoSmithKline）的组成部分。史克先是通过一系列合并于1989年成为史克必成（SmithKline Beecham），之后史克必成又与葛兰素威康（Glaxo Wellcome）于2000年合并为葛兰素史克。——编者注

第一部：新 手　　27

乏。野战医院给患弹震症[①]的士兵吃巴比妥酸盐。德国国防军的部队在对法国发动闪电战之前吃一种叫斯图卡药片（Stuka-Tablette）的甲基苯丙胺来鼓劲。希特勒自己对药物也很在行，"二战"期间一共注射了约800次针剂，包括经常注射羟考酮。[49]发现鲁米那这种较新的巴比妥酸盐大剂量使用有毒之后，希特勒首选用它来施行大规模安乐死。

战争加速了药品的生产。这意味着轴心国落败之际成了美国制药公司大展宏图之时。此外，盟军还派遣由军人和文职人员组成的特别行动队跟随开路的大军冲进德国的工厂、实验室和图书馆，没收各种军事、科学和工业记录。一次，两名盟军士兵在山中发现了一个混凝土掩体，上面标着"Achtung! Minen!"（小心！地雷！）的字样。两人通过抛硬币来决定谁上，输了的那人把吉普车开到掩体门口，屏住呼吸，踩下油门。没有地雷爆炸。门被撞开了，现出一个1 600英尺深的竖井，竖井底部的一筒筒液氧下藏着德国的全部专利记录。[50]

第一次世界大战结束时签订的《凡尔赛和约》迫使德国交出知识资产，比如拜耳公司在美国为"阿司匹林"做的商标注册（所以杜安里德和CVS这两家连锁药店可以出售它们自己的"阿司匹林"）。1917年的《禁止与敌国贸易法》（Trading with the Enemy Act）甚至允许美国政府没收德国的化学专利，然后廉价发放给美国公司。然而，第二次世界大战的这种劫掠并没有条约或国会法案的准许，也没有经过公共讨论。

战后最大的天降横财来自法本化学工业公司（IG Farben）。它是由6家德国公司组成的财团，包括拜耳这个几十年来全世界化学和制药工业的老大。从法本获得的资料应有尽有，包括制造固体燃料、合成橡胶、纺织品、化学品、塑料、药品和5万多种染料的工艺方法。制药记

[①] 又称炮弹休克，这个术语起源于第一次世界大战期间，用来描述许多士兵的战争经历引发的创伤后应激障碍反应。——编者注

录尤为宝贵。作为现代制药业的新月沃地①，德国化学工业的产出一个多世纪以来远超所有其他国家。据估计，战后被剥夺的德国知识产权总价值高达数十亿美元。[51] 1945 年 8 月 25 日，哈里·S. 杜鲁门总统悄悄颁布法令，将德国的 100 万份专利文件划归美国公司所有。德国因被迫做出这些战争赔偿而愤怒哀叹，但美国人对德国最大的法本公司不抱同情，特别是在该公司战时的劣迹被揭露出来之后。

1947 年 5 月 3 日，美国对法本化学工业公司的 24 名管理人提出战争罪指控。[52] 法本公司不仅是希特勒竞选活动的最大金主，[53] 而且建造了奥斯维辛-莫诺维茨化工厂，至少 3 万名囚犯在里面死于非命。[54] 法本还拥有德格施公司（Degesch）相当多的股份，而令 100 多万囚犯命丧黄泉的臭名昭著的齐克隆 B（Zyklon B）毒气就是德格施生产的。[55]

"美国诉卡尔·克劳施等人案"（U.S.A. v. Carl Krauch et al）是 13 场著名的纽伦堡审判中的第 6 场。被告人中有法本公司的高级研究员奥托·安布罗斯（Otto Ambros）博士。魅力十足、衣冠楚楚的安布罗斯是希特勒的顾问和首席化学武器工程师。[纳粹研发的神经毒气"沙林"（sarin）中的"a"代表的就是"安布罗斯"。]除了帮助建立奥斯维辛-莫诺维茨化工厂外，他还在迪赫恩福尔特建了一个强迫劳动营来生产神经毒气。据称他曾在奥斯维辛安排用拜耳公司生产的化学品和毒药在囚犯身上做实验。集中营给拜耳公司提供了无穷无尽的人体测试受试者。

奥斯维辛集中营的指挥官与拜耳公司总部的通信显示，拜耳曾要求集中营提供妇女来测试一种"新的催眠药"[56]：

请为我们准备 150 名尽可能健康的妇女。

150 名妇女的订单已收到。尽管她们身体消瘦，但状况还是令

---

① 西亚两河流域的美索不达米亚平原，两河文明的发源地。——译者注

人满意的。我们会及时把实验情况告知你们。"[57]

那 150 名妇女无一幸存。[58]

另外 200 名得了脓毒性咽喉炎的女子被在肺部注射了一种拜耳生产的抗菌药物。[59]所有被注射的人都在万分痛苦中慢慢死去。一名曾被关在奥斯维辛集中营的乌克兰女孩后来回忆说，在 3 年的时间里，一个纳粹医生经常把她赤身裸体地绑在床上，强行让她吞下各种标有"拜耳"字样的药瓶中的药片。战争结束后，她发现自己丧失了生育能力。[60]

安布罗斯和其他受审的法本主管声称，他们不过是中层管理人员，只管处理文件，不知道集中营发生的事情。"我只是个化学家。"安布罗斯抗议说。[61]虽然被任命为造成数万人丧生的项目的主管，但安布罗斯说自己的头衔不过是"荣誉性的"。然而，纽伦堡审判的检察官特尔福德·泰勒（Telford Taylor）认为这些白领医学主谋构成了独特的威胁，也犯有独特的罪孽。泰勒说："主要的战犯是这些法本公司的罪犯，不是那些狂热的纳粹疯子。"[62]毕竟，是法本公司为纳粹提供了齐克隆 B 毒气和鲁米那这些不流血就能置几百万人于死地的手段。在专业的光鲜外衣的保护下，这些主管从遥远处即杀人如麻。若是让他们重获自由重操旧业，会发生什么？

泰勒的团队担忧，"如果不把这些罪犯的罪行公之于众，如果让他们逍遥法外，那么即便希特勒还活着，他对世界未来和平构成的威胁也远远不如这些人"。[63]

1948 年 7 月 30 日，13 名被告因"无视基本人权"被判处徒刑，安布罗斯的刑期最长，为 8 年。[64]到 1951 年，法本公司在法庭判决的打击下土崩瓦解。盟国将专利据为己有抽空了其他德国药业巨头的力量，新入场的公司意外地突然获得了施展空间。

有一家名叫"达利-韦尔克、莫伊雷尔和维尔茨"（Dalli-Werke, Mäurer & Wirtz）的小型制皂公司，老板是两兄弟，都是狂热的纳粹支持者。[65] 他们成立了一个制药分公司来吸纳和利用近来大批失业的纳粹研究人员。这家分公司被命名为"格吕恩泰化学公司",最终聘用了奥托·安布罗斯担任公司咨询委员会的主席。

— ⊘ —

古色古香的施托尔贝格镇坐落在德国临近比利时边界的丘陵地带。它曾经是黄铜生产重镇,但是到19世纪中期,镇里的制造商已经把业务扩展到了玻璃制造、纺织和男子服饰等多个领域。

1845年,米夏埃尔·莫伊雷尔(Michael Mäurer)和继子安德烈亚斯·奥古斯特·维尔茨(Andreas August Wirtz)在施托尔贝格建起了一座用动物油脂做肥皂的工厂。他们的产品很快出现在德国各地和邻国的商店里。到世纪交替之时,"莫伊雷尔和维尔茨"这个名声好、利润高的公司开始为自己的产品注册商标。

第二次世界大战中,这家公司大发横财。公司的管理权当时已经传到了安德烈亚斯的孙子赫尔曼和阿尔弗雷德·维尔茨手中。维尔茨兄弟是纳粹党员。据说,在推动一项雅利安化方案的过程中,他们通过强夺两家犹太人拥有的公司——柏林的德林·韦尔克公司(Doering Werke)和维也纳的里瓦公司(Riva)——扩大了业务。他们还得到了几百名奴工。[66]

然而,战争即将结束时,纳粹的补贴没有了,国家被占领,城市被夷平,食品稀缺。两兄弟只得寻找新的收入来源。根据公司的传说,在大战尾声的一次空袭中,肥皂厂的经理、一个名叫雅各布·肖弗里斯特(Jakob Chauvristé)的比利时人和一名药剂师一起在防空洞里避难。那名药剂师预言,战争结束后抗生素会供不应求,而抗生素不仅生产成本低,而且利润很高。于是,1946年,阿尔弗雷德和赫尔曼把施托尔贝格一个废弃的18世纪炼铜厂改造成了他们新成立的制药公司的总部。这座三层石头建筑的墙上爬满了叶片闪亮的常春藤,屋顶是洋葱形的拱顶。推开白色窗框的窗子，下面的院子里满是盛开的杜鹃花。因为这童话般的景色，两兄弟给公司取名为格吕恩泰，意思是"绿谷"。

1946年12月23日，肖弗里斯特和赫尔曼·维尔茨正式登记为公司的董事。因为公司管理层的所有人都对药理学或医学一窍不通，所以他们赶紧雇了一位首席科学官：32岁的海因里希·米克特。米克特的药理学学位只读了一半，但他因在"二战"中作为德国国防军军医开展斑疹伤寒的研究而知名。为了研究疫苗，他安排在奥斯维辛集中营和布痕瓦尔德集中营给囚犯注射斑疹伤寒病毒，造成数百人死亡。[67]战后，为了躲避波兰当局的追捕，他逃到德国进入波恩大学读书，在那里应聘入职格吕恩泰。以傲慢自大出名的米克特后来成为沙利度胺事件里最大的恶棍。[68]

新成立的格吕恩泰公司也给许多其他前党卫军军官提供了职业庇护。公司的病理部主任是鼓吹"种族卫生"、帮助制定纳粹人口控制政策的马丁·施特姆勒（Martin Staemmler）。前党卫军营养检查官恩斯特-金特·申克（Ernst-Günther Schenck）医生也加入了公司，这对他来说是求之不得的好机会，因为他开展的"蛋白质香肠"实验造成了数百名囚徒死亡，为此他被禁止在德国行医。1956年，公司还雇用了曾任萨克森豪森集中营首席医学官的海因茨·鲍姆克特（Heinz Baumkötter）。鲍姆克特虽然被苏联军事法庭判处无期徒刑，但提前获释。西德法院之后又判他犯了大规模谋杀罪，但因为他在苏联已经服过刑，因此就不必再在西德坐牢。就这样，两次被判犯有谋杀罪的鲍姆克特得以走遍德国，推销格吕恩泰的产品。

格吕恩泰搜罗党卫军人员的最大手笔是雇用了奥托·安布罗斯。安布罗斯被纽伦堡法庭判罪后入狱服刑，后提早获释，最终在格吕恩泰化学公司的董事会得到了一个肥缺。

格吕恩泰初次试水制药选择了抗生素。官方的公司史把这一决定描述成人道之举。据说公司看到亚琛边境地区被"切断了一切药品供应"，[69]

想出力帮助。最初制造的产品是拿着美国的许可证生产的美国抗生素。这意味着要向美国专利方支付版税，己方的利润自然有限。只有**发明药**才能赚大钱，但来自大学和国际制药公司的竞争十分激烈，而给米克特做助手的药剂师威廉·孔茨（Wilhelm Kunz）经验甚至还不如米克特。

尽管如此，两人还是很快发明出了两种新的抗生素：黄青霉素和短杆菌素。这些发现完全是偶然之得，几乎意外到难以置信的地步。（几年后发现，米克特没有为这两种抗生素申请专利，于是有人指控说格吕恩泰其实是把德国战时发明中逃过盟国劫掠的漏网之鱼拿出来投入了市场。[70]）

1948年，格吕恩泰已经在出售自己研制的抗生素，公司的投资猛增了6倍。[71] 接下来，公司的生产线又增加了一种丹麦研发的名叫帕尔默500（Pulmo 500）的抗生素。这种药被用于治疗脑膜炎和肺炎，在德国卖得很好。但在1954年，德国的医生开始报告该药会引起病人的严重反应，它造成的死亡人数也比基本的青霉素高100倍以上。[72] 开药的医生怀疑，格吕恩泰在生产过程中偷工减料，也没有对这种药做过安全研究。他们说，这种药"在尚未发表充分的动物实验结果的情况下就被用在了人身上"。[73] 3名西德科学家甚至指控格吕恩泰故意无视问题。但格吕恩泰仍继续出售此药，也未向医生发布警告。

然而在国际市场上，抗生素的竞争十分激烈。大型英美公司能多快好省地生产出各种抗生素。格吕恩泰的收入陷入了停滞。它急需一种新分子，以便向外国公司出售生产许可。

1954年春天，米克特指示研究人员开始研制一种治疗肥胖的利尿药。他让孔茨在碳基化合物（有机化合物）的基础上制造肽（像蛋白质一样的小分子①），并研究这个过程中产生的副产品。对孔茨这个不熟

---

① 作者此处的表述不准确，肽和蛋白质都由氨基酸组成，只不过肽所含的氨基酸数量较少（有的甚至只有几个氨基酸），因此可以认为肽就是"微型蛋白质"。——编者注

练的药剂师来说，这样的指示太笼统了些，但现在有一名真正的药理学家指导他：波恩大学的赫伯特·凯勒（Herbert Keller）。凯勒的注意力很快集中到孔茨创造出的一种分子上，这种分子白色、无味，叫沙利度胺。这种物质没有显现出利尿的潜力，却在结构上非常近似正式名称为苯乙哌啶酮的巴比妥酸盐。[①] 这是一个令人兴奋的发现。催眠药和镇静药最初在精神病院被用来治疗精神错乱和神经紊乱，近来却广受普通民众的欢迎。似乎每个人都想借外力帮助自己放松和入眠。巴比妥酸盐类药物的需求猛涨，让制药公司赚得盆满钵满。米克特和格吕恩泰签订的合同规定，他做出的任何发现只要赚了利润，都会分给他1%作为奖金。[74] 于是米克特指示孔茨和凯勒专心研究这种白色粉末K17[②]（意思是"孔茨发现的第17种副产品"）。（它的正式实验室名称phthalimodoglutarimide 最终被缩短成比较容易念的 thalidomide。）

在测试一种化合物的镇静催眠功效时，实验室开展的第一项实验通常是把这种化合物喂给大鼠，然后把吃了药的大鼠翻得肚皮朝上，看它能不能自己再翻过来。催眠药会扰乱动物的"翻正反射"（righting reflex）。但没有记录表明格吕恩泰做过这样的测试。（有意思的是，沙利度胺并不影响翻正反射。）与此相反，格吕恩泰快进到了更加复杂的实验：把大鼠放到跑台上。正常的催眠药会减慢大鼠的速度，一般喂的剂量越大，速度越慢。沙利度胺没有通过这个测试。

许多研究者到这个程度就会放弃了。公司研制的新分子与巴比妥酸盐相似，却起不到巴比妥酸盐的作用，两者就像脾性完全不同的化学兄弟。另外，沙利度胺和已知的镇静剂不同，它的分子是不对称的，这意

---

① 作者此处表述有误，苯乙哌啶酮并不是巴比妥酸盐，两者只是在结构上有一定的相似性。——编者注
② 此处英文版原文为"K-17"，但作者在后文以及参考文献中都使用的是"K17"，中文版统一为"K17"。——编者注

味着不同构型（configuration）①的沙利度胺或许功效会有所不同。然而米克特仍然不肯放弃。这个分子药若是成了，公司就会一步登天。但若想把沙利度胺当作催眠药推向市场，米克特必须抛弃"睡眠的特点是协调能力丧失"这个前提。[75] 他必须重新定义睡眠，并设计出一种前所未有，可以在实验室开展的实验。

"摇晃笼"做得相当复杂，笼子里有几根杠杆、一盆硫酸、几根铂丝和一个测量氢气释放量的装置。小鼠在笼子里晃动时，铂丝会浸入硫酸盆，使水电解，释放出氢气。格吕恩泰的研究人员发现，给小鼠喂了沙利度胺后，产生的氢气少了50%，这意味着老鼠晃动得少了。虽然小鼠并未进入睡眠，但公司把晃动减少**解释**为睡眠，因此把这种药称为催眠药。

格吕恩泰想把这种新物质算作催眠药有个很好的理由。各类巴比妥酸盐都有一个致命的缺点：过量服用会致死。然而，用沙利度胺开展的实验表明，**无论吃多少都不会**造成实验室小鼠的死亡。不会致命的催眠药能轻而易举地成为超级畅销药。

从1954年5月到1955年5月，孔茨和凯勒一口气为沙利度胺和与之相关的物质申请了5项专利。他们提出的材料涵盖了每一种可能的生产工艺。在德国申请的专利列举了7种生产方法，后来在美国、英国、瑞士和法国提出的海外专利申请又增加了6种生产方法。然而，他们只顾忙着申请专利，却没有对使用这6种方法生产出的产品进行动物安全测试。在德国专利起初的5种生产工艺中，只有一种生产出了公司最终出售的药品，但公司并未用这种工艺生产出的药品来证明沙利度胺的安全性。事实上，格吕恩泰没有留下任何最初用沙利度胺开展动物安全测试的资料。10年后，德国当局要求看该药的实验数据时，格吕恩泰声

---

① 构型指的是分子中各原子特有的固定空间排列。两种分子有可能在原子构成上完全相同，在原子空间排列之外的其他方面也完全相同，但因为构型不同，某些性质存在差异。——编者注

第一部：新 手　　35

称相关资料在公司的一次搬迁中遗失了。

后来，就连格吕恩泰对沙利度胺的"发现"也受到了仔细的审视。1955 年春在美国和英国提交的专利申请很奇怪，它描述了该药对人的镇静作用，但那时还没有任何人体试验的记录：

> 这项发明的产品具有宝贵的治疗效能。它们能显著地降低机动性，即运动现象，且毒性很低。一般来说可以将它们用于"中心衰减"（植物性肌张力障碍）。这项发明的产品没有任何如马钱子那样造成外周性瘫痪的效果。
>
> 此外，这类化合物还有一定的解痉和抗组胺效能。这项发明的产品，特别是 3-phthalimido-2, 6-dioxopiperidine［即纯沙利度胺］，大量使用时能有效助眠。[76]

1955 年初，格吕恩泰仅刚刚完成几项在小鼠上的实验，它怎么可能详细阐明沙利度胺对人体产生的效果？临床数据从何而来？是不是在完成长期动物安全测试之前就给人吃了这种药？对于格吕恩泰，有些问题在后来几十年间一直如影随形：既然这种药没有对小鼠产生镇静作用，米克特的团队怎么知道它会对人起到镇静作用？公司里有人此前用过这种物质吗？鉴于格吕恩泰与党卫军医生的关系，沙利度胺是否在集中营里测试过？

格吕恩泰于 1955 年春开始正式人体试验，也提交了相关的资料。[77] 公司把这种药发给 9 名德国医生，表面上是为了收集临床数据。结果并不理想。1955 年 12 月 16 日，参加临床研究的医生，包括皮肤科医生、精神科医生和神经科医生，在一次研讨会上向格吕恩泰报告了他们的试验结果。

4 名医生喜欢这个药，但他们的试验方法粗糙草率。[78] 赫尔曼·荣格（Herman Jung）医生在他的科隆诊所里只给 20 名病人用了沙利度胺，时间仅有4个星期。他还每月从格吕恩泰领取200德国马克作为随时需要他服务的预付金。面对立竿见影的效果，荣格似乎惊喜莫名：4名男青年克服了手淫的欲望；几个已婚男子也不再早泄，令他们的妻子十分欢喜。荣格宣称这种药"没有副作用"，[79]预言它一定能赚大钱。杜塞尔多夫的海因茨·埃塞尔（Heinz Esser）医生对350名病人展开了试验，他也对此药的镇静作用赞扬有加。但埃塞尔的试验只持续了12个星期，他后来注意到病人出现了头晕、发抖和耳鸣等副作用，就不再开这种药了。研讨会上还有另外两份对该药予以肯定的报告，但报告所依据的试验不是匆匆完成，就是记录得马虎潦草。一名医生给脑外伤的病人用了沙利度胺，说它的效果堪比脑叶切除术——似乎对这种药盛赞有加。

剩下的5名医生中，有4人拿不定主意。明斯特的卡尔·福伦德（Karl Vorlaender）医生注意到有些病人出现了恶心、眩晕和难以入眠的症状。另外，用药3个星期后还会上瘾。但当他要求格吕恩泰多给他一些时间以增加试验的时长和范围时，却遭到了拒绝。哥廷根的格哈德·克洛斯（Gerhard Kloos）医生不需要更多时间。他的3名同事自己试吃了药片后感到恶心头晕。他非常不喜欢这个药。

最重要的是，参与试验的医生中没有一人收集过长期使用此药对人体影响的数据。研讨会也完全没有讨论人体是如何吸收、代谢和排泄沙利度胺的。似乎没有人知道这种药在人体内是如何运作的。格吕恩泰的经理肖弗里斯特承认，把沙利度胺投入市场之前还需要做更多的工作。于是公司把这种药给了另一组医生做试验，但这些试验的结果更糟。

3名在柏林执业的医生表达了严重关切。费迪南德·皮亚琴扎（Ferdinand Piacenza）医生观察到，所有参加试药的病人都全身起了皮疹，一名病人只服用了小剂量的药物就"感觉异常"（paresthesia）。他对这些副作用深感担忧，随即停止了药试。1956年3月25日，皮亚琴扎写信告诉米克特，人体对沙利度胺"绝对不耐受"。[80]米克特假装大

第一部：新手　　37

吃一惊："我们从来没有接到过像你这样负面的报告。"[81]米克特在回信中解释说，公司在诊所和疗养院试验沙利度胺已有大约两年的时间（这说明格吕恩泰在长期动物实验尚未完成的1954年就私下开始了人体试药）。米克特对皮亚琴扎的担忧一笑置之，说也许他给的剂量太大了。"K17是强效镇静剂，"米克特告诫说，"一般来说小剂量就足够了。"[82]

1956年，沙利度胺另一种更明显的副作用也显现出来。那年12月，在施托尔贝格附近的亚琛，格吕恩泰化学公司一名雇员的妻子产下一个女婴。几个月前，那人曾兴冲冲地把公司新发明的这种镇静灵药的样品拿回家给怀孕的妻子吃。圣诞节那天，他们的女儿降生了，却没有耳朵。

沙利度胺越出名，人们的问题就越多。问题大多是关于这种药在人体内的代谢和分解的。美国的梅瑞尔公司对此也感兴趣。不幸的是我们几乎没有任何这方面的数据。[83]

——格吕恩泰化学公司备忘录，1960 年 3 月

第 3 章

1940年，28岁的弗里蒙特·埃利斯·凯尔西来到盖林在芝加哥大学的实验室任药理学教师和研究员。这位人称"凯尔斯"的生物化学家身材魁梧，有6英尺高，是个带点野性的科学奇才。上高中时，他经常旷课是出了名的。上大学后，他神秘地消失了两年，去"北方某个地方"管理一个乐队。[84]

凯尔斯爱玩爱闹，无忧无虑，人未到声先至。他是个心直口快的理想主义者，讨厌惺惺作态或虚伪装腔。他是家中的独子，父亲是宾夕法尼亚州一名水平很高的砌砖工。他母亲在克瑞斯基百货商店的冷饮部工作，还为教堂婚礼提供饮食服务。有些人嫌她"粗鲁"，别的人却赞她"自信"。这位直来直去、快乐开心的女人塑造了埃利斯对异性的期望。他喜欢强大的女人。

好在弗朗西丝还在盖林的实验室做研究助理。她来到这里之后的4年里，药理系来了许多新学生和新研究人员。然而，弗朗西丝依旧是唯一的女性。她长时间坐在实验室的凳子上工作，但下班后会去大学操场打曲棍球。夜间，她在宿舍里如饥似渴地阅读大部头著作：《阿拉伯沙漠旅行记》《人和国家》《英国文明史》《智慧七柱》《伍德罗·威尔逊：生平和通信》。一贯条理分明的她记有详细的读书日志。傍晚，她高高兴兴地去看戏。

在实验室里，弗朗西丝和凯尔斯一起做实验，一干就是好几天。说话大嗓门、笑起来讨人喜欢的凯尔斯很快就被这个直率坦诚的26岁姑娘迷住了。她整天坐在显微镜前工作，栗色的头发只用扁平的发卡夹着。几个月后，凯尔斯鼓足勇气邀请这位难以捉摸的"奥尔德姆博士"去芝加哥歌剧院看戏。弗朗西丝正看得津津有味时突然看了下表，说要出去一趟。过了一会儿，她神秘地抱着鼓鼓囊囊的手提包回来了，若无其事地告诉凯尔斯她刚刚尿在了一个罐子里，准备在药理系的一次实验中用。热情直率的凯尔斯听后泰然自若，做出了一个预示着他对弗朗西丝忠诚一生的姿态：那一整晚，他都替弗朗西丝拿着那罐尿液。

— ⊘ —

"二战"期间，芝加哥的工厂源源不断地生产了数以十亿计的军火弹药，整个城市因战争而得到重塑。珍珠港事件后，盖林的实验室转向了政府工作。盖林应国防研究委员会（National Defense Research Committee）之请，负责主持一个毒素实验室，专门研究化学战制剂。这个项目属于最高机密，安置在57街和58街之间的几座小楼里。60名研究人员在那里对2 000多种化学物质做出评估。弗朗西丝因为是女性，被禁止参与研究。

然而，她被接纳入了另一个战时项目——寻找一种新的抗疟药物。随着在海外作战的大批士兵因患疟疾而倒下，治疗疟疾的传统药物奎宁的供应直线下降。美国政府要求制药公司、化学家和药剂师尽力寻找任何潜在的替代药物。很快，盖林的实验室就收到了好几千个"小瓶"。[85]就连在自家地下室和后院捣鼓的业余人士也送来了候选材料，如泡在牛奶里的干鱼。一名兽医送来了一个装满奇怪深色液体的墨水瓶，声称他已经成功测试了这东西的有效性，先是在他的秘书身上，然后是在他的牲畜身上。

盖林的实验室先把这些化学品喂给鸡鸭，然后把其中看起来有潜力

42　苦涩的灵药：沙利度胺、"海豹儿"和拉响警报的英雄

的化学品喂给大鼠、狗和猴子。弗朗西丝喜欢这样的研究，因为可以从中探究药物的代谢过程。一项研究尤其吸引住了她：在测试兔子的肝脏如何分解奎宁时，她和埃利斯发现怀孕的母兔难以分解奎宁，兔子的胚胎更是完全不能代谢这种药物。胚胎学仍然是个年轻的学科，10年后才通过超声波测知了人类胎儿的发育过程。但在20世纪30年代，学界已经确知胚胎是与母体分开的独立生命。弗朗西丝和埃利斯在芝加哥做的奎宁实验推动了这个领域的发展，表明因为胚胎的酶系统尚未发育完全，所以胚胎对药物的反应可能与母体很不一样。没有公开恋爱关系的弗朗西丝和埃利斯合作撰写了实验室的这篇重要论文。

但这项研究还是不能让弗朗西丝得偿所愿，参与战争行动。她仍被禁止加入毒素实验室。气恼之下，她写信给儿时的一个朋友罗杰·斯塔尼尔（Roger Stanier），问自己有没有可能去罗杰所属的加拿大毒气战研究项目工作。"我觉得女人的机会不大，"罗杰坦率地告诉她，"加拿大人对女科学家偏见极深，就连居里夫人也绝对斗不过实验室。"[86]

此时，罗杰已经和弗朗西丝通了好几个月的信。最后，对弗朗西丝与埃利斯的关系一无所知的罗杰在信中向弗朗西丝求婚。"我非常喜欢你，"他在1943年7月写道，"我觉得我们在一起能处得很好。"[87]

连续好几个星期，弗朗西丝在实验室工作时都心不在焉、情绪低落，同事们都不明所以，埃利斯尤其如此。弗朗西丝夏天回加拿大休年假时，凯尔西鸿雁频传，情意绵绵，还有点着急。他感觉到了弗朗西丝的生活中还有一个男人。弗朗西丝回到芝加哥后，凯尔西也向她求婚了。弗朗西丝立即就接受了，他们实验室的同事们惊讶之余大为欣喜。

1943年12月一个细雨蒙蒙的星期一，弗朗西丝·凯瑟琳·奥尔德姆和弗里蒙特·埃利斯·凯尔西在芝加哥的救赎主教堂举行了婚礼。盖林在他的豪宅举办了一场招待会，埃利斯的母亲和弗朗西丝的妹妹及双亲都应邀参加。小两口很快在南马里兰大道上找到了房子。他们和大学的几名同事共同拥有一艘39英尺长的斜桁双桅帆船，名叫"猫头鹰

第一部：新　手　　43

号"。弗朗西丝特别喜欢驾船出游。这对新婚夫妇现在一起工作，一起生活，也一起扬帆出航。

随着战事日趋激烈，政府也在加紧推进抗疟项目。盖林的团队最终接到指示，要他们在人身上测试奎宁的替代品。问题是，用什么人？

1944年时，为药品试验招募受试者还没有固定的规矩。不过，可控条件下的试验会比较理想，因此政府觉得监狱或许比较适合。于是政府和芝加哥大学签了合同，让其去附近位于伊利诺伊州乔利埃特的斯泰德维尔监狱招募犯人。[88]第一次要招200名犯人帮助战争努力，结果有487人自愿报名参加。[89]这些犯人不仅是研究对象（先让他们被蚊子叮咬感染疟疾，然后再给他们用药），还在实验室工作并报告工作结果。

盖林不准弗朗西丝进入监狱，但埃利斯提出抗议，亲自开车送她去监狱。弗朗西丝终于感到了她期盼已久的兴奋，特别是当她见到臭名昭著的利奥波德（Leopold）和洛布（Loeb）杀人双凶之一内森·利奥波德（Nathan Leopold）的时候。[90]自愿报名当受试者的利奥波德非常勤奋，令弗朗西丝印象深刻。他为不会讲英语的犯人组织上课，还管理着监狱的实验室。

然而，弗朗西丝的父亲在1944年夏天生病了，她只得中途停止在斯泰德维尔的工作，回加拿大住了几个月（埃利斯把自己的假期转给了她），其间饱受相思之苦的埃利斯每日一信：

> 我忘了告诉你我爱你。我爱你。我非常爱你。我非常非常爱你。我太爱你了……E

> 我不明白为什么会感觉如此空虚或孤独——毕竟我30年来自己也过得很好。[91]

弗朗西丝的回信稀松多了，也没那么热情洋溢。凯尔斯抱怨说，自己经常打开信箱却看到里面空空如也。迫切想生育孩子的凯尔斯盼着弗朗西丝回来。"别忘了我们今年冬天必须订购的幼崽。"他委婉地催促她。[92] 弗朗西丝10月份回来后，夫妇俩开玩笑地使用暗语来追踪她的排卵期，但她一直没能怀孕。

还发生了一件更让他们沮丧的事情：刚被晋升为药理学副教授的弗朗西丝必须放弃她的这个职位。因为战争，药理学成了热门。大批军人复员回家找工作期间，芝加哥大学援引一条过去的反裙带关系的规定，禁止夫妻二人在同一个系工作。尽管弗朗西丝和凯尔斯已经结婚3年，现在他们两人中也必须有一个人退出。弗朗西丝深知，作为一名女性，自己需要具备比埃利斯更多的资历，将来才能在事业上有所发展。于是她告别工作了近10年的盖林实验室，进入芝加哥大学医学院学习。学位读到一半时，33岁的弗朗西丝在芝加哥产科医院生下了第一个女儿苏珊。毕业前，她又生了第二个女儿，取名克里斯蒂娜。

我是我母亲的第七个孩子。她说在我出生前她就知道出了问题,因为她感觉不到我踢她。然后我出生了,没有腿。[93]

——艾琳·克罗宁(Eileen Cronin),1960 年 9 月生于俄亥俄州辛辛那提

第 4 章

到 1960 年秋天，弗朗西丝终于开始喜欢华盛顿特区了。这个城市的忙碌令人精神一振。她写信告诉她的朋友们，说这里的生活很"豪华"，因为她能去国家大教堂听音乐会。[94]作为迟来的生日庆祝，埃利斯和两个女儿带她去了哈里森海鲜馆，那是他们新的最爱。

作为入籍的美国公民，弗朗西丝也积极履行自己的公民义务，在一个星期六带全家参加了一次长达 3 个小时的民主党集会。全家人后来还观看了总统候选人尼克松和肯尼迪之间的史上首次电视辩论。

他们那贴着白色护墙板的两层砖房也开始有了家的感觉。为了制作摆在起居室里的书架，埃利斯用锯子和锤子叮叮当当干了好几个星期。弗朗西丝则忙着侍弄后院的菜园。她种的菜豆、南瓜和西红柿被家里的狗乔治又刨又闻之后居然奇迹般地活了下来。弗朗西丝和埃利斯甚至有几次在家中招待客人吃晚餐，包括 E. M. K. 盖林。盖林现在是 FDA 的正式顾问，居住和工作都在华盛顿特区。

然而，工作却不太顺利。

凯瓦登（沙利度胺）的新药申请让弗朗西丝烦心。申请方威廉·S. 梅瑞尔公司是理查森-梅瑞尔公司的子公司，总部设在辛辛那提。这家公司固然无法与默克或辉瑞（Pfizer）这样的公司相提并论，但在《财富》杂志全美最大工业公司的名单上，梅瑞尔时常都排名在第 300 位左右。梅瑞尔发明了几款成功的药物，特别是降低胆固醇的药曲帕拉醇（MER/29）。这款药不久前上市，成为公司的畅销处方药。至于沙利度胺，弗朗西丝的办公桌上有梅瑞尔提供的数据，还有格吕恩泰化学公司和迪斯揭勒（Distillers）这两家外国公司的数据，它们出售这种镇静药已经好几年了。

但弗朗西丝发现这些文件……有些可疑。

在把一款产品投入市场前，梅瑞尔必须向FDA提供哪些材料，这方面有明确的法律规定。相关要求来自E. M. K. 盖林1938年推动制定的法律。制药公司必须提供的信息包括：（1）药物的基本化学特性，如对纯度的保证、保质期和稳定性等；（2）药物的药理特性，这些信息来自为证明药物的安全性所开展的动物实验；（3）人体试验的临床数据，这些试验由制药公司安排，由外部医生记录试验结果。

申请的第一部分"化学特性"令弗朗西丝担忧。她马上注意到沙利度胺是不对称的。[95]沙利度胺包含一个"手性"碳，这是与4个不同的原子或基团相结合的碳，在沙利度胺的情况中，与碳结合的是一个氢原子、一个氮原子、一个羰基（以双键与氧结合的碳）和一个亚甲基（与两个氢原子结合的碳）。这样的构型意味着一幅描绘沙利度胺三维结构的图像的镜像与原图不同，因此沙利度胺可以有两种形式：一种右手构型和一种左手构型。两者的行为方式可能存在差异。这还不算，实际制成的药会是两种分子的组合，理论上任何剂量都可能全是右手分子，或全是左手分子，也可能是两者的混合。

很少有药因为形式不一样而效用大不相同，但凯瓦登的申请材料对这种分子的不对称性只字未提。试验中用的是该药的哪一种形式？有没有留意不同的结果？

动物数据乍看起来似乎不错。梅瑞尔、格吕恩泰和迪斯提勒三家都在小鼠、大鼠和狗的身上测试过两种形式的毒性：急性（一剂就能致死）和慢性（药物的长期影响）。实验结果看起来挺好。喂了很大剂量的大鼠有 6 个小时行动稍有迟缓,但过后就没事了。喂了超大剂量的狗不出 4 小时就从昏昏欲睡的状态中恢复了过来。吞食了大剂量药物的小鼠"没有表现出明显的中毒症状,行为也没有明显改变"。[96]

"在各种实验动物身上,"给医生的小册子说,"都无法确定凯瓦登的急性 LD_{50}。"[97]

这是一条令人震惊的信息。"LD_{50}"指的是一种药物造成一半(50%)实验动物死亡的剂量。如果沙利度胺**没有** LD_{50},那么这种药的安全性就是空前的,必然会畅销。

但细读之下,弗朗西丝发现大多数动物数据都来自德国。让她感到担忧的是格吕恩泰化学公司提供的一组"摇晃笼"实验的数据。这种药没有令动物入眠。关在笼子里的小鼠吃了沙利度胺后只是"动得少了"。作为一名有 20 年经验的药理学家,弗朗西丝从来没听说过这样的实验。这项实验可能的含义让她感到紧张:如果一种能让人入眠的药物无法让动物入眠,那么有可能是因为动物根本不吸收这种药。这或许才是这种药没有 LD_{50} 的原因。更重要的是,如果沙利度胺能使人入睡,就说明人体吸收了这种化合物,那么这种药还安全吗?

梅瑞尔公司自己的动物数据很少。这家公司没有测试不同剂量的长期效果,只是用极高的剂量来证实这种药不会造成动物死亡,而且就连这些研究的细节也少之又少。每只受试动物的体重和身体状况信息在哪里?实验的日期和剂量在哪里?在看到发给医生的小册子里的动物数据与申请材料中提供的数据相矛盾时,弗朗西丝不禁怒火中烧。[98]

然而,最糟糕的是人体测试。

获得 FDA 批准之前,制药公司被允许开展临床试验。梅瑞尔提供了一份包含 37 名"研究者"的名单,这些医生于一年前开始在 1 589 名病人身上试验凯瓦登。[99]但弗朗西丝花了好几个星期仔细读完了厚厚四大本申请材料,却始终没找到与这些试验相对应的数据。没有对受试者经历的详细描述。没有病历记录用这种药治疗了哪些病症或这种药的药效如何。没有受试者年龄和性别的信息。服药的剂量、次数、时长这类信息在哪里？临床试验和实验室检验的结果如何？有没有不良作用？如此多的疏漏让弗朗西丝难以置信。

在弗朗西丝看来，这些医生的报告如同以往时代用的那种溢美之词，没有任何科学观察。这些医生没有提供他们自己的数据，只是提及其他医生的研究结果，引用一些未曾发表的研究结果，织成了一张自我参照的网。梅瑞尔的临床研究者引用格吕恩泰在20世纪50年代做的研究作为他们自己如此兴致勃勃的理由。但他们懂德文吗？

另外，弗朗西丝找不到任何解释这种药在人体内如何起作用或者其中的化学物质如何被人体吸收的信息。这是她学了多年的专业，也是临床药理学的研究核心——药物是如何在人体中起作用的。

制药公司没有做过任何双盲安慰剂研究来证明这种药对人有镇静作用。如果这种药达不到它所称的目的，那么任何副作用都是不可接受的。

然而，参与药试的医生似乎没有一个人留心这种药的副作用，肯定更没有人注意它的长期副作用，也就是归入"慢性毒性"这一类别的问题。虽然超过1 000名病人服用了这种药，但是没有任何资料显示对受试者进行了监测。开展试验的医生们似乎推定这种药完全无害，所以决定绕过安全研究。

— ⊘ —

这不是弗朗西丝第一次对草率马虎的"研究"反感厌恶。

还在医学院读书时，她曾为《美国医学会杂志》工作过。在这本期刊的芝加哥办公室那候审室式的大房间里，她回答全国各地的医生发来的药理学方面的问题，撰写评论，并帮助决定哪些研究论文值得发表。搬到南达科他州后，她仍继续从事这份工作。在各地为出门旅行的医生顶班期间，等一天漫长的工作一结束，她就开始做这项"无任所"的兼职。

弗朗西丝热爱《美国医学会杂志》的这份工作，主要是因为她写的评论和对论文的评价没有签名，所以没人知道她是女性。这里总算没有人质疑她的能力。

另外，她为《美国医学会杂志》写的东西完全是她自己的。弗朗西丝发表过数十篇科学论文，但除了第一篇论文《青蛙吸水时垂体后叶样本的活动》外，其余的都是和他人合写的。她写的教科书也有 E. M. K. 盖林和埃利斯的参与。独自一人为《美国医学会杂志》写东西时，弗朗西丝的措辞可以尖锐许多：

> 这封信的作者们提出的反对意见不仅表述不清，而且引证草率……鉴于此信的诸多不准确之处，绝对不推荐予以发表。[100]

与弗朗西丝没有深交的人看到她的这种强硬态度也许会大吃一惊。在派对上，手执酒杯的她是快乐风趣的女主人。她也能轻声细语，低调温和，内心的刚烈完全掩盖在和缓的声音之下。埃利斯这个 6 英尺高的魁梧大汉动不动就和人争论，大嗓门响彻房间，而弗朗西丝如果在谈话中不同意对方的意见，只会把她棕色的眼睛转开看向别处，或者离开去添满杯中的酒。她的浅笑似乎是因为她想到了什么好笑的事，而不是出于轻蔑。然而在纸上，弗朗西丝咆哮怒吼，特别是针对科学上的潦草马虎。她作为女性能获得 3 个高级学位，没有严谨精确是不可能的，因此她无法容忍精确方面的缺失。

她写出一封又一封纠正信，严厉批评提交的论文中的内容错误和打字错误。她自己写的评论引用大量参考资料，还附有众多脚注，她的老板奥斯丁·史密斯（Austin Smith）甚至恳求她把引文减少一半。[101] 弗朗西丝对她的编辑也有意见：她不喜欢他。

弗朗西丝白天忙着诊疗痛风或处理被响尾蛇咬的伤口，晚上则坐在书桌前用她黑色的雷明顿打字机打字。现在，她对史密斯和美国医学会生出了警惕：期刊登载的论文有问题。随着制药业利润的飙升，药物研究似乎越来越草率仓促了。

弗朗西丝在 1956 年发出了第一次警示。她告诉史密斯，内帕拉化学公司（Nepera Chemical）在广告里翻印了《美国医学会杂志》的文章作为推销手段。[102] 更可恶的是，期刊最近收到的一大批不靠谱的论文似乎是制药公司自己操纵运作的。1957 年 10 月，弗朗西丝再次指出制药业"咄咄逼人的销售"和"彻头彻尾的欺骗"。[103] 作为有执照的医生，她几乎每天都收到制药公司寄来的一盒盒样品，外加黄铜标牌或艺术品。但她的担忧无人理会。

史密斯的暧昧态度很快原因大白。1958 年，当了 10 年《美国医学会杂志》编辑的史密斯改换门庭，去华盛顿的制药商协会（Pharmaceutical Manufacturers Association）这家美国历史最悠久的制药业游说团体任职。这个协会由 140 家公司组成，全国 90% 以上的药品都是它们出售的。现在，史密斯被委任为它的第一任领薪金的全职主席。日益锋芒显露的制药业在招募原来监管它的人为其服务。

就连 FDA 也和制药业热络起来。跳槽后不久，史密斯就代表制药商协会为 FDA 局长乔治·拉里克发了奖，奖励拉里克"对共同难题的谅解"。[104] 之前的 FDA 局长把这个机构当作铁拳，但在拉里克的领导下，它却更像天鹅绒手套。

这位局长矮个子，喜欢戴蝴蝶领结。选择他来领导美国这个最强大的部门着实有些奇怪。乔治·拉里克出生于俄亥俄州的斯普林菲尔德，曾经梦想当一名医生。但先在威滕伯格学院读了两年，接着在俄亥俄州立大学只修了医学院预科的一门课程后，他就于 1923 年放弃了大学生活，去后来成为 FDA 的化学局这个农业部下属的小分支机构做了一名食品检查员。拉里克后来从高级食品药品检查员晋升为首席检查员，36 岁时还曾参与过万灵磺胺酏剂的召回行动。

第二次世界大战结束时，拉里克已经转到了 FDA 的行政管理部门，先后被任命为局长助理、副局长,然后是第一副局长。彼时,他已经有了4个孩子,周末在他位于弗吉尼亚州波托马克河畔的农庄里享受他的果园、菜园和羊群。之后,1954年,在 FDA 干了30年后,这个从未完成大学本科学业的人,这个对药品制造和药品功效的科学一无所知的人,这个每个周末都赶着离开首都去波托马克河边钓螃蟹的人成了 FDA 的局长。

制药界闻讯大喜。坐在这个位子上的终于不再是圣战化学家和吹毛求疵的医生。拉里克的任命是制药公司公开运作促成的,[105] 他看起来像是制药业的可靠盟友。事实上,当时的一本行业杂志说,他的任期是一段"愉快、轻松、亲密、和睦"的时光。[106] 据一个曾经与他共事,后来当了 FDA 第一副局长的人描述,"[拉里克] 心中对制药业负责任的成员有着特别的喜爱"。[107] 不出意料,在拉里克执掌的 FDA,拉拢结交大行其道。医学审查官接受豪华午餐的款待,然后在公事上网开一面,对有疑点的药品的申请也手下留情。FDA 实质上在帮助制药公司绕过 FDA 自己设置的监管规则。

这让弗朗西丝作了难。凯瓦登的申请材料漏洞百出。她没有看到任何证明这种药值得通过审批并上市销售的信息,但她又没有明确的医学依据来拒绝批准凯瓦登。由于没有具体的安全问题——例如表明该药存在危险的副作用的数据——所以弗朗西丝别无选择,只能在60天到期时给这个产品开绿灯。证明的责任落到了她的肩上。但没有真正的人体数据,弗朗西丝无法做出适当的评估,而梅瑞尔似乎在有意不提供人体数据。

按照局里的规定,申请材料的一些部分由另外两位审查官负责,一位是化学家李·盖斯马尔(Lee Geismar),一位是药理学家尾山二郎。盖斯马尔告诉弗朗西丝,她也对申请材料不满意。[108]1938年随父母逃离德国的盖斯马尔现在仍能讲一口流利的德语,所以能够阅读德语研究报告的原文。她告诉弗朗西丝,梅瑞尔提供的英文译文和总结错误百出。[109]

尾山二郎更乐观一些。他承认，申请材料提供的长期安全数据确实很少，并且这种药的安全性似乎取决于它的吸收水平。但他觉得不必因这一点而不予批准。他认为FDA应当准许销售凯瓦登，但在获得长期人体数据之前仅限于短期使用。[110]

但弗朗西丝不为所动。她做科研20年了，始终以一丝不苟闻名，现在她当然不会例行公事地让这项科学上一塌糊涂的申请通过。一旦这个药进入市场，她就要为它产生的后果负责。然而，60天的时限在一点点地流逝。她盯着申请资料无计可施的每一天都离这个药自动获批更近一天。

之后，弗朗西丝想到了一个人。这个人不久前反抗了拉里克局长，应该说反抗了整个FDA。芭芭拉·莫尔顿原来是FDA的医学审查官，她在国会痛批FDA匆忙批准药物申请，与制药公司打得火热。为此，莫尔顿被解雇，被抹黑，被列入黑名单。她的讨伐失败了，她的事业也因之付诸东流。弗朗西丝决定去找她。[111]

我们有足够的原材料,可以制造 1 500 万片药……我们已经准备好量产了……我不觉得……我们有必要等到新药申请最后获批。[112]

——威廉·S.梅瑞尔公司的备忘录,1960 年 10 月

我父母是奶农。我母亲怀孕时还继续在农庄干活。但她早晨感到恶心，所以她的医生给了她这些药片。

然后我出生了，整个人奇形怪状。我的右手只有光秃秃的一截，手臂和手肘粘在一块。我的左手像海豹的爪子，所有的手指都粘在一起，歪歪扭扭的。我的腿也不正常。

一条腿没有膝盖，差不多没有大腿。

多年后我问母亲我为什么和别人都不一样。她说："因为一种叫沙利度胺的药。"[113]

——埃里克·巴莱特（Eric Barrett）
1960年11月生于宾夕法尼亚州庞克瑟托尼

第 5 章

1960年6月2日,弗朗西丝到FDA就职近两个月前,一个烟不离口的44岁女人像龙卷风一样大步走进老参议院大楼的会议室,在田纳西州参议员埃斯特斯·基福弗主持的反托拉斯与反垄断小组委员会前做证。

此前没有几个美国妇女在国会做过证。1866年,克拉拉·巴顿(Clara Barton)对一个政府委员会讲述了监狱里的可怕状况。5年后,维多利亚·伍德哈尔(Victoria Woodhull)和苏珊·B. 安东尼(Susan B. Anthony)在国会为妇女选举权陈情。在她们之后是贝尔瓦·安·洛克伍德(Belva Ann Lockwood)1904年的国会做证。现在,芭芭拉·莫尔顿博士要做的是吹哨揭露她供职了5年的联邦机构的腐败。

芭芭拉1915年出生在芝加哥,是哈罗德·格伦·莫尔顿(Harold Glenn Moulton)和弗朗西丝·克里斯蒂娜·罗林斯·莫尔顿(Frances Christine Rawlins Moulton)的第二个孩子。她的父亲哈罗德是芝加哥大学的经济学教授,在密歇根州的一个农庄长大,小时候与他的7个兄弟姐妹一起光着脚在离家不远的野地里到处游荡。他的母亲1924年写的书《拓荒生活的真实故事》(*True Stories of Pioneer Life*)描述了他们的生活。芭芭拉9岁时收到了祖母送给她的这本书,对里面描写"艰苦、希望、快乐和小小的胜利"的一个个故事读得津津有味。[114]

莫尔顿家在密歇根州农庄长大的所有8个孩子都读了大学,芭芭拉的父亲还获得了经济学博士学位。在被美国最早成立的智库之一布鲁金斯学会雇用后，他把家搬到了华盛顿特区。芭芭拉毕业于弗吉尼亚州的马德拉中学[①]，之后进入史密斯学院主修天文学。

芭芭拉大学生活的后两年是在奥地利维也纳度过的。她在那里尝试着学习心理分析，还经常去听音乐会。1937年，她回到美国完成了学士学位，然后和弗朗西丝一样，开始了10年的高级研修。她在乔治·华盛顿大学获得了细菌学硕士和医学博士学位，之后做了几年全科和外科实习医生，还在几所大学工作过。1955年2月，她加入了食品药品监督管理局。

芭芭拉单身，性格十分固执。她能一手把着方向盘开车，一手划火柴点香烟。这样一个人与公务员的形象有些格格不入。她喜欢好彩牌香烟、珍珠首饰和夸张的帽子。她为自己举行的生日派对赫赫有名、众口传扬。但她也渴望接触祖母书中描绘的旷野，所以周末会驱车前往她家在西弗吉尼亚州的农庄，在那里划独木舟或带领她的侄女和侄子在阿巴拉契亚山中的小路边露营。许多个下午，她都是在描画她每一只荷斯坦牛犊身上的黑白花纹中度过的。（多年后在农庄举行婚礼时，年纪已经不小的芭芭拉穿着婚纱和高筒防水靴，扔下宾客跑去给一头母牛接生。）

自由奔放的芭芭拉·莫尔顿与FDA由男性主导的官僚体制发生冲突只是时间问题。局里分配芭芭拉去审查乱糟糟的一堆新药申请，却不给她采取行动的权力。制药公司插手干涉。她自己的上司给她拆台。只要试图拒绝批准一种可疑的药品，她就会陷入官僚条例的迷宫。拉里克似乎想让所有新药都上市，而且要快。芭芭拉要求设立新的安全保障措施，同事们却百般拖延阻挠。她要求惠氏实验室（Wyeth Laboratories）为其一个产品加上有上瘾风险的书面警告，却招来上司的申斥，说她破坏了他的"产业友好政策"。[115]当4名药业代表冲进她的办公室，抗

[①] 一所私立全日制女子寄宿学校。——译者注

议她因为缺乏长期安全性数据而不肯立即批准一项新药申请时，新药处的处长闯进来批准了申请。[116] 1960 年 2 月，芭芭拉选择了辞职离开。

但芭芭拉·莫尔顿绝不肯吃哑巴亏。她立即去找了大力宣扬消费者安全的密苏里州众议员莱昂诺尔·沙利文（Leonor Sullivan）。莱昂诺尔曾 5 次担任自己的议员丈夫的竞选总管，但在她丈夫于 1951 年去世后，她遭到了密苏里州民主党领导层的冷落。他们拒绝按照未亡人继承的传统提名她参加特别选举，但沙利文还是参选了。结果她在民主党初选中击败了所有其他 7 名参选人，并以二比一的优势碾轧时任共和党议员。[117] 最终，她作为密苏里州选出的第一位女议员进入第 83 届国会，在接下来的 11 次选举中也都赢得了压倒性胜利。莫尔顿讲述的 FDA 的腐败让沙利文怒不可遏，她指引芭芭拉去找华盛顿最能帮助她的人：传奇人物埃斯特斯·基福弗参议员。

20 世纪 50 年代早期，这位来自田纳西州、6 英尺 3 英寸的瘦高个新晋参议员因为对全国各地有组织犯罪的调查而家喻户晓。在电视转播的政府听证会上，基福弗在强光灯下对一个个黑社会分子穷追猛打。整整 11 个月，这位朴实的参议员与赌注登记人和黑帮分子短兵相接，让看得入迷的美国公众知道了"黑手党"的存在。为此，这位田纳西州的进步派参议员成为"不分党派"的国家英雄。[118] 他的照片上了《时代》周刊的封面。他还被选为美国"十大最受钦佩人物"之一。[119]

基福弗的政治抱负有个人的原因。埃斯特斯的哥哥罗伯特从小就是家里最出色的孩子，埃斯特斯是罗伯特的小跟班，学习不如哥哥，只偶尔显现出"可能成功的希望"。[120] 这对相差两岁的兄弟形影不离，"像双胞胎一样"在田纳西州麦迪逊维尔到处探险。[121] 埃斯特斯 11 岁时，悲剧发生了。一次，他们去特利科河玩，埃斯特斯跳进河里游到了对岸，当他爬上对面的河岸时，听到一片喧闹：罗伯特溺亡了。

将近一年，11 岁的埃斯特斯都沉浸在悲痛当中，靠阅读亚伯拉罕·林肯、罗伯特·E. 李和其他强有力的领导人的传记度过那段时光。

第一部：新　手

他最终从抑郁中走了出来，下定决心要为哥哥补上他失去的未来。

到基福弗（经过一段短暂的律师生涯后）踏入政界时，他的为人谦卑和坚守正义已经众人皆知。基福弗天资聪颖，毫不做作，对参议员和出租车司机一律虚心征求建议。这位耶鲁法学院毕业的律师调皮地拥抱自己"大卫·克洛科特"（Davy Crockett）①式的田纳西州之根，戴着浣熊帽子，在去做重要竞选演说的途中停下车与田间劳作的人们握手。一次，几个支持者兴冲冲地闯进他的酒店房间请他签名。当时正在淋浴的基福弗用浴帘围住湿漉漉的身子，和蔼地给他们签名。[122]

基福弗坚定地相信政府应该是民享、民有的，人民也支持他。尽管他在民权问题上的立场给他带来了风险，他还是在田纳西州的竞选中赢得了一个又一个压倒性胜利。值得一提的是，他违反其他迪克西州②的立场，拒绝签署谴责"布朗诉教育局案"（Brown v. Board of Education）③判决的1956年《南方宣言》（Southern Manifesto）。

到他56岁的时候，这位政治上特立独行的人物已经向民主党总统候选人资格发起了两次强力冲刺。1956年，他在民主党大会上一次戏剧性的投票中赢得了副总统候选人的正式提名（击败了政治新星肯尼迪）。

然而，政客们开始对他畏惧提防，就连基福弗自己党内的政客也是如此。他的正直反衬出他们的奸诈。南方保守派认为基福弗是"自由派"，北方自由派则说他是"保守派"。结果他在华盛顿日益孤立，受人尊敬但无人亲近。国会山上的人都说，基福弗将成为那些"从未被选为总统，却又最出色的人中的一员"。[123]

1957年，基福弗放弃了白宫梦，转而追求立法目标。他担任了反

---

① 美国政治家和战斗英雄，曾当选代表田纳西州西部的众议员。——译者注
② 美国东南部各州。——译者注
③ 美国历史上具有重要意义的诉讼案，美国最高法院最终做出裁决，黑人与白人不得在同一所学校就读的种族隔离措施违宪。——编者注

托拉斯与反垄断小组委员会的主席，与少数人对多数人的经济剥削展开斗争。基福弗宣布，他计划一个产业一个产业地调查经济权力集中导致的结果。一小撮制造商是不是在垄断价格？

钢铁和汽车公司首当其冲。之后，基福弗团队的一位经济学家艾琳·蒂尔（Irene Till）博士建议把"药品"作为下一个调查对象。[124] 蒂尔的丈夫得了脓毒性咽喉炎，医生给他开的抗生素每片 50 美分——4 天的疗程要花 8 美元。当医生提出改用另一个牌子的抗生素时，蒂尔和丈夫发现**每家公司**的抗生素都是同样的价钱。看来这些公司在串通定价。

基福弗的团队做了个非正式的调查，很快就发现了宣传夸张和价格离谱的情况。但是要证明存在价格垄断，他们需要知道制药的成本，而这样的数据被制药商巧妙地隐藏了起来。一次，基福弗的首席经济学家约翰·布莱尔（John Blair）偶然看到联邦贸易委员会的一份季度财务报告，里面第一次报告了制药业作为一个独立产业的详细情况。布莱尔看到制药公司的净收入高达投资额的近 19%，是其他产业平均利润的两倍多。[125]

"我的天，看看那些利润。"布莱尔对同事们惊叹道。[126]

制药公司财源滚滚，问题是：它们是如何赚到这么多钱的？

基福弗经验丰富的团队开始正式调查制药行业。负责这项工作的是 8 个精力充沛、自信果断的人，其中一人是经济学家小埃佩斯·威尔斯·布朗（后来他和芭芭拉·莫尔顿结了婚）。

随着团队越挖越深，一个又一个令人震惊的数字浮出水面：1957 年，美国的药品批发销售额为 20 亿~22.5 亿美元；[127] 全国 50 家最大的公司中有 13 家是制药公司，其中前三名的公司的净利润达到 33%~38%，而且是税后利润。[128]

但药品制造商不同于汽车或钢铁制造商，他们号称是在提供一种公共必需品。既然涉及人的健康，难道不应该争取降低价格吗？布莱尔在卖处方药的柜台前遇到了一位正在排队的老人，他说他一天的收入只有

4美元，还要拿出1美元买治关节炎的达特松（Deltasone，强的松）①。[129]布莱尔听了非常心焦。更让他难过的是，那位老人到月底就没法再吃药了，因为得省出钱来给他患糖尿病的妻子买甲糖宁（Orinase）。

基福弗问布莱尔："如今穷人怎么活得下去？"[130]

但要说药价高得离谱，基福弗的团队需要确知制药成本。制药业拼命保护这方面的数字，威胁要把官司打到最高法院。

基福弗的团队运气不错，找到了证明制药公司也向彼此出售药品的文件。[131]这些合同给了基福弗发传票的理由。在送来的海量文件中，他们发现了有关强的松生产成本的数据：每克2.37美元。[132]他们据此算出一片5毫克的药片的原材料成本大约是1美分。基福弗的团队加上了半美分作为制成药片的成本，这样每片药的制造成本就是1.567美分。卖给药店的价钱是18美分，消费者付的价钱是30美分。美国人买药要付将近2 000%的加价。

基福弗大为吃惊。他仔细阅读相关文件，以确保没有弄错。这些数字揭露了制药业的不轨行为。制药公司已经在试图破坏他即将开始的参议员竞选。如果他把这些数字公之于众，会更加激怒它们。尽管如此，基福弗还是在1959年9月宣布他很快将开始关于制药业的正式听证。

公众一片欢呼。看来所有人都越来越对高企的药价感到愤怒。基福弗每天都能收到50~100封粉丝来信，这些信催促他"扫清那些硕鼠"。[133]医生们也非常支持基福弗。一名医生寄来了他在5天的时间里收到的制药公司的推销材料：一个巨大的纸箱装满了小册子、信件和样品药——制药公司所谓的"启动剂量"。[134]还有医生就调查方向提出了建议。有人敦促团队调查默克的力克迪（Decadron，地塞米松）。[135]这种最热销的皮质类固醇的销售广告说它"没有令人担忧的副作用"，

---

① 在述及某种药物时，作者在书中很多地方使用了药物的商标名，以强调某家制药公司生产的这种药物，有时作者会在括号中给出这种药物的通用名，比如此处的达特松（强的松）。——编者注

其实它会引起血液问题。[136]

基福弗很快意识到，价格垄断仅是冰山一角。和一个世纪前的哈维·威利一样，他查到的任何地方都有马蜂窝。基福弗发现，制药公司会把促销"文章"植入报纸杂志。辉瑞甚至在它的西格玛霉素（Sigmamycin）的广告材料里捏造了8名医生的名字来为该药背书。[137]

听证会前夕，制药业做好了出击的准备。制药商协会派了曾任《美国医学会杂志》编辑的协会主席奥斯丁·史密斯去要求基福弗在讨论药品时使用其通用名，不要用商标名。长期以来，制药公司一直故意用一些佶屈聱牙的名字作为它们生产的廉价非专利药的名称，如**盐酸哌立度酯**（piperidolate hydrochloride）或**氯氮䓬**（chlordiazepoxide）。这样，像"代克太耳"（Dactil）或"利眠宁"（Librium）这类醒目的商标名就更容易被医生和病人记住，从而增加其需求。但基福弗拒绝回避商标名。制药商协会要求让史密斯第一个做证，也被基福弗拒绝了。

1959年12月7日上午，时钟的指针即将指向10点时，基福弗走进参议院大理石墙面的委员会会议室，主持这场备受期待的听证会。他在摆着一杯水和研究文件的木制长桌前落座，宣布会议开始。会议室中，数百双眼睛注视着这位特立独行的参议员。人群中有基福弗小组委员会的16名工作人员，还有记者、电视摄制组、游客和焦虑的制药业代表。基福弗明确表示他会彻查制药业的每一个角落和缝隙。他的指控有哪些？反托拉斯法可能遭到了违背，垄断价格导致价格过高，还有危险的误导性广告宣传。

基福弗首先展示了一系列图表，指出新泽西州的先灵公司（Schering Corp.）把药价提高到了成本的7 000%之多。[138]公司总裁把高药价归咎于病人太少，哀叹无法"在只有一个病人的时候把两个病人安排在同一张病床上"。[139]制药业的一名代表听后十分反感，气冲冲地离开了会议室。

之后，基福弗展示了5家公司"操纵"市场上最畅销的抗生素四环素价格的证据。[140] 普强公司（Upjohn）把成本只有 14 美分的药卖到了 15 美元。一名曾在辉瑞工作过的医生说，他因为公司"不正当的销售态度"愤而辞职。[141] 一种号称"几乎完全没有副作用"的抗糖尿病药物特泌胰（Diabinese）其实对超过四分之一的病人有害。[142]

药品营销的巨大作用令人大开眼界。现在，制药公司把收入的四分之一用在促销上，每年刊登在杂志上的付费广告超过 37 亿页，另外还有 7.4 亿份直接邮件广告。[143] 一名医生作证说："每天的药品广告和给医生的样品药如果寄到同一个城市的话，需要 2 个火车车皮、110 辆大型邮政卡车和 800 名邮递员才能送到。"[144]

制药业并不被动挨打。制药商协会的奥斯丁·史密斯为高药价辩护，问道："有没有哪位委员知道死亡的费用是多少？"[145] 不久前生过一场病的史密斯称，他生病期间吃了 8 天的抗生素，花了 15.3 美元。他还说，比起他若是死了要花掉的 900 多美元的医疗和律师费，这点钱便宜多了。[146] 史密斯还指出，被药品救回命的人每年能缴纳高达 10 亿美元的额外税款。

基福弗花了 6 个月的时间揭露制药公司牟取暴利，然后把调查的矛头转向了 FDA。

拉里克领导下的这个机构起初尽力回避基福弗小组委员会的调查。但《星期六评论》（Saturday Review）刊登的一篇关于 FDA 抗生素司司长亨利·韦尔奇（Henry Welch）的文章把 FDA 推到了基福弗的瞄准镜前。韦尔奇被发现两头拿钱。在 FDA 工作的同时，他也在《抗生素与化学疗法》（Antibiotics and Chemotherapy）和《抗生素药物与临床治疗》（Antibiotic Medicine & Clinical Therapy）这两家医学杂志担任带薪编辑，而这两本杂志都高度依赖药品广告收入。

一名证人向基福弗的委员会作证说，从 1953 年到 1960 年，韦尔奇的"酬金"[147] 总额达到令人瞠目的 287 142 美元（按今天的价值算超过 200 万美元）。[148] 在此之后，韦尔奇申请从 FDA 退休。他声称自己心脏不好，始终没有在证人席上做证。拉里克局长马上把他的好朋友韦尔奇描绘成一个正直端方的机构中唯一的坏家伙。

然而，1960 年 6 月，一名证人说 FDA 的腐败比韦尔奇**严重得多**。

芭芭拉·莫尔顿并未把辞职信提交给 FDA，而是决定在国会做证时读出自己的辞职信。6 月初来到小组委员会时，她戴着亮闪闪的首饰，大红色的唇膏涂得一丝不苟。这一形象与在基福弗团队面前做证的一连串衬衫领子浆得笔挺的苍白男人截然不同。她的发言显示出的强大道德力量令人群陷入静默。

原来莫尔顿早在 1956 年就发现了亨利·韦尔奇耍的花招。引起她怀疑的是一次在豪华的威拉德酒店举行的抗生素大会。韦尔奇在会上做了热情洋溢的讲话，盛赞"抗生素第三个伟大的新时代"[149] 和药品"增效组合"的"福音"[150]。他的演讲对辉瑞的西格玛霉素的鼓吹如此明显，令外国与会者为之震惊——美国制药业对政府监管者有这么大的影响吗？[151] 莫尔顿看了一下西格玛霉素的材料，很快注意到没有做严谨的对照研究。但当她向上司发出警示时，他们却说韦尔奇"给 FDA 争了光"。他们不想做任何"不利于他的事"。[152]

韦尔奇以可疑手段推销的药品并非只有西格玛霉素。莫尔顿说，韦尔奇在 FDA 建立起了一个"小王朝"，有一批人对他唯命是从。[153] 整个机构都不诚实，医学审查官经常接受制药公司灯红酒绿的款待。假如有一个像她自己这样的医学审查官抵制制药公司的这种行为，就会有五六个公司代表跑来"陈情"或游说她的上司。[154] 最后，莫尔顿因为拒绝对制药业表示"足够的礼貌"而被调离了岗位。

莫尔顿警告基福弗的小组委员会说，FDA 已经沦为"制药业的一个服务机构"。[155] 接下来她想对这头野兽实行斩首——把局长拉下马。

莫尔顿解释说，FDA 处理着极为复杂的医学事务，但拉里克"既没有学过法律，也没有学过科学"。[156] 他缺乏"对知识的诚信态度"，仅仅是"一名公务员，没有这个领域的背景，不过是在这里干了多年罢了"。简言之，一个拥有两个高级学位的女性告诉国会，她的老板不够聪明。她要求拉里克辞职。

不过莫尔顿不止于发动攻击。她还决心改善产品安全，因此对委员会讲明了现行药品审批过程中的危险。只需一个医学审查官就能让一种药快速上市，但阻挡可疑的药上市却需要机构内各部门间的复杂协作。她还建议修正1938年的《食品、药品和化妆品法》的条款，要求制药商必须证明药品的功效。"如果一种药治不好一种原本能治好的严重疾病，"她说，"那么这种药就是'不安全'的。"[157]

莫尔顿的指控引发了FDA的上级部门卫生、教育与福利部（Department of Health, Education and Welfare）的关注，因此该部发起了一场调查，指派一组科学家研究FDA的业务程序，另一组人调查该机构内部个人的行为。对于莫尔顿这位"女医生"的证词，新闻报道并不多。[158]

然而莫尔顿付出了巨大的代价。她当时预言说："我也许无可挽回地危及了我将来在政府部门就职的机会。"[159]事实证明她的担忧很有道理。很快她就被列入了黑名单。[160]几年后，她试图重回FDA，但遭到了拒绝。[161]

当弗朗西丝·凯尔西在1960年秋天找到她时，莫尔顿已经重新拾起了医生的行当，用一部分时间以私家医生的身份执业。但她实际上等于失业了，在西弗吉尼亚州的农庄上闲荡。拉里克当然还稳坐在FDA局长的位子上。但莫尔顿揭露了FDA的肮脏真相，政府的官方记录明确记下了该机构的各种缺失。公众并不知晓这个历史性的时刻，但莫尔顿心里非常清楚。1997年她去世时，家里的一个朋友在她的农舍各处发现了尘封的数百份她在国会做证的证词。

但1960年时，莫尔顿仍然相信自己能打赢这场仗。当弗朗西丝就凯瓦登的申请请求她的帮助时，莫尔顿欣然挽起了袖子。

凯瓦登

一种新催眠药

成分

在化学上,凯瓦登(沙利度胺的商标名)是一种分子结构不同于以往药物的全新催眠药。这是一种非巴比妥类药物(α-邻苯二甲酰亚氨基-戊二酰亚胺),其表现如下:

适应症:

凯瓦登适用于对失眠的治疗……

安全数据:

凯瓦登在强力催眠剂中独一无二,因为它非常安全……这种化合物毒性很小,甚至无法确定其 LD_{50}。

通过饲管给一只体重6.5千克的狗一次性喂食1万毫克沙利度胺,狗完全能耐受……

纳尔森给81名孕妇服用过剂量为100毫克的凯瓦登,布莱修则给160名哺乳期的母亲服用过同样的剂量。两种情况中,凯瓦登未对任何婴儿的出生及哺乳造成任何不正常或有害影响。[162]

——威廉·S.梅瑞尔公司,凯瓦登的初步医学手册,1960年11月

第 6 章

1960 年总统大选那天晚上，弗朗西丝把文件放到一边，和埃利斯以及两个女儿一起看大选结果。次日，他们听了肯尼迪的胜选演讲。但在那个星期剩下的时间回去上班时，弗朗西丝再次感到了沉重的压力。时值 11 月中旬，沙利度胺申请的 60 天期限就要到了。

可幸的是，与弗朗西丝已经成为朋友的芭芭拉·莫尔顿告诉她，FDA 规则中有一个漏洞：弗朗西丝可以援引联邦《食品、药品和化妆品法》的第 505（b）款，说凯瓦登的申请材料"不完全"，要求梅瑞尔提供更多数据。这样一来，就可以重新计算 60 天的时限。这个办法仅能拖延，无法否决，但可以暂时把这种药挡在市场之外，让弗朗西丝有时间收集更多信息。弗朗西丝在时限到期前把自己的决定写信告诉了威廉·S.梅瑞尔公司，在信中说明了她的立场，指出公司提供的数据存在缺口，有问题。

梅瑞尔负责与 FDA 联络的约瑟夫·默里立即打来电话表示抗议，但弗朗西丝不为所动。[163]

梅瑞尔几乎一夜之间就重整旗鼓。它的附属公司国家药品公司（National Drug Company，理查森-梅瑞尔的又一家子公司）也提交了沙利度胺的新药申请，但使用了德国的商标名康特甘（Contergan）。梅瑞尔接着提交了关于沙利度胺吸收情况的新资料，还给出了化学说明来显

第一部：新　手　73

示沙利度胺优于另一种非巴比妥类镇静药导眠能（Doriden）。梅瑞尔确信凯瓦登能够获批，因此宣布将在宾夕法尼亚州新建一座凯瓦登的生产工厂。[164]

12月中旬，约瑟夫·默里带着新数据来到华盛顿特区。药理学家尾山二郎和德国出生的化学家李·盖斯马尔与弗朗西丝以及FDA的其他几名同事一起听了默里的介绍。默里在介绍中特别强调，新开展的同位素研究表明，只有40%的沙利度胺会被人体吸收——这说明它的安全性很高。

但弗朗西丝依然犹豫：如果这种药的吸收率如此之低，那它到底有没有效？这家公司有什么证据来证明造成的镇静效果不是一种安慰剂效用？毕竟，这家公司声称沙利度胺是安全的，根本理由就是它低吸收率。另外，放射性研究的明确数据在哪里？（弗朗西丝在南达科他州期间学过放射性同位素诊断学。）不仅如此，有关该药不对称性的问题——以及这种不对称性衍生出的该药的不同形式的安全性问题——仍未提供说明。

弗朗西丝坚持要求看到更多的长期数据，这让梅瑞尔的人空手而归。几个星期后，梅瑞尔的一名推销员亲自送来了新的一批资料。但收件人只有弗朗西丝，没有多送一份作为凯瓦登申请材料的补充。弗朗西丝立即给默里打了个对方付费的电话——他犯了错就得他付钱——默里解释说，新资料是"提供给她个人的"。[165] 弗朗西丝从芭芭拉·莫尔顿那里听说过药企代表拉拢医学审查官的所有伎俩，所以她明确告诉默里，她不会在"个人之间"讨论问题。

那天傍晚，弗朗西丝给埃利斯看了新拿到的凯瓦登资料。他们夫妇俩在实验室共事多年，还一起写了一本药理学教科书。几个月来，弗朗西丝每天晚上都把她手上这份奇怪的新药申请的最新情况讲给埃利斯听。现在，弗朗西丝想听听埃利斯正式的科学评价。

埃利斯认为整件事都乱七八糟、非常可疑。

"这些数据没有一个有任何价值,"埃利斯写道,"只能说明这种药并非全部原样通过粪便排泄出去!"[166]新药申请的一个部分看上去是"毫无意义的伪科学行话的有趣集合,显然是用来唬不懂化学的读者的"。另一个部分"提供的数据完全没有意义"。他指出,实验程序要么未做说明,要么潦草马虎。"沙利度胺没有LD_{50}这个极不寻常的说法"令他十分不安:"没有任何其他物质能这么说!!!"埃利斯对此一个字也不相信。有些安全性声明依靠的是对药理学基础概念的极大歪曲,埃利斯无法相信这只是"能力不足,而非不诚实"。

弗朗西丝知道申请材料的数据马虎草率,但她原本认为那是因为梅瑞尔能力不足,埃利斯却对她的想法提出了怀疑。

申请中的漏洞会不会并非只是偶然的错误?

第二部

灵 药

我要强调，病人最多只服用了康特甘 8 到 10 天。我从来没有给孕妇开过这种药。我的绝对原则是绝不给怀孕妇女吃安眠药或镇静剂……我会最坚决地抵制分发这封提及我的名字和我的报告的信。我认为该公司写给医生的这封信是不公平的，具有误导性，而且很不负责任。[167]

——奥古斯丁·彼得·布莱修医生，给德国当局的声明，1964 年 6 月 5 日

第 7 章

格吕恩泰化学公司研究部主任汉斯-维尔纳·冯·施拉德尔-拜尔施泰因医生清瘦结实，声音温和，长着一双湛蓝色的眼睛，脸上的皮肤坑坑洼洼。1957 年，刚入职格吕恩泰不久的他对公司新研制出来，准备两个月后在德国上市的灵药生出了关切。这位年轻的父亲曾帮助妻子在两次怀孕期间应对失眠之苦，他采用的是保守、以自然方法为主的孕妇失眠治疗方法。若是需要吃药，冯·施拉德尔-拜尔施泰因要确保药"没有危险"。[168]

于是冯·施拉德尔-拜尔施泰因写信给一位妇科教授哈罗德·西布克（Harold Siebke），问西布克能否"检查"他怀孕的病人吃了沙利度胺后的反应以确保这种药安全有效。[169]一年多前，西布克的诊所发表了一篇论文，题目是《药品对未出生的胎儿的影响》。西布克是弄清这个问题的合适人选，但他没有回信，冯·施拉德尔-拜尔施泰因也就把这件事放下了。

那年夏末，格吕恩泰了解到据预测秋季会发生流感大流行，于是迅速推出了新产品。10 月 1 日，格吕恩泰推出了沙利度胺的两种非处方版本：一种是格力倍（Grippex），用于治疗感冒和流感，这是一种成分包括沙利度胺、奎宁、非那西丁（一种合成退烧药）、维生素 C 和水杨酰胺（与阿司匹林类似）的复方药；[170]另一种是用纯沙利度胺制成的药片,叫康特甘。格吕恩泰知道这种药在受试病人身上会引发刺痛、麻木、头晕等副作用,而且有几位医生对此药提出了严厉的批评。公司也没有数据显示这种药在妊娠期使用是安全的。尽管如此,格吕恩泰仍在德国的各种医学杂志上刊登了 50 份广告,还给各地的医生寄出了 20 万份营销信件,称赞沙利度胺"完全无毒""惊人地安全"。[171] 对面积与密歇根州大致相当的西德来说,这样的宣传实在密集得惊人。一份销售备忘录强调,"动物实验证明本药没有毒性"。[172] 医生们得到保证说,这种药非常安全,哪怕用的剂量超过建议剂量都没关系。

次年,沙利度胺已经广为人知后,格吕恩泰才开始收集妊娠数据。这一次,公司请妇产科医生奥古斯丁·布莱修来测试这种新型镇静药。1958 年 5 月 2 日,布莱修发表了论文《康特甘在妇科的使用经验》,详细说明了 370 名女病人的反应。格吕恩泰高兴地看到布莱修报告说,"在母亲和婴儿身上都没有观察到副作用"。[173]

几乎一夜之间,格吕恩泰就把布莱修的测试结果高调传遍了整个医学界。公司给 4 万多名医生寄去宣传信,盛赞布莱修使用康特甘来缓解妊娠期的"失眠、疲惫和紧张"。[174]

> 布莱修给妇科和他的产科诊所的许多病人开了康特甘和强效康特甘。睡眠的深度和长度都很好,也能够轻易地把病人从沉睡中唤醒。康特甘对哺乳期的婴儿没有影响。[175]

然而,格吕恩泰没有公示布莱修的具体数据,也没有说明一个关键点:布莱修从未给任何孕妇开过这种药。他只给产后妇女用过康特甘,占他受试人数大约一半的哺乳期母亲也只服用了此药大约一周的时间。

尽管如此,就像电话游戏一样,布莱修的报告使沙利度胺对孕妇是安全的这一保证得以如潮水般地广泛传播。这种错误观念甚至在格吕恩泰内部也流行一时。[176] 沙利度胺的国际分销商鹦鹉学舌般地重复着该药对孕妇是安全的这一说法。位于欧洲、非洲、亚洲和美洲的 35 个国家的公司都接到了格吕恩泰寄来的布莱修的报告全文，但似乎没人费心把数据从德文原文翻译过来。格吕恩泰对布莱修报告的歪曲发挥成了一个关键的销售主题，沙利度胺孕期安全的神话迅速在全球传开。

格吕恩泰的一个主要国际伙伴是迪斯提勒生物化学公司，这是一家生产酒精和烈酒的英国公司。迪斯提勒公司在"二战"期间曾应英国政府的要求生产过青霉素，战后成立了一个正式的制药分公司。但是到 20 世纪 50 年代中期，公司觉得研发费用超出了预期，开始转而寻求获得外国公司的药物生产许可。

沙利度胺似乎是最佳选择。1956 年，迪斯提勒的医学顾问、会讲德语的沃尔特·肯尼迪（Walter Kennedy）医生访问了格吕恩泰。在听了对沙利度胺的推销介绍后，他立即向公司董事 E. G. 格罗斯（E. G. Gross）做了汇报。"如果这种药的所有资料都是真的，"惊奇不已的肯尼迪写道，"那它可非同一般。简言之，它吃多少都不可能中毒，它没有麻醉品的效果，它不会影响呼吸或血液循环。"[177]

当时，一股镇静药热潮正席卷英国。100 万英国人每天晚上都吃安眠药，占国家医疗服务体系开出的全部处方的 12%。[178] 怀着抓住这个发财良机的急切心情，格罗斯飞往德国，劝说格吕恩泰相信他的新公司承担得起分销的任务。但格罗斯也因自己的急切付出了代价。经过将近一年的谈判，格吕恩泰迫使迪斯提勒同意支付 16 年的专利费，这个时间长得惊人，而且迪斯提勒必须在 9 个月内把药投入销售。

这意味着 1957 年 7 月签署合同后，迪斯提勒几乎没有时间开展安全性研究。

但肯尼迪已经拿到了给动物用的未加工的沙利度胺以及数千片供人服用的沙利度胺药片，迫不及待地想开始测试。公司雇用了药理学家乔治·萨默斯，让他立即开始把沙利度胺喂给小鼠。但萨默斯反馈的是坏消息：他实验室里的小鼠吃了药后动作并没有放缓。他不认为这种药是

"镇静剂"。[179]

肯尼迪坚信格吕恩泰已经做过了关键的动物实验，自己的公司不过是走走形式，所以对萨默斯的顾虑不以为意。为了"引起兴趣"，肯尼迪已经给英国的"很多"医生送去了沙利度胺，供他们做"试点规模的试验"，所以他决心继续推进此事。[180]

然而，1957年8月出现了一个更加棘手的问题：肯尼迪认识的爱丁堡大学的詹姆斯·默多克（James Murdoch）同意做沙利度胺的人体试验，事后他向肯尼迪报告说沙利度胺阻碍了甲状腺的功能。他给肯尼迪看了他的一份论文草稿，里面说在缺乏"在更大人群中开展的对该药长期效果更仔细的研究的结果"的情况下，"没有正当理由"建议任何人长期服用此药。[181] 从实质上看，默多克的意思是这种药离能够上市销售还差得远。

肯尼迪慌了，因为和格吕恩泰约定的9个月期限正在一天天流逝。他恳求默多克删去要求开展更仔细的研究的文字。默多克让步了。[182]

可是迪斯提勒公司的人开始抱怨沙利度胺不像原来夸的那么好。格吕恩泰是不是误导了他们？与此同时，萨默斯无法复现格吕恩泰的另一种产品超效西林（Supracillin）的安全数据。[183] 医学界知道这种抗生素会损害听力，但格吕恩泰保证说它的产品消除了这一危险。然而，萨默斯用来做实验的猫都变聋了。

迪斯提勒内部开始有人反对在推销沙利度胺时使用"没有已知毒性"的说法，因为公司自己的实验室测试并未证明这一点。[184] "毒性非常**低**"的说法似乎更加准确。但迪斯提勒的决策者觉得既然发明这种药的格吕恩泰声称"没有已知毒性"，那他们就有权重复这一说法。

1958年1月，《英国医学杂志》终于发表了默多克的研究论文。论文虽然被改动了，但依然指出沙利度胺会扰乱甲状腺的功能。这令迪斯提勒公司的药理学家乔治·萨默斯非常紧张。他建议降低用药剂量，并"避免长期使用……直到我们积累更多该药的使用经验"。[185]

肯尼迪对萨默斯的警示置之不理。他说服了另一名正在检验沙利度胺扰乱甲状腺功能效应的研究人员，后者写信给《英国医学杂志》，表示支持长期使用沙利度胺。迪斯提勒最终在这场立场之争中获胜，但默多克那篇实质上推翻了"没有已知毒性"的说法的论文并未被撤回。

1958年4月14日，就在格吕恩泰规定的9个月期限即将到期时，迪斯提勒开始在英国各地发售迪塔瓦（Distaval）和强效迪塔瓦，称赞这种镇静药"超级安全"。

对格吕恩泰来说，迪斯提勒是百依百顺的生意伙伴，但格吕恩泰在美国寻找特许商的努力却不太顺利。1956年，格吕恩泰提出第一份沙利度胺专利申请两年后，这家德国公司与美国的史克公司达成了交易。史克很快开始了沙利度胺的动物实验，之后又在人身上做了"有限的临床试验"，将药寄给了全国各地的67名医生，其中大多数人在新泽西州和加利福尼亚州行医。[186]但不出一年，史克就拒绝了沙利度胺，令格吕恩泰为之震惊。1958年1月，史克以该药似乎"没有功效"[187]为由撤回了全部特许申请资料，关闭了这个项目，说"对该药不感兴趣"。[188]然而镇静剂是否有效通常很快就能判定，史克却过了整整一年才认定该药无效，此事后来引起了怀疑。

接下来，格吕恩泰找到美国的立达公司（Lederle），商讨在美国分销沙利度胺的业务。[189]两家公司此前就已经在合作。格吕恩泰自1953年起就在出售立达的抗癌药白血宁（Aminopterin）。（医学界已经于1952年发现白血宁会造成小产和新生儿畸形。[190]）

不知为何，立达谢绝了分销沙利度胺。

之后，1958年3月，维克化学公司（Vick Chemical）的两名代表拜访了格吕恩泰在施托尔贝格的办公室。维克是一家有上百年历史的美国公司，最出名的产品是维伯薄荷膏（VapoRub）。不久前维克并购了包括辛辛那提的威廉·S.梅瑞尔公司在内的几家较小的制药公司，合并后的公司即将更名为理查森-梅瑞尔公司。梅瑞尔的生物科学主任埃弗特·弗洛鲁斯·范·曼侬博士对沙利度胺表现出了浓厚的兴趣,他和另外那位同事立即把消息报告给了梅瑞尔的医学研究主任雷蒙德·波格。

如果说沙利度胺的美国故事里有哪个神秘莫测的人物,那这个人就是雷蒙德·波格。人们对他知之甚少,只知道他在梅瑞尔两种药的上市过程中发挥了关键作用,而那两种药都与后来出现的新生儿畸形有关,引来了雪片般的诉讼。但波格这个人胆大包天又运气奇佳。1961年,他乘坐的飞机在丹佛坠毁,机上有17人丧生,他却毫发无伤。后来,在对20世纪最大的药品丑闻展开的公共追责中,他也安然脱身,终身未被追究责任。

波格是医生。虽然他没有学过药剂学或药理学,但他对制药特别感兴趣。"二战"结束时,20来岁的波格住在路易斯安那州,在卡维尔监狱治疗麻风病人。波格发现自愿接受治疗的犯人吃了治疗麻风的标准药物普罗明(Promin)后会出现恶心的症状,打算找个办法让人吃药时吃得顺当一些。他向普罗明中加入了葡萄糖、钙、维生素D和青霉素——"波格万灵鸡尾酒"做成啦![191]波格的"鸡尾酒"创造了奇迹:病人的麻风结节消失了,口腔破损也愈合了。

之后,波格进入默克公司的医学部工作,负责为药品的人体试验做准备。1950年,他入职梅瑞尔公司,又开始鼓捣制药。

从医学院毕业后,波格做过3个月的住院医师,他在产科方面获得的全部训练仅限于此。但不知为何,他开始沉迷于寻找一种治疗孕妇晨吐的药物。当时市场上没有这类药。波格记得,他做住院医师时治疗过的怀孕病人中大约有一半人说感到恶心。鉴于美国每年有300万到400万人怀孕,波格从中看到了一个规模巨大、尚未开发的市场。[192]作为梅瑞尔公司的医学研究主任,波格建议制造一种缓释止吐药。晚上睡觉时吃一片,药片外面的层层包衣会在夜间慢慢溶解,在早晨人感到恶心之前释放出活性成分。

波格像当年做"万灵鸡尾酒"一样,把吡哆醇、盐酸双环胺和琥珀酸多西拉敏这几种现有的药组合到一起。这3种成分已经获得过FDA的批准，所以他跳过了动物实验这一环，直接评估这种药物对胎儿的影响。学过药理学的人都知道，多个成分放到一起可能功效会发生改变，[193]但波格显然不在意这种小节。就连人体试验都是加快进行的。关于这种新产品对人体的影响，只做过一次临床研究：给277名孕妇、儿童和有晕动病的妇女服用波格制造的新药，并评估它平复恶心感的效力。[194]试验没有追踪副作用，也没有跟踪孕妇来确定该药对胎儿的影响。研究只注意药效，不关注安全性。然而，FDA似乎对此并不在意。1956年7月，波格的镇吐灵（Bendectin）在美国获批上市并立即成为热卖品。

听说了格吕恩泰的新产品后，波格意识到这是一个更大的金矿。焦虑正在成为巨大的市场机遇。1955年上市的眠尔通（Miltown）大获成功，显现了美国人对镇静剂的巨大需求。仅仅6个月，眠尔通的销售额就达到了200万美元。[195]米尔顿·伯利（Milton Berle）[①]、劳伦·白考尔（Lauren Bacall）[②]和露西尔·鲍尔（Lucille Ball）[③]都对它赞不绝口。现在，每家制药公司都想在镇静剂的市场中分一杯羹。沙利度胺是海外特许药，关键的相关工作已经完成，正是合适的候选品。

经过谈判，维克与格吕恩泰达成了一项关于沙利度胺的合同。合同规定，维克第一年付给格吕恩泰2.5万美元的特许费，第二年付3万美元的特许费，并可按此费率无限延期。1958年10月交易达成时，梅瑞尔上下欢欣鼓舞。

波格此时已经开始准备临床试验。沙利度胺不是由几种已经在售的产品组合而成，所以波格知道FDA会要求进行人体试验。

波格找到了巴尔的摩富兰克林广场医院的精神病科主任弗兰克·艾

[①] 美国著名喜剧演员。——译者注
[②] 好莱坞著名影星。——译者注
[③] 美国著名喜剧演员。——译者注

第二部：灵 药

德（Frank Ayd），说沙利度胺或许能帮助患有强迫症的病人。很快，艾德开始给大约 100 名病人分发沙利度胺，还要求波格补货。[196] 波格还找了威廉·霍兰德（William Hollander）医生、路易斯·拉萨尼亚（Louis Lasagna）医生和大力推崇麦角酸二乙酰胺（LSD）[①] 的西德尼·科恩（Sidney Cohen）医生帮助试药。波格还强拉了另外几名医生——都会付钱给他们——然后又找到了他的朋友兼高尔夫球友雷·O. 纳尔森医生。

纳尔森是辛辛那提的一名妇产科医生。在辛辛那提大学上学时，他与创建梅瑞尔公司的威廉·斯坦利·梅瑞尔（William Stanley Merrell）的曾孙同是大学兄弟会的成员。自 1940 年起，纳尔森就帮助梅瑞尔这家当地制药公司开展临床研究。波格推出镇吐灵有他很大的功劳。1957年，纳尔森在《俄亥俄医学杂志》（The Ohio Medical Journal）上发表了一篇热情洋溢的文章《镇吐灵对孕吐的治疗》，但那篇文章其实是波格写的。[197] 在对沙利度胺的测试上，纳尔森同样乐于帮朋友一把。他同意把这种药给自己的病人吃。纳尔森是辛辛那提犹太医院和辛辛那提执事医院（Deaconess Hospital）的主治医师，每年要照看的孕妇大约有 350 人。

波格让纳尔森给夜间神经紧张的病人服用沙利度胺，于是纳尔森开始给病人开 25 毫克剂量的药片。纳尔森很喜欢这种药，自己也吃，借以小睡一下恢复精力。他甚至让自己的妻子也吃这种药。很快，他就把给病人的剂量增加到了 50 毫克和 100 毫克，并要求梅瑞尔再提供数千片药。但他的试验"结果"是非正式地一点一点传给梅瑞尔的。他的办公室并没有记录收到和分发出的药片的数量。[198] 据说纳尔森只有在和波格共进午餐时才会从钱夹里拿出随意记下的纸条，告诉波格自己有关病人对这种药的反应的"印象"。[199] 波格想让纳尔森提供一篇能发表的论文，纳尔森的秘书最终只得把他的病人卡片收集起来，以便给

[①] 一种强烈的致幻剂和精神兴奋剂。——编者注

波格提供更加正式的数据。为了感谢她的帮助,波格给她寄去了一张100美元的支票。

1960年春天,波格让自己的秘书玛格丽特·希金斯(Margaret Higgins)帮他把纳尔森的数据发挥编造成一篇论述妊娠晚期使用沙利度胺的研究论文。波格整理了脚注,然后把文稿给了纳尔森。1960年4月13日,纳尔森以自己的名义把文稿投给了《妇产科杂志》(*Journal of Obstetrics and Gynecology*)。①

杂志的编辑立刻回信问,这种药是否会穿透胎盘或出现在母乳中?[200]

纳尔森把问题转给了波格,波格和他的秘书一起加上了这样的字句:"如果一部分药物出现在母乳中或穿透了胎盘的屏障,对婴儿也没有危险。"[201]论文的新版本被送回给纳尔森,他签上了自己的名字。修改后的论文定于来年夏天发表。

接下来波格又有事找纳尔森。他想知道能否增强沙利度胺的效力。有一种非处方复方药APC,成分包括阿司匹林、非那西丁和咖啡因,②这种药当时广受欢迎。如果把沙利度胺和阿司匹林组合在一起,是否能提高彼此的效力?波格让纳尔森试验MRD-640,这种复方药片包含4种成分:沙利度胺和APC。纳尔森于是开始给头痛的病人吃这种药。

波格随后又请纳尔森再帮忙偷偷做件事。此时,镇吐灵已经是缓解晨吐这一妊娠早期典型症状的头号畅销药。纳尔森能不能把给有晨吐症状的病人的镇吐灵换成沙利度胺,看看沙利度胺是否有效?纳尔森欣然答应。

波格找了37名医生"研究"沙利度胺这种德国镇静药,还在纳尔

---

① 作者此处似有误,根据能够查到的资料以及后文中的描述,期刊应为《美国妇产科杂志》(*American Journal of Obstetrics and Gynecology*),与《妇产科杂志》不是同一期刊。——编者注
② APC就是这三种药物的首字母缩写。——编者注

森的论文中信誓旦旦地宣称该药在妊娠期使用也是安全的。但在仅仅几周后的 1960 年 4 月 25 日，波格做了一件奇怪的事。他写信给梅瑞尔的副总裁说："关于凯瓦登安全性的现有证据是否充足，专业意见存在分歧。"[202] 短短几个月后，梅瑞尔就向 FDA 提交了药物的上市申请。但波格此时并没有做详细的解释，在威廉·S. 梅瑞尔公司干了 10 年的他辞职离开了。

雷蒙德·波格： 纳尔森的研究是在辛辛那提市做的，我有一些病例报告，里面描述了对母亲的影响，并明确指出对婴儿没有影响。

律　　师： 你的确有对婴儿影响的相关信息，是吗？

雷蒙德·波格： 我有信息显示对婴儿没有影响。

律　　师： 但是有观察婴儿得来的信息，是吗？[203]

——"戴蒙德诉威廉·梅瑞尔公司和理查森-梅瑞尔公司案"，1969 年

梅瑞尔的人向我保证这种药是无害的。[204]

——雷·O.纳尔森医生

第 8 章

辛辛那提正秋高气爽，有 45 个人却只能待在酒店会议厅里无法出门。他们从全国各地赶来，参加威廉·S. 梅瑞尔公司主办的为期两天的"凯瓦登医院临床方案"座谈会。凯瓦登是沙利度胺在美国的商标名。

时值 1960 年 10 月。

与会者大多是区域经理，是梅瑞尔的高级销售代表，每个人手下都管理着几十号"推销员"（detail man）。推销员是今天药企销售代表的前身，他们的工作是一家一家地，更恰当地说是一个医生一个医生地推销药品。那天的会场上还有公司的几名最佳推销员以及 8 名医院代表。高级销售代表大多是梅瑞尔的老员工，是从上门推销员干起，一级一级升上来的。当年，他们开车走遍自己的管区，挨门拜访医生，夸赞梅瑞尔最新研发的药物，奉上刻有医生名字首字母的高尔夫球和台历作为礼物。有时他们连续几个星期以车为家，用公文箱充当写字桌。

最终的目的是让医生开处方。为此，公司每推出一种新药，都发给推销员谈话要点，称为"有组织的资料"。推销员对药理学和医学知之甚少。他们中的有些人读过大学，但一般最高也就到这个水平。但医生了解新药的情况主要就靠这些友好来使。

在满面堆笑和热情握手的表象后面，推销员个个都很精明。他们按照梅瑞尔划分的 3 类——"势利眼医生""不听劝医生""热心肠医生"——来评判自己的目标,向公司报告每个医生的友善程度、诊所规模和处方数量。[205]有时他们会去当地的药店查看某位医生开出的处方的数量。因为推销员除了薪金还挣佣金,所以他们的首要目标是"热心肠医生"——那些快活友好,经常为新产品开处方的医生。

新产品推销有早已确定的固定格式,因此推销员们意识到这次辛辛那提座谈会很不一般。这不光是因为酒店会议室中挤得满满的区域经理。

梅瑞尔公司阵容强大,来了不少大人物。上午9点,来自纽约广告界的新晋副总裁菲利普·里特(Phillip Ritter)作为主旨演讲人拉开了会议的序幕。那天晚上的豪华晚宴上他还会讲话。生物科学主任埃弗特·弗洛鲁斯·范·曼侬博士和刚就任医学主任的托马斯·琼斯也要上台发言。

会议开始时,销售代表人手一本假皮包面的三环活页夹,里面是他们需要阅读的材料。材料说凯瓦登是比巴比妥酸盐更安全但同样有效的安眠药,服药后第二天醒来也不会感到头晕。因为每个医生都给各种各样的病人开镇静药,所以如果医生开这种药的处方,那就大大有利可图。

不过有一个麻烦。凯瓦登尚未获得FDA的批准,所以医生无法开处方,推销员惯用的魅力攻势也就没有用武之地。他们只能采用过去从未用过的法子——招募医生担任临床研究者。

这到底意味着什么并不完全清楚。整个上午,梅瑞尔的几名高管一直在说"这种医院临床方案",让人听得不明所以。[206]最后,梅瑞尔的医院经理查尔斯·吉尔(Charles Gill)做了解释。他说,与会者每人会拿到一份美国医院协会(American Hospital Association)的通讯录,他们需要在上面找到大型教学医院,越大越好。目标是有住院医师和实习医生的医院。因为推销员通常只造访私人执业的医生,所以现在他们需要仔细阅读医院职工名单和医院的年度报告。吉尔要他们先从科主任开始,去找药房、外科、麻醉科和妇产科的负责人。约见成功后怎么办?"奉承医生",吉尔强调说,要告诉他,"我们觉得他非常重要,所以才选择他在那个地区首先使用凯瓦登"。[207]

为了突出这些见面的重要意义,推销员要请求得到15分钟的见面时间——大约是通常时间的两倍——并且要自称"凯瓦登特别代表"。[208]

至于凯瓦登尚未获得FDA的批准这一点,他们要用话术把这说成是好事。那些医生是在提前获知一种重要产品的信息!吉尔让下面的听众注意写给医生的标准信函的措辞:"我觉得您会愿意在凯瓦登投入商业销售*之前*了解这种产品的信息。"[209]

任务的下一步有些麻烦。既然不能请医生开凯瓦登的处方,推销员就需要请医生开展"临床试验"。[210]但临床试验是正式的人体研究,旨在收集关于某种药的功效和副作用的数据。这样一件事非同小可。所以,吉尔告诫说,如果医生面露难色,那么推销员就要对请他们做的事尽量轻描淡写。

吉尔让听众去看皮文件夹里他们"台词"的一个关键部分:

> 请注意,这些不是基础的临床研究。通过国内外的实验室研究和临床研究,我们已经充分确认了凯瓦登的安全性、剂量和功效……如果您的工作产生了病例报告、个人通信或发表了论文,那再好不过了。但主要目的是促成当地的研究,其结果只在医院职工当中传播。[211]

实质上,梅瑞尔要的是声势。

随着对计划的说明一步步展开,销售经理们突然明白了为什么夏初时分一下子新招了那么多人。6月时,他们接到指示,要把推销员队伍扩大一倍。这个雄心勃勃的目标影响了队伍的质量。现在,这支庞大却缺乏经验的队伍要在两个月内促成近800项研究。[212]每名推销员和区域经理至少要促成15项"试验",医院代表的任务是25项。考虑到就连行业内经验最丰富的推销员也从来没有招募过临床研究者，这实在是个非常大胆的主意。

推销员要全力以赴执行这个项目，他们接到的指示是"只有紧急需求才比你们促成凯瓦登试验的任务更优先"。[213]一旦凯瓦登获准在全国销售，这场推销闪电战就结束了。至于凯瓦登何时可以销售这个难办的问题，吉尔说，推销员应该告诉医生预计1961年就会得到FDA的批准，也许在2月。推销员在和医生的谈话中必须强调凯瓦登获批近在眼前。

说完这些话，吉尔把讲台让给了埃弗特·弗洛鲁斯·范·曼侬博士，由他来讲解凯瓦登的科学原理。梅瑞尔为推销凯瓦登下了大力气，堪称前所未有，会议室中的众人自然急切地想知道：这个东西到底是什么？

— ◎ —

范·曼侬博士来梅瑞尔工作之前在辛辛那提大学任药理学教授，很受学生喜欢。曼侬出生在荷兰。这个爱交际的蓝眼睛荷兰人在"二战"期间曾在荷兰皇家炮兵部队服役，也参加过荷兰的地下抵抗运动组织。"二战"结束后，"弗洛"来到美国开始新的生活。他大学本科学的是化学，之后进入哈佛大学攻读药理学博士学位。他在哈佛接受了辛辛那提大学提供的教师职位，后来晋升为药理学助理教授。

弗洛非常喜欢教书，但很快感到了私营产业界的诱惑，于是加入了威廉·S.梅瑞尔公司，成为研究部副主任。星期六休息时，他还会回大学探访他原来的实验室，享受和学生以及大学同事在一起的时光，他们许多人就像他的家人一样。不过基本上说，范·曼侬的工作就是他的生活。

他的事业也蒸蒸日上。1960年10月，弗洛在辛辛那提大会上讲话时，42岁的他刚晋升为梅瑞尔的生物科学主任，负责领导内分泌学部、药理学部、生物化学部、微生物学部以及毒理学-病理学部共 5 个部门，还负责梅瑞尔的全部动物研究。因此，向销售团队解释凯瓦登的生理学、药理学和毒理学特征的任务就落到了他的肩上。

当然，凯瓦登最大的卖点是它那令人惊叹的安全性。为了确保听众牢牢记住这一点，范·曼侬必须解释"LD_{50}"的意思，它代表的是一种药物导致一半实验动物死亡的剂量。但凯瓦登没有 LD_{50}。范·曼侬是两年多前在德国公司格吕恩泰的办公室里听到这个惊人的消息的。这一点将被推销员们反复提及。为了挤掉其他镇静剂，梅瑞尔必须把凯瓦登的优点说清楚。所以范·曼侬让听众去看他们手上的文件夹中的一句话："凯瓦登如此安全，甚至无法确定它对实验动物的 LD_{50}。"[214] 然而这一表述言过其实。事实上，弗洛·范·曼侬的部门用来试药的大鼠有死的，而且死了很多。

因为格吕恩泰保证沙利度胺经过了充分的测试，所以梅瑞尔的研究部门略过了测试不同剂量产生的效果这一毒性研究的标准环节。范·曼侬直接跳到了超大剂量，给实验用的小鼠喂食每千克体重 5 000 毫克的沙利度胺，这样的剂量是给人吃的起始片剂剂量的 100 倍。小鼠没有一例死亡似乎强有力地证明了凯瓦登的安全性。

然而，不久前在实验室的大鼠上做的较低剂量的实验却产生了灾难性的结果。在名为"大鼠急性毒性研究"的第 1257-40 号实验中，仅吃了每千克体重 500~1 000 毫克的大鼠死了**超过一半**。[215] 7 月，范·曼侬的部门又做了一次实验，结果更糟：实验动物**全部**死亡，大多数死于一天之内。[216]

接下来，研究部门决定在一种更高级的动物上测试沙利度胺，他们用了一只狗。两小时后，狗开始颤抖、呕吐。有几个小时，狗似乎好了一些，但到第二天早上，狗死了。[217]

这些实验结果令人大惑不解。格吕恩泰信誓旦旦地说沙利度胺不可能造成实验动物死亡。德国提供的资料讲述了一些例子，说有人一次吃

第二部：灵 药

了50多片药都平安无事。但在范·曼侬的实验室里，吃了沙利度胺的动物却纷纷死去。

范·曼侬推测，梅瑞尔自己用大鼠和狗做实验时用的蔗糖增加了身体对沙利度胺的吸收。沙利度胺不溶于水，药粉在水中无法溶解，所以没法让实验动物直接喝下去。蔗糖溶液被用作载流体，帮助把药粉通过一根软管直接送到大鼠的胃里或注射入腹腔。所以，尽管一半的实验动物死了——原本应该根据这一结果确定 LD_{50} 的——但范·曼侬认为那是因为实验受到了干扰。向 FDA 提交申请时本应提供所有的动物数据，但梅瑞尔压下了大鼠和狗死亡的实验结果。[218]

范·曼侬知道沙利度胺还有另外几个令人意外之处。生物化学部和药理学部用大鼠做的实验显示，一旦进入体内，沙利度胺的结构就会发生改变，极性和电离化程度都会增强。这样的变化并非前所未有，但梅瑞尔的研究人员不明白这种药为什么会发生这样的变化。

其他结果也令范·曼侬这位荷兰科学家感到困惑。早期用猴子做实验时，猴子吃了药之后依然精神抖擞（因为猴子很贵，所以他们的实验只用了一只猴子）。这种镇静药对与人最相似的实验动物似乎并未产生镇静作用，也没有致死效应。但破解沙利度胺的化学秘密不是弗洛·范·曼侬的职责。这种药的命运如何现在要看推销员的了。

— ⊘ —

作为公司与 FDA 联络的负责人，约瑟夫·默里必须回答 FDA 可能提出的各种问题。他默默地听着范·曼侬对毒性数据的解释。弗洛的动物数据——他选择介绍的那些——是扎实的。但让默里担忧的不是动物数据，而是人体数据。

18个月前，雷蒙德·波格首先发出警示：虽然有格吕恩泰的资料，但公司缺乏能提交给 FDA 的"具体的人体安全数据"。[219] 之后，波格招募了37名临床研究者，包括雷·纳尔森。纳尔森即将在《美国妇产科杂志》上发表的论文是凯瓦登宣传行动的一个关键部分。不幸的是，纳尔森和其他试药医生没有提供病人报告。默里一年前就警告上司说人体试验数据中存在众多明显的漏洞。试验仅对少数几名病人做过询问调查，这些病人的服药时间都不足 30 天，而且服用的剂量差异很大，从一天 50 毫克到一天 800 毫克不等。一名医生只过了两个星期就提交了 9 名病人的数据。[220]

梅瑞尔最后向 FDA 提交的申请共包括 3 441 个案例，但其中只有约 850 例来自梅瑞尔自己的试验。列举的其他 2 600 例来自格吕恩泰的试验，那些试验也没有病人的详细数据。FDA 要求提供受试者在较长时间内持续服用固定剂量的药物后的体检报告，包括每名病人的体重、血压、睡眠情况、年龄、性别和症状。梅瑞尔一项也没有。

默里的上司从一开始就高度重视沙利度胺的宣传推销，对研究并不关注。到 4 月，就连惯于走捷径的雷蒙德·波格也觉得没有足够的数据证明沙利度胺的安全性。波格辞职后，凯瓦登的试验由波格在医学部的下属、34 岁的托马斯·琼斯接手。琼斯是被公司雇来担任研究助理的，这是他在制药业的第一份工作。5 月，琼斯接替了波格的职位，也接管了与艾德、拉萨尼亚、纳尔森以及其他"临床研究者"的通信往来。但在琼斯最后交给默里的提供给 FDA 的正式申请材料中，人体"数据"依然少得可怜。

由于这个以及其他原因，贸然宣布凯瓦登很快将获得 FDA 的批准似乎过于乐观，失之鲁莽了。一年前，药品申请材料不达标也许还能轻松过关。FDA 的一名医学审查官杰尔姆·爱泼斯坦（Jerome Epstein）医生多年来一直精心安排对梅瑞尔的产品网开一面，不予深究。[221]波格那种止晨吐的三组分复方药镇吐灵没出几个星期就获准通过了。但 1959 年 12 月，爱泼斯坦辞职了，梅瑞尔的降胆固醇药物曲帕拉醇（MER/29）的申请随即陷入了困境。

新的医学审查官弗兰克·J. 塔尔博特（Frank J. Talbot）似乎准备

驳回曲帕拉醇的申请，因为他听说有医生报告这种药有造成脱发和视力减退的副作用。梅瑞尔的研究主任发了一份言辞激烈的内部备忘录——篇头标着**"阅后即毁"**——警告说 FDA"把自己当成上帝"，在越权行动。[222] 默里迅速采取了行动。他的胁迫手腕炉火纯青，只用了一天的时间就迫使塔尔博特私下保证会很快批准曲帕拉醇。[223]

1960 年 4 月 19 日，梅瑞尔生产的曲帕拉醇得到了 FDA 的正式批准，随即大量流入药店。曲帕拉醇被宣传为灵丹妙药，"无须管住嘴"就能降低胆固醇。[224] 这种产品一本万利，每年利润高达 5 亿美元左右。曲帕拉醇卖给药店的售价不仅高于成本 200%，而且它是需要长期服用的药——病人必须不停地补药。梅瑞尔在面向药剂师的杂志上做广告，并确定了每片 33 美分的零售价——药店也能享受到 200% 的利润。

为了让公众注意到曲帕拉醇，梅瑞尔不惜重金雇用了阿瑟·萨克勒（Arthur Sackler）[①]的纽约广告公司"威廉·道格拉斯·麦克亚当斯"（William Douglas McAdams）。曲帕拉醇的广告推销极为成功，甚至在《红书杂志》（*Redbook*）[②]刊文宣传这种新的降胆固醇药物，文章的题目是《如何保住丈夫的命》。

然而，这种产品是有问题的，大力宣传也阻挡不住坏消息。吃药后发生白内障、脱发和失明的抱怨滚滚而来。一年前，年轻的毒理学家比拉·乔丹（Beulah Jordan）因公司自己的动物实验结果堪忧而辞职。

公司知道曲帕拉醇的好日子快到头了。**"拿出更大的热情来，"**一份内部通讯这样敦促推销员们，**"它会反映在你的奖金支票上！！！"**[225] 如果医生向销售代表抱怨曲帕拉醇的副作用怎么办？将其归咎于另一种药，"即便你知道你的药会造成他说的那种副作用"[226]。曲帕拉醇的月

[①] 美国精神科医生、制药业企业家、著名的"萨克勒家族"三兄弟之一，该家族拥有的普渡制药生产、营销的镇痛药奥施康定引发了 21 世纪的美国阿片类药物成瘾大流行。——编者注

[②] 美容时尚杂志。——译者注

销售额可能达到 4 200 万美元，这意味着它每在市场上卖一天梅瑞尔就至少能到手 100 万美元。[227]

随着曲帕拉醇被迫退市的时间日益逼近，公司需要一棵新的摇钱树。于是沙利度胺闪亮登场。公司已经储备了足够制造 1 500 万片药的原材料。[228] 凯瓦登的宣传册已经印好。药片上已经打好了印记。现在推销员也拿到了推销词。默里知道，万事俱备，只欠 FDA 批准。

所以 10 月 25 日星期二那天，默里悄悄离开，去给 FDA 的拉尔夫·史密斯打电话。史密斯是弗朗西丝的上司，也是众所周知的药业盟友。他就是一年前在芭芭拉·莫尔顿正与药业代表会面时冲进芭芭拉的办公室，给一种药快速放行的"机构领导"。[229]

默里问史密斯沙利度胺的申请被分配给了哪位医学审查官，史密斯给了默里一个他不认识的名字——弗朗西丝·凯尔西博士。

不管她是谁，她都很快会见识到默里的手段。

作为一种催眠药，凯瓦登的效力至少与最有效的巴比妥酸盐一样，而且它十分安全，任何剂量都从未对生物（动物或人）造成过伤害。[230]

——威廉·S.梅瑞尔公司，凯瓦登宣传册，1960年

威廉·S. 梅瑞尔公司

部门间备忘录

1960 年 11 月 17 日

收件人：所有凯瓦登代表
发件人：查尔斯·W. 吉尔
主题：停火——你们成功了
航空邮寄——特快专递

  在凯瓦登会议上，我们确定的目标是促成 750 项研究，共 1.5 万名病人参与。我们觉得需要一个月的全力以赴才能达到这一目标。我们不是低估了这种产品就是低估了你们——或许两者都有一点。无论如何，你们推进这一方案的速度如此之快，病人人数现已远远超过了目标。等你们收到此信时，研究的项目数可能也已达到目标。[231]

第 9 章

11月末，梅瑞尔的医学主任托马斯·琼斯对凯瓦登方案的进展相当满意。辛辛那提会议后，推销员们奔走于全国各地，带着凯瓦登的材料走进一家家医院，招募顶尖的医生参加测试研究。数百名医生签约成为"临床研究者"。梅瑞尔的货运部门寄出一瓶瓶凯瓦登样品，一名秘书负责追踪运输情况。每一步都有专人负责，琼斯完全不必监督。

他把精力转向了劝说波格招到的几名医生上，确保他们完成研究报告并发表。为此，琼斯专门飞往洛杉矶去见西德尼·科恩。科恩主持着加州大学洛杉矶分校一个治疗酒精中毒的诊所，还是美国贫民区志愿者诊所（Skid Row Volunteers of America Clinic）的所长。科恩的临床研究有150名病人，他要价4 000美元，比其他研究者要得多。[232] 但琼斯觉得如果有凯瓦登用于酒精中毒者的数据，将会拓宽凯瓦登的市场。他和科恩在荷兰广场希尔顿酒店共进晚餐，席间把价钱压到了3 000美元。

其他精神科医生也想参加临床试验，于是琼斯又拿出3 000美元和3 600美元，分别用于大规模测试凯瓦登对情绪紧张和神经症的疗效。[233]

到11月末，琼斯已组建起了有资质的凯瓦登临床研究者核心队伍，推销员团队又促成了另外762项试验。[234] 受试病人队伍庞大。准备试药的美国人超过2.9万。[235]

琼斯万事顺遂，直到一名推销员从田纳西州发来一份奇怪的报告。

诺克斯维尔奥卡夫诊所的一名产科医生向这名推销员询问凯瓦登对胎儿的影响，这个问题现在摆在了琼斯的案头。

托马斯·琼斯知道，公司没有任何动物数据显示凯瓦登对胎儿的影响，但辛辛那提的雷·纳尔森给孕妇用凯瓦登已经一年多了，他即将发表的论文声称即便凯瓦登穿透胎盘也不会对胎儿有什么害处。另外，加州里奥翁多纪念医院（Rio Hondo Memorial Hospital）的产科主任爱德华·霍尔罗伊德（Edward Holroyd）医生刚刚写信告诉琼斯，他正在使用100毫克剂量的凯瓦登治疗50名妇女。霍尔罗伊德甚至想再增加200名女性受试者。

在1 000多名参加试验的医生中，只有36岁的诺克斯维尔产科医生E. B. 林顿（E. B. Linton）提出了问题。琼斯给他回信时一定信心满满：

> 尚未确定凯瓦登是否会穿透胎盘的屏障。不过我们认为即便穿透屏障，凯瓦登也是完全安全的。[236]

琼斯在信尾签了名，又去忙工作了。

总有一天我们会拦不住关于康特甘副作用的消息被发表出来。[237]

——金特·米夏埃尔（Günther Michael）医生
格吕恩泰化学公司备忘录，1960年

第 10 章

沙利度胺在德国上市仅仅一年,销量就像坐了火箭一样直冲而上。仅在德国,沙利度胺的月销售量就达到了 9 万包。[238] 但格吕恩泰还想更上一层楼,因此在德国的医学杂志上又刊登了 50 则广告,并给医生和药剂师寄出了额外 25 万份宣传册。[239]

然而,1958 年 12 月,法兰克福一名深感担忧的医生给格吕恩泰写信,说康特甘似乎导致他的老年病人头晕和出现平衡障碍。次年,1959 年,更多的抱怨开始浮现。一名药剂师注意到服用康特甘的病人四肢发冷。7 月,另一名药剂师报告说他的顾客出现了便秘和神经受损的症状,他提出康特甘可能"对血液循环有不利影响"。[240] 之后,格吕恩泰的瑞士特许制药商彩药 AG 公司(Pharmakolor AG)发出了一份严厉的报告:瑞士有 20 名医生报告沙利度胺有"严重的副作用",包括手抖。[241] 在自己的妻子试吃了一片沙利度胺后,巴塞尔一名威望很高的医生说:"吃过一次就再也不吃了。这药太糟糕了。"

1959 年 10 月,在杜塞尔多夫执业的神经专科医生拉尔夫·福斯向格吕恩泰发出警报,说他的一名 63 岁的男病人在服用康特甘一年多后患上了多发性神经炎。多发性神经炎又称周围神经炎,是一种逐渐加重的病症,先是手脚发麻或有刺痛感,然后升级为突发性疼痛、烧灼感或刺痛,连走路都非常痛苦。肌肉会出现萎缩,手脚变得极为敏感。人会丧失协调性，很容易摔跤。日复一日的疼痛令人日渐衰弱。

忧心忡忡的福斯问格吕恩泰："你们知道康特甘可能会损害外周神经系统吗？"[242]

尽管那一年以及最初用沙利度胺开展临床试验时接到了各种负面报告，格吕恩泰却在回信中说："很高兴地告知您，我们没有收到这类不良效应的报告。"[243]

然而，在收到福斯的报告一周后，格吕恩泰又获悉了两个神经受损的病例：一名医生在自己服用沙利度胺几个月后出现了"脚趾和手指的感觉障碍"，他嫂子也出现了同样的症状。[244] 但格吕恩泰回复说这很可能是"缺乏维生素 B"造成的。[245]

可是到 12 月，福斯又向格吕恩泰报告了 3 个周围神经炎病例，病人都吃了一年多的沙利度胺。

"我们不知道这些周围神经炎病例怎么会是康特甘造成的，"格吕恩泰安慰福斯说，"我们将在进一步的临床研究中给予这一问题适当的关注。"[246]

当另两名医生报告他们的病人出现了"严重的下肢血液循环障碍"[247]时，格吕恩泰不仅宣称这"不可能与康特甘存在因果关系"[248]，而且说公司"迄今没有听说过或看到过这种事情"[249]。

次年，1960 年新年伊始，格吕恩泰发动了一场推销闪电战。为了推销康特甘，销售代表与医生举行了大约两万次会面，[250] 分发了 25 万本小册子吹嘘沙利度胺"即便长期服用也没有害处"。[251] 到 1960 年 3 月，康特甘已经成为德国最受欢迎的安眠药，很快就奉献了格吕恩泰一半的收入。[252]

然而坏消息依然接踵而至。一名服用康特甘的外科医生向格吕恩泰抱怨，说他的手脚出现了"感觉异常和感觉迟钝"。[253] 公司再次回复说："我们迄今并未收到类似的报告。"[254]

1960 年 4 月，神经科医生拉尔夫·福斯决定在杜塞尔多夫的一次医学大会上公开发出警告。他强烈批评沙利度胺,详细描述了他的3名病人的剧痛症状。听了他的发言,另一名医生也在大会上说他至少有4名病人在吃了沙利度胺后**晕倒了**。

4月30日召开的这场会议并未引起新闻媒体的关注。但在获悉极受欢迎的康特甘可能有严重的副作用后,医学界大为震惊。[255] 很快,神经受损的报告雪片般飞到格吕恩泰。整箱整箱的康特甘被退回药店。到5月中旬,格吕恩泰给销售团队发了一份备忘录,承认了"副作用的严重性",但断然拒绝医生和药剂师关于购买此药必须有处方的要求,因为这将造成销售量锐减。格吕恩泰决定,"必须不惜一切避免这种情况"。[256]

格吕恩泰千方百计把事情往好里说。主管康特甘研发的海因里希·米克特找了一名医生来研究这种药在大鼠上的长期效应。依据这项研究,米克特在7月声称即便使用极高的剂量,也"没有发现病理性的变化"。[257] 格吕恩泰还要求它在葡萄牙的特许商帕拉塞尔苏斯公司(Firma Paracélsia)"最好在3个月内迅速发表15到20个对该药成功耐受的病例报告"。[258] 之后,尽管关于沙利度胺有神经毒性作用的报告越来越多,格吕恩泰仍旧快速推进了对儿童的药试。在波恩的大学诊所,过去从未做过药品试验的康拉德·朗(Konrad Lang)医生在家长不知情的情况下给40名大多有脑损伤的未成年人服用了超大剂量的沙利度胺。[259] 这些孩子服下的剂量是成人剂量的10~20倍。[260] 结果很不好:两个孩子死亡(一个3个月大的婴儿死于心脏衰竭,另一个大一些的孩子死于先天性心脏病),一个孩子暂时失明,还有一个孩子出现了休克。尽管10%的受试儿童药试结果很差,朗却选择乐观以对,向格吕恩泰保证说,"可以说康特甘是一种快速见效的镇静剂,特别适合儿童"。[261]

除了营造积极叙事外,格吕恩泰还强力压制负面消息。截至那时,已经有关于周围神经炎的报告被直接送到公司在施托尔贝格的办公室了。但在 1960 年 10 月,格吕恩泰听说了柯尼希施泰因的一名神经科医生正准备发表一篇主题为与沙利度胺相关的神经损伤的论文,于是马上派人去试图阻止他。那位医生坚决不肯让步,公司就利用一个与《医学世界》(Medizinische Welt)杂志编辑"关系好"的人来拖延论文的发表。[262] 与此同时,同一本杂志还刊登了一篇赞扬康特甘"没有毒性"和"长期服用无副作用"的论文,令格吕恩泰十分欣喜。[263]

格吕恩泰内部的口号是:"我们要为康特甘战斗到底。"[264]

到 1960 年 11 月 2 日,拉尔夫·福斯写信把他病人的症状报告给格吕恩泰整整一年后,格吕恩泰才更新了药的标签。现在的药品包装上写着:"与大多数药物一样,较长时间服用康特甘可能会在某些易敏体质病人身上引发过敏反应。停药后,过敏反应就会立即消失。"[265]

但随着 1960 年岁末的临近,格吕恩泰的销售团队开始感到不安。药盒上的警告含糊不清。一些有声望的诊所和医生"越来越激烈"地对康特甘产生了疑问。[266] 销售团队恳求公司告诉他们更清楚的信息。杜塞尔多夫的销售处建议公司管理方,"首先应该告诉我们非常确切的信息"。[267]

然而,销售团队不必等格吕恩泰的管理层坦白,因为几周后,英国的一名医生在《英国医学杂志》上发表了一封有关沙利度胺和周围神经炎的信。格吕恩泰精心粉饰的安全声明第一次遭到了公开挑战。在大西洋的另一边,当读过《英国医学杂志》上的那封信后,FDA 的一名医学审查官开始对这种药基本的安全性生出怀疑。

1960 年 12 月 31 日

是沙利度胺造成的吗？

先生，我觉得有必要提一下我最近执业过程中遇到的 4 个病例，因为其他医生也有可能遇到类似的病例。4 个病例表现出的症状基本一样。每个病人都说：（1）先是脚，然后是手明显感觉异常；（2）四肢发冷，哪怕稍微冷一点，脚趾和手指就明显发白；（3）偶尔有轻微的共济失调；（4）夜间腿部肌肉痉挛。每个病例的临床检查基本上都是阴性。在此期间，我在执业过程中没有注意到其他类似的病例。

4 个病人都是每晚服用 100 毫克的沙利度胺（迪塔瓦），服药时长从 18 个月到两年以上不等，我认为这一点很重要。沙利度胺一般被认为完全没有毒性，但我仍然对这 4 个病人停止了用药。其中 3 人已经有两三个月没有服用沙利度胺，他们的症状有了明显改善，但并未完全消失。第四个病人是在两周前停药的，因此现在评估停药的效果为时尚早。

看起来这些症状有可能是沙利度胺的毒性效应。

A. 莱斯利·弗洛伦斯

阿伯丁郡塔里夫[268]

问：你也没有调查你的病人贝蒂·摩根［1961年1月5日］诞下的婴儿是否可能是你给贝蒂·摩根吃的药造成的？

纳尔森医生：没有。

问：你只是假设你给她开的任何药物都不会造成这种情况？

纳尔森医生：是的。[269]

——雷·O. 纳尔森的证词，1976年

第 11 章

弗朗西丝窝在家里迎来了 1961 年的新年。她和埃利斯教两个女儿打桥牌,还计划找个大点儿的房子。

弗朗西丝需要这段休息。上年岁末那段时间她的压力实在太大了:家里的宠物狗乔治生病后不治。一场暴风雪席卷全城,把他们的客货两用车埋在了厚厚的雪中。弗朗西丝的父亲奥尔德姆上校,那个慈爱风趣、在弗朗西丝长大成人后仍叫她"宝宝"的人与世长辞了。弗朗西丝飞去温哥华参加父亲的葬礼,那是她生平第一次乘坐商用飞机。她回到华盛顿,成了父母双亡的孤儿。

1 月,弗朗西丝回到 FDA 上班,工作的压力随之重来。梅瑞尔的约瑟夫·默里不停地给她打电话、写信,还带着新数据上门造访。其间弗朗西丝被调去参加 FDA "暂停"伊顿实验室(Eaton Laboratories)销售其生产的阿塔弗(Altafur)的行动,因为那种药被认为没有效果。看到弗朗西丝把注意力转向了别的项目,默里非常不高兴。想找到弗朗西丝很难,因为她经常工作到深夜,还要去波士顿和芝加哥参加听证会,弄得疲惫不堪、身体虚弱。默里指责弗朗西丝故意拖延,向她的上司告状。[270] 默里说他背负着推动凯瓦登获批的巨大压力,梅瑞尔公司的副总裁也在考虑亲自坐飞机前来和弗朗西丝交涉。

然而,就在弗朗西丝终于忙完别的事之后,她准备就凯瓦登采取进

第二部:灵 药

一步行动的计划却戛然而止。由于罢工而迟来的英国邮件终于寄到了。弗朗西丝拿起了 1960 年 12 月刊的《英国医学杂志》。按照老习惯，她读完了杂志的每一页，包括尾页上的来信。她在那里看到了一封写给编辑的信："是沙利度胺造成的吗？"

一名苏格兰医生提出，这种新的镇静剂也许对神经末梢有毒性作用。他有 4 名病人在服用沙利度胺后出现了手脚感觉异常、腿部痉挛、四肢发冷和共济失调——这一系列令人痛苦的症状被称为"周围神经炎"。

这封信一个多月前就发表了……但梅瑞尔公司对信中所说的这些副作用只字未提。弗朗西丝气得脸色铁青。

约瑟夫·默里打电话来时，弗朗西丝考验了他一下。她没提自己读到的那封信，看默里会不会提。令她惊骇的是，默里什么也没说，而弗朗西丝几个月来一直在要求默里提供对人体长期影响的数据！于是弗朗西丝告诉默里，根据《英国医学杂志》上的这封信，梅瑞尔的灵药有毒害神经的副作用。默里平静地承认自己看到了那封信，不过是在不久前刚看到的。他似乎对这件事并不在意。

听了这话，弗朗西丝挂断了电话，判定梅瑞尔重新提交的申请材料不全。她拉了一个要求梅瑞尔额外提供的资料的清单，包括关于长期用药与神经损伤之间可能存在的关系的任何数据、梅瑞尔所做的动物实验的详细数据、给病人开沙利度胺持续 4 个月或更长时间的全部试药医生的名单。[271]

2 月底，弗朗西丝得到了她要的名单，一共 56 名医生。[272] 他们是雷蒙德·波格招募的第一批医生，外加琼斯招的几个。

但默里没提公司的推销员们招募的 700 多名医生。这些医生当时正在向 2 万多美国人分发这种药物。

— ◇ —

默里面对周围神经炎的消息显得若无其事，其实他是故作镇静。一周前，他紧急写信给迪斯提勒的丹尼斯·伯利，想知道"你对周围神经炎报告的任何评论"。[273] 梅瑞尔的管理层非常紧张，担心此事可能影响到他们提交给FDA的申请。他们很快派了约瑟夫·默里和托马斯·琼斯去国外调查。

1961年3月6日，星期一，二人来到迪斯提勒的伦敦总部，与包括肯尼迪在内的迪斯提勒高管见面。他们发现，这家英国公司在莱斯利·弗洛伦斯的信在《英国医学杂志》上发表前很久就已经知道了周围神经炎的问题。

事实上，在这种药投入市场10个月后的1959年2月，弗洛伦斯就向迪斯提勒表达了担忧。弗洛伦斯是苏格兰塔里夫的一名全科医生，他给成年病人，也给他自己和他的妻子每天吃100毫克的迪塔瓦（沙利度胺），给他因湿疹而睡不好觉的3岁儿子吃50毫克。但当弗洛伦斯的双腿开始出现小坑并发生水肿后，他写信给迪斯提勒说："我不认为这一定与迪塔瓦有关，只是想告知一下，以便留意是否还有其他人也报告过类似情况。"[274] 尽管如此，弗洛伦斯还是希望得到一份"副作用清单——如果有的话"。

迪斯提勒的医学顾问丹尼斯·伯利给弗洛伦斯寄了一份沙利度胺的罕见副作用的清单，有皮疹、口干、便秘，有些服用100毫克剂量的病人报告了恶心、眩晕和呕吐的症状。但伯利没有提格吕恩泰早期试验中报告的麻木和头晕，并且说他完全不能把弗洛伦斯的腿的毛病"归因于"迪塔瓦。[275]

次年，迪斯提勒收到了更多有关沙利度胺与周围神经炎之间联系的报告，于是公司在1960年8月开始不声不响地在药品包装盒上提及这一情况。到11月，公司通知格吕恩泰的米克特说："我们在过去一年中认识到，长期使用沙利度胺（3个月或更久）可能会造成周围神经炎。"[276]

当弗洛伦斯和他的病人的状况开始恶化时——弗洛伦斯的双腿麻木

疼痛，他的病人则抱怨说四肢刺痛难忍——弗洛伦斯决定公开发表他的担忧。1960年12月31日，《英国医学杂志》刊载了他关于沙利度胺的信。

弗洛伦斯的信有如打开了泄洪的闸门。迪斯提勒随后又接到了大约**70份**周围神经炎的报告。在和梅瑞尔公司的来客会面时，伯利坦承这个数字每天都在增加。

琼斯和默里很快意识到这给他们提交给FDA的申请带来的危险，连珠炮似的向迪斯提勒发问：这些症状是服药多久后出现的？服药的剂量是多少？有办法治疗吗？有人知道这种药是**如何**损害神经的吗？

迪斯提勒的高管建议琼斯和默里去找反映问题的那些医生谈一谈。

他们首先找了莱斯利·弗洛伦斯。面色红润的弗洛伦斯快活友善，上班都带着他的爱犬。他礼貌地向梅瑞尔公司的来客讲述了他的病人痛入骨髓的抽筋和"针扎"的感觉。[277] 他的样本数不大，只有4个病例，但弗洛伦斯也描述了自己的疼痛症状。停止服用沙利度胺后，他不再抽筋了，但针扎的感觉仍在，这与迪斯提勒说的不一样。

接下来，琼斯和默里造访了爱丁堡的一名神经科医生，他介绍了8个轻微周围神经炎的病例。和弗洛伦斯一样，J. A. 辛普森（J. A. Simpson）医生反复强调一个令人担忧的问题：停药后，针扎的感觉**并未停止**。伦敦米德尔塞克斯医院的另一名神经科医生描述了12个病例，有的相当严重。一个病人的大腿肌肉出现了严重萎缩。同样，停药后难忍的疼痛并未停止。

那个星期结束时，琼斯和默里回到了迪斯提勒的办公室。在那里，格吕恩泰的一名医生汉斯-维尔纳·冯·施拉德尔-拜尔施泰因和迪斯提勒的一名药理学家乔治·萨默斯加入了讨论。

萨默斯听着琼斯和默里介绍他们访谈的结果，明显地现出焦虑不安的神色。他心中其实藏着一个秘密：一年前他测试液体沙利度胺时，用的实验室小鼠**全部死亡**。[278] 萨默斯和梅瑞尔的范·曼侬一样，怀疑蔗糖载体把这种药的吸收率增加到了危险的程度。他心中警铃大作,告诉上司格吕恩泰生产的儿童用液体沙利度胺有"实实在在的致死危险"。[279]但迪斯提勒仍然在人体试验中继续使用其生产的液体沙利度胺。

萨默斯原本就已经惴惴不安,有关周围神经炎的报告更加重了他的思想负担。神经损伤若是与**沙利度胺药片**相关,那就说明这种药哪怕是固体形式都可能有毒。他要求上司公布这个消息,他们却反驳说这方面的危险"被夸大了"。[280]公司仅仅从宣传材料中去除了"无毒"和"非毒性"的字样。

就在琼斯和默里在迪斯提勒公司介绍他们的调查结果时,萨默斯实在忍不住了。他对与会的所有人坦承,他把显示液体沙利度胺有急性毒性的数据扣了整整一年。然后他交出了相关资料。

格吕恩泰的冯·施拉德尔-拜尔施泰因急忙插嘴解释说他的公司已经在调查此事,正在调查萨默斯使用的小鼠是否属于一种异常品系。冯·施拉德尔-拜尔施泰因还说,他要明确指出,格吕恩泰没有隐瞒实验结果。事实上,梅瑞尔的人很快就能在格吕恩泰的总部听到全部情况:默里和琼斯将受邀访问德国。

— ⊘ —

1961年1月,沙利度胺当月在德国的营收达到了160万德国马克。[281]100多万西德人每天都吃沙利度胺,这种药的用量超过了所有其他催眠药。

但《英国医学杂志》刊载的那封信给了格吕恩泰无法弥补的沉重一击。现在,该药引发周围神经炎的风险被公之于众,再也无法掩饰。消息飞速传开,公众对沙利度胺的热情开始减退。1961年1月,格吕恩泰的两名高管试图在东德(民主德国)为沙利度胺申请特许生产商,但申请遭到了拒绝,因为东德卫生当局知道了关于神经损伤的报告。

1961年2月,多次把自己病人的病痛报告给格吕恩泰的神经科医生拉尔夫·福斯要求把沙利度胺定为处方药。他的 14 名病人**无一痊愈**。

不久后，一名波恩大学诊所的医学主任禁止在他的诊所使用沙利度胺，并要求格吕恩泰将沙利度胺彻底撤出市场。[282] 另有一家神经科诊所的主任指控格吕恩泰的宣传具有危险的误导性。[283]

格吕恩泰的销售代表日益技穷。被医生问到周围神经炎时，他们试图"制造混乱"。[284] 有人提议向沙利度胺中添加别的成分，以便把副作用赖到那些成分头上。公司甚至雇了一名私家侦探去挖批评沙利度胺的病人和医生做过的不光彩的事，还派了一个女人装病进入一名准备撰写论文批评沙利度胺的神经科医生的办公室。但在格吕恩泰雇的侦探做出的发现中，唯一可能拿来做文章的是拉尔夫·福斯以及其他一些沙利度胺批评者的名字出现在了拜耳公司的访客名单上。格吕恩泰暂时可以利用这个消息声称这是公司间的破坏行为，是它的竞争对手策划了这场反康特甘运动。

然而，在神经损伤的报告达到 400 份后，[285] 格吕恩泰私下里承认，"就这些病例的一大部分而言，诱因只能是康特甘，没有其他解释"。[286] 为了避免公司给人只顾利润不管安全的印象，格吕恩泰宣布将自愿申请将康特甘定为处方药。

但当梅瑞尔团队于 1961 年 3 月到访格吕恩泰总部时，德国人却刻意对这个情况轻描淡写。托马斯·琼斯和约瑟夫·默里先会见了格吕恩泰的冯·施拉德尔-拜尔施泰因医生和汉堡的金特·西弗斯（Günther Sievers）医生。格吕恩泰的人只承认接到了 48 份周围神经炎的报告，并没有告诉美国的访客康特甘已经成了处方药，他们在 3 个月后才把这个消息告诉了梅瑞尔。他们强调，许多医生给大批病人长时间服用过沙利度胺，却没有"任何并发症，只是偶尔会出现过敏"。[287]

作为证明，西弗斯和冯·施拉德尔-拜尔施泰因带着梅瑞尔的人去了当地的一场见面会。一名德国精神科医生米夏埃尔·温泽莱德（Michael Winzreid）给 1 000 多名病人用了沙利度胺。他告诉默里和琼斯，他的病人中没有一人患上周围神经炎。[288] 另一名在迪伦执业的精神科医生说他给近 400 名病人长期服用每日 100~300 毫克的沙利度胺，有人的每日剂量高达 1 500 毫克。他说只有 3 名病人出现了轻微的不良反应，但远不到神经损伤的程度。[289]

最后，琼斯和默里被介绍给了两个批评沙利度胺的人：科隆大学的两名医生有 9 个病人出现了感觉异常和肢体肌肉痉挛。有人出现了大腿肌肉萎缩和手脚发麻的症状。停用沙利度胺后，痉挛慢慢消失了，但感觉异常依旧存在。[290]

琼斯和默里来到格吕恩泰在施托尔贝格的总部时，格吕恩泰并不否认有病人出现了周围神经炎这一事实。但公司高管戈特霍尔德-埃里希·维尔纳（Gotthold-Erich Werner）博士认为，造成周围神经炎的元凶是维生素 B_1 缺乏，不是沙利度胺。[291]

梅瑞尔的人听后颇为吃惊，问有何证据。当维尔纳承认自己没有证据时，局面变得激烈起来。维尔纳的说法显然毫无根据，但最终大家同意，研究一下服用沙利度胺的病人的维生素 B_1 代谢情况也许是一条路子。

在启程返回美国时，梅瑞尔团队已经知道在英国和德国出现了至少 150 个与沙利度胺相关的周围神经炎病例。[292] 默里必须考虑如何把这一严重的消息报告给 FDA。至于格吕恩泰，它已经开始将注意力转向一个与沙利度胺有关，并且更让人惊心的新问题：有关畸形儿的报告。

第二部：灵 药

我同意你的意见,非正式地处理这个问题比提出书面报告更好。

——托马斯·琼斯(威廉·S. 梅瑞尔公司)
致丹尼斯·伯利(迪斯提勒公司)
1961 年 4 月 28 日

有关沙利度胺与周围神经炎的报告[293]

第 12 章

弗朗西丝最知心的朋友芭芭拉·莫尔顿现在是凯尔西家的常客。弗朗西丝和埃利斯出差的时候她会住过来帮着看孩子。FDA 召开重大会议之前，她会帮弗朗西丝制定应对之法。芭芭拉刚开始跟离婚不久的政府经济学家小埃佩斯·威尔斯·布朗约会，就把他带来吃晚饭，和凯尔西一家见面了。

对弗朗西丝来说，最让她快乐的是在莫尔顿的农庄度周末。那个农庄位于西弗吉尼亚州查尔斯镇附近，占地广阔，有一座 11 个房间的石头房子和 140 头荷斯坦奶牛。农庄这么大，莫尔顿毫无顾忌地抽烟喝酒，乐在其中，这些让弗朗西丝的两个女儿苏珊和克里斯蒂娜看得眼花缭乱。莫尔顿在星期六坦然地睡到太阳老高才起床，这也令来做客的两个女孩惊讶不已。同样让她们难忘的是莫尔顿星期日早上的惯例：她从床上跳起来就带她们去给奶牛挤奶。莫尔顿对她的奶牛群关心备至，像记录棒球赛统计数据一样跟踪着产奶量的变化规律。[294]

莫尔顿喜欢自己定规矩，但她为此在职业上付出了沉重的代价。自她在国会做证已经过去近一年时间了，她在政府部门的求职努力始终一无所获。[295]

弗朗西丝知道她的朋友受到的排挤，所以她自己在 FDA 的工作交流中努力保持克制。莫尔顿气势逼人、直言不讳，弗朗西丝则低调自制。但当约瑟夫·默里从德国回来，试图淡化周围神经炎的事情时，弗朗西丝勃然大怒。

3月30日，默里带着他的同事托马斯·琼斯大步走进弗朗西丝的办公室。默里提出了一个奇怪的理论：报告的神经损伤或许是因为维生素缺乏，与沙利度胺无关。[296] 他说他们在国外与相关人士的谈话显示，患上周围神经炎的人为数寥寥，而且停药后很快就好转了。他还说，他们自己在美国的试药医生提交的报告显示，这种药对神经的影响几乎可以忽略不计。

默里表示，可以稍稍调整一下凯瓦登药盒内的药品说明："连续服用3到6个月沙利度胺的病人中有一小部分人报告手指和脚趾有针扎感、四肢麻木、肌肉痉挛。如有发生，建议立即停药，症状将迅速缓解。"[297]

弗朗西丝表示反对。既然有更安全的镇静剂，医生为什么要给病人吃沙利度胺？她几个月前就要求提供有关该药代谢和吸收的信息，怎么还没有提交？如果他们继续绕圈子搪塞她，她会自己去寻找答案。事实上，她马上要去参加一个药理学大会，她会在那里寻找相关信息。

这样的威胁让默里惊慌起来。他和琼斯直接去找了弗朗西丝的顶头上司拉尔夫·史密斯。整整7个月，他们一直在等待他们的申请得到批准，等待弗朗西丝开恩。他们需要帮助。默里与史密斯相识多年，这次却看不透他在想什么。史密斯只是透过他的透明框眼镜的镜片看着他们，做着笔记。他被芭芭拉·莫尔顿公开指控"从上面"发布危险的"指示"，[298] 所以他不太想插手此事。

梅瑞尔团队垂头丧气地离开了。他们这次FDA之行被寄予厚望，因为在梅瑞尔公司总部看来，曲帕拉醇（MER/29）前景暗淡。有关这种降胆固醇药物造成的可怕后果的报告已经堆成山了。理查森-梅瑞尔公司的总裁预言，公司会吃"损害赔偿官司"。[299]

如果MER/29撤出市场，公司就完了。两年多来，梅瑞尔为生产沙利度胺向格吕恩泰支付了特许费，买了原材料，制作了药片，还动用了全部销售力量,却尚未得到一分钱的回报。公司"非常愤怒",考虑采取"激烈措施"。[300]

默里更卖力地游说弗朗西丝。他给她定了最后时限,要她一周之内做出决定,否则就……他开始语带威胁。[301]他说他的公司准备施加压力,梅瑞尔的副总裁将亲自拜访拉里克局长,要求得到"准还是不准"的官方回答。默里明确表示,如果回答是"不准",那梅瑞尔就将在听证会上提起上诉。[302]

但弗朗西丝要求看到的动物毒性报告仍然不见踪影,默里也没有按要求提交显示沙利度胺**如何**在体内发挥作用的研究报告。

弗朗西丝的耐心即将耗尽。之后,她又看到了梅奥诊所的一份报告,说他们使用的降胆固醇药曲帕拉醇造成了一系列令人不安的副作用。然而,梅瑞尔公司悍然对 FDA 隐瞒不报。

弗朗西丝因此更加坚信梅瑞尔不诚实,她给默里写了一份关于凯瓦登的警告信:"除非提交足够的信息来显示该药的安全性,否则不要奢望能得到批准。"[303] 如果他们拒绝做进一步的研究呢?那她就会建议举行听证会来决定是否应该对这项申请予以彻底、正式的拒绝。[304] 弗朗西丝再次判定梅瑞尔最新提交的材料"不完全",[305] 并大胆地指控默里在周围神经炎的问题上撒谎,他显然没有"坦率说明"这一副作用。[306]

默里看了弗朗西丝的信后怒不可遏。他在电话里咆哮,说她这是在"诽谤"。[307] 次日,默里和同事罗伯特·H. 伍德沃德(Robert H. Woodward)一道前来,要求见 FDA 的高级领导。他们见到了医药局(Bureau of Medicine)的医学主任威廉·克塞尼希(William Kessenich),倾诉了他们的沮丧。克塞尼希安排在第二天举行一次集体会议。

5 月 11 日,弗朗西丝听恼怒的默里解释说他之所以没提周围神经炎,是因为梅瑞尔与海外分公司"沟通不畅"。[308] 默里恳求 FDA 最终"加快"批准凯瓦登的申请。[309]

但弗朗西丝冷然以对。她仍然坚持要看到患周围神经炎的病人的病例报告，还要看到她几个月前就要求提交的动物数据。同时，弗朗西丝又提出了一个全新的要求。

她想起了她在"二战"期间和埃利斯一起做的工作，当时他们研究的是奎宁对兔子和兔子胚胎的影响。如果服用凯瓦登仅仅三四个月就会引发神经病症，那么对妊娠期最多可能暴露在该药影响之下9个月的胎儿，这意味着什么？

弗朗西丝要求看到证据，证明凯瓦登在妊娠期服用是安全的。[310]

第三部

斗 争

四肢就像鱼鳍……

本院的纳尔森医生。[311]

——护士关于女婴 X 的报告

女婴 1961 年 5 月 10 日生于俄亥俄州辛辛那提，体重 4 磅 4 盎司①

---

① 约 1.93 千克。——编者注

1961年4月5日，托马斯·迪克森·戴蒙德夫妇的长子托马斯·戴维·戴蒙德出生在宾夕法尼亚州费城郊外阿宾顿的阿宾顿纪念医院。不幸的是，小戴维出生时严重畸形。虽然他的每一种畸形过去都单独在医学文献中有过报道，但无论是阿宾顿医院还是小戴维接受治疗的费城儿童医院都没有人见过或在医学文献中读到过一个孩子集所有这些畸形于一身的病例。[312]

——阿瑟·G.雷恩斯（Arthur G. Raynes），戴蒙德夫妇的律师

美国庭审律师协会冬季会议，1969年
加利福尼亚州旧金山

我出生后,医生给了我妈妈一张纸,要把我送到福利院去。他们说:"给你,你签了这个,我们会照顾她。你就不用操心了。"于是她就签了字,那时候都是这么做的。但我爸爸说他必须看我一眼。他想在把我送出去之前看我一眼。他一看到我,就知道他不能把我送走。于是他把我带回了家。他家的人和我妈妈家的人都特别生他的气,讨厌他……但我觉得我在福利院是活不了的……我活到今天是个奇迹。[313]

——多萝西·亨特-洪辛格(Dorothy Hunt-Honsinger)
1961年6月生于宾夕法尼亚州米德维尔

第 13 章

巴尔的摩郊区的一所大房子中，一位 60 来岁、仪态端庄、头发花白的女士坐在餐桌主位，拿起手铃召唤管家克拉克太太来收走餐具，送上甜点。

这是 1962 年 1 月一个星期日的晚上。

著名心脏病学家海伦·陶西格喜欢在罗兰公园的家中和在南塔基湾的夏季别墅中宴客。她一生未婚，也从未有过孩子，但身为约翰斯·霍普金斯大学第一批女性正教授之一的她有一大群原来的医学院学生和同事。他们就像她的家人一样。他们自称是对她忠心不贰的"骑士"，经常聚在陶西格教授的"圆桌"周围谈天说地。[314]她那眼角下垂的蓝眼睛和大大的微笑温暖着病人和同事，让他们感到放松。

那天晚上，她的主客是年轻的德国医生阿洛伊斯·博伊伦（Alois Beuren）。他一年前是陶西格在约翰斯·霍普金斯大学诊所的外国研究生，跟着她学习儿科心脏病学。回到德国后，阿里①开始研究威廉姆斯综合征（Williams syndrome）。这是一种罕见病，其特征是"精灵脸"（elfin face）、成长迟缓、轻微智障和先天性心脏病。[315]

但那天晚上，阿里在急切地给他的导师讲另外一件事：一种最近令

---

① 阿洛伊斯的昵称。——译者注

德国医药界忧惧交加的怪异的流行病。坐在布置优雅的餐桌对面的阿里告诉陶西格,西德突然出现了一批新生儿畸形的病例。一种叫"海豹肢症"的病症遍地开花,数目多得惊人。有这种先天疾病的婴儿的肢体如同"海豹的鳍肢"。[316] 这种症状原来极为罕见,大多数医生过去连一例都没见过。许多海豹肢症的婴儿也有心脏缺陷,阿里觉得这会引起海伦的特别关注。

海伦透过无框眼镜注视着阿里嘴唇的开合,仔细地听着——这不是件容易的事,因为她几乎完全失聪。她经常听不见自己餐厅手铃的响声。她与人谈话主要靠读唇和助听器,但她也练得能用手感知声音,她在医院里出名的绝活是能摸出一个孩子的心率。海伦因儿时患百日咳的后遗症失聪。小时候奋力克服阅读障碍的经历培养了她超强的集中精力的能力,现在的她正把精力集中在餐桌对面的这个年轻人身上。

"这还不算,"阿里告诉她,"他们觉得这是一种催眠药造成的。"[317]

甜点盘被收走,晚餐结束后,海伦·陶西格上床休息。但第二天早上,她突然意识到阿里告诉她的消息意义重大:一种对母亲完全安全的药严重损害了未出生的胎儿。海伦的整个职业生涯都聚焦于孩子,为了帮助孩子,她多次不惜冒自己名声受损的风险。她心思电转。这种药用得有多广?这对其他药的安全性可能意味着什么?她决定亲自去德国走一趟。

— ◎ —

海伦·布鲁克·陶西格 1898 年 5 月 24 日出生在马萨诸塞州的剑桥,是一个成就卓著的学者家庭 4 个孩子中的老幺。她父亲弗兰克·陶西格(Frank Taussig)是哈佛大学的亨利·李经济学教授[①],也是哈佛商学院的

[①] 1901 年由哈佛校友亨利·李的遗孀和 3 个孩子资助创立的冠名教授职位,旨在鼓励经济学研究。——译者注

共同创始人。她母亲伊迪丝（Edith）是拉德克利夫女子学院的第一批学生之一。她把自己对植物学和动物学的热爱灌输给了孩子们。一家人在鳕鱼角（Cape Cod）避暑时，父母鼓励海伦探索自然——徒步远足、种植花草、研究花卉那美丽的复杂纹理。然而，海伦11岁时，她母亲因肺结核去世，留下她父亲独自照顾孩子们。

海伦也得了肺结核，只能上半天学。此外，阅读、拼写和认数对小海伦来说如同迷宫。读完一句话就像头脑受了一场鞭刑。那时没人懂阅读障碍这种病，海伦的老师觉得羞辱或许能管用，就每天耻笑她。海伦的父亲担心她可能中学毕不了业，特意从学术研究中抽出时间亲自强化辅导她。

父亲倾尽全力，海伦自己也决心一个字母一个字母地解开每个字的谜。这培养了海伦的高度专注力。她不仅上完了中学，而且成了优等生，最终沿着母亲的足迹进了拉德克利夫学院。

但海伦的大学生活并不顺利。她父亲再婚了，搬到华盛顿成为关税委员会（Tariff Commission）的委员。海伦的成绩一落千丈，她也厌倦了在剑桥的圈子里总是被称为"陶西格教授的女儿"。[318]她越来越渴望独立，于是转到加州大学伯克利分校完成大学后两年的学业。1921年，她拿到了"美国大学优等生荣誉学会"（Phi Beta Kappa）[①]文学士学位。作为庆祝，她在隆冬时分去了优胜美地（Yosemite）国家公园。这段冒险经历足足让她夸耀了好几年。

海伦回到东部后想学医，但她很快得知，因为她的性别，她无法得到最好的发展机会。哈佛新成立的公共卫生学院的院长告诉海伦，她可以上课，但不可能拿到学位。最后，海伦连哄带骗地获得了特许，得以在哈佛医学院上两门课：细菌学和组织学（研究生物组织的学科）。即

[①] 美国历史最悠久的学术荣誉学会，选拔人文和科学领域的优秀大学生成为学会成员。——编者注

第三部：斗　争

便这样，她也只能坐在教室的角落，研究玻片上的样本时还得去另外一个房间。

所幸一位敏锐的导师觉察到了海伦的聪慧，建议她转校去波士顿大学医学院。波士顿大学也不准海伦获得医学学位，但她可以上全部课程——生理学、药理学、心脏病学、解剖学（哈佛禁止女生研究**整个人体**）。海伦很快对心脏病学入了迷，接下来她申请到约翰斯·霍普金斯大学读书。1890年，5位精力充沛的巴尔的摩女性商定筹款成立一所医学院，唯一的条件是医学院要接受女生。这5位女士都接受过良好的教育，都未婚，其中4人是约翰斯·霍普金斯大学理事的女儿。1893年，医学院第一批3名女生入校。1924年，海伦·陶西格加入了10名入学女生的行列（那年的新生一共70人）。

海伦最终拿到了医学博士学位，并获得了约翰斯·霍普金斯心脏诊所一年的研究生奖学金，之后又在儿科做实习医生。海伦一位精明的导师爱德华·帕克（Edward Park）医生担心海伦执业会遇到性别歧视，建议她选择一个鲜为人知、因此竞争不那么激烈的细分专业：先天性心脏畸形。

正如弗朗西丝·凯尔西在曾经默默无闻的药理学领域大放异彩一样，海伦在她的边缘领域也干得风生水起。之后，她周围世界的声音开始变小，海伦意识到自己正在丧失听力。医生说这是她儿时患的百日咳损伤了她的内耳导致的。到1930年，海伦连基本的对话都听不清楚了，也无法再使用她整个事业所依赖的装置：听诊器。

无奈之下，她买了个项链坠式助听器，挂在脖子上用衣服遮着。如果在和人谈话时听不清，她就从领口里掏出助听器，在说话者面前晃一晃。海伦听到的一会儿是震耳欲聋的大吼，一会儿是耳语般的低喃，于是她很快自学了读唇法。开讲座和座谈会时，她都坐在前排，认真注视着讲话人的口型。

但她仍然无法使用她的专业最根本的诊断方法——听孩子的心跳。

给听诊器装上扩音器有一定帮助，但扩音器在小病人身旁累赘碍事。[319]于是海伦练成了用手"听"的本事。[320]在家里，她把指尖放在沙发垫子上，感觉收音机播放的音乐的振动。她触摸着，集中精力注意运动和声响最细微的变化。很快，只要把手掌按在孩子的胸膛上，她就不仅能测出心跳，甚至能察觉其他医生用听诊器都听不出来的心脏杂音或心律失常。海伦异常敏锐的触觉出了名，其他医生无人能与她相比。

1930年，32岁的海伦·陶西格被任命为哈丽雅特·莱恩残疾儿童之家的心脏科主任医师。借助新的荧光透视装置——类似X光机的强大仪器——她发现了紫绀儿童心脏的特别之处。紫绀儿童被称作"蓝宝宝"，因为他们的嘴唇和皮肤呈蓝色。陶西格认为，用一根人工分流管打开动脉导管也许能救这些孩子的命。她想找一名愿意冒险给婴儿做这种手术的心脏外科医生。约翰斯·霍普金斯大学外科系的新任主任阿尔弗雷德·布拉洛克（Alfred Blalock）医生同意一试。布拉洛克把助手维维安·托马斯（Vivien Thomas）拉来帮忙。托马斯是黑人，有神童之誉，但因为没钱，也因为种族的原因，所以上不了医学院。两人先是用狗做实验。在狗上练习了200次之后，他们于1943年11月成功地给体重只有9磅①的一岁儿童艾琳·萨克森（Eileen Saxon）做了手术。没出几个月，海伦就开始在业内广泛推荐这种手术。1945年5月19日，他们这个团队在《美国医学会杂志》上发表了题为《针对心脏畸形的外科治疗》的论文，吸引了全世界的紫绀儿童来做新的"布拉洛克-陶西格手术"，或称"蓝宝宝手术"。

1947年，海伦出版了开创性的著作《先天性心脏畸形》（*Congenital Malformations of the Heart*）。不久后，她当选有65年历史的美国内科医师协会（Association of American Physicians）的会员，并且是该协会有史以来的第一位女性会员。[321]随着更多的荣誉接踵而来，世界各地

---

① 1磅≈0.45千克。——编者注

的学生蜂拥而至，都想跟着她工作，都盼着和她讨论当前的医学研究。因此，1962年那个寒冷的冬夜，阿洛伊斯·博伊伦能坐在她的餐桌旁给她讲述德国海豹肢症的暴发，感到兴奋不已，海伦也听得十分入神。

海伦对博伊伦说的消息十分担忧，开始紧锣密鼓地筹备旅行。她打电话给马里兰心脏学会（Maryland Heart Association）和心脏病学基金会国际协会（International Society of Cardiology Foundation），48小时内就拿到了1 000美元的旅行专款。[322]她写信给阿里口中最了解这场危机的德国医生维杜金德·伦茨，约好与他在德国见面。即将返回德国的阿里从海外穿针引线，促使阿里的老板、哥廷根儿童诊所的一位儿科教授同意与海伦见面。[323]现在，海伦得到了一个独一无二的机会，可以近距离研究一种心脏畸形的肇因并收集临床证据。

这并非海伦初访德国。1960年10月，她去德国参加一场儿科学大会，无意中曾经过一个小型展览，展品是两个有海豹肢症的婴儿的X光片和照片。海豹肢症（phocomelia）被定义为"先天缺少上臂和（或）大腿，手、脚或者两者由短短的一段与躯干相连"。[324]这个单词是由两个希腊单词 phōkē（海豹）和 melos（肢体）合在一起组成的。组织那次展览的医生认为他们展览的病例是惊人的发现。没有几个医生遇到过海豹肢症，一部医学百科全书中一张19世纪戈雅（Goya）的画常常是他们唯一的视觉参考。[①]让他们没想到的是，就在那次会议召开之际，德国刚降生了600多个"海豹儿"。[325]当海伦登上飞机前来调查时，病儿人数已经上升到了好几千。[326]

---

① 戈雅是18—19世纪西班牙浪漫派画家，作者此处提到的画现藏于卢浮宫，创作于1816或1820年，名为《畸形儿》（*L'Enfant difforme*）。——编者注

如果说 1961 年春天我妻子和我感到高兴，那是太轻描淡写了。[327]

——卡尔-赫尔曼·舒尔特-希伦，德国

第 14 章

1961年4月24日午夜时分，林德·舒尔特-希伦开始宫缩。她丈夫带她去了汉堡医院。那一夜，21岁的林德和另外6名产妇躺在一间病房里，彼此间用灰绿色的塑料帘隔开。她的病床上夹着一个铃铛，护士告诉她如果疼痛加剧就摇铃。疼痛没有加剧。分娩进展缓慢，林德一直很平静，碰都没碰铃铛，只听着房间里其他产妇的呻吟。[328]

早晨，她的丈夫卡尔-赫尔曼（"卡尔"）离开医院回了大学。32岁的卡尔是法学学生，还有几个月就毕业了。他答应林德他很快就会回来。要考试了，他得去一个十分重要的约会。但是到中午时分，卡尔还没回来的时候，林德的宫缩加紧了。下午一点，有医生和助产士在一旁鼓劲，林德诞下了一名男婴。

他的名字是扬。

起初，林德觉得分娩挺正常的。扬出来的时候她没有看到。护士只是告诉她不要触碰她两腿之间的无菌布。林德听从护士的指示躺好，远远地瞥见她的宝宝被急匆匆地抱出房间。

林德疲惫不堪地躺在床上，感到走廊里起了一阵骚动。有人跑来跑去。她沉重的眼皮止不住地合上了，但很快她又醒了过来，看到床边站着一名护士。

"你的丈夫……有没有残疾？"护士问。

"宝宝有什么不对吗？"林德倒抽一口冷气。

护士解释说，林德的男婴没有手臂，只有短短的一截。

"也许以后会长出来？"不明所以的林德问。

"不会，"那护士冷酷地说，"它们可能会掉下来。"

护士的态度吓到了林德。就她所知，她的宝宝只是手臂有问题，但她感到医院已经放弃了，权当她的儿子已经死了。仔细询问之下，林德只知道扬被放在育婴室的地板上，没有放入婴儿床。连点眼药水或打针这些照料新生儿的标准程序都没有走。

此时离纳粹政权对残疾人开展绝育和大规模灭绝才过了15年。[329] 近25万有精神或身体残疾的德国人被视为社会的负担，在希特勒的T4计划下被强迫安乐死。林德害怕她刚出生的儿子被作为"废物"丢弃，要求看扬。但护士不答应，径自离开了房间，留下林德孤零零呆呆地看着白墙，为儿子的命运煎熬不已。这样一个孩子在今后的生活中会有怎样的遭遇？

与此同时，卡尔回到了医院，但还不知道他的儿子已经降生。他在候诊室里抽着烟等待的时候，一名医生出现了。事实上他是医院的首席医师。卡尔紧张得口干舌燥。他感觉到有些不对。一个多月来，他一直害怕孩子会有问题。6周前，他去附近的基尔看望妹妹安妮特（Annette），她和丈夫刚刚迎来了他们的第二个孩子。但不知什么缘故，那个女婴天生手臂短小。为了不让林德担心，卡尔没有告诉她这个消息，但这事太奇怪了，因为他妹妹的第一个孩子很健康。这令卡尔感到不安。

"你生了个儿子。"医生在医院的候诊室告诉卡尔。但他吞吞吐吐，一副不自在的样子。

"你该不是说他没有手臂吧！"卡尔冲口而出。

"你怎么知道？"医生问。

卡尔没有回答，急匆匆跑去找林德。卡尔自认是个坚强的人。他相信自己应付得了面前的事。但他一想到自己年轻的妻子就焦虑得心狂跳不已。他妻子比他小10岁多，从来没吃过苦。

卡尔发现林德一个人躺在床上，泪流满面。

"孩子是我们的，"卡尔大声说，"我们的孩子。"他安慰林德说，手臂的问题不重要。

但林德把脸转向墙壁。"我没能给你生个正常的孩子。"她哭道，并求他离开。卡尔知道不能再保密了。他必须打消妻子的负罪感。

"不是只有你，"他坦白说，"我看到了我妹妹的孩子……她……和我们的孩子一样。"

林德震惊地看向他。这些宝宝发生了什么？

— ⊗ —

卡尔·舒尔特-希伦在一次大学舞会上注意到迪特林德·贝尔格特（Dietlind Bergert，昵称林德）时，她才17岁，是个身材苗条、金发棕眼的姑娘。高大魁梧的卡尔散发着一种粗犷的自信，林德觉得他很有男子气概。这个追求她的英俊男子是一名律师的儿子，似乎做什么事都经过深思熟虑，知道自己要什么，然后就放手去追求。他想要林德。

卡尔在门登长大，父母很严格。他是家中4个孩子中的老二，小时候比较胖。父亲为了让他锻炼，自己开着车，强迫他跟着车跑步去上学。卡尔14岁时应征入伍，被派到冰天雪地的东线战场。白天，卡尔挖战壕，夜里，他睡在报纸和干草里，和其他士兵挤在一起抵御冰点以下的严寒。战争结束后，不到20岁却已历经风雨的卡尔跳上一辆西去的运输车，然后跋涉最后几英里[①]，回到了德国。

回到家后，卡尔帮助支撑全家度过了惨淡的战后岁月。他做木匠活，种菜花和马铃薯，还猎捕野兽作为食物。但卡尔依然怀念精神生活，最终报名上了大学夜校。拿到学士学位后，他在舞会上遇到了林德，很快就向她求婚了。

---

① 1英里 ≈ 1.61千米。——编者注

林德刚上大学，所以这对恋人生活很节俭。卡尔决定继承父亲的衣钵攻读法律学位，同时干零活挣房租。这对幸福的学生在订婚3年后结婚。一年后，林德怀孕了。但9个月后扬的出生一下子夺走了他们生活中的所有欢乐。

了解了儿子的状况后，卡尔失魂落魄地走在汉堡的鹅卵石路上，眼睛一直盯着路人的手和胳膊。[330] 他不明白发生了什么，但他知道他必须坚强，林德才是最受打击的人。

卡尔的妹妹安妮特是在家里生产的，所以没有经历像林德那样的巨大震惊。宝宝生下来后很快就被包了起来，没让安妮特看到。她丈夫先在床上摆上玫瑰花，然后才把打开包的婴儿交给安妮特。"事情并不总是如愿。"他平静地告诉她，向她保证决不放弃孩子。[331]

安妮特已经当过母亲，而且比林德大10岁。她没有慌乱。她也是在严厉的舒尔特-希伦家成长起来的。

"这是我们的孩子，"安妮特没有哭泣，"我们必须给她我们所有的爱和帮助。"

但林德分娩时只有自己，完全受无情的医院人员摆布。她仍在承受着极大的痛苦。卡尔知道自己必须帮她应对眼前感情上的打击。为此，他需要知道究竟发生了什么。

当卡尔听说当地还有一名产妇生下了有同样残疾的孩子时，他回到医院去问那位首席医师：是什么造成了他儿子的畸形？他和林德还能再要孩子吗？还能生一个健康的孩子吗？不能，首席医师说，扬的状况只可能是遗传的。荒谬，卡尔心中暗想。他家族里从来没有人有过这样的畸形，而且他有生物学知识，懂得他和林德必须都有某种罕见的遗传特征才能遗传给他们的儿子。这意味着安妮特和她丈夫也有同样的遗传特征——但他们的第一个孩子一切正常。汉堡的另外那名产妇呢？一个月就出生了3个有同样缺陷的婴儿，这难道不是很奇怪吗？卡尔追问医生：**他有没有看到过任何类似的现象？**

医生断然否认后离开了。[332]

沮丧的卡尔独自站在那里。过了一会儿，附近的一个人招手叫他过去。看那人的穿着，他好像是医院的工作人员，但不清楚是医生还是技术员。他没有自报姓名。

"老板跟你说什么了？"那人问。

"说他从来没有见过像我的孩子那样的婴儿。"卡尔回答说。

那人听后想了一会儿，然后说："他没告诉你实话……我以前看见过这样的孩子。就在这里。"[333]然后他急忙走开了。震惊不已的卡尔转身去找林德。

— ◯ —

分娩后的那几天，林德备受煎熬。她躺在拥挤的病房里，看着别的母亲抱着她们健康的宝宝。等了3天，医院工作人员才准许林德看扬——那时她已经害怕看到他了。林德终于把扬抱在怀里的时候，心都碎了。她觉得自己的手臂好像也被砍掉了。[334]她要求工作人员把扬的婴儿服没用的袖子剪掉——她会付婴儿服的钱。那两条袖子毫无用处，是明晃晃的讽刺。

林德一直恳求卡尔接她回家，但扬出生5天后她才被允许出院。林德回家后放松下来，但卡尔担心她很快会被绝望淹没。他和妹夫讨论了如何最好地劝导家人面对现实，他俩商量好：没有耻辱，没有负罪。

"这意味着把全部真相告诉每一个人，"卡尔对林德解释说，"什么都不隐瞒。"[335]如果他们显现出哪怕一点羞耻，或者试图掩盖这场悲剧，这种负面态度就会带来麻烦，对扬尤其如此。卡尔坚定地说他们必须"直面现实"。[336]

然而有一点让卡尔一直放心不下，那就是他的儿子总有一天会长大，会问："我为什么会这样？我发生了什么？"卡尔固然可以丢掉羞耻感和负罪感，但他需要给他的儿子一个答案。

如果我们让人产生我们把销售看得比我们的药企责任更重要的印象，那么我认为这将对我们造成非常不利的影响。从积极的角度说，我认为公司的名誉至少与出售康特甘赚取的德国马克一样值钱。[337]

——格吕恩泰化学公司内部备忘录，1961年5月10日

第 15 章

1961年5月4日星期四夜里，33岁的威廉·麦克布莱德在澳大利亚布莱克赫斯特的家中接到一个电话，要他去处理一次情况复杂的分娩。麦克布莱德雄心远大，是个工作狂，他负责的产科是澳大利亚悉尼规模最大的产科之一。他每周7天、每天24小时随叫随到。他高高的个子，蓝色的眼睛目光锐利，鹰钩鼻子，棕色的卷发总是梳成偏分式样。他这么年轻就取得如此成就，堪称出类拔萃。他的自信令同事们羡慕不已。但在悉尼的医学圈子之外，他的名字却鲜为人知。这种情况马上就要一去不复返了。

与妻子帕特里夏告别后，麦克布莱德上了车，从他小小的郊区住宅开车进城。黑暗中，他打开车上的收音机听新闻。地球的另一边，约翰·F.肯尼迪刚刚完成他作为美国总统任期的头100天。此时是澳大利亚的晚秋时节，也是30年来最冷的日子之一。到达悉尼最大的妇产医院皇冠街妇女医院那座维多利亚晚期式样的4层楼建筑后，麦克布莱德径直去了涂成米黄色的手术室，那里已经摆好了消过毒的手术器械。30多岁的麻醉师巴顿医生在嘟嘟囔囔地抱怨着寒冷的天气。

手术台上躺着23岁的爱丽丝·威尔森（Alice Wilson）。爱丽丝是麦克布莱德的私人病人，丈夫是一名药剂师。她整个孕期都一切正常，麦克布莱德一直对她保持着关注。那天阵痛开始后，她平安住进了医院。但到了晚上，值班护士惊觉胎儿的心跳不太正常，一会儿快一会儿慢。必须做剖腹产，于是麦克布莱德被打电话叫来了。

麦克布莱德立即做了手臂消毒，开始手术。手术进行得很顺利。但当婴儿最终被从母亲腹中取出时，麦克布莱德和他的团队惊呆了：婴儿两只手臂都没有，小手似乎是直接从肩膀上长出来的，而且每只手都多长了一根手指。[338]

他们赶忙做例常的处理：给新生儿清理呼吸道，吸氧，注射维生素K。巴顿医生拍打新生儿的脚底时，婴儿嘹亮的哭声响彻房间，大家松了一口气。

"别的都挺正常的。"巴顿困惑地说。[339]

产妇仍在麻药的作用下沉睡，所以麦克布莱德可以晚些时候再把这个可怕的消息告诉她。疲惫困惑的他就这样回家了。

一夜大雪纷飞，次日早上，麦克布莱德开车去医院，一路走得十分艰难。有些道路被关闭了，还有些树木被雪压倒。但麦克布莱德下定决心要去看威尔森太太的新生儿。他终于到达医院时，值班护士报告说宝宝一直在呕吐。X光检查显示孩子有肠梗阻。麦克布莱德吓了一跳，赶紧把宝宝转到皇家亚历山德拉儿童医院做紧急手术。手术期间，主刀医生注意到另一处肠道发育不全，这会阻碍消化，非常危险。不到一周，婴儿就死了。

麦克布莱德心神巨震。他接生婴儿7年了，从未见过威尔森家的宝宝那样严重的内科或外科损伤。[340] 3周后的5月24日，麦克布莱德被叫来给他的另一名私人病人苏珊·伍德（Susan Wood）接生，也是因为胎儿心律不齐，必须做剖腹产手术。在楼上同一个手术室，在同一批护士的协助下，麦克布莱德把苏珊·伍德的新生儿取了出来，发现伍德家的宝宝几乎和威尔森家的一模一样。这个婴儿也开始呕吐，5天后也死了。

产房的护士们的心头升起了疑云。自年初以来，孕妇住院后发生小产的情况突然激增，而且小产的许多胎儿都有奇怪的畸形。更令人不安的是，所有这些孕妇都是麦克布莱德医生的病人。护士们把这个情况报告给产房区的夜班主管帕特里夏·斯帕罗（Patricia Sparrow）修女，斯帕罗又提醒了麦克布莱德，让他注意这种"暴发"。不过，直到6月8日，麦克布莱德给雪莉·泰特（Shirley Tait）接生的婴儿又是畸形的时候，麦克布莱德才完全意识到这些畸形儿与自己的联系。泰特家的宝宝出生后就死了，产房大乱。短短几周内，居然出生了3个有罕见畸形的婴儿！

与此同时，皇冠街妇女医院的院长约翰·纽林茨（John Newlinds）注意到医院的先天性畸形发生率是全国平均数的3倍。他和身为儿科住院医师的妻子在墙上贴了一张大地图，用带颜色的大头钉标出那些可怜的妈妈的住址，希望能解开这个谜。不过他们没有告诉别人地图的事，因为原子能委员会设在城南的核反应堆周围被钉了一堆大头钉，这可能会引发公众的恐慌。

6月8日，泰特家的宝宝的出生让纽林茨注意到了一个更加明显的联系——威廉·麦克布莱德。

那天，纽林茨在走廊里追上麦克布莱德质问道："看在上帝的分上，比尔，到底怎么回事？"[①,341]

— ⊘ —

1960年9月16日，迪斯提勒公司的一名高级销售代表沃尔特·霍杰茨（Walter Hodgetts）造访了威廉·麦克布莱德的私人诊所。[342] 身材高大、外表蛮憨的霍杰茨在推销产品时可以很讨人喜欢。他出马推销几乎无不成功。9月的那天，他推销的是一种在英国市场上最受欢迎，已经卖了两年的催眠药——迪塔瓦。[343]

---

① 比尔是威廉的昵称。——编者注

第三部：斗 争　　161

麦克布莱德不久前从班克斯敦医院的一名同事口中听说过这种药，所以他很快就对霍杰茨点了头，他会试试看迪塔瓦能否被用作分娩时的镇静剂。[344]

当一名孕妇因妊娠剧吐（hyperemesis gravidarum）——这种严重呕吐可能造成小产——来到皇冠街妇女医院，药物镇静和静脉输液都不管用时，麦克布莱德想起了迪塔瓦。他自认为开药非常谨慎，这有一些个人的原因。一个炎热的夏日，他祖父的第一个妻子意外死去，据说那天她去悉尼的一家药店买柠檬酸，准备做接骨木花露[①]，药店却错给了她毒性近乎纯**氰化钾**的氰酸。[345] 麦克布莱德知道迪塔瓦主要是作为镇静剂销售的，但和当时的许多医生一样，他认为极端性晨吐是意料之外或并不希望的怀孕引发的焦虑导致的。他想起霍杰茨保证说迪塔瓦的安全性无与伦比，就给那名孕妇开了两片医院药房的迪塔瓦。麦克布莱德欣喜地发现孕妇的呕吐停止了。在那以后，每当麦克布莱德遇到孕妇有妊娠期恶心的症状时，他都会用迪塔瓦来治。

次年5月9日，麦克布莱德仍对这种药有很高的评价，甚至写信给迪斯提勒公司说他发现迪塔瓦在应对"晨吐和妊娠剧吐"方面"极为有效"，也是有效的分娩镇静剂。[346] 他向迪斯提勒保证，"我会很乐意支持任何将此药纳入国家医疗服务体系的申请"。[347]

1961年5月24日，迪斯提勒回信了：

> 我们收到了您对迪塔瓦的评价，谨借此机会对您的兴趣与合作表示赞赏。[348]
>
> ——F. 斯特罗布尔，销售经理

过了几周，麦克布莱德接生下第三个畸形婴儿后，这封信就躺在他

[①] 一种夏日冷饮。——译者注

的办公桌上。他坐在办公室里翻看着病人的病历，猜想这些产妇是否在孕期得过同样的病，或是否都住在卢卡斯高地核反应堆附近。但他很快注意到，她们都说感到"恶心"，也在病历中看到自己给她们每个人都开了迪塔瓦。

回到家中，麦克布莱德把自己关在房间里，不让妻子和孩子打扰，专心研究迪塔瓦的书面材料。他在书房里一页一页地细读这个产品红色封皮的《咨询服务公告》("Advisory Service Bulletin")。其中的安全信息显示，沙利度胺的急性毒性为零——被喂食很大剂量的小鼠没有死亡，就连人服用过量的沙利度胺看来也是安全的。一名70岁的英国人吃下21片100毫克的沙利度胺后睡了12个小时，醒来后只有短短的一段时间感觉困倦。[349] 一个两岁的孩子吃了700毫克的药后没有任何问题。用大鼠、豚鼠、兔子和小鼠开展的30多天的测试显示，这种药没有长期毒性。

20页的公告中没有任何引起麦克布莱德特别注意的内容，除了一行字："沙利度胺是谷氨酸的一种衍生物。"[350]

谷氨酸的另一种衍生物氨基蝶呤被医学界用来治疗癌症，但10年前发现它会在妊娠早期导致流产。麦克布莱德仍然保留着最早刊载这一发现的《妇产科年鉴》(The Year Book of Obstetrics and Gynaecology)。

麦克布莱德仔细研究了迪斯提勒的小册子，发现里面没有提到开展过迪塔瓦的妊娠期安全性测试。然后他想起那年早些时候登在《英国医学杂志》上的一篇东西。他急切地在地上堆着的一摞摞杂志中翻找，终于发现了莱斯利·弗洛伦斯关于沙利度胺与神经损伤有关的那封信。如果沙利度胺**真的有害**，那它穿透胎盘的屏障后会发生什么？

青霉素和吗啡都能穿透胎盘，前者保护胎儿不受感染，后者则会把胎儿的心跳减缓到危险的地步。如果同为谷氨酸衍生物的沙利度胺与氨基蝶呤有任何相似之处，那么这种药就可能打乱胚胎中谷氨酰胺这种对细胞生长至关重要的氨基酸的代谢过程。①,351 这就是为什么氨基蝶呤能阻止肿瘤增大和胎儿的成长。沙利度胺有没有可能也会打乱胎儿的发育呢？

就是它！麦克布莱德奋笔疾书，直至深夜。他的论文的标题是《沙利度胺和先天性畸形》。他指出，通过简单的动物实验就能确认沙利度胺能否穿透胎盘。几小时后，精疲力竭的他关上了台灯。

次日早上8点，麦克布莱德开车去上班，身旁的公文箱里放着他的论文手稿。他的秘书会把手稿打出来以便投稿给《柳叶刀》(The Lancet)杂志，这份设在伦敦的杂志读者遍布全世界，而且以快速出版著称。速度至关重要。

在医院，麦克布莱德打电话给迪斯提勒的办事处，找到了几周前给他寄来感谢信的销售经理弗雷德·斯特罗布尔（Fred Strobl）。[352] 麦克布莱德把自己的怀疑告诉了斯特罗布尔，让他将此消息报给公司在英国的总部。然而，麦克布莱德惊讶地发现斯特罗布尔认为他的理论荒谬可笑。这种药在英国和好几个国家出售了好几年才进入澳大利亚市场，这种事情怎么会没人注意到呢？

麦克布莱德和约翰·纽林茨共进午餐时心情沮丧，说他只能自己做动物实验来证明沙利度胺与新生儿畸形的关系。但纽林茨不想等待动物实验的结果。他打电话给医院的首席药剂师斯珀林（Sperling）太太，让她把迪塔瓦清出药房。

此时是1961年6月，皇冠街妇女医院成为世界上首批停用沙利度胺的医院之一。[353]

---

① 谷氨酸和谷氨酰胺在结构上高度相似，事实上，机体内的谷氨酰胺合成就是在谷氨酸的基础上完成的，因此作者此处说谷氨酸的衍生物有可能会打乱谷氨酰胺的代谢过程。——编者注

一名澳大利亚人和一名德国人各自独立地得出相同的结论,两人都是疯子的可能性微乎其微。[354]

——维杜金德·伦茨

第 16 章

那年春天对舒尔特-希伦夫妇来说特别难熬。林德沉浸在悲痛之中，卡尔为了转移她的注意力，劝她回学校上学，但没有用。林德总是恹恹地提不起精神，一看到小宝宝扬就掉眼泪。朋友们和他们疏远了，因为残疾孩子令他们感到不自在。林德和卡尔都无法专心学业。卡尔的法律期终考试需要写一篇重要的辩护状，他却写不出来。他们眼看着就要被压力压垮了。

但卡尔使命在身，他要找出伤害他的宝宝的元凶。他在门登做公证员的父亲询问自己的医生朋友是否见过类似的畸形儿，然后告诉卡尔说门登周边有十来个像扬一样的病例，其中一个孩子已经两岁了。[355] 卡尔回到林德分娩的医院找那名首席医师，要求开展调查。那些婴儿的畸形肯定不是遗传的。遭到拒绝后，卡尔意识到他只能自己做调查。卡尔的父亲联系了一位在公共卫生服务局工作的医生，他答应去询问那个地区的产科医生。之后，卡尔和他妹夫开始彻查安妮特和林德在怀孕期间的一切活动。她们接触过遭污染的水吗？她们有没有从狗或农庄的牲畜身上感染弓形虫病？但他们发现门登那些畸形儿的母亲并不使用同一个水源。[356] 卡尔把家里的巴塞特猎犬送去检查，又带林德验了血，也没有检出弓形虫病。卡尔想到药物可能对胚胎产生影响，因此问林德和他妹妹都吃过什么药，但他妹妹只吃过一种传统的胃药，林德则从来没吃过药很快，收集数据的那位公共卫生服务局的医生没有了回音，于是卡尔开始打电话给任何他知道认识专科医生的人。他决定不让其他孩子落到扬的境地，但他必须弄清楚造成扬的状况的原因。最后，6月18日傍晚，卡尔接到了一个给他带来希望的电话。

来电话的朋友是医学院的学生，他告诉卡尔："德国有一个人能够全心投入像你这样的案子。他聪明绝顶，一旦开始研究一个问题，不找到答案决不罢休。"[357]

这个医生名叫维杜金德·伦茨，在大学儿童诊所工作，专攻遗传学。头一天，大学医院的一名妇科医生也向卡尔提到了伦茨的名字。于是卡尔约了伦茨在第二天见面。

卡尔的运气在转好。就在那天夜里，宝宝扬第一次露出了笑容。在他们儿子的眼睛里，这对疲惫不堪的父母欣喜地看到了聪慧之光。夫妻俩现在确定扬的智力没有问题，决心把他当正常孩子来养。第二天早上走进儿童诊所时，卡尔几个月来心中第一次有了希望。

卡尔听人说，伦茨是一名一心扑在研究上的科学家。他的生活很简单，同一件军大衣穿了好几年，没有汽车，而是骑自行车。他唯一在意的就是工作。卡尔不知道，他要见的这名医生的父亲弗里茨·伦茨（Fritz Lenz）是一名纳粹遗传学家。多年来，老伦茨一直在鼓吹种族清洗，在希特勒上台之前就建议"给所有不健康和劣等的人绝育"，包括残疾人。[358]事实上，弗里茨·伦茨认为大约30%的德国人不应该有生育权，认为给他们绝育是"一切政治的中心使命"。[359]然而，他的儿子维杜金德拒绝"种族卫生"，战争期间在德国空军的一家工厂里治疗病人。维杜金德能讲5种语言，喜欢写诗。他为人善良，工作努力，沉静而又热切。

卡尔一见到轻声细语的伦茨就打开了话匣子，把他儿子和外甥女的遭遇一股脑说了出来。伦茨这位瘦削精干的遗传学家不停地做着笔记，还询问卡尔的家庭情况。最后，他好像累了，说："我们医生经常听到像你这样的父母的抱怨,当我们解释说他们孩子的某种畸形是遗传的时候,他们会愤怒不甘。"[360]

卡尔的喉咙发紧。伦茨这是不把他的话当回事吗?他试图解释同一地区还有其他类似的孩子,但伦茨打断他说:"我们只谈你自己家的事,好不好?"卡尔没有看到任何相关的孩子,他说的一切都只是道听途说。

一周后,卡尔带着扬来让伦茨做检查。伦茨观察着这个男婴短小手臂上生出的3根手指,一言不发。

几周过去了,卡尔和曾接生过类似畸形婴儿的其他德国医生取得了联系。一名医生在法兰克福,一名在巴伐利亚。仅明斯特的一家医院就出生了20个没有手臂的婴儿。卡尔每听到新消息就打电话报告给伦茨,但伦茨似乎不感兴趣。

然而,伦茨把卡尔的关注放在了心上。检查扬的当晚,他回家后和身为儿科医生的妻子阿尔玛讨论了扬的情况。如果同一地区有类似的畸形儿出生,可能就不是遗传的原因。但如果不是遗传,又会是什么呢?伦茨夫妇绞尽脑汁,猜想那些母亲可能接触了哪些东西。是热带水果上的新杀虫剂吗?是战时铀实验遗留下来的有毒物品吗?

第二天,伦茨给卡尔提到的妇科医生打电话,确认了在门登有大约10例海豹肢症,此外,附近的贝库姆也出现了3名"海豹儿",全部是在同一个星期出生的。[361] 他听说不久前明斯特有15个病例,[362] 于是专程前往那里见威廉·科泽诺(Wilhelm Kosenow)教授。科泽诺告诉伦茨,1960年10月,他在卡塞尔召开的儿科年会上展出了两个天生"海豹肢"的婴儿的X光片和照片。之后不久,他开始听说明斯特还有其他类似的病例。他开展了调查,并向卫生部的杜塞尔多夫办事处发出了警示。伦茨打电话告诉了卡尔这个消息。他俩认识以来伦茨第一次表现出了明显的惊慌。他说,"这好像是一场流行病"。[363]

卡尔赶紧去见伦茨,急切地想确定接下来的举措。但伦茨对卡尔保证说，他已经把卡尔的名字报告给了卫生部，他们很快就会听到回音。卡尔呆住了。伦茨难道只是把这件事交给一个官僚委员会吗？

"你不能放弃！"卡尔恳求道。[364] 过去几天中，卡尔听汉堡的一名护士说，光是在一个区她就知道有 7 例和扬一样的情况。[365]

卡尔强烈的情感打动了伦茨。某种东西正在伤害孕妇，这场流行病的规模可能令人震惊。但它是什么时候开始的？在哪里开始的？共有多少病例？如何找到这些病例？鉴于纳粹时期对残疾人的态度，许多孩子很可能会被藏在阁楼里，得不到医疗照顾。

夏末，伦茨和卡尔在报纸上登了一则广告，寻找类似的婴儿。那时人们通常带着用报纸包的三明治上班，休息时一边吃一边读新闻。登报纸能把消息迅速传开。伦茨和卡尔很快整理出一个带地址的名单。卡尔的父亲也继续帮忙。在自己的律师事务所会见客户时，他会给他们讲他的两个孙辈手臂短小的凄惨故事，引得客户说自己村子里也有类似的婴儿。卡尔的父亲很快又交来 10 个名字和地址。[366] 伦茨和卡尔踏上了寻找那些孩子的旅途。比卡尔大 10 岁的伦茨只有一辆自行车，也不会开车，于是卡尔开着自己的旧大众甲壳虫汽车，带着伦茨穿行于西德各地。

两个人在各方面都迥然相异：卡尔尽管是出身显赫家庭的律师，但他总是晒得黝黑，肩膀肌肉发达。他双手粗糙，动作有力，这是他在东线战场挖战壕留下的印记。他声音洪亮，快活友善，别人无法不注意他。

相比之下，伦茨举止稳重，有学者风度。他戴着一副半框眼镜，面部的线条如刀削般精致。他的头发正在变少。紧抿的嘴唇和目光锐利的蓝眼睛暗示着他高度集中、近乎执念的思想。这种专注经常让他将实际的事务抛到脑后。他浑身散发着一种平静的坚忍感。寒暄、开玩笑这种事伦茨不会干。

两人在乡间到处寻找病儿家庭。与这些家庭的会面令人不安。有些婴儿被藏了起来，只有在卡尔拿出扬的照片后才被抱出来。卡尔感到许多母亲不愿亲近自己的宝宝。他担心这些被绝望折磨的家庭会对孩子有不利的举动，决定向他们解释清楚这场流行病的根源。[367]

起初，伦茨猜想造成婴儿畸形的也许是一种病毒，或辐射，或肉店里变质的肉，但这方面的调查一无所获。直到卡尔的妹夫从瑞典回来，说那里的医生告诉他，在实验室开展的实验中，怀孕的动物在吸收了某些化学品后生出了畸形的幼崽，卡尔和伦茨才试图请每个母亲回答一份问卷：她吃过什么？用过哪些产品？有没有什么东西她吃得或用得比平常多？

伦茨和卡尔整个秋天都在四处造访病儿家庭，同时伦茨读到了一篇研究论文，作者是基尔的一名医生。这名医生记录了另外27例海豹肢症，并认为致病原因也许是一种新药。[368]

伦茨当时知道一个生下"海豹儿"的母亲在孕前和孕期吃过很多一种叫康特甘（沙利度胺）的镇静剂。之后她的手脚开始出现神经病变。当她在1960年12月生下一个四肢畸形的婴儿时，她马上认定康特甘是罪魁祸首。[369]她当医生的丈夫把她的担忧告诉了他的同事，据说他们将此事报给了格吕恩泰化学公司。但报告石沉大海。

在造访又一个先天肢体短小的孩子的家庭时，伦茨解释说，他想找到伤害子宫中的胎儿的某种有毒物质。婴儿的父亲这时开口说："我觉得是康特甘。"他妻子怀孕期间吃了很多这种镇静药。[370]

伦茨在几份问卷的回答中都看到了康特甘这种在德国风靡一时的药物。

"来我这里，"他在电话上告诉卡尔，"我终于有点眉目了。"

很快，两人就坐进卡尔的大众牌汽车，再次去见那些病儿的妈妈。许多妈妈这时都承认服用过这种镇静剂，但觉得这算不得什么，所以此前就没有提。4名母亲拿出了收据和医疗记录。

伦茨确信找到了元凶。他给汉堡全城的医生打电话，让他们查一下自己的病例。到11月15日，伦茨已经充分确认他们听说的病例中大约有一半母亲服用过沙利度胺。[371] 接下来，伦茨要求卡尔迈出困难的最后一步：问林德和他自己的妹妹有没有吃过这种药。

卡尔不太情愿地给安妮特打了电话。安妮特承认，一年前度假时，酒店的一名姑娘给了她一片康特甘，但她坚持说那是在她怀孕之前，而且自那以后她一片药都没再吃过。

卡尔问她度假的日期。

"7月初。"安妮特答道。[372]

卡尔算了算时间，再也按捺不住自己的脾气。"你这个傻瓜！你那时还没发现自己怀孕了——但你已经怀孕了！"[373]

和林德的谈话更加残酷。林德坚决否认怀孕期间吃过任何药，但她和卡尔又知道一切证据都指向沙利度胺。如果林德没吃过与其他病例有联系的这种镇静药，那扬为什么会这样？

最后，卡尔忽然灵光一闪。

"林德！"他说，"还记得你父亲去世那天吗？"[374]

上一年夏天林德的父亲去世时，林德和姐姐乌特（Ute）身穿黑色丧服去火车站接在伦敦读书的弟弟和妹妹。但这两个孩子在英国的寄宿家庭没有告诉他们为什么叫他们回德国，所以他们下了火车听到噩耗后极为震惊悲痛。到了晚上，大家的神经都高度紧张，乌特出门去药店买了一瓶药片。乌特吃了两片，她母亲、她弟弟、卡尔和林德也各吃了两片。

卡尔和林德记得康特甘是每瓶12片，于是开始在家里仔细搜寻药瓶。如果那天晚上只吃了10片药，那么剩下的也许就还在瓶里。他们很快找到了一个药瓶，瓶上标着"康特甘"。

1960年8月10日夜里，怀孕仅一个月，正在备考的21岁大学生林德吃下了两片这种药物。这种药看起来如此无害、如此普通，大家都把这事忘掉了。

卡尔看着药瓶心想，两粒小小的白色药片，夺走了我儿子的两条手臂。

如果我是医生,我不会再开康特甘的处方。各位,我警告你们,我不会再重复已经说过的话。我看到了巨大的危险。[375]

——海因里希·米克特,格吕恩泰化学公司,1961 年 7 月

我们都吃过很多康特甘。[376]

——德国一名"海豹儿"的父亲，1961 年 11 月

第 17 章

1961年5月，威廉·麦克布莱德和卡尔·舒尔特-希伦在调查新生儿畸形大暴发的原因的时候，格吕恩泰正忙于应付接踵而来的关于周围神经炎的坏消息，这是沙利度胺第一个被广泛报道的副作用。

医学期刊连发了3篇论文。5月6日，弗伦克尔（Frenkel）医生被推迟数月的论文终于在《医学世界》杂志上发表。3天后，《德国医学周刊》（*Deutsche Medizinische Wochenschrift*）刊登了两名医生分别撰写的探讨与沙利度胺相关的神经损伤的论文。到月底，格吕恩泰已经接到了1 300份由沙利度胺引发的周围神经炎的病例报告，迪斯提勒也报告了75例。格吕恩泰私下里担忧实际数字要高得多，因为医生如果看到某些病例的症状有所改善，或许会选择不报告病例。[377]

格吕恩泰销售部门一片愁云惨雾。在汉堡，销售代表们发现自己"在心理上难以毫无保留地推荐这个产品"，因为"医学伦理要求他们详细说明该药的副作用"。[378]销售员也不再想让自己的家人碰这种药。

7月，格吕恩泰的核心圈子预测公司要吃官司。[379]格吕恩泰的保险公司格林集团（Gerling Group）罗列出了公司的法律赔偿责任，形势极为不妙。[380]不仅格吕恩泰没做过多少动物实验，而且这种药在14个月前就应该附上警告。毕竟，公司在1960年5月就已经警告各驻地办事处沙利度胺可能造成神经损伤。在法庭上，格吕恩泰必然会被问到它得知"副作用的范围和严重性"后采取了哪些行动。[381] 既然公司**没有发布任何书面警告**,那么就完全可能有人以它的"疏忽"为由向它提出索赔。[382] 律师告诉格吕恩泰要争取庭外和解,不要让任何案子提交审判。[383]

至此,公司内部对康特甘的未来开始出现态度上的分歧。在听说拉尔夫·福斯早在 1959 年就对公司发出了周围神经炎的警告后,公司里负责向西德内政部申请把沙利度胺列为处方药的金特·诺埃尔(Günter Nowel)医生火冒三丈。他愤怒地对上司抱怨说他"没有得到足够的信息",而且公司和他本人的名誉都因此受到了损害。[384] 因出售沙利度胺而大发横财的海因里希·米克特对同事说:"如果我是医生,我不会再开康特甘的处方。各位,我警告你们……我看到了巨大的危险。"[385]

其他人则认为,把这种药改为处方药再加上关于周围神经炎的警告是个可行的办法。很快,康特甘的药盒上印了一行红字:"必须遵医嘱服用。"[386] 但德国卫生当局迟迟没有把格吕恩泰将康特甘改为处方药的建议颁布为规定,这种药在德国大部分地区仍被作为非处方药出售。直到 1961 年 8 月 1 日,德国的 3 个州——北莱茵-威斯特法伦州、黑森州和巴登-符腾堡州——才终于把康特甘定为处方药。[387] 即便《明镜》(Der Spiegel)杂志在两周后刊出了关于沙利度胺引发周围神经炎的第一份主流新闻报道,德国其余的 8 个州依然没有做出任何改变。[388]

然而,按照德国法律,卫生当局无须为自己的不作为负责任。责任全落到了格吕恩泰公司头上。格吕恩泰抱怨说,假如它提出的将沙利度胺定为处方药的建议能够迅速落实,"那么现在我们就不会面临这种既危险又尴尬、让公司名声扫地的局面"。[389]

与此同时,康特甘的受害者在积聚力量。"像我们这样的人有好几十个,"从一个小城寄给格吕恩泰的一封信愤怒地表示,"有些人病得很厉害……被折磨了几个星期甚至几个月。"[390] 受害者指控格吕恩泰故意把康特甘的副作用淡化为偶然现象,坚持要求全面召回康特甘。他们说,生病的人多得骇人:"将康特甘退市!"[391]医生们也提倡禁用这种药物。一名医生写信给格吕恩泰说:"这个产品仍然可以开处方,而且真的还有人开处方,实在骇人听闻。"[392]药品说明书的字那么细小,里面关于周围神经炎的警告怎么可能引起医生的警惕?

事实上,格吕恩泰知道仅有5%的医生注意到了新添加的书面警示。公司领导层私下承认:"从医者根本不知情。"[393]另外,说明书上新添加的小字说"如果停用此药,症状无须治疗即可消失"。[394]此言不实。[395]

"事实并非如此。"一家神经科诊所的主任驳斥说。

另一名自己得了周围神经炎的医生对格吕恩泰的公然欺骗感到"惊骇莫名"。[396]他受病痛折磨已经近两年了。

很快,各方向格吕恩泰提出了89起诉讼,[397]格吕恩泰也接到了一家健康保险基金的第一份报销要求,[398]那家基金要求格吕恩泰补偿它支付给周围神经炎受害者的治疗费用。然而,与健康基金达成和解对格吕恩泰来说风险不小。任何和解都可能引发"雪崩式"的报销要求,[399]因为格吕恩泰预测还会有数千起周围神经炎病例。通过与医生的私下谈话,公司推测长期服用沙利度胺的病人中有10%受到了副作用的影响。这种药在如此长的时间内卖得如此之火,估计病例数会超过1万。到此时为止,公司已经知道德国有2 400名受害者,[400]这很可能仅是冰山一角。

周围神经炎也破坏了医学界对这种药的信心。沙利度胺盛景不再。随着沙利度胺大肆吹嘘的无毒性不攻自破,又出现了新的问题。一名芬兰医生沿着和弗朗西丝·凯尔西一样的思路,向格吕恩泰询问此药对胎儿的安全性:如果沙利度胺穿透了胎盘,会不会伤害胎儿?公司的回答是:"不可能。"[401]

然而两年多以前,公司就已经接到过这种药可能导致新生儿畸形的警告。1959年4月,一名医生的儿子在出生时耳朵和眼睛有先天异常,这名医生告诉格吕恩泰的一个推销员说他觉得孩子残疾的原因是沙利度胺进入了子宫。这名医生知道另外两个先天畸形的婴儿，他们的母亲在怀孕期间也服用过这种镇静药。之后，1959年6月，动物实验的证据也表明沙利度胺对胚胎有危险。一名在巴西研究两栖动物的德国研究者警告格吕恩泰说，他对青蛙做的沙利度胺实验发现了"致畸效应"，也就是说沙利度胺会造成先天缺陷。[402]那名研究者给格吕恩泰寄来了受伤害的青蛙的照片，还有一份报告，申请资金以便开展进一步的研究。格吕恩泰未予理会。[403]

1960年11月，传来了更多坏消息。一名德国药剂师说他的一位女顾客在怀孕时吃了康特甘，结果生下的孩子有肝损伤。公司回答说，"根据所有的观察和研究结果，我们可以确认两者没有任何因果关系"。[404]

1961年初，关于妊娠的问题纷至沓来。3月，理查森-梅瑞尔公司在费城的子公司国家药品公司的一名医生向冯·施拉德尔-拜尔施泰因医生询问这种药是否对胎儿有危险。格吕恩泰承认对此没有"经验性的知识"，[405]并说动物实验"也许有用"。[406]但尽管这种药被广泛用来治疗孕妇的晨吐，格吕恩泰却并未做过这方面的动物实验。

然而，格吕恩泰内部的动物实验原本应该给公司敲响警钟的：有实验——为了研究周围神经炎——给大鼠喂了沙利度胺，不想其中3只怀孕了，结果它们产下的鼠崽都存在异常。有两只大鼠产下的鼠崽的数量明显比正常的数目少，第三只大鼠则只产下了一只鼠崽，而且还是死胎。然而对于这些数据，公司似乎视而不见。

格吕恩泰的领导层还提醒员工："我们在尽一切努力保全我们的这个宝贝。"[407]

1961年9月，卡尔和伦茨在乡间各处寻找受害人的时候，格吕恩泰拿到了又一份重要的报告。一名医生在3月接生过一个畸形婴儿，他刚刚听说自己所在的地区还有其他类似的新生畸形儿。[408]那些孩子的家庭都怀疑是康特甘造成的。格吕恩泰仍旧保持沉默。[409]不久后，据说格吕恩泰的一名医生因为米克特的研究部门拒绝调查此事愤而辞职。[410]

在平静的表面下，格吕恩泰的高管们开始慌了。要说整个事件的过程中什么时候出现了明确的证据，格吕恩泰和梅瑞尔什么时候开始考虑沙利度胺可能会造成新生儿畸形，那应该是1961年9月。当时施托尔贝格的一个团队飞到美国与理查森-梅瑞尔公司的人见面。[411] 会晤从9月10日持续到16日，这两家公司间的互访过去从来没有这么长过。会晤期间的谈话细节没有已知的文件记录，但似乎讨论到了妊娠的问题。[412] 格吕恩泰团队来访的第二天，托马斯·琼斯给3名正在开展大规模凯瓦登试验的产科医生写信，要求他们就该药可能产生的副作用提供更多数据。[413] 琼斯向那些医生解释说，"有人提出了凯瓦登是否对婴儿有害的问题"。[414] 他还特别问到了"胎儿畸形"的情况。[415]

截至此时，辛辛那提的纳尔森医生——雷蒙德·波格的高尔夫球友、梅瑞尔有关妊娠期服用凯瓦登的论文的名义作者——已经接生了至少两个肢体短小的婴儿。[416] 在正常的临床试验中，这些新生儿的情况应该报告给梅瑞尔，也应该在格吕恩泰团队访问辛辛那提时通知他们。毕竟，格吕恩泰的人来访就是为了讨论"与凯瓦登有关的经验和问题"。[417]

格吕恩泰的访客们回国几周后，一名独立研究者收集的动物数据再次引发了对沙利度胺安全性的怀疑。明斯特大学的弗里茨·肯珀（Fritz Kemper）给鸡喂食沙利度胺来研究这种药与周围神经炎的关联。他震惊地发现实际造成的损伤要大得多。鸡的体重减轻了，羽毛发暗。解剖后发现鸡的骨头发黄，肝脏有瘢痕并且发黑，性腺也缩小了。他把实验结果报告给了格吕恩泰，认为这种药有可能会通过阻碍叶酸的吸收而影响性功能。与多数实验动物相比，鸡更适合研究药物对人体的效应，因此肯珀猜测格吕恩泰做过的有限的动物实验没有展示出这种药物的全部影响。[418] 为此，肯珀计划下一个实验用鸡的卵来研究沙利度胺对胚胎的影响。[419] 实质上，这名独立研究者自己担起了被格吕恩泰忽视多年的动物研究的任务。

收到肯珀的报告后，格吕恩泰并未向公众发出警示。但大约同一时间，1961年10月，一名接受培训的化学研究生在参观格吕恩泰的施托尔贝格总部时注意到，康特甘药瓶上的标签写有"**孕妇禁用**"的字样。[420]

然而，这一告诫仅限于总部大楼之内。在出售沙利度胺的46个国家，没有一个国家的沙利度胺标出了这样的警告。关于沙利度胺对胎儿的危险，格吕恩泰在公开场合只字未提，直到东西两个半球的两名医生拉响警报。

问：1961年9月，威廉·S.梅瑞尔公司有没有人告诉你，FDA的凯尔西博士要求提供有关沙利度胺在妊娠期是否安全这一问题的数据？……那次会议后，有没有让你就孕妇服用此药的安全性这一问题开展单独的动物研究？
答：我记得没有……[421]

——弗洛鲁斯·范·曼侬的证词，1971年

关于对胎儿的影响,应该分别在体外和体内研究药物的药理学特性。[422]

——《胎儿和新生儿委员会:药物对胎儿和婴儿的影响》

美国儿科学会,1961年10月1日

我出生在澳大利亚墨尔本。我父亲是一名医生。药房把这种药宣传为医生的助眠药,意思是医生可以借助这种药小睡两小时,醒来后精神奕奕。我父亲真的吃了这种药,效果很好。我母亲怀孕时有些睡眠问题。既然我父亲吃过这种药,对他没有副作用,药企代表又向他保证说药是安全的,所以我父亲给我母亲开沙利度胺的处方时一点也不担心。[423]

——杰夫·格林(Jeff Green),生于 1961 年 9 月

第18章

1961年澳大利亚的整个冬季，威廉·麦克布莱德愧悔之余下定决心，一头扎进对沙利度胺如何伤害婴儿的研究当中。

他在停车场上一个冰冷的小屋里搭起了摊子，用兔子、小鼠和豚鼠这些通常被医院用来做激素研究的动物开展实验。在把自己对沙利度胺的怀疑告诉医院院长约翰·纽林茨一周多后，麦克布莱德于6月14日开始给刚受孕的兔子和小鼠喂食75毫克的沙利度胺。

实验得等好几个星期才能知道结果。与此同时，麦克布莱德恢复了在产科的工作，其间他始终没有得到迪斯提勒的回音。但他的警告也许已经一级一级地上报了迪斯提勒公司的领导层。麦克布莱德打电话的一周后，在阿德莱德一家酒店的公司晚餐会上，据说迪斯提勒澳大利亚分公司的领导告诫所有人不要对销售寄予太大期望。迪斯提勒的销售员约翰·毕晓普（John Bishop）记得公司老板比尔·普尔（Bill Poole）在餐桌上宣布："我们上周接到了悉尼一个医生的报告，说迪塔瓦会造成胎儿畸形。"[424] 听到这样的警告，毕晓普那天晚上特别紧张，因为几个月来他一直在给他此时已经怀孕8个月的妻子吃这种药。[425]

然而，公司的大多数基层推销员并没有接到警告。7月初，那个劝服麦克布莱德试用迪塔瓦的销售员沃尔特·霍杰茨在街上遇到了麦克布莱德。麦克布莱德告诉了他新生儿畸形的事情，把他惊得目瞪口呆。霍

第三部：斗　争

杰茨把麦克布莱德说的话记了下来，并注明说根据麦克布莱德的调查，那些畸形儿母亲之间唯一的共同之处是她们都吃过迪塔瓦。

接下来发生的事情不同的人说法各不相同。

据霍杰茨说，他把报告交给了迪斯提勒的弗雷德·斯特罗布尔，就是几周前接听麦克布莱德电话的那个人。霍杰茨和斯特罗布尔都说他俩接下来直接去了比尔·普尔的办公室，普尔不久前刚在晚餐会上就麦克布莱德报告的情况向公司的核心圈子发出了警告。据霍杰茨说，普尔打电话给高管兼迪斯提勒董事会董事厄尼·格罗斯（Ernie Gross），向他转告了这个消息。然而，普尔后来说他没有打过这个电话，并发誓霍杰茨当时只字未提麦克布莱德的担忧。（然而，约翰·毕晓普永远不会忘记普尔在晚餐桌上发出的关于迪塔瓦的警告。次月，他的女儿出生了，双手和双臂严重畸形。）

事实上，迪斯提勒高层始终没人承认自己接到过这方面的消息，虽然许多人承认"讨论"过此事。[426]销售经理助理"伍迪"休伯特·伍德豪斯（Hubert "Woody" Woodhouse）回忆说，1961年的6月和7月，他和斯特罗布尔以及普尔三人经常在下班后一起喝威士忌，辩论麦克布莱德的理论对公司财务的影响。[427]迪斯提勒的伦敦总部显然有人相当担心，因此派沃尔特·霍杰茨去皇冠街妇女医院检查出生记录。霍杰茨施展魅力，哄得不苟言笑的记录保管员玛丽·布朗（Mary Brown）给他看了相关文件。然而，他向上司汇报了多个畸形婴儿的详细情况后，公司并未采取任何限制迪塔瓦的行动。两年后，霍杰茨对迪斯提勒领导层处理此事的方式满腔愤怒，闯进德国驻澳大利亚大使馆对公司发出谴责。[428]

与此同时，麦克布莱德担心自己的理论要站不住脚了。他的小鼠是受试动物中最先分娩的，但鼠崽里没有一个畸形。很快，兔子也生出了正常的兔宝宝。麦克布莱德大惑不解，也羞愧难堪。他原本坚信自己的啮齿动物实验会证实沙利度胺的致畸作用，和同事们谈话时甚至不经意间提到了"诺贝尔奖"。同事们觉得他在自欺欺人。毕竟，麦克布莱德是产科医生，不是毒理学家或病理学家。况且，有些几个月前吃过迪塔瓦的孕妇现在在皇冠街妇女医院生下了完全健康的宝宝。悉尼大学药理系研究过沙利度胺，系里的一位教授罗兰·索普（Roland Thorp）告诉麦克布莱德说他的假说站不住脚。7月中旬，麦克布莱德的论文被《柳叶刀》杂志拒绝，这是又一个打击。[429] 他们怎么会不愿意刊发如此重大的警告呢！麦克布莱德难过极了。9月4日，第四个"海豹儿"在皇冠街妇女医院降生，婴儿的母亲曾服用过迪塔瓦。[430] 麦克布莱德忧心如焚，不知所措，直到他在9月30日的《柳叶刀》杂志上看到一篇社论：

新生儿的医源性疾病

当两个个体由胎盘循环连在一起时，"吾之蜜糖，彼之砒霜"就特别令人烦恼。孕妇吃的药可能会进入胎儿的身体，造成伤害。此外，对较大的孩子和成人来说相对安全的剂量即便按相应的比例折算后也可能会伤害新生儿……照料每个病人的所有各方给病人开的处方药都应详细记录，并应仔细研究药物在婴儿意外疾病的病因中可能发挥的作用。[431]

麦克布莱德顿感扬眉吐气。这篇文章像是对他那篇被拒论文的认可。问题是，里面既没有"迪塔瓦"也没有"沙利度胺"的字样，所以没有人知道这一具体的危险。与此同时，迪斯提勒在1961年10月发出的小册子中夸口说："迪塔瓦用在妊娠妇女或哺乳期母亲身上绝对安全，对母婴毫无不利影响。"[432]

然而到11月，风向变了。那些奇怪的畸形儿在皇冠街妇女医院降生6个月后，麦克布莱德的一名前校友来访。I. 戈德堡（I. Goldberg）是悉尼大学药学系的研究生，恰好在迪斯提勒工作，麦克布莱德立即对这位老朋友愤愤不平地说起迪斯提勒对他的怀疑不理不睬。[433] 戈德堡莫名其妙——什么怀疑？听麦克布莱德讲述了那些新生儿畸形的病例后，他的脸色变得苍白。他从来没听说过这样的联系。戈德堡立即回到迪斯提勒，派人去记录麦克布莱德的声明。销售经理助理伍迪·伍德豪斯（悉尼办事处已经知道麦克布莱德理论的4个人之一）来到皇冠街妇女医院时，麦克布莱德告诉他，自己准备把警告发给各个国际医学杂志。伍德豪斯恳求他等一等，给迪斯提勒一个机会把这种药撤出市场。麦克布莱德不想和迪斯提勒过不去，同意了这个请求。

1961年11月29日，麦克布莱德收到了迪斯提勒英国公司的丹尼斯·伯利写来的信：

> 我们非常关注您向我们提交的证据，完全同意应当开展药理研究，看能否获得进一步的证据。然而，我们在星期一收到了来自海外的又一份报告，里面提出了和您类似的建议，列举的证据也基本一样。因此我们觉得我们别无选择，只能立即把迪塔瓦撤出市场以待进一步调查。[434]

那份海外报告来自格吕恩泰化学公司，关于该药致畸效应的意见来自寡言少语的汉堡儿科医生维杜金德·伦茨。

我们要求这些［格吕恩泰的］先生召回他们的药，他们回答说由于财务原因，他们做不到。[435]

——卫生部，德国杜塞尔多夫，1961 年 11 月 24 日

第 19 章

伦茨累坏了。

1961 年 11 月 15 日,他终于打电话给格吕恩泰化学公司,告诉他们康特甘与一大批"海豹儿"的出生有关。[436] 伦茨和海因里希·米克特通了话——他不知道正是米克特主持了这种药的研发——告知了对方自己的研究结果,并坚持要求立即召回这种产品。

但米克特显得满不在乎。他声称这是他第一次听说沙利度胺与新生儿畸形有任何关联。[437] 他说他过几天会派人去和伦茨进一步讨论此事,然后就挂断了电话。花了 6 个月细致调查此事的伦茨怒不可遏。这种药遍及德国各地。这是一场流行病。每耽搁一天,就会增加 5 个畸形婴儿!挂上电话后,伦茨立即写了一封警示信寄给了格吕恩泰:

> 鉴于这一问题会在人体上、心理上、法律上和财务上造成无法估量的后果,我认为等待严谨的科学证据来证明康特甘是否有害的做法是不能原谅的。我认为该药必须立即停止销售,撤出市场,直到明确地证明它对人没有致畸作用。[438]

伦茨不放心,再次造访了**没有提到**服用过康特甘却生下了"海豹儿"的妈妈们,仔仔细细地查看她们的药柜。他向她们要了她们医生的名字，以便检视那些医生给她们开的处方。很快，他确定这些妈妈和林德一样，吃过康特甘但忘记了。现在伦茨有了14份证明康特甘有致畸作用的详细病历。[439]

之后，米克特打来了电话，这回调子完全变了。他向伦茨道歉，说上次打电话时他措手不及才有了那样的反应，并问下星期一能否派格吕恩泰的代表来见伦茨。伦茨同意了，但没过几个小时，他就对这种拖延产生了担忧：怎么保证这次会面能促使格吕恩泰把沙利度胺撤出市场？于是伦茨做出了一个大胆的决定。他准备于那个星期六去参加在杜塞尔多夫举行的北莱茵-威斯特法伦州儿科医师协会（Pediatricians Association of North Rhine–Westphalia）的一次会议，威廉·科泽诺医生和鲁道夫·普法伊费尔（Rudolf Pfeiffer）医生将在会上讨论德国的海豹肢症大暴发，正是他们两位一年前在卡塞尔展示了两个"海豹儿"的照片。不过整个德国医学界只有伦茨一个人知道原因。

"我要给他们讲讲这种药。"伦茨告诉卡尔。[440]

伦茨乘火车前往杜塞尔多夫，一路上与一位自己的孙辈也有海豹肢症的儿科教授交换看法。[441]在会上，伦茨安静地听着科泽诺和普法伊费尔的报告。到了问答阶段，他突然开口："作为一个人，一个公民，我无法再承担秘不示人的责任，必须把下面的话说出来。"[442]伦茨告诉听众，他的研究表明"某种物质"造成了海豹肢症的暴发。他警告说："这个问题每拖延一个月，就意味着可能会有50到100个严重残疾的儿童降生。"[443]伦茨呼吁立即召回这种物质，不过他出于谨慎起初并未点出药名。然而散会后，当震惊骇然的医生们正在焦虑地交谈时，一个心慌意乱的人来到伦茨面前：那种物质是不是康特甘？他的妻子吃了这种药，现在他们生了一个有海豹肢症的孩子。伦茨对那人和5个要好的同事坦承，是的，罪魁祸首就是沙利度胺。[444]

星期一，伦茨在诊所等待格吕恩泰代表的到来。他吃惊地发现来了3个人：冯·施拉德尔-拜尔施泰因医生、临床研究主任金特·米夏埃尔医生和公司的法律顾问希尔马·冯·费尔特海姆（Hilmar von Veltheim）博士。伦茨感到有麻烦，请那些人稍等，自己跑到走廊里想找一个独立的旁观者。但谁都不愿意出头。伦茨只身回到办公室，向格吕恩泰团队建议把谈话推迟到下午，届时他们可以参加他和汉堡卫生当局的会面。格吕恩泰的人同意了。

伦茨细心地准备了他手中 14 个病例的详细介绍，但和卫生部官员下午两点半的会面刚开始，格吕恩泰的人就发动了攻击。伦茨试图讨论他的数据，但格吕恩泰的高管不停地插嘴。卫生部的一名官员斥责他们干扰会议，但格吕恩泰的人不依不饶。[445]他们威胁对伦茨采取法律行动，因为他对他们公司发起了"毫无道理的攻击"，还说伦茨的谣言和未经证实的数据等同于"用流言谋杀一种药品"。[446]然而，卫生当局站在伦茨一边。这场 4 小时的会议临近结束时，他们要求格吕恩泰的代表召回沙利度胺，却遭到断然拒绝。[447]

次日，伦茨到达诊所时，发现冯·施拉德尔-拜尔施泰因和冯·费尔特海姆正在那里等他。他们要求得到他研究报告的复印件，并要求那个星期五在杜塞尔多夫的卫生部[①]开会。杜塞尔多夫卫生部的管辖范围包括格吕恩泰总部的所在地亚琛。

卡尔·舒尔特-希伦也要求参会，他曾威胁说如果卫生当局不很快采取行动，他就会诉诸新闻媒体。于是卡尔开着大众牌汽车，带着伦茨一起去参加这场会议。然而，卡尔的到来让格吕恩泰的团队非常紧张。听说卡尔是一名律师后，冯·施拉德尔-拜尔施泰因坚持要他离开。卫生部的官员也敦促卡尔听从他们的要求。卡尔愤愤地大步走出房间，一名官员追到走廊里对他解释说，格吕恩泰暗示要发起法律报复行动，他们都得小心行事。

---

① 作者此处的表述容易让人对政府部门的层级产生疑惑，这里的"杜塞尔多夫的卫生部"事实上可能指的是前文提到过的卫生部在杜塞尔多夫的办公室，负责分管杜塞尔多夫地区的工作。——编者注

第三部：斗 争

伦茨独自一人介绍了他的证据，卫生部的官员听后忧心忡忡，也要求格吕恩泰将沙利度胺撤出市场。[448]

吃午饭时，格吕恩泰团队给施托尔贝格的公司总部打了电话。下午复会后，他们要求伦茨先离开房间，然后私下告诉卫生部的官员说他们得到授权，可以在康特甘的包装上加上"孕妇禁用"的标签并向药剂师和医生发出通知。[449]但卫生部要求他们把这种药彻底撤出市场。

气愤的冯·施拉德尔-拜尔施泰因大骂伦茨。伦茨冲进房间为自己辩护。看到这名通常少语寡言的儿科医生大发雷霆，卫生部的官员似乎胆子也大了起来。他们对格吕恩泰发出了最后通牒：召回这种药，否则卫生部就会发布禁令。格吕恩泰的律师冯·费尔特海姆闻言威胁要采取法律行动，[450]然后他的团队转身走入夜色中。这场会开了整整一天。

星期六，冯·费尔特海姆和冯·施拉德尔-拜尔施泰因赶到格吕恩泰的施托尔贝格总部，参加紧急的高层会议。介绍过在卫生部的会议情况后，他们劝海因里希·米克特和其他高管说，似乎的确需要召回这种药。接下来米克特报告了他得到的消息。他在一天前接到了迪斯提勒英国公司的来函：

> 我们接到了一名产科顾问医师令人不安的报告。报告说发现了一些新生儿畸形的病例，可能与母亲在妊娠早期为治疗晨吐服用沙利度胺有关……这些婴儿的母亲都曾在妊娠早期每天早晚各服用100毫克的迪塔瓦……服用迪塔瓦似乎是这些病例唯一的共同点。[451]

会议室中一片愤怒愕然。一名澳大利亚的医生和伦茨有**相同的理论**？为什么米克特绝口不提这封信，任由冯·施拉德尔-拜尔施泰因和冯·费尔特海姆在卫生部和伦茨争吵？自己也是父亲的冯·施拉德尔-拜尔施泰因思考消化着这个消息。1956年他刚进公司时，曾力主对此药做妊娠安全性测试。高层会议上，与会者普遍认为格吕恩泰必须召回这种药。但米克特反对，坚持继续出售。大家纷纷抗议，米克特称他对这个决定负全责。他做出的唯一让步是就伦茨的报告向医生和药剂师发出警示。[452]

即便米克特没有做出这个让步，伦茨的警告也将传遍德国。一名参加杜塞尔多夫会议的医生把消息透露给了一个记者。11月26日，星期天，全西德的人早晨醒来都看到了《星期日世界报》（Welt am Sonntag）上的文章《药片导致的畸形——对全球医生都在使用的药品的惊天怀疑》。[453]

没过几小时，格吕恩泰的高管们再次开会。这次米克特迅速采取了行动。他给西德卫生部发了电报：

我们将立即把康特甘撤出流通直到科学问题得到解答。[454]

卫生部发布了公开警告，在电台和电视上发布消息并在报纸上刊登通知，宣布沙利度胺与新生儿畸形有关。到11月27日星期一，德国几乎每一份刊物都登载了关于沙利度胺危险性的新闻。格吕恩泰也开始警告医生、药房、批发商和特许商，但发出的警示并不真诚。公司写道，"因为新闻报道破坏了科学讨论的基础"，而且由于"伦茨医生连续不断的压力"，他们不得已，只能这样做。[455]他们这是在暗示，召回这种药是对未经证明的指控的让步。

不过决定已经做出。扬·舒尔特-希伦出生，卡尔和林德发誓要找出伤害扬的原因几乎整整7个月后，卡尔终于赢得了对制药公司的胜利。到11月29日，德国已经正式禁止出售一切形式的沙利度胺。

1961 年 12 月 6 日

埃莉诺·卡马特太太
保罗-克莱门大街 2 号
波恩，德国

亲爱的埃莉诺：

　　伦茨医生关于康特甘的报告似乎有些匪夷所思。不知道到底是怎么回事，是怎么闹成这个样子的。事实是同样的药英国也有，名字是迪塔瓦，而我们在那里的记者说没有任何迹象表明这种药有致畸作用，它只是会造成周围神经炎。

　　你先不要过深调查此事，照我昨天信中说的做。等两个星期，让尘埃落定，然后向我做个简报。到时候我会告诉你我们是否想再发一篇报道。

　　祝好！

热诚的，
马克斯·西恩（Max Sien）
《医学论坛》（*Medical Tribune*）主编[456]

第 20 章

深秋的寒意给埃莉诺·卡马特在波恩的公寓窗户染上了一层霜花。她正在屋内舒舒服服地做她在星期天早上最喜欢做的事。时值 1961 年 11 月,她丈夫刚从当地报亭买回了厚厚一叠法文和德文报纸。同为驻德外国记者的夫妇俩坐在那里,捧着热气腾腾的咖啡,翻阅着星期天的报纸。47 岁的卡马特把《星期日世界报》这份小报放在膝盖上,按照自己的习惯从后往前看,但当看到最后一版下半部的一篇文章时,她一下子呆住了。文章说一种名叫康特甘的药在德国各地造成了新生儿畸形现象数量激增。[457]

上个月的一天早上,卡马特正在桌边工作,管家弗劳·贝克(Frau Becker)焦虑地走了进来。卡马特和任《印度时报》(*The Times of India*)记者的丈夫马赫达夫(Mahdav)在波恩已经住了两年,贝克太太每周三次来他们家工作。虽然贝克不会讲英语,但卡马特的德语说得很流利。看到管家一脸担忧,卡马特觉得应该和她聊一聊。她建议她俩去厨房喝杯咖啡。很快,通常开朗快活的贝克吐露了让她焦心的事情。[458]她的弟媳刚刚生了个孩子,婴儿没有手臂,也没有腿。卡马特是报道医学新闻的,自觉对健康问题非常了解。她几乎掩盖不住内心的震惊。

几天后,贝克太太带来了更怪异的消息:几周之内,在同一所医院——巴特戈德斯贝格镇医院——出生了 3 个没有四肢的婴儿。这引起了卡马特的警觉，促使她开展调查。她找到了一名她认识的那家医院的高级医师，但那名医师矢口否认，说其他婴儿的故事不过是安慰一个伤心的母亲的说辞而已。卡马特也就没再追究。

但现在出了这么一篇文章！还是在星期日的报纸上！卡马特当时的疑心是**有道理**的。一种德国镇静剂在残害未出生的胎儿。她的直觉立即告诉她，此事牵涉甚广，于是她赶紧去找信源。她打电话给她会讲英语的妇科医生，问他有没有参加文章中提到的儿科医师大会，伦茨就是在那场大会上谴责康特甘的。

"你看到《星期日世界报》上的那篇报道了吗？"她问那名医生，"你参加了杜塞尔多夫的那场会议吗？"[459]

医生的回答令卡马特惊愕不已。

"我不知道是谁泄露了那该死的消息。"他厉声说。[460]医生不假思索的断然否认足以让卡马特意识到此事非同小可。她一头扎进了调查中，先给维杜金德·伦茨打了电话。伦茨讲了他几个月来怎样到西德各地上门拜访，对海豹肢宝宝的母亲展开调查，结果发现她们有一个共同的联系，那就是沙利度胺。伦茨现在知道，关键的危险期是孕前最后一次月经来潮之后的第34天到第49天之间。在此期间，只要一片药就足以对胎儿造成伤害。

卡马特把情况总结成一份报道发给了《医学论坛》，她是这本国际期刊的非全职通讯员。这份杂志上刊载的文章能得到全世界医生的注意。她联系了纽约杂志社她的编辑马克斯·西恩，向他讲述了这件事，还寄去了她的笔记和《星期日世界报》的剪报。但西恩回信说这个故事似乎难以置信。他要她放一放，过段时间再说。卡马特大怒。如果这种药正在其他国家出售，那么它就是一个嘀嗒作响的定时炸弹。

卡马特决心把消息发出去。她抓紧收集证据，为此走访了波恩的内政部和杜塞尔多夫的土地部，还请教了波恩大学的教授。卡马特在外国记者圈里人脉很广，她敦促那些记者探询他们各自国内关于沙利度胺的信息，但他们不把她的话当回事。《纽约时报》记者、后来担任该报执行副总裁的西德尼·格鲁森（Sydney Gruson）对这个消息置之不理。[461] 丹麦最大日报的记者说他只报道有重大政治意义的消息。卡马特沮丧至极。在她联系的记者中，除了一名瑞典记者——一名女记者——没人认识到此事的紧迫性。这名记者知道瑞典在销售沙利度胺，对卡马特说她会展开调查。

11月29日，星期三，忧心不已的卡马特打出了她的最后一张牌。伦敦《星期日泰晤士报》的驻德记者安东尼·特里（Antony Terry）经常来她家吃晚餐。特里觉得沙利度胺的新闻并不重要，但卡马特威胁说如果他不发这个消息，以后再也不请他来家里吃饭了。1961年12月3日，特里为《星期日泰晤士报》写了一篇报道，这是在英国发表的第一篇指出沙利度胺危险性的文章。[462]

接着，卡马特向美国政府在德国的代表处发出了警示。在美国大使馆，她见到了科学专员路德维希·奥德里斯（Ludwig Audrieth）博士和他的副手赫尔曼·钦（Herman Chinn）博士，和他们谈得很融洽。卡马特把自己收集到的数据的复印件交给这两位使节，并同意让钦在国务院报告中使用她的研究结果。卡马特希望找到一个能引起美国媒体兴趣的角度，因此试图确定沙利度胺是否在驻德美军基地中销售过。但海德堡的军医联络官向她保证说，因为这种药没有得到FDA的批准，所以在基地内部买不到，不过美国军事人员的德国妻子有可能在民营药店里买到此药。

这令卡马特想起了不久前加拿大大使家中举办的一次聚会。那次派对上的笑话是大多数来客的妻子——有七八个——那天晚上都待在家里没来，因为她们都怀孕8个月了，那是年初大使馆组织的一次热闹的周末出游滑雪的结果。

卡马特立即打电话给加拿大使馆的总机，向她认识的一名接线员询问有没有人已经生下了孩子。那名接线员知道有两人生了孩子，都是健康宝宝。但她给卡马特接通了助理商务秘书的电话。听埃莉诺解释了这场流行病后，那人急忙赶来借走了她的卷宗。沙利度胺在加拿大市场上已经销售了 11 个月，那名助理秘书想把卡马特的文件送几份给渥太华。加拿大使馆还立即联系了格吕恩泰在施托尔贝格的总部，以了解更多信息。[463]

12 月 25 日圣诞节那天，消息在德国媒体上爆出将近一个月后，《医学论坛》终于刊登了一篇关于沙利度胺潜在危险的短文，却没有卡马特的署名。[464]

那时，卡马特正在休回籍假，陪丈夫回了印度。在那里的一次医学大会上，她逢人便说沙利度胺有风险，还计划以后对此事开展更深入的调查。然而 1962 年 1 月回美探亲时，她收到了《医学论坛》杂志她的编辑的一封信，说他发现沙利度胺的报道只有"学术界感兴趣"，杂志目前不会再刊载关于该药疑似危险的文章。[465]

我叫扎比内·贝克，1962年1月出生在柏林。我是我母亲的第一个孩子，但没人告诉过我我出生那天的事情。那是个大秘密。每当我问起的时候，他们都说那是我的命。

我没有手臂。

我是在德国出生的最后一批沙利度胺婴儿中的一个。如果他们早一点把沙利度胺撤出市场的话，我不会变成这样。[466]

——扎比内·贝克（Sabine Becker），生于1962年1月

第 21 章

在美国,沙利度胺与新生儿畸形的关联在德国成为头条新闻之前很久,周围神经炎就已经让梅瑞尔公司头痛不已。

1961 年全年,关于沙利度胺副作用的新闻在海外传播甚广,令梅瑞尔自己的临床研究者日益忧心。那年 7 月,纽约的高端皮肤科专家诺曼·奥伦特莱希(Norman Orentreich)——他后来创立了护肤品牌倩碧——写信给托马斯·琼斯,问及有关沙利度胺的"姐妹品牌"康特甘和迪塔瓦可能造成神经损伤的 7 篇国际报道。[467]奥伦特莱希想知道,那些报道琼斯都看到了吗?岂止看到了报道,梅瑞尔自己的试药医生就亲眼看到了这种副作用。加州的小拉尔夫·L. 拜伦(Ralph L. Byron, Jr.)写信告诉梅瑞尔,他给 4 个病人服用了凯瓦登,他们全都出现了"麻木感、刺痛感和相当明显的颤抖"。[468]拜伦认为这些症状"太令人担忧了,所以我们停止了用药"。洛杉矶退伍军人管理中心(Veterans Administration Center)身心治疗部的主任西德尼·科恩正在撰写一份关于"沙利度胺造成的神经病症"的报告,但托马斯·琼斯要求他推迟发表。[469]

梅瑞尔必须劝说 FDA 相信这些都与凯瓦登无关。为此,琼斯邀请几名试药结果最好的医生来到华盛顿,在 FDA 开一天会,让他们给凯瓦登唱赞歌。巴尔的摩的精神科医生弗兰克·艾德在几名病人身上看到了周围神经炎的症状，但琼斯认为发病率很低，艾德的名声又很好，所以琼斯让他在 FDA 面前尽量淡化此事。[470] 琼斯还要求给 150 多名酒精中毒者服用凯瓦登的西德尼·科恩告诉 FDA，他唯一的一个周围神经炎病例在用了维生素 B_6 后很快就治好了。[471,472]

1961 年 9 月 7 日，凯瓦登的申请交到弗朗西丝·凯尔西的案头几乎整整一年后，十几个人鱼贯走入她简单朴素的办公室。[473] 梅瑞尔公司的托马斯·琼斯和约瑟夫·默里带领的这个代表团包括 8 名来自全国各地的医生，还有梅瑞尔的弗洛鲁斯·范·曼侬博士。他们都是来为凯瓦登站台的。

医生们在没有窗户的房间里落座：弗兰克·艾德、G. 戈登·麦克哈迪（G. Gordon McHardy）、巴兹尔·罗巴克（Basil Roebuck）、马丁·陶勒（Martin Towler）、西德尼·科恩、索尔·莱维（Sol Levy）、哈桑·阿齐马（Hassan Azima）和路易斯·拉萨尼亚。他们几乎都是精神科医生，都在做大规模的凯瓦登试验。他们每人 15 分钟，轮流站起来在弗朗西丝面前赞扬凯瓦登的催眠能力，并辩称它的安全性优于其他催眠药。

弗朗西丝坐在那里听着这些精心安排的介绍，心头升起疑云。这些医生没有一个人拿出任何科学证据来证明这种药的安全性。而且弗朗西丝最近在医学圈子里征询意见时也听到了对这种药的批评。国立神经病与失明研究所（National Institute of Neurological Diseases and Blindness）的一名医生告诫她，建议长期服用的药哪怕有一点神经毒性都会引发严重的问题。[474] 弗朗西丝关于凯瓦登在妊娠期是否安全的问题依然没有得到回答，而且这次会议的与会者中没有一名产科医生。她再次提出这个问题时，没有一个医生知道这种药对胎儿的影响。[475] 对她 5 月有关这种药对妊娠影响的询问，默里唯一的回应是告诉她纳尔森的论文终于发表了，好像这样问题就解决了一样。

但纳尔森所谓的研究从一开始就令弗朗西丝不安。梅瑞尔的申请文件声称，纳尔森发现孕妇服用了凯瓦登后很容易就能醒来，再次入睡也没有问题，但弗朗西丝并未看到纳尔森任何一个病人的情况报告。更令她不安的是，纳尔森题为《试用沙利度胺治疗妊娠晚期失眠》的论文有一个明显的疏漏：里面没有对妊娠早期的任何研究。医生们到她办公室里来做介绍的一个星期后，弗朗西丝再次判定申请材料"不完全"。[476]

  默里暴跳如雷，打来电话说公司竭尽全力配合已经整整一年了。即将到来的圣诞节是镇静药需求的高峰期。[477]公司已经错过了1960年的圣诞节，他的上司不想再错过一个节日。默里让弗朗西丝确切地告诉他药瓶上的标签具体该怎么写。他会记下来，[478]冲到印刷厂印好，然后跑来交给她，好让她快快批准。[479]弗朗西丝提醒他，所有标签都必须正式提交。[480]她建议，无论标签怎么写，都要告诫孕妇禁用。但默里对在标签上标出暗示风险的"警告"感到忧虑。[481]

  默里给弗朗西丝送来了一堆数据，他认为这些数据显示了"妊娠期服用沙利度胺的安全性"。[482]弗朗西丝再次注意到梅瑞尔依然没有关于**妊娠早期**的数据。他们怎么可以说药是安全的呢？如果他们的试药医生给妊娠早期或中期的孕妇吃过凯瓦登，那么相关报告在哪里？如果梅瑞尔真的没有任何证据证明这种药在妊娠早期的安全性，它为什么拒绝发出警示？

第三部：斗　争

我妈妈是1961年9月怀孕的。我父母的结婚纪念日是9月12日，所以我想我是个"纪念日宝宝"。

我出生时双臂短小，双手严重畸形，没有大拇指。我的双脚畸形内弯。我的左腿不能完全伸直。

我多次受洗和接受命名礼——两次在医院，一次由护士主持，一次由医院教士主持，最后一次洗礼和命名礼是在我们的教堂由我们的家庭牧师主持的。谁都觉得我活不下来。

多年后我找到了我的婴儿册。很漂亮的一本女孩主题的册子，一定是我母亲买的或别人送的。我母亲在上面写下了我出生时的体重、出生日期和时间……她也写下了主治医生的名字……是雷·O. 纳尔森医生……我妈妈是辛辛那提的纳尔森医生的病人。

婴儿册剩下的部分一片空白。她光忙着照料我了，顾不过来。[483]

——格温·李希曼（Gwen Riechmann）
1962年5月生于俄亥俄州辛辛那提

亲爱的汤姆：

相信你已平安回到了辛辛那提，同时也得到了关于凯瓦登的好消息。咱们私下里说，我从来没见过有人像那次会上的官员那样专找不好的信息……

至于我的开支，我乘喷气式飞机的往返费用是337.92美元。此外我用了相当贵的豪华轿车服务，（豪华轿车、保险和杂费）整数共35美元，所以我的总开支为372.92美元。这当然不包括300美元的酬金……

您真诚的，
索尔·莱维医生[484]

——凯瓦登临床研究者索尔·莱维医生
1961年9月12日给梅瑞尔公司托马斯·琼斯的信

我出生在俄亥俄州哥伦布市的大学医院。我父亲在攻读建筑学学位。我父亲的父母从希腊来，是在埃利斯岛入境的移民，并不富裕。我母亲经常从她的医生那里拿免费试用药帮她缓解晨吐。我出生时就有畸形。我的右腿畸形，后来只得截肢。我的左臂又短又小，只有3根手指，手指间有蹼，像鸭掌一样。[485]

——格斯·伊科诺米季斯（Gus Economides），生于1961年11月

第 22 章

1961年的整个秋天，梅瑞尔双线作战。在它奋力推动凯瓦登获批的同时，曲帕拉醇的名声也在直线下降。在服用这种降胆固醇药物8个月后，一名妇女一半的头发掉没了。梅奥诊所报告说，吃了MER/29后发生头皮和其他皮肤病变的病人现在又出现了白内障。[486] 随着与梅瑞尔竞争的公司在医生中传播这个坏消息，客户开始退回梅瑞尔的这种产品。[487]

另一个新来的FDA审查官约翰·内斯特成了梅瑞尔的噩梦。他不肯批准梅瑞尔为MER/29设计的新标签，说它会给医生一种"虚假的安全感"。[488] 之后，就在梅瑞尔的大佬们——总裁弗兰克·N.盖特曼（Frank N. Getman）和副总裁罗伯特·伍德沃德——与FDA的威廉·克塞尼希会面时，内斯特闯进来要求梅瑞尔把MER/29彻底撤出市场。[489]

梅瑞尔拒绝了，但也知道必须尽量降低风险。为此，公司开始悄悄地把这种药撤出流通，但避免使用"召回"一词。[490] 他们对推销员说这是"推销手法的重大调整"，对医生则说这种药没货了。[491] 公司决定不发布任何警示。

基福弗参议员的听证会开始后，梅瑞尔的领导层知道任何不利的报道都可能成为"一个例子，被用来向国会委员会证明有必要颁布更严苛的法律法规"。[492] 自愿召回也许能帮梅瑞尔在将来的药品申请中得到

FDA 的青眼，但那样的话 MER/29 的海外销售也要停止。而如果 FDA **强行**将 MER/29 驱离市场，那么梅瑞尔仍可以在海外继续销售这种药，只要加上警示就行了。另外，公司如果召回 MER/29，就是承认了它的危险，那紧接着就会出现索赔要求。[493] 于是梅瑞尔做好准备，万一"政府有所行动"就要"全力以赴抗争"，为此试图动员全公司的力量。[494] 梅瑞尔的总裁给公司上下所有人发了一份鼓舞士气的备忘录，引用了威廉·霍兰德医生的话。霍兰德是 MER/29 和凯瓦登的试药医生，给他的预付金是 2 400 美元。他宣称，召回这种降胆固醇的药物会"威胁到美国研究的进展和人民的福祉"。[495]

MER/29 的销量在减少，梅瑞尔争取凯瓦登获得 FDA 批准的努力因此更加紧迫。虽然超过 1.6 万名美国人在吃这种镇静剂，但那都是不付钱的。[496] 凯瓦登长达一年的营销活动耗资巨大，免费发放了数百万片药片。如果 FDA 不很快让步，公司的财务可就吃力了。

— ◎ —

弗朗西丝发现她的新同事约翰·内斯特与她是同道中人。内斯特脾气火暴，后来以"环城快道上的驱车复仇者"和"左车道土匪"的身份上了头条新闻。[497]72 岁时，他投入了一场威慑超速驾车者的运动，每天开着他的雪佛兰迈锐宝轿车在华盛顿特区的环城高速路最左边的快车道上行驶，巡航速度每小时 55 英里。

内斯特在新泽西州的富兰克林长大，是家里 10 个孩子中的一个。他父亲是一座锌矿的人事经理，他教会内斯特明白世上有很多不平之事。从乔治敦大学医学院毕业后，内斯特在约翰斯·霍普金斯大学学习儿科，师从帮助发展了"蓝宝宝"外科手术的著名心脏病学家海伦·陶西格。之后，内斯特在华盛顿特区开了一家私人儿科诊所，直到一次处方药事故改变了他的人生。

在去佛罗里达的一次旅行中，内斯特用了一种新抗生素的样品药来治疗自己的喉咙痛。尽管他读了药盒里的说明书，但他还是因为这种药对阳光的光毒性反应而受到二度灼伤。内斯特大怒，热天里只是晒几个小时的日光浴就可能要了他的命。他打通了 FDA 的电话。一种抗生素居然会引发可能致命的反应，FDA 提供的是哪门子的保护？但他的咆哮无人理会。只有当基福弗参议员的听证会提到 FDA 难以招到医生时，内斯特才意识到命运赋予自己的使命。

内斯特知道在 FDA 工作薪金微薄，但他对药企推销员不停的炒作非常恼怒，恨不得对制药业开战。另外，作为儿科医生，他每天诊治的都是些尿布疹和流鼻涕这样的病症，这也让他开始感到无聊。内斯特与人斗乐在其中。加入 FDA 几周后，他接手了 MER/29 疑点重重的申请。尽管大量投诉细数了这种药的危险，但梅瑞尔拒绝召回该药。[498] 更过分的是，梅瑞尔在 7 份重要的医学杂志上刊登广告，大肆吹嘘 MER/29 的安全性，却只字不提关于脱发、皮肤增厚和失明的报告。[499]

弗朗西丝多次请内斯特这名 49 岁的单身汉到家中吃晚饭，饭间直言批评梅瑞尔咄咄逼人的手法。就在不久前，梅瑞尔的总裁弗兰克·盖特曼带着理查森-梅瑞尔公司的法律总顾问，前卫生、教育与福利部助理部长布拉德肖·明特纳（Bradshaw Mintener）来到内斯特的办公室，成功劝说 FDA 副局长约翰·哈维（John Harvey）相信 FDA 在法律上没有权力召回曲帕拉醇。FDA 能做的顶多是强迫梅瑞尔发布警示。[500]

这对弗朗西丝来说是个沉重的消息。如果 FDA 无法强迫梅瑞尔召回一种明显有害的药物，那她就更不能让凯瓦登进入市场。其他制药公司犯了错会承认。在不久前国立卫生研究院的一次会上听说华莱蒂南（Wallace & Tiernan）生产的镇静剂多恩瓦（Dornwal）可能会造成骨髓病后，弗朗西丝成功迫使华莱蒂南召回了多恩瓦。[501] 但梅瑞尔似乎铁了心要继续出售 MER/29，这令人很不安。

然而在感恩节后的星期一，弗朗西丝接到了约瑟夫·默里一个惊人的电话。经过 14 个月含蓄的威胁和激烈的当面争吵后，默里这次向弗

第三部：斗　争

朗西丝转述了一个怪异的消息：沙利度胺在德国被召回了，因为怀疑它与新生儿畸形有关。[502] 默里希望这个怀疑最后证明只是个别情况，因此他想让 FDA 继续考虑凯瓦登的申请。[503] 半年来，弗朗西丝一直在询问这种药的妊娠期安全性。就在几周前，她还打电话给国家药品公司这家梅瑞尔的子公司，询问这种药"对胎儿可能的危险"。[504] 由于沙利度胺在海外曾被广泛用于治疗晨吐，默里这个消息的含意实在是太可怕了。

那天晚上，弗朗西丝把这个坏消息告诉了芭芭拉·莫尔顿，芭芭拉正好带着与自己刚确定关系的未婚夫小埃佩斯·威尔斯·布朗来吃晚饭。布朗是基福弗团队主要的经济学家中的一员，两人是芭芭拉在听证会做证时相识的。小组委员会不懈地揭露制药业的种种不法行为，比如垄断价格和虚假广告，但媒体对听证会已经失去了兴趣。现在，公众对药品监管的态度介乎无知和矛盾之间。基福弗梦想通过一部强有力的药品法来保护美国人民，但这个梦想的实现陷入了停滞。他的委员会需要一个新故事来突显这个问题。威尔斯·布朗坐在弗朗西丝家里，认真地听着。

与此同时，梅瑞尔在 FDA 的压力下致函它在新药申请中列出的 37 名医生，向他们通报来自海外的新闻。但梅瑞尔出现了一个令人震惊的疏忽：它没有联系销售团队额外招募的 1 000 名医生。11 月末，迪斯提勒将沙利度胺撤出了英国市场。公司写信给格吕恩泰说，"所报告的病例的性质如此严重，我们别无选择"。[505] 但美国的医生仍在给成千上万的病人分发免费且没有标识的沙利度胺药片。在这些医生中，有很多人的病人都包括孕妇。

朋友们叫我约约。我的父母来自菲律宾，我爸爸在康奈尔大学攻读昆虫学博士学位。我妈妈怀我的时候，早晨会感到恶心，所以她去看了医生，医生给了她一些药吃……看到自己的宝宝短手臂，没有手肘，每只手只有3根手指，我的父母大吃一惊。[506]

——乔斯·马丁诺夫·加尔韦斯·卡洛拉（Jose Martynov Galvez Calora）
1962年1月生于纽约州伊萨卡

我出生在俄克拉何马市……我从肩膀以下没有手臂,腿只是膝盖以上的两截肉桩……

我刚出生,医生就把我妈妈送到一间病房,里面的另一个女人生了个死胎……他们想让我妈妈慢慢接受把我送去福利院的想法。他们告诉我妈妈我将会有严重的"智障"。

现在的我是一名律师。[507]

——扬·泰勒·加莱特(Jan Taylor Garrett),生于1962年2月

我母亲被麻醉了——当时都是这样——我出生时她还没醒过来。他们把我抱到她那里，教她怎么给我喂奶，我当时被包裹得严严实实的。他们从未告诉她我有问题，也没有解开我的襁褓……最后我爸爸不得不告诉她……他走出医院，给她的病房打电话，告诉她："她有残疾。"[508]

——卡罗琳·法默·桑普森（Carolyn Farmer Sampson）
1962年3月生于新泽西州莫里斯敦

第 23 章

一个凉爽的 4 月天,弗朗西丝和同事约翰·内斯特驱车北上 40 英里,到巴尔的摩去见海伦·陶西格。几小时前,内斯特收到了一个令人震惊的消息:他这位刚从海外归来的医学院导师给 FDA 打了电话,报告说德国的一种药正在造成大量的新生儿畸形病例。

自从上一年 12 月末梅瑞尔转达了在德国发现沙利度胺与新生儿畸形存在关联的消息后,弗朗西丝没有再听到任何这方面的消息。[509] 美国驻波恩的副科学专员赫尔曼·钦写了一份重要的报告,用 3 页的篇幅把记者埃莉诺·卡马特的调查结果做了汇总。这份报告 1 月初送达了美国国务院,也转给了 FDA 和卫生、教育与福利部。[510] 但弗朗西丝从未看到过这份报告,所以她对维杜金德·伦茨的调查结果一无所知,以为此时尚无具体数据证实这一关联。

3 月 5 日,德国召回沙利度胺整整 3 个月后,梅瑞尔终于要求撤回它的凯瓦登申请。[511] 几乎同时,梅瑞尔也把这种药撤出了加拿大市场。[512] 尽管如此,梅瑞尔和它的子公司国家药品公司仍声称它们对"这些新生儿畸形可以准确地归因于康特甘(沙利度胺)的作用"存疑。[513] 作为证据,它们指出:"[美国]没有关于这些怪异畸形的报告。"在给公司招募的临床研究者的信函中,梅瑞尔把公司的决定说成是出于"谨慎"。

然而在幕后，加拿大食品和药品管理局（Food and Drug Directorate）告诉梅瑞尔的约瑟夫·默里，说许多加拿大医生都要求召回沙利度胺。[514]默里随后飞到德国与格吕恩泰的冯·施拉德尔-拜尔施泰因讨论此事，但到他俩联系上时，梅瑞尔的副总裁已经决定把凯瓦登撤出加拿大市场："采取这一措施是因为我们彻底审查了我们能从国外获得的所有数据，我们认为此举是必要的，可以警示各方，在其与先天畸形的关联这个疑问得到解答前，勿用此药。"[515]梅瑞尔希望在今后的某个时候能重新起用这种药，但眼下，梅瑞尔的副总裁告诉格吕恩泰："事态的发展完全出乎意料，有必要对我们的合同协议做某些调整。"

大约与此同时，也是在1962年3月，梅瑞尔的托马斯·琼斯听说雷·O.纳尔森有4个病人生下了畸形儿。[516]

对弗朗西丝来说，声名显赫的海伦·陶西格打来的电话是一个月来第一个事实清楚的有关沙利度胺的消息。

头发花白、身材高挑的心脏病学家陶西格把弗朗西丝和约翰·内斯特招呼进门，告诉他们德国和英国出生了数百个畸形婴儿。陶西格给他们看了这些婴儿的照片和X光片。弗朗西丝震惊不已，心乱如麻。近一年来，她一直在担心如果凯瓦登穿透胎盘会发生什么。但眼前的这种结果——肢体残缺——超出了她能够想象的最坏的情形。有些婴儿没有双臂或双腿，连翻身都翻不了。弗朗西丝学医这么多年，从来没有见过如此严重的新生儿畸形。

陶西格指出，特别令人难以释怀的是，有7个受伤害的婴儿是格吕恩泰雇员的孩子：2个婴儿没有耳朵，5个婴儿手臂和腿畸形。[517]每个医生需要诊治的畸形儿的数量也多得令人震惊。[518]陶西格说，她在整个职业生涯中只见过两例先天缺少肢体的婴儿。[519]然而，现在一些德国儿科医生诊治的病儿中这类儿童能多达50人。[520]陶西格给FDA打电话原本只是为了报告国外的新闻，FDA正在考虑批准这种产品的消息令她无比震惊。

弗朗西丝、内斯特和陶西格厘清了目前令人不安的状况：格吕恩泰、迪斯提勒和梅瑞尔称，根据现有数据无法下定论。然而，格吕恩泰已经迅速通过实验证明，沙利度胺的确穿透了实验动物的胎盘，陶西格想把这个消息公之于众。[521]维杜金德·伦茨遭到各种抹黑，他父亲是纳粹这一点被格吕恩泰大肆散播。[522]一名加拿大记者甚至被告知，伦茨诋毁沙利度胺是因为他精神不正常，出现了"幻觉"。[523]伦茨认为格吕恩泰在策划掩盖真相。[524]陶西格认为这家公司"行为可耻"，只顾牟利，拒绝承认这种药的风险。[525]令她不解的是，德国医学界似乎反对深入调查此事。[526]

于是她自己展开了调查。[527]她的调查表明，从1954年到1959年，8家西德儿科诊所没有见过一例海豹肢症。然而，1959年出现了12例。1960年出现了83例。1961年，这些诊所观察到了302例海豹肢症。[528]为了建立实验用的对照组，陶西格造访了一个美军基地，那里的一名军医确认，1960年和1961年，这个基地或任何其他在德国的美军基地都没有报告任何海豹肢症病例。[529]

之后，3月中旬，陶西格看到了明确的实验室证据。陶西格和一名同事在利兹儿童医院开会时，满心愧疚的迪斯提勒药理学家乔治·萨默斯打来电话，请他们立即来一趟。[530]在利物浦郊区他的实验室里，萨默斯大力地一把揭开盖在一个盘子上的布，现出一只新生的肢体畸形的兔宝宝。他给母兔喂过沙利度胺。[531]陶西格要求给小兔子拍X光片。

回到美国后，陶西格决心把沙利度胺的危险性公之于众。截至此时，除了《医学论坛》刊登的埃莉诺·卡马特写的那篇短文外，美国媒体中唯一注意此事的是2月的一期《时代》周刊上刊登的一篇短文《安眠药噩梦》，那是一个美国父亲连续3个月紧追不舍的结果。[532]他女儿住在德国，生下了一个"海豹儿"。《时代》周刊的文章指出，沙利度胺在海外被广泛使用，但说它在美国的流通"受到严格的限制"。两天后，陶西格在费城召开的美国内科医师学会（American College of

Physicians）特别会议上公开发出警告，但是与会者并未对她讲述的国外海豹肢症暴发产生多少兴趣。次日，她在费城的一次记者会上再次强调关于沙利度胺的警示。她告诉记者们，那是"你所见过的最可怕的情景"。[533] 她敦促通过新的法律，以确保所有药品在进入市场前都必须先在怀孕动物上开展测试。报道了她这两篇讲话的《纽约时报》安慰读者说，"因为官员有所怀疑"，所以这种药没有获得 FDA 的批准。[534]

但弗朗西丝知道沙利度胺已经被用于开展临床试验了，所以在听了陶西格的报告后深感担忧。她立即询问梅瑞尔和国家药品公司是否对所有收到过沙利度胺样品的医生发出了警告，并要求提供这些医生的完整名单。[535]

与此同时，那年 4 月，梅瑞尔的诚信因 MER/29 的安全性风波遭受重创。内斯特听说，曾在梅瑞尔工作过的一名毒理学家指控梅瑞尔篡改数据。她的故事听起来匪夷所思：一只猴子在梅瑞尔的实验中服用 MER/29 后受到了伤害，按规矩应该对它进行解剖，可是猴子却不见了。[536] 而提交给 FDA 的数据却说同一只猴子一切正常，活得好好的。这名毒理学家在实验室的上司要她在数据上动手脚，要她让数据显得好似开展实验的时间比实际的长，并略过不提负面的结果。

内斯特最后带着检查证闯进梅瑞尔公司的辛辛那提办事处开展了两天的调查，发现了大量关于 MER/29 的虚假数据，还有梅瑞尔总裁一封标有"**阅后即毁**"字样的公司备忘录，其内容对公司非常不利。[537] 梅瑞尔山穷水尽，终于同意从药房召回 MER/29。但公司对医生们的说辞是，这不过是"出于高度谨慎……直到一切可能的争议都得到平息"。[538] 事实上，梅瑞尔还重申 MER/29 若是按照建议的方法服用是安全的。

最后，FDA 把针对 MER/29 的调查结果提交给了司法部。不出几个月，梅瑞尔就受到了一个大陪审团和 3 个国会委员会的刑事调查。FDA 的新药司发布了一份内部备忘录，告诫工作人员说梅瑞尔提交的任何信息都需要经过"彻底核实"。[539]

与此同时，弗朗西丝等了两个星期还没有接到梅瑞尔的凯瓦登临床研究者名单，只得报告上级领导。FDA 随即派遣驻地官员去了梅瑞尔公司的总部，他们在梅瑞尔的辛辛那提办公室花了 3 天的时间详细调查凯瓦登方案的情况。但试药医生名单仍踪影全无。

约瑟夫·默里试图平息弗朗西丝的怒气，坚持说公司已经对医生发了应发的警示。据他说，在 12 月听到德国传来的消息几天后，他就把他掌握的初步信息通知了美国"当时正在试验凯瓦登的临床研究者"，并告诉那些医生不要让孕妇或可能怀孕的妇女吃这种药。[540] 之后，3 月 20 日，在梅瑞尔正式撤回向 FDA 提交的申请后，公司又要求那些医生——"以及其他收到过该药的人"——停止试药，归还药品。[541] 作为证据，默里把信函的复印件给了弗朗西丝。但后来发现，梅瑞尔曾在 2 月联系过那些试药医生，坚称仍然"没有确凿的证据证明妊娠期服用沙利度胺与畸形之间存在因果关系"。[542] 此外，梅瑞尔还告诉他们，喂了沙利度胺的怀孕母鼠生下的小鼠崽没有一个畸形。[543]

在收到默里提交的梅瑞尔各种警示信函时间线的同一天，弗朗西丝也终于收到了临床研究者的名单。现在她明白了为什么这份名单过了这么久才准备好。她一页一页、一个名字一个名字地读着，计算着所有的地点和专家人数，越看心中越不安：美国各地共有 1 200 多名医生在分发沙利度胺，[544] 他们中有超过 240 人是妇产科医生。[545]

这些制药业的人花钱开展了声势浩大的游说活动，相比之下，钢铁业的那些人就像卖爆米花的小贩。最后，他们对埃斯特斯发起了我在华盛顿的 25 年中见过的最猛烈的攻击。[546]

——保罗·兰德·迪克森
美国参议院反托拉斯与反垄断小组委员会

第 24 章

1961年4月12日,基福弗终于走上参议院的讲台,提交了药品法案 S.1552。总统大位也许永远与他无缘,但他赢得了第三届参议员任期,而且他提出的自1938年以来的第一份重大药品法案似乎也即将通过,前景一片光明。

这个法案的目的是降低药价、增强药品的安全性。3年的专利期到期后,制药公司必须许可其他厂家生产它们的产品。为确保质量,制药厂家需要得到 FDA 的授权,FDA 还会对药厂进行检查。卫生、教育与福利部将去除药品难懂的通用名。任何带有商标名的广告宣传材料都必须以同样醒目的字样标明药物的通用名。

为提高安全性,广告必须说明副作用和药效。药品包装盒里印有警告和禁忌的说明不只要提供给药剂师,也要提供给医生。关于引起担忧的药品,卫生、教育与福利部将发表年度清单。此外,芭芭拉·莫尔顿几年前的提议终于被写入了法案:取消了药品的60天自动批准期,现在制药商必须证明药品的安全性和有效性。[547]

立法听证会于1961年7月开始,预备开到次年2月。拖这么久是对共和党籍委员的让步,他们想为制药业争取辩护时间。然而,听证会基本上是在重复基福弗1960年的调查听证,着重于揭露制药业的不法行为。不过这次听证会上来了几个让人记忆深刻的人物。

1962年初，神秘的萨克勒兄弟出场。莫蒂默（Mortimer）、阿瑟（Arthur）和雷蒙德（Raymond）三人建成了一个高度一体化的制药业务体系。他们自己研发药物，然后在自己办的医学杂志上发表对这些药物有利的研究论文。1962年1月，道格拉斯·麦克亚当斯公司的老板阿瑟来到小组委员会，为他的公司给MER/29做的误导性广告辩护。[548]他怒声说："我宁可头发稀疏，也不想得冠状动脉粥样硬化。"[549]听了这话，基福弗的一名助理指出，既然从未证实过MER/29的功效，就无法保证它能保护阿瑟的冠状动脉。

媒体密切追踪着听证会的进程，支持基福弗的信件从全国各地纷至沓来。埃莉诺·罗斯福也密切地关注着听证会的进展，谴责制药业"对价格的操纵和垄断性做法"。[550]20多年前，她参观了FDA的"恐怖之屋"，但她惊骇地发现，经过这么多年，"在广告甚至提供给医生的信息中，药品潜在且严重的危险都没有披露"。[551]如果不等恰当的临床试验完成就把药品投入市场，那么病人就成了"不自知的实验室小白鼠"。

然而，白宫基本上对基福弗的努力敬而远之。这位田纳西州参议员两次在民主党全国初选中与肯尼迪总统竞争，两人之间关系十分冷淡。但1962年1月11日，肯尼迪一改前态，对基福弗的工作表达了声援。他在国情咨文讲话中保证要"对食品和药品法律提出改进建议……以保护我们的消费者不受漫不经心和丧失良知的行为的伤害"。[552]

在经过26个月令人精疲力竭的听证会，收集了12 885页证词之后，基福弗相信这个案子已经是铁证如山。[553]1962年2月7日，基福弗宣布散会。药品听证会到此结束。

肯尼迪总统当即告诉司法委员会的主席说他"真诚地希望它〔S.1552〕能够在国会本次开会期间得到颁布"。[554]司法委员会是新法案要过的第一道坎。但基福弗和他的团队深知，即便有了总统的支持，推动这个法案在国会得到通过仍将是一场长期的战斗。他们必须"动员民众"。[555]

4月12日,一个足以引起反响的故事适时出现了。约翰·布莱尔的秘书、一个名叫约·安·扬布拉德(Jo Anne Youngblood)的田纳西姑娘跑进办公室,手中挥舞着一篇《纽约时报》的报道《畸形婴儿的成因追踪至一种药品》。文章说,一位名叫海伦·陶西格的医生刚刚在费城做了演讲,警告说海外正在发生一场先天畸形流行病。

"这种化合物在我们目前的药品法下可能会得到通过,"陶西格对记者说,"我们必须加强食品和药品监管。"[556]

基福弗大为兴奋,派遣团队中既是细菌学家,也是专利专家,还是律师的露西尔·温特(Lucille Wendt)去挖掘能够找到的有关沙利度胺的一切信息。

威廉·S. 梅瑞尔公司
理查森–梅瑞尔公司的分公司
药品生产商，始于 1828 年，俄亥俄州辛辛那提

1962 年 5 月 1 日

H. W. v. 施拉德尔–拜尔施泰因医生
格吕恩泰化学公司
施托尔贝格，莱茵兰
德国

亲爱的冯·施拉德尔医生：

    我在审查沙利度胺的卷宗，有一处差异引起了我的注意。您在 1961 年 12 月初告诉我们，您在杜塞尔多夫会议上听到的初步报告令人鼓舞，专家们一致认为只要发布警示函即已足够，不必将此药撤出市场。然而，几周后我们接到了实际报告，翻译出来的译文显示专家们觉得应该召回此药。我在卷宗中没有看到对这一差异的解释，所以我很想知道您的评论。

致以最良好的祝愿，

您真诚的，
F. Jos. 默里 [557]

如果不戴木腿，我只有两岁的孩子那么高。我出生时很多骨头都没有。我的左臂上有两根手指，右臂上只有一个大拇指。医生们不肯让我妈妈马上看到我。他们试图说服她相信因为我的外表畸形，所以我的内里也是畸形的。他们想让她放弃我。但她坚持要看到我。

妈妈告诉我这是上帝的旨意，我也相信妈妈的话。上帝想让我成为这个样子。她说她只吃过阿司匹林。我不认为妈妈会对我撒谎。[558]

——佩姬·马茨·史密斯（Peggy Martz Smith）
1962 年 5 月生于肯塔基州托马斯堡

压倒性的证据表明,沙利度胺会造成一种高专一性的、恐怖至极的畸形……的确只是靠了"上帝的恩典",我们的国家才得以幸免。[559]

——海伦·陶西格,1962年4月3日

第 25 章

从欧洲回来后,海伦·陶西格一直在试图确定沙利度胺造成的后果。除了向德国各家医院索要最新的海豹肢症数据外——那里仍然每周都有畸形婴儿降生——她还联系了世界各国的医疗当局,很快就收到了来自澳大利亚、新西兰和日本的报告。陶西格获悉,加拿大的病例已经达到了数百起。沙利度胺在加拿大是处方药,但梅瑞尔公司曾大力宣传这种药的安全性,医生们分发样品药也大手大脚。一名自己的儿子有海豹肢症的加拿大医生承认他给怀孕的妻子吃过沙利度胺。

陶西格成了海豹肢症的权威,她一边帮助相关的加拿大家庭在截肢、安装假肢和康复问题上做选择,一边振作精神,准备迎接加拿大出现更多病例的消息。报告显示,即便在沙利度胺于 3 月被召回后,[560] 仍然有 10%~15% 的加拿大药剂师拒绝弃用沙利度胺。[561] 他们的理由是,它对男病人仍然是安全的。

然而,陶西格在试图收集美国的数据时碰了壁。她听说德国纽伦堡的一个美军基地中出生了一个"海豹儿",但美国本土没有报告与沙利度胺哪怕有一丁点关系的海豹肢症。(梅瑞尔公司此时没有提及他们在 1 月和 2 月听说的雷·O. 纳尔森的病人生下 4 个畸形儿的情况。)

不仅如此,对于任何可能在沙利度胺与新生儿畸形之间建立明确联系的询问,梅瑞尔都避而不答。公司告诉陶西格,海外的病例在环境和父母状况方面千差万别，所以会导致"分析有严重局限"。[562]默里发牢骚说："获取每个病例有意义的详尽历史不是件容易的事。"[563]他甚至要求陶西格帮助确定"处理这个问题的适当方法"。[564]

陶西格分析，沙利度胺最起码可能会在公司总部所在地辛辛那提附近造成一系列伤害。毕竟德国最先出现的病例中许多都与格吕恩泰的雇员有关。但当陶西格去辛辛那提儿童医院询问时，那里的人信誓旦旦地说这种药在市里的任何地方都没有用过。

这个虚假信息来自美国畸形学学会（Teratology Society of America）的主席约瑟夫·沃尔卡尼（Josef Warkany）医生。作为美国第一个专门研究先天性畸形的组织，美国畸形学学会位于辛辛那提，离梅瑞尔公司总部仅有区区一英里，而且它创立于1960年，恰值梅瑞尔向FDA提交凯瓦登新药申请之时，这真是个颇为怪异的讽刺。创立畸形学学会是出生于奥地利的沃尔卡尼的主意。1940年，沃尔卡尼最先证明环境因素可能导致新生儿畸形。身为一名有这样背景的科学家，他**最应该**挺身而出揭示沙利度胺造成的严重伤害。在辛辛那提，他开办讲座讲解畸形学，梅瑞尔的弗洛·范·曼侬还参加过他的座谈会。[565]但就是在这个城市里，数千片沙利度胺药片被分发给了孕妇。然而，有人告诉沃尔卡尼沙利度胺没有在辛辛那提用过。另外，沃尔卡尼听说的国外海豹肢症暴发的某些情况令他确信，肇因不可能是沙利度胺。[566]

陶西格没有泄气，决定自己做动物实验。她写信给梅瑞尔公司索要大量的沙利度胺，约瑟夫·默里给了她500克。陶西格决心拿出沙利度胺导致兔子畸形的实验室证据，彻底推翻对此问题的否认。

在东海岸各地召开的医学会议上，陶西格锲而不舍地宣讲她的研究结果。医生们听后震惊不已，媒体却漠然置之。《纽约时报》报道了她在费城的讲话后，媒体就不再重视她了，她也无法劝说医学杂志发声。美国医学会拒绝发表她关于海豹肢症暴发的论文，因为《时代》周刊已经对此做了简短报道。陶西格气坏了，转而向非专业刊物投稿，但她给一般性杂志寄去的稿件也被拒绝了。《红书杂志》婉拒了她的投稿，以免给怀孕的妈妈们造成不必要的忧惧。[567]

5月14日，《新英格兰医学杂志》（The New England Journal of Medicine）终于同意发表她的研究成果。编辑承认，"我们不能再等热切的非专业媒体发掘出某些重要信息后才去调查"。[568]在那之后，《科学美国人》（Scientific American）杂志才开始注意此事，来找陶西格，请她提供材料。

1962年5月末，陶西格获得了发出警告的最好机会。纽约州众议员伊曼纽尔·塞勒（Emanuel Celler）邀请她到他的众议院反托拉斯小组委员会做证。塞勒正在推动众议院通过一项与基福弗的参议院法案相呼应的措施，请陶西格就H.R.6245，即《制药业反托拉斯法》（Drug Industry Antitrust Act）讲话。

如同在参议院一样，这一措施遭到了制药业的极力反对。美国化学家协会（American Institute of Chemists）把这个法案说成是对当代托马斯·爱迪生的攻击。协会宣称，如果给私营的药品研发实验室加上重重限制，发明者的"发明精神"就会受到束缚，而这将导致悲剧性的结果。[569]谁赞成这一法案，谁反对这一法案，都在意料之中，与基福弗法案的情况并无二致。海伦·陶西格医生要来做证的消息公开时，法案的反对者大哗。

美国医学会的莫里斯·菲什拜因（Morris Fishbein）断言："陶西格医生或许是杰出的病理学家，但她不是药理学家，她没有权利就药品做证。"[570]他对一名医生为这个法案"拉票"感到愤怒。

尽管如此，5月24日星期四，她64岁生日这一天，优雅端庄的陶西格还是走进了塞勒的听证会会议室。弗朗西丝坐在听众席上给她助威。

海伦先读了准备好的讲稿，叙述了她去德国和英国的旅行，描述了维杜金德·伦茨和乔治·萨默斯的工作，以及截至此时受沙利度胺伤害的 3 500 名婴儿。[571] 接下来该展示照片了。

准备放幻灯片时,海伦意识到许多坐在宽大回廊里的人看不到幻灯片。她请大家调整座位,一位新泽西州的众议员请大家往前来。海伦担心自动幻灯机放得太快,观众不容易看清,主动说会把幻灯片放两遍。

幻灯片显示在屏幕上的时候,陶西格开始讲解:"这个婴儿,你们会注意到这里鳍肢一样的短手臂,一条腿是畸形……这是另一个婴儿,两条手臂,没有手……又一个,双腿严重畸形……又一个,这个孩子很聪明,看看他的手臂。"[572]

陶西格的照片是精心挑选的。这些远不是她看到过的最令人痛心的损伤。但她选的都是聪明活泼的孩子,却只有短短一截手臂或者没有双腿。她想让委员会看到,这些孩子"心智是正常的",也就是说他们以后会明白自身的缺陷。[573] 陶西格相信,这才是令人心碎之处。

"你们在照片里看到的,"陶西格沉痛地告诉听众,"远远比不上亲眼看到那些孩子可怕。"[574] 不出所料,委员会被她的证词震惊了。海伦接下来明确表达了对塞勒法案的支持。

她坚定地说:"不能因为一种药对成人安全,就假定它对婴儿和儿童也安全。"[575] FDA 必须要求专门测试药品对胎儿的效应。任何关于孕妇和儿童禁忌的警告都必须用大字印出,要和商标名一样大而显眼。

她支持法案中关于政府发布问题药品年度清单的规定。她和莫尔顿一样,认为药的"功效"必须成为决定是否批准一种药的一个考虑因素。[576]

至于沙利度胺,陶西格说,这种镇静剂若是在美国发明的,那么就很有可能会进入市场,因为美国的药品法不够严格。接着,她向坐在回廊里的弗朗西丝点点头,说这种药没有进入销售渠道多亏了"FDA 的一个人"做的伟大工作,因为这个人"害怕它可能对妊娠产生有害影响"。[577]

然而,下一个奇怪的分子会带来怎样的危害?问题何时会发生?如果那种危害更难发现怎么办?陶西格警告说:"我们应该尽人力所能来预防未来可能发生的巨大灾难。"[578]

陶西格长达一个小时的做证似乎激起了塞勒委员会的决心，但媒体却没有报道。药品听证会拖得太长了，结果没有一个媒体记者前来听这位约翰斯·霍普金斯大学的心脏病专家的证词。对陶西格的做证，电台和报纸连只言片语的报道都没有。约翰·内斯特看到他原来医学院的导师受到如此忽视，不禁怒火中烧。沮丧之余，他打电话给基福弗的团队：他们那份药品法案的成败可能就取决于沙利度胺的故事能否引起全国的关注。他力促他们把消息散播出去。

基福弗明白这个道理。事实上，他的团队曾试图劝说塞勒不要邀请陶西格去做证，因为现在离他们两人的法案各自最终付诸投票还早得很。如果他们都再多等一段时间，他们会在合适的时候把埃佩斯·威尔斯·布朗听到的故事传播出去：梅瑞尔对一位身为两个孩子的母亲的医学审查官苦苦相逼了将近两年，企图迫使她批准一种危险的药品。有了肯尼迪的支持和弗朗西丝的故事，基福弗法案的前景看起来一片光明。

我出生时，胳膊像鸡翅膀……他们把我转到了大学医院。我查了医院记录，看到我出生的时候他们说我是女孩，然后在我转院的时候，他们又说我是男孩。隐睾症。医生当即告诉我父母，说我这种情况没有原因，就是上帝的意志。[579]

——达伦·格里格斯（Darren Griggs），1962年6月生于密苏里州哥伦比亚

在目前的法律下，几家公司可以怀疑这种药有致畸作用却对这一危险只字不提，仍然不动声色地制订它们的销售计划。想想这一点就令人毛骨悚然。[580]

——弗朗西丝·凯尔西，1962年

第 26 章

6月11日星期一早晨,基福弗兴高采烈地来到参议院。他手中拿着一封专利局局长写来的信,信里对他法案中的专利条款表示热情支持。基福弗要求,对现有药品进行混合或改造后制成的产品若想获得专利,必须表明有"更大的疗效",为此他不久前还与委员会的其他委员起了龃龉。[581] 别的委员希望把"更大"改成"相当大",但基福弗坚决不同意。现在他有了专利局的官方来信,专利局支持"更大"的措辞。他敢肯定,这一天他能获得足够的票数让小组委员会通过 S.1552。

然而,当他走进司法委员会的听证室时,基福弗惊讶地看到里面挤满了参议员。听证会开始,他出示了他手里的信件后,他们投票否决了他的措辞。

更糟糕的是,参议院少数党领袖、因演讲时辞藻华丽而被戏称为"洋溢巫师"(the Wizard of Ooze)的伊利诺伊州共和党籍参议员埃弗里特·德克森(Everett Dirksen)分发了一套**全新**的修正案油印本,包括一条弱化了的专利条款。[582] 这个修正案基本上是一项全新的法案,对制药业管束很少,它后来得名伊斯特兰–德克森法案(Eastland-Dirksen bill)。

基福弗被弄糊涂了,但他很快捋清了幕后的弯弯绕。几天前,白宫决定,与其为基福弗的药品法案摇旗呐喊,不如抢占这个功劳。因此,参议院司法委员会主席、密西西比州参议员吉姆·伊斯特兰(Jim

Eastland）被授权采取**一切必要手段**提出一项法案供投票。对伊斯特兰来说，这意味着挤掉基福弗的法案。[583]

伊斯特兰的办公室主任，卫生、教育与福利部的两名代表，两名共和党律师以及制药商协会的两名代表一起开了一场后来被称为"秘密会议"的会。[584] 此事得到了肯尼迪的得力助手迈尔·费尔德曼（Myer Feldman）的首肯。6月8日的这场会开了一整天，先由药企代表介绍**他们理想中的修正案**。到傍晚时分，与会各方就药企期望的这些修正案已经基本达成非正式的一致意见，不过并未做最后决定。

但接下来的那个星期一的早晨，制药商协会却把会上达成的口头协议用打字机打了出来，作为看似已经获得卫生、教育与福利部首肯的新法案提交给了司法委员会。

基福弗怒不可遏。看到自己周五下午随意写下的东西变成了正式的修正案，卫生、教育与福利部参加秘密会议的代表之一杰尔姆·索诺斯基（Jerome Sonosky）既震惊又尴尬，不得不对基福弗承认自己应白宫的要求参加了那场会。只是……白宫还没看到这项新法案。索诺斯基说他的上司，卫生、教育与福利部负责立法的部长助理威尔伯·科恩（Wilbur Cohen）上周五整个晚上都在审阅这份文件，但科恩矢口否认。

这成了一个立法的烫手山芋。没人愿意承认同意批准制药商协会版本的这份修正案，也没有人想成为基福弗的怒火所向。基福弗给卫生、教育与福利部和白宫打了电话。他在电话上怒吼道，他在国会任职的23年中，从来没有一届政府"干过瞒着提案人和主席阉割法案的事"。[585]

一条神圣的红线被跨越了。

同事们纷纷起来支持基福弗。为了拖延对新法案的投票，科罗拉多州参议员约翰·卡罗尔（John Carroll）在讲台上滔滔不绝地讲话到中午，接着又反对下午继续开会，令投票当天无法进行。

与此同时，基福弗在办公室里沉思良久后告诉他的团队："我要去参议院提出这个提案。"[586] 助理们劝他冷静，但基福弗还是去了国会大厦。

标志着达到法定人数的铃声刚落，基福弗就表示要发言。消息传得很快。迈尔·费尔德曼立即从白宫给基福弗打来电话，基福弗走出会议厅去接电话。

"我在国会 23 年，从来没有受过如此恶劣的对待。"基福弗对费尔德曼说完这句话就挂断了电话。[587] 他回到会议厅时，多数党秘书劝他停手，但基福弗拒绝了。

"今天，公共利益在参议院司法委员会遭到了沉重的一击，"基福弗在讲台上说，"一段时间以来，大部分制药企业和它们的跟班一直在攻击 S.1552……今天它们打出了一记'重拳'，差一点把这项法案直接打出局。我不肯相信我在美国参议院的同事们会让这项急需的立法'被打倒'。"[588]

基福弗展示了肯尼迪在 4 月写给伊斯特兰参议员的一封信，信中表示支持原法案。"总统在这封信中不仅强烈支持 S.1552 提出的修正条款，而且还要求做一些补充和细微的改动，应要求我准备接受这些建议。"

基福弗数次强调，他**无法相信**总统会支持面前这份新法案。他的法案中的专利条款得到了专利局局长的支持，有信为证。这本应解决有关具体措辞的争议。"令我大吃一惊的是，在今天上午司法委员会的会上，我发现还开过一场秘密会议。"

秘密会议的故事让大家听得全神贯注。本质上，基福弗法案的每一条都被大幅削弱，变成了几个月前"反托拉斯与反垄断委员会通过的法案的区区一个影子"。[589] 基福弗后来说，伊斯特兰-德克森法案的唯一可取之处是它没有废除 1938 年的《食品、药品和化妆品法》。

基福弗这实质上是在挑战总统，看他敢不敢承认自己出尔反尔。他说："我想让人民知道发生了什么事……我认为现在人民有权知道……政府目前的立场到底是什么。"[590] 说完这话，他结束发言坐了下来。大厅内死一般寂静。大家从来没有见过一名参议员反抗总统，反抗他自己党的领袖，或者反抗司法委员会主席。伊斯特兰是"王中之王"，参议院的所有法案有近一半是在他的监管下通过的。[591] 他的权力大得出奇。

然而，伊斯特兰平静地点起一支雪茄，担起了提交这个法案的责任。他确信白宫会支持他。会议结束时，法案事实上的共同提案人德克森说了一番对基福弗的赞美之词，但言语显得颇为怪异：

> 他如同阿帕奇印第安人一样专心致志。他如同维多利亚时代的淑女一样优雅得体。他的辛勤努力和始终如一均属罕见……他的耐心完全可以与约伯媲美。我认为约伯与他相比不值一提。[592]

那天下午在基福弗的办公室里，《华盛顿邮报》一位名叫伯纳德·诺西特（Bernard Nossiter）的财经记者路过时进来看望基福弗的经济学家约翰·布莱尔，就他们的法案败局已定向他表示慰问。

"别那么肯定。"布莱尔答道。[593]

虽然肯尼迪从中作梗，但基福弗关于沙利度胺的材料已经收集齐全。他知道 FDA 的医学审查官弗朗西丝·凯尔西奋力阻挡这种德国药进入美国的全部故事。基福弗的团队准备拿出这个撒手锏。

"要不是凯尔西医生，"布莱尔对这名《华盛顿邮报》的记者说，"沙利度胺一年前就会在美国销售了，我们现在就会面临一场重大的医学灾难。"[594]

诺西特回到记者室，把这个消息告诉了他的编辑。

我特别担心的是，因为我们国家没有暴发过海豹肢症，我们的医生会反对更严格的立法。如果我国出现了数千起海豹肢症病例，医生们会义愤填膺，推动立法通过不会有任何困难。但在目前的情况下，这也许将是一场漫长而艰苦的战斗。[595]

——海伦·陶西格，1962 年 6 月 19 日

第 27 章

莫顿·明茨是个很有主见的人。

这位4个孩子的父亲曾是一名海军军官,在《华盛顿邮报》当记者已有4年。他的热诚在编辑部是出了名的。他痛恨不公,喜欢主动出击,专找大目标,多强大的机构都吓不倒他。

1959年和1960年,他写了一组共5篇系列报道,揭露汽车尾气对健康的危害,矛头直指通用汽车公司和福特汽车公司这样的巨无霸。1961年,他花了整整一年调查马里兰州的储蓄与贷款丑闻,把多个政府高层人物送上了法庭。明茨容易招人恨,但他引以为豪。他喜欢讲富豪对他恨之入骨的故事。在水门事件中大名远扬的记者鲍勃·伍德沃德(Bob Woodward)称赞明茨是编辑室中一座以无畏著称的勇气灯塔。[596] 明茨特别热心报道国会监督,也就是政府自曝家丑的听证会。他负责报道国会开展的各种调查,而对于这类调查,多数记者都不屑为之。在驻华盛顿的记者中,他是经常出席各个小组委员会调查会议的少数几人中的一个,对华盛顿城里的每一件小事都密切注意。

明茨的父母是立陶宛移民,他很早就被记者这个行当所吸引。到密歇根大学上学后,他立即开始为密歇根大学校报《密歇根日报》(The Michigan Daily)写稿,很快就当上了编辑部主任,还为《底特律新闻报》(The Detroit News)做校园记者。1943年大学毕业后,他到一艘坦克登陆舰上服役，参加了诺曼底登陆和冲绳岛战役。1946年6月，明茨回到美国，不能自拔地爱上了他妹妹的朋友阿妮塔（Anita），不出几个月就娶她为妻，然后在《圣路易斯星辰时报》（St. Louis Star-Times）找到了一份工作。

在报社，莫特①被分配做新手记者的基本工作：撰写警察拘捕记录、讣告和图片说明。他的薪酬只有每周90美元。1951年，他转到了《圣路易斯环球民主党人报》（St. Louis Globe-Democrat），薪酬和工作都有了改善。不久后，他和阿妮塔有了第一个孩子玛格丽特（Margaret）。1951年11月，他们的第二个孩子伊丽莎白（Elizabeth）降生，但有严重的唐氏综合征。这彻底打乱了夫妇俩的生活。伊丽莎白在一家私人看护所的费用是每月100美元，占去莫特税前收入的13%。[597] 等她长到7岁时，伊丽莎白就不能再在那个看护所住下去了。若还想享受私人看护，费用会增加一倍。但照护特殊需要儿童的州立机构在全国算是最差的。

明茨为此焦心不已，他也认识到还有其他家庭处于与他一样的困境。于是，1954年6月，明茨去州参议院的精神卫生委员会陈情。他花了近一个小时的时间解释他本人的处境，并出示了他的研究结果，显示其他州提供的照护更好。他还建议通过新立法来改善密苏里州的看护服务。

这些讲话带有明茨后来工作的特点——以详尽的研究为依据发出强有力的道德信息。"我们幼小的女儿是无辜的，"明茨恳求道，"她有感情。她可以受到伤害，也可以得到帮助。她和你我一样，能够感到快乐，也能够感到痛苦，她是我们的血肉。"[598] 明茨说，她应该"有机会学习，有机会表达并接受感情，有机会感到她这样的病人所能够感到的最大的幸福"。州立机构的看护服务如此糟糕，若是他和阿妮塔把伊丽莎白送

---

① 莫顿的昵称。——译者注

到那里，"我们在感情上会被负疚、忧惧和残忍压垮"。

"我必须对你们坦诚相告，我感到痛心，也感到迷惑，"他对委员会说，"在为智障人士提供足够的照护方面，我看到这个州所表现出的惰性、麻木、漠然和无知，我感到厌恶和愤怒……我们的领导人难道不会良心不安吗？……这种情况难道不能刺激我们的领导人投入热情和决心来予以纠正吗？"

但是他的讲话并未带来他所希望的改变。明茨对这个问题越来越执着。

1955年，他为帮助伊丽莎白而发动的长期努力转化为《圣路易斯环球民主党人报》关于"智障问题"的深入系列报道。明茨深挖了智障给家庭造成的影响，揭露了政府的麻木不仁，指出对于智障的原因或治疗方法明显缺乏研究。过去，人们对智障问题一直遮遮掩掩，羞于提及，明茨的突破性报道赢得了国立卫生研究院首席精神病学家的赞扬。密苏里州智障儿童协会（Missouri Association for Retarded Children）也给他颁了奖，授奖词说，明茨的报道是在为那些被认为是"我们当中最卑微的人"争取"人类正义的基本权利"。[599]

但伊丽莎白私人看护期满的时间越来越近，密苏里州仍未对其公共看护机构的"落后和疏忽"做出任何改进。[600] 此时明茨夫妇已经有了第三个孩子罗伯塔（Roberta），经济负担进一步加重，于是他们决定离开家乡搬到公共卫生服务更好的华盛顿特区。莫特在《华盛顿邮报》找到了一份工作。

那时的《华盛顿邮报》还不像它在20世纪70年代因报道了五角大楼文件和揭露了水门事件而闻名全国，屡获普利策奖。但报社的执行主编詹姆斯·拉塞尔·威金斯（James Russell Wiggins）正在努力把报社的重点转向原创报道。为此，他一直在扩大员工队伍，以避免过于依赖通讯社。1958年，明茨就是在这一举措下受雇的。

1959年，明茨关于空气污染的系列报道与汽车工业巨头杠上了。

1960年，他的报道推动了公众对美国宪法第二十三修正案的关注，这一修正案最终使哥伦比亚特区的居民在全国选举中拥有了投票权。从1961年10月到1962年6月，他深挖了一桩马里兰州的银行丑闻，导致马里兰州众议院的两名议员和议长遭到起诉。

报道上明茨的署名开始有了一定的分量，但他远不是超级明星。作为没有专门领域的一般性记者，他写每篇文章都要费很大的力气。他调查每一个问题都需要掌握一个全新领域的相关知识。他认为这是好事。他之所以能够与读者建立共鸣，把事情写清楚，就是因为他也是第一次知道相关的事情。

此时，他和阿妮塔住在克利夫兰公园的一座两层房子里，有个舒服的后院，还能看到特雷加伦（Tregaron）这个占地13英亩的庄园。有时，明茨能抽时间到附近的网球场打一场网球。他们的第四个孩子丹尼尔（Daniel）出生于1961年，伊丽莎白则住进了一所很棒的公立疗养院。星期一到星期五，明茨为了赶稿工作到很晚，但星期天全家一起吃晚餐雷打不动。

1962年7月初，莫特的编辑"塞"西摩·菲什拜因（Seymour "Sy" Fishbein）把他叫进编辑室。菲什拜因对他讲了从基福弗办公室传来的消息，建议明茨与那位FDA的审查官聊一聊。

明茨有些吃惊，因为FDA并不是他负责的领域。但菲什拜因认为报社的医学记者不是报道此事的合适人选，所以一直压着这件事，等那人去度假了才拿出来办。[601] 菲什拜因想让明茨来写这个报道。明茨见到不平的事会义愤填膺。听了事情的大概后，明茨果然被激怒了。他愤怒的另一个原因是他自己的母亲吃了梅瑞尔的降胆固醇药曲帕拉醇（MER/29）之后出现过严重的不良反应。

就这样，7月11日，明茨来到FDA大楼，就沙利度胺的事采访弗朗西丝。两人见面后，明茨在提问之前首先讲述了他的女儿伊丽莎白的情况。

不化妆也讨厌做家务
凯尔西医生不想出名

这位几乎无人知晓的女医生一夜之间闻名全国
她以一己之力顽强抵制一种新药
拯救了无数的美国母亲和婴儿……

华盛顿——弗朗西丝·奥尔德姆·凯尔西医生,一个直率认真的女人。她花白的头发剪得短而齐,没有化妆,穿着结实粗笨的鞋,说话轻声细语。她是美国的新甜心。[602]

——《波士顿环球报》,1962年8月5日,星期日

我们真正的妈妈什么时候能回来? [603]

——苏珊·凯尔西,1962 年 8 月的日记

第 28 章

1962年7月一个闷热的星期天，弗朗西丝醒来后在《华盛顿邮报》的头版看到了自己的照片，上面的大标题写着"把危险药物挡在市场之外的FDA女英雄"。[604] 事情的发展如闪电般迅速。上个星期四，一名精力充沛、蓝眼睛的记者来到她在FDA简陋的办公室，询问她过去两年间与梅瑞尔公司的每一次互动。

现在，全国上下都在谈论弗朗西丝对沙利度胺的阻击战。她把美国从一种危险药物的魔爪下拯救了出来。弗朗西丝一时间有点发蒙。

文章刊出的那天乱作一团。电话铃声响个不停。杂志、报纸和电台都想采访这位顽强的女医生。《纽约世界电讯与太阳报》（*New York World-Telegram & Sun*）派了一名摄影师来捕捉弗朗西丝的家庭生活。他拍摄她在起居室把唱片递给苏珊和克里斯蒂娜的照片，或者让她和埃利斯站在一起，身前的两个女儿并排坐在钢琴前。他们都觉得这样的造型荒唐可笑。他们一家**什么时候**这样围在钢琴边过？两个女儿穿着一样的短袖白衬衫，戴着一样的发箍，弗朗西丝穿着一件裁剪简单的深色家居服。照片里的她温情、慈爱、专注——好像她过去两年从未在一个没有窗子的办公室里没日没夜地工作似的。从照片上丝毫看不出她有时会连续几天扔下孩子们去开会。这些精心安排是为了显示弗朗西丝看似一名正常的母亲，以便公众能对她有认同感，却令弗朗西丝一家笑痛了

第三部：斗 争

肚子。

下午，弗朗西丝和埃利斯离家去参加一个后院烧烤派对。原来和他们在芝加哥大学药理学系共事的阿尔伯特·舒尔德斯马（Albert Sjoerdsma）在他在贝塞斯达的新家招待朋友。苏珊和克里斯蒂娜留在家里接听响个不停的电话。

弗朗西丝和埃利斯站在有纱窗的阳台上跟其他大人一起喝曼哈顿鸡尾酒，孩子们在热得像火烤的院子里玩垒球。埃利斯和平常一样大说大笑，弗朗西丝却默不作声，她还在消化吸收这一天发生的一切的那种荒诞感。突然，舒尔德斯马太太把弗朗西丝叫进了书房。留在家里的克里斯蒂娜和苏珊转来了全国广播公司电台打来的一个电话，弗朗西丝必须接受直播采访。在另一个房间，客人和孩子们围在半导体收音机旁听着。

弗朗西丝终于从书房出来时，一个7岁的女孩兴奋地宣布："今天在我家的房子里创造了历史。"[605]

弗朗西丝相信这阵热闹很快就会过去。然而在接下来的几天里，对她的关注越来越大。全国各地的报纸都转载了《华盛顿邮报》的那篇文章，表达祝贺和感谢的信件从几乎每个州雪片般飞到她家。（明茨在文章结尾处写下了她的地址，这在当时是惯常的做法。）苏珊和克里斯蒂娜每天都查信箱，一次就能拿到几十封信。有些信像是写给圣诞老人的，只写着寄给"凯尔西医生，华盛顿特区"。

弗朗西丝在FDA的办公室收到的信件更多。医生、护士、家庭主妇、律师和投资管理人都想赞美她"抗击这些邪恶势力的勇气"。[606] 粉丝们赞美她的"本真、诚实、正直、客观以及坚守道德的个性"。[607] 弗朗西丝似乎成了治疗目前"公众人物腐败"的一剂良药。[608] 俄亥俄州的一名妇女说，"知道有如此无私奉献的人顶住各种压力坚守原则令我心里暖洋洋的"。[609] 在美国人的心目中，弗朗西丝成了为"保护这个伟大国家的公民"而战斗的爱国者。[610]

"如果我们的文明能够幸存，"一名妇女写道，"那是因为有像您这样珍视生命的正直人士。"[611] 弗朗西丝似乎成了一座堡垒，抵御着许多美国人认为正在压倒他们国家的"把'**全能的美元**'置于一切之上的庞大私利"。[612]

最有意思的一封信是布鲁克林的一名母亲写来的。她在信中提到了基福弗参议员对参议院刚刚通过的那份被削弱的药品法案的轻蔑。她敦促弗朗西丝"让国会知道这个领域中的严格法律有多么重要"。[613]

事实上，基福弗已经找到了弗朗西丝。7月16日，《华盛顿邮报》的文章刊出一天后，这位田纳西州参议员邀请弗朗西丝一家星期三到国会山来。明茨的文章没有如基福弗希望的那样促使国会采取行动。FDA的副局长温顿·兰金（Winton Rankin）说，美国民众固然欠弗朗西丝一声"感谢"，但现行法律显然已经足够了，因为弗朗西丝就是靠着现行法律挡住沙利度胺的。[614] 沙利度胺的故事现在反而被用来阻拦基福弗的法案了。

但基福弗知道，明茨的报道并非沙利度胺故事的全部。现在不是感觉良好庆祝胜利的时候。基福弗计划拿到梅瑞尔提交给FDA的材料，仔细审查里面的所有虚假声明。[615] 如果他能够劝弗朗西丝更多地进入公众视野，展示她与梅瑞尔斗争的全部情景，那么他就能证明有必要通过更强有力的法案。

7月18日，他在参议院做了那次言辞激烈的演讲5周后，基福弗平静地站在国会大厅里，在回廊上的弗朗西丝及其家人的注视下，呼吁肯尼迪授予弗朗西丝"杰出联邦公务员"国家奖章①。

基福弗提醒同事们，他原来的 S.1552 法案本来可以阻止沙利度胺这类灾难的发生。此言称得上是临门一脚。第二天，基福弗原来的法案终于在委员会获得了通过。这是向前迈出的一大步。

---

① 美国政府颁发给联邦雇员的最高荣誉。——编者注

但莫顿·明茨在《华盛顿邮报》上的文章还引发了另一个结果：母亲、父亲、护士和药剂师开始打电话给 FDA，问沙利度胺药片是否在美国流通过。由于美国媒体尚不知道美国各地有 1 200 多名医生使用过这种药，所以公众对自己所处的风险仍一无所知。

弗朗西丝·奥尔德姆和父母及哥哥在温哥华岛上家里的房子附近，1919年左右

7岁时的弗朗西丝

弗朗西丝在不列颠哥伦比亚的康吉特岛捕鲸站，20世纪30年代晚期

弗朗西丝和E.M.K.盖林在芝加哥大学，20世纪30年代晚期

弗朗西丝和丈夫埃利斯以及两个女儿克里斯蒂娜和苏珊在1962年7月的一张新闻照片中

芭芭拉·莫尔顿·布朗在华盛顿特区，20世纪60年代

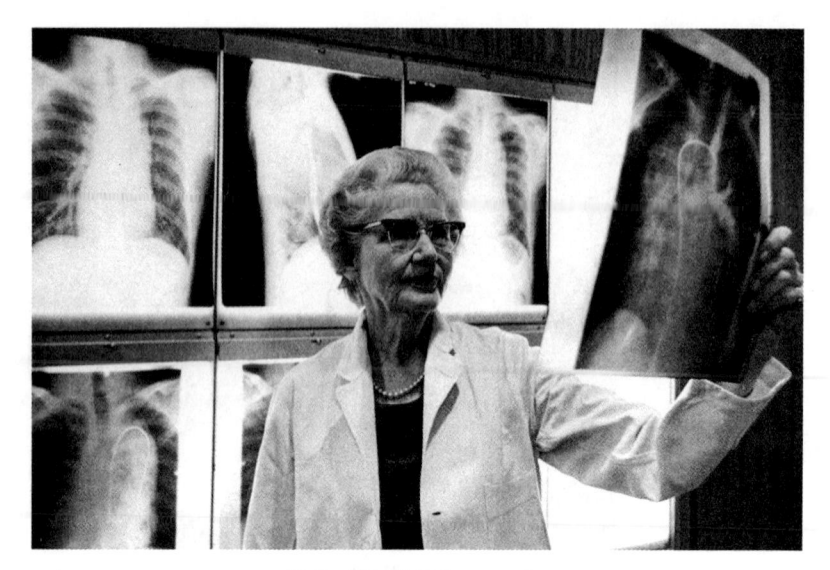

海伦·陶西格医生，1968年

埃斯特斯·基福弗参议员，1955年 　　　记者莫顿·明茨，20世纪50年代

格吕恩泰化学公司，1960年左右　　　　　记者埃莉诺·卡马特

卡尔·舒尔特-希伦和儿子扬及妻子林德在一起，1962年

维杜金德·伦茨，1968 年

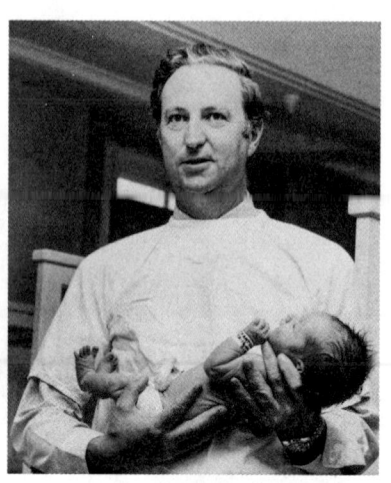

澳大利亚妇产科医生威廉·麦克布莱德，1972 年

弗朗西丝做的梅瑞尔公司临床研究者的计数单，1962 年

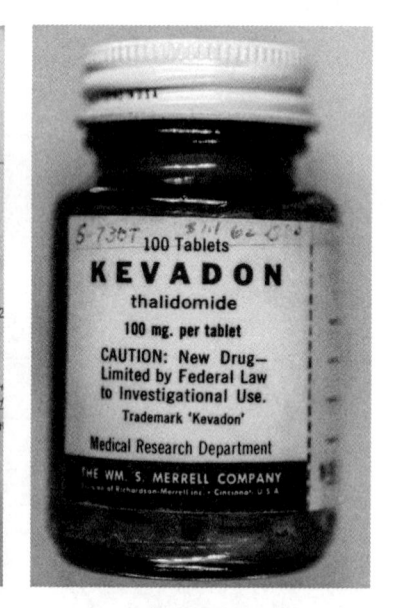

一瓶凯瓦登药片

弗朗西丝在参议院小组委员会做证，1962 年

弗朗西丝接受肯尼迪总统颁发的杰出联邦公务员总统奖，1962 年

肯尼迪总统在签署1962年的《药品产业法》(《87–781号公众法》)后把一支钢笔送给埃斯特斯·基弗福参议员

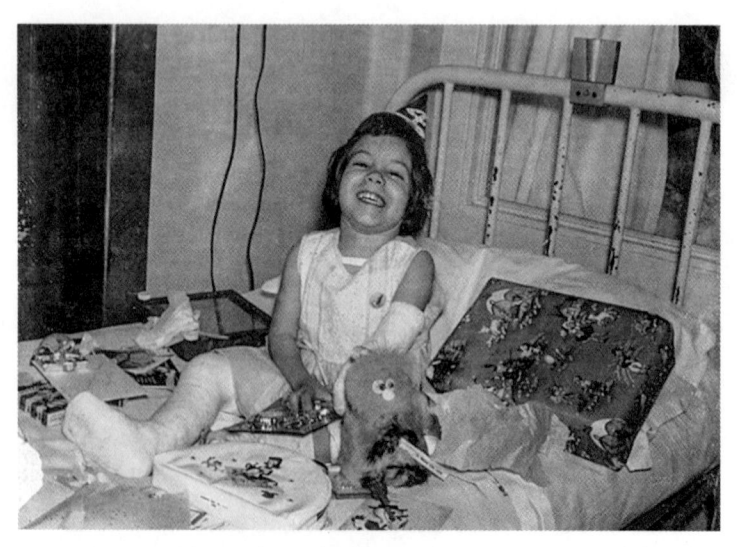

可能因史克公司的试验遭受沙利度胺伤害的金伯利·阿恩特（Kimberly Arndt），4岁时

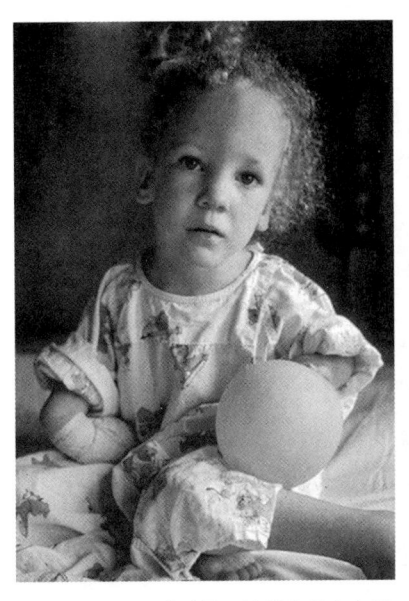

4岁时的格温·李希曼,她母亲是辛辛那提的雷·O.纳尔森医生的病人

C.琼·格罗弗,4岁时

C.琼·格罗弗,6岁时

在西德阿尔斯多夫举行的对格吕恩泰化学公司的审判，1968年

阿尔斯多夫审判中格吕恩泰化学公司的被告人。从左至右，上排：雅各布·肖弗里斯特、汉斯-维尔纳·冯·施拉德尔-拜尔施泰因医生、克劳斯·维南迪（Klaus Wienandi）；下排：海因里希·米克特医生、赫尔曼·约瑟夫·洛伊夫根斯（Hermann Josef Leufgens）、金特·西弗斯医生

德国的沙利度胺幸存者扎比内·贝克，3岁时

扎比内·贝克和冲浪狗"弹球"

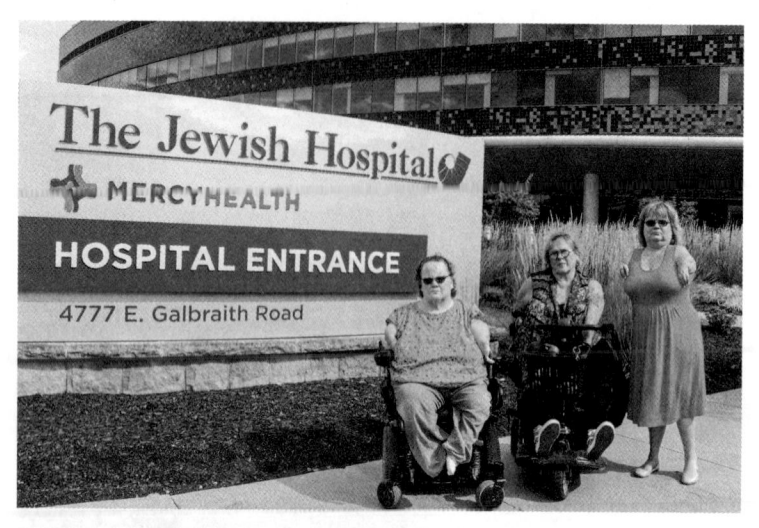

从左至右，格温·李希曼、C. 琼·格罗弗和洛里·凯伊·鲁伯格（Lori Kay Ruberg）2020 年在辛辛那提犹太医院外，她们都是 1962 年在这所医院出生的

格温·李希曼和 C. 琼·格罗弗在 2019 年美国沙利度胺幸存者圣迭戈大会上第一次见面

金伯利·阿恩特（左）和卡罗琳·桑普森（右）在圣迭戈的美国沙利度胺幸存者大会上，2019年

"约约"乔斯·卡洛拉，美国沙利度胺幸存者大会主席

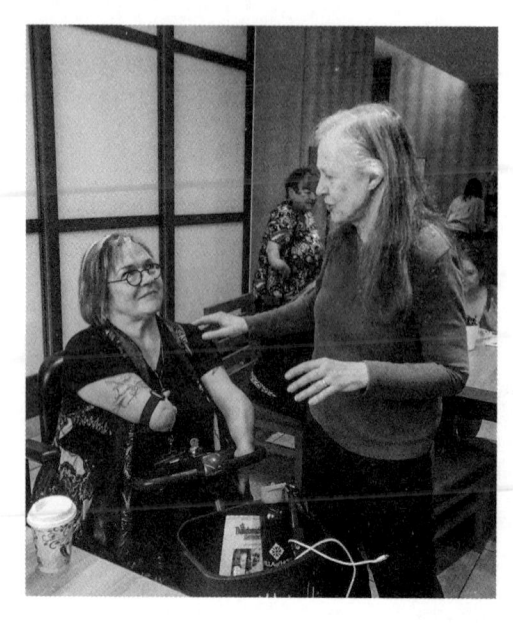

C. 琼·格罗弗在圣迭戈大会上与弗朗西丝的女儿苏珊·达菲尔德见面

1961年出生的多萝西·亨特–洪辛格和弗朗西丝的两个女儿：克里斯蒂娜·凯尔西（左）和苏珊·达菲尔德（右）

2019 年圣迭戈大会的最后一晚。上排左起顺时针方向：杰夫·格林、莱斯利·克莱恩·明克（Leslie Klein Mink）、艾琳·克罗宁、玛丽亚·伯格纳-维利希（Maria Bergner-Willig）、金伯利·阿恩特、扎比内·贝克、达伦·格里格斯、多萝西·亨特-洪辛格、格伦达·约翰逊、卡罗琳·桑普森、C.琼·格罗弗、格温·李希曼、巴特·约瑟夫（Bart Joseph）、"约约"乔斯·卡洛拉和简·吉本斯（Jane Gibbons）

第四部

代 价

第 29 章

7月23日,《亚利桑那共和报》(Arizona Republic)刊登了一篇令人震惊的头版报道《药片可能令妇人失去孩子》,说在读了报纸上关于弗朗西丝的报道后,一名住在凤凰城的不具名孕妇意识到自己曾服用过沙利度胺。

这个孕妇的丈夫是一名教师,他在一次带学生海外出游时在伦敦买了一些药片。他妻子已经是4个孩子的母亲,吃完了用来安定"神经"的镇静药后,她拿了她丈夫的药,一个月吃了超过30片。[616]她给自己的医生打了电话,医生给伦敦的药店发了电报后确认她吃的药是纯沙利度胺。

这是第一次听说美国妇女接触到沙利度胺,所以那名医生急着了解情况,为此给FDA的弗朗西丝打了电话。弗朗西丝让他去找陶西格。几天后,那名医生就通过西联公司①给巴尔的摩的陶西格发了一封电传:

有病人怀孕两个半月确定服用了在欧洲买到的沙利度胺[617]

---

① 最初是电报公司,后来把汇款作为主要业务。——译者注

陶西格对他直言相告：鉴于母亲服用沙利度胺的药量和时机，婴儿健康的可能性微乎其微。有理由做"治疗性"堕胎。

这名医生自己有 4 个孩子。他劝病人说，如果她还想要孩子，"我强烈建议你结束妊娠，下个月再试着怀孕，那样机会更好"。[618] 为了讲清楚生下这个孩子的风险，医生给她看了一份医学杂志上的一张照片，照片上 5 个包在襁褓里的婴儿只有头和躯干。那个孕妇决定终止妊娠，医生与医院的三人医疗理事会做好了安排，准备那个星期晚些时候给她做堕胎手术。与此同时，那名妇女仍因为这种海外毒药渗入自己的家中而震惊不已。她认为，自己有向其他人发出警告的公民责任。她以不披露姓名为条件，对《亚利桑那共和报》的医学编辑讲述了自己的遭遇。报纸据此发表的报道引得全国瞩目：一位**美国母亲**受到了这种臭名昭著的德国药的伤害。

不仅如此，这名妇女计划做人工流产的事也引起了极大的注意。此时距"罗诉韦德案"（Roe v. Wade）①还有 10 年，除非为了救母亲的命而必须为之，否则堕胎是非法的，只能非法秘密堕胎或出国去做手术。接下来的两天里，媒体蜂拥来到凤凰城。当身为天主教徒、有 9 个孩子的县检察官威胁要起诉医院时，医院取消了手术，反过来起诉州和县，要求法院做出裁决。医院想事先确知这台堕胎手术是否受法律保护。然而，要打官司就需要公开那名妇女的身份。

7 月 26 日爆出了更耸人听闻的消息：《亚利桑那共和报》在题为《那个母亲是电视明星》的报道中透露，那位神秘的妇女是很受观众喜爱的电视主持人谢莉·切森·芬克拜因（Sherri Chessen Finkbine），她是全国播出的儿童节目《游戏室》（*Romper Room*）在亚利桑那州的主持人。在这个每天早晨直播的幼儿园节目中，娇小玲珑的"谢莉小姐"

---

① 1973 年 1 月 22 日，美国联邦最高法院以 7 比 2 的表决确认妇女决定是否继续怀孕的权利受宪法保护，等于承认堕胎的合法化。2022 年 6 月 24 日，美国联邦最高法院推翻了"罗诉韦德案"有关堕胎的裁决，结束了对堕胎的宪法保护。——译者注

先领着孩子们念《效忠宣誓》(Pledge of Allegiance)[1]，然后安排孩子们吃牛奶和饼干，带他们念"上帝伟大"的祈祷词。

这个健康阳光的形象与公众认为堕胎是荡妇的不法行为的概念形成了剧烈的冲突，所以谢莉决定堕胎引爆了全国上下的激烈辩论。各地报纸纷纷刊载社论，对芬克拜因表示赞扬或斥责，新生的女权主义者则开始宣扬生育权。全美范围内的一次盖洛普民调显示，52%的受访者支持谢莉的选择，32%不支持，16%表示没意见。[619]

然而，芬克拜因的家已经被媒体围得水泄不通，在美国国内做堕胎手术是不可能了。没有哪家美国医院愿意被推上这个风口浪尖，于是谢莉和她的丈夫飞去了瑞典，那里的法律保护她的选择。8月18日，就在梵蒂冈电台宣布瑞典正在上演"一场犯罪"的时候，[620]谢莉的胎儿被取了出来。正如预料的那样，胎儿只有一条手臂，没有腿。瑞典的医生告诉谢莉，那连一个婴儿都算不上，只是个"异常增生"。[621]

芬克拜因夫妇回到凤凰城后，各种麻烦骚扰随之而至。他们收到匿名信，信中威胁要砍断他们孩子的胳膊和腿，联邦调查局专门派员为他们提供保护。朋友、同事，甚至最先建议她堕胎的医生都对她避之唯恐不及。谢莉丢掉了《游戏室》主持人的工作。自此以后，公众对她的印象永远定格为1962年那个敢于坚持自己堕胎权的女人。

尽管如此，谢莉还是实现了她作为公民的目标——这位4个孩子的母亲向全国的妇女发出了警告，提醒她们，她们的家中可能就有沙利度胺。

— ⊗ —

1962年5月海伦·陶西格在塞勒的众议院小组委员会做证之前，大多数美国政府官员都从没听说过沙利度胺。陶西格做证后，梅瑞尔在

---

[1] 向美国国旗和美国表达忠诚的誓词。——编者注

对此问题的第一次公开评论中向国会保证，公司已经对它的所有临床研究者及时发出了警告，并说沙利度胺与新生儿畸形的联系"仍然只是猜测"。[622]

然而，弗朗西丝的怀疑仍然没有打消。她开始在 FDA 的办公室里统计每个州的凯瓦登临床研究者的人数。梅瑞尔开展了超过 1 200 场药试，如此大规模的药试**怎么可能没有**导致任何新生儿畸形？

FDA 的领导层公开接受了梅瑞尔的说法，但弗朗西丝开始深挖。她打电话找了她上医学院时的一位教授伊迪丝·波特（Edith Potter）。波特教授是胎儿病理学的权威，在芝加哥产科医院工作，弗朗西丝自己的两个女儿就是在那里出生的。伊利诺伊州至少有 81 名医生在分发凯瓦登，弗朗西丝怀疑可能造成了一些伤害。[623] 波特解释说，医院并不正式记录先天畸形的病例，但她知道 3 月份有两例肢体异常的情况。一例是婴儿的脚，另一例是婴儿的双臂，但后者不是"典型的海豹肢症"。[624] 然而，两个母亲都不记得孕期吃过任何药。波特答应一有新发展就告诉弗朗西丝。

获悉辛辛那提综合医院出现了 6 例海豹肢症也让弗朗西丝感到惊骇。那里的一名凯瓦登临床研究者是麻醉师，他显然在 7 月把这些畸形婴儿的事情报告给了梅瑞尔，但他坚持说"没有育龄妇女"吃过这种药。[625] 考虑到这家医院出现的海豹肢症的病例数以及医院在地理上与梅瑞尔公司的总部邻近，弗朗西丝敦促对问题展开调查。

关于梅瑞尔试药规模的流言开始在政府内部传开，全国各地的卫生专员开始询问凯瓦登是否在**他们的州**分发过，FDA 在保密的条件下把药试的数目告诉了他们——纽约州 77 场、俄亥俄州 110 场、加州 72 场等等——但也向地区卫生委员会保证梅瑞尔的药试没有导致海豹肢症。[626]

然而，明茨关于弗朗西丝的报道在《华盛顿邮报》刊出后，公众开始猜测是否有药片流到了外面，芬克拜因的故事更是激起了媒体的兴趣。《亚利桑那日报》(The Arizona Journal)打电话给 FDA，问有没有询问过梅瑞尔的试药医生。《纽约世界电讯与太阳报》根据从纽约市卫生署得到的消息发表了一篇报道，讲述了"联邦政府的繁文缛节"如何妨碍寻找手中有沙利度胺的医生的努力。[627] 俄亥俄州卫生署对州内试药医生的人数之多感到震惊，要求得到这些医生的名字。最后，一名印第安纳州的 FDA 官员勇敢地站了出来，把凯瓦登临床研究者的名单交给了地区卫生机构。这个消息又引发了更多类似的要求。

令人震惊的是，FDA 局长拉里克在知道凯瓦登药试的范围后仍然无动于衷。现在他终于开始问梅瑞尔，是否收回了分发出去的所有药物。梅瑞尔正在接受刑事调查，因为它提供了关于 MER/29 的虚假数据，而且在 MER/29 有毒副作用被揭露出来之后仍竭尽全力避免将这一产品撤出流通。在这种情况下，拉里克对梅瑞尔的询问仍然客气得出奇，说他跟进此事仅仅是"因为有人问我们是否仍能获取这种药"，也因为"我们发现我们自己无法肯定地回答这个问题"。[628]

梅瑞尔很快加强了自辩。公司发布了一份新闻稿，声称沙利度胺"从未在美国出售过"，海豹肢症与这种药仅仅"有间接的联系"。[629] FDA 丝毫没有对公众说明"出售"与分发不是一个意思，正式站到了梅瑞尔一边。媒体也一样。《辛辛那提问询报》(Cincinnati Enquirer)对梅瑞尔新闻稿的总结性报道几乎完全使用了新闻稿的原文，还对读者保证说他们家乡的这家公司在负责任地处理此事。[630]

然而，公司的操作越来越不妥当。梅瑞尔的执行副总裁曾当着拉里克的面信誓旦旦地说理查森-梅瑞尔的附属公司维克化学公司**从未分发过沙利度胺**，但 5 天后，他又打电话给拉里克，澄清说其实维克做过人体"试验"。[631] 公司说辞中的其他漏洞也开始显现。在 12 月收到格吕恩泰的消息后，梅瑞尔的确给"正在研究"凯瓦登的医生发出了警示，[632] 但没有具体说发给了多少医生。梅瑞尔为什么一直等到 3 月才通知**所有研究者**，让他们归还或销毁凯瓦登药片？更令人不解的是，梅瑞尔

第四部：代 价　　297

完全让试药医生自己决定如何提醒甚至**是否**提醒病人。

弗朗西丝和海伦·陶西格开始听说沙利度胺临床试验期间有"海豹儿"降生,心中的不安日益加剧。陶西格刚刚检查过康涅狄格州的一个3岁儿童,那孩子有着典型的沙利度胺造成的肢体残缺。[633] 紧接着她又听说辛辛那提出生了两个畸形婴儿。她试图找到那两个婴儿的母亲的医生,但多次被告知这些病例不可能与沙利度胺有任何关系。然而陶西格的感觉是,医生们根本不愿意去想他们给出的药片造成了这么大的伤害。

弗朗西丝同样意识到不能傻傻地坐等梅瑞尔主动报告新生儿畸形的病例。她决定拿到相关时期的出生报告,以此为基础倒着往后查。虽然芝加哥没有记录,但纽约有,那里至少有56名医生分发过沙利度胺。[634] 弗朗西丝请求纽约市的卫生专员提供帮助,最终收到的报告显示仅纽约市就有5 000多例新生儿畸形。[635] 但出生日期却让她大感不解。这一大批畸形婴儿都是1958年出生的,比梅瑞尔开始试药**早了一年**。

然而FDA在不久前获悉,梅瑞尔开展药试的3年前,另一家制药公司史克公司也测试过沙利度胺。按照1956年与格吕恩泰签订的授权协议,史克公司将沙利度胺提供给了60多名医生。[636] 经过一年的人体试验,史克公司最终放弃了这种药,取消了合同。似乎没人知道早先这批药是否还有留下来的。也没人知道那些最先开展试验的研究者是否知道标着"SKF#5627"的样品药是沙利度胺。更糟糕的是,史克公司告诉拉里克局长,公司的一名试药医生或许与1957年的一起新生儿畸形有联系,但公司说追踪这个病例需要时间。[637]

情况逐渐清晰起来。全国各地1 000多名医生自1956年起就在分发沙利度胺。这种有毒的药物在全美已经散播了5年多。但直至1962年夏天,这还是个捂得严严实实的秘密,只有理查森-梅瑞尔公司、史克公司和几个政府机构知道此事。直到有人——或许是FDA内部某个心怀不满的人?——把这一消息透露给了合众国际社,梅瑞尔有1 200

名"试药"医生在分发凯瓦登的事才终于大白于天下。[638]

从东海岸到西海岸，记者开始紧盯 FDA 的地区办事处。费城的办事处在 3 天内接到了近百次来自报纸、电台和电视台的询问。[639]《路易斯维尔时报》(The Louisville Times) 强烈要求 FDA 提供有关肯塔基州 40 名凯瓦登临床研究者的信息。

俄亥俄州的试药医生多达惊人的 110 人，那里的媒体发起了猛攻。《哥伦布快报》(The Columbus Dispatch) 问道，这些试药医生是私人执业医师还是医院的医师？扬斯敦的一名电台记者要求公布那些医生的名字。《辛辛那提问询报》的记者一天深夜把电话打到了 FDA 地区主任的家里，要他确认"在这个地区分发过沙利度胺"。[640] 在媒体的"巨大压力"下，俄亥俄州卫生署恳求 FDA 保证局里正在处理此事。[641]

但 FDA 并没有在处理此事。FDA 此时只知道凯瓦登试药医生的名字。至于一共用了多少药、给多少病人用过药，依然不得而知。FDA 公开保证说没有任何出生异常的病例的报告，[642] 这个说法极具误导性。的确，梅瑞尔没有"报告"任何伤害，但 FDA 尚未联系过任何参与试药的医生，甚至没有开始寻找这些医生。

FDA 发现自己身处一个不熟悉的领域。自从 1938 年通过法律，要求产品必须经过动物和人体试验后方可批准以来，从来没有发生过**未经批准**的药品引发的安全危机。药品试验一般都规模较小，平安无事。FDA 处理的难题通常来自已经在出售，但后来发现有问题或者没有效用的产品。如果制造商拒绝自愿召回，可以通过举行听证会将相关药品撤出流通。然而，沙利度胺上市前的庞大药试规模让 FDA 不知所措。在执法层面上，FDA 进入了一个未知领域，结果它把决定权拱手让给了梅瑞尔公司。

几个星期以来，FDA 一直向媒体保证说梅瑞尔的药试没有造成任何伤害。然而，当纽约市的卫生专员召开记者会，宣布一名"畸形"婴儿的死亡可能与德国药康特甘有关时，他举起了梅瑞尔生产的蓝白两

第四部：代 价   299

色的凯瓦登药片作为对妇女的警示。[643] 媒体注意到梅瑞尔开展的凯瓦登药试规模巨大，特意提醒公众，这种药在 39 个州以及哥伦比亚特区分发过。[644]

梅瑞尔很快改了口风。关于 1 200 名试药医生的消息令公司"我们从未出售过这种药"的辩护不攻自破。于是梅瑞尔致函 FDA，吹嘘自己开展了庞大的沙利度胺召回行动，并"本着最高度的责任心在适当的时候"执行了一切必要行动。[645] 然而，梅瑞尔事实上是在致函 FDA 的第二天才联系了那 1 000 多名试药医生。托马斯·琼斯直到 7 月底才终于发出信函，要求凯瓦登的临床研究者确认他们手中确实已经没有沙利度胺了。此时距召开关于凯瓦登危险性的听证会已经过去半年多了。

事实上，琼斯几个月前寄出的信函并未展现出"最高度的责任心"。他在 3 月匆匆发出短信，要医生们停止试验并归还手中的药品，同时坚称尚无证据表明沙利度胺与新生儿畸形之间存在"因果关系"。[646] 琼斯没有给那些临床研究者打电话，也没有让推销员转达关于凯瓦登的警告。他还疏漏了最明显、最关键的一步：对试药的**产科医生**发出提醒。琼斯对此事毫不在意，甚至对 3 名凯瓦登临床研究者说他仍然对他们的研究很感兴趣，他们可以继续分发此药。[647]

后来，好几十名临床研究者说他们或是从未收到过琼斯的 3 月来函，或是没有将其放在心上，因为那封信并未显示出急迫性。梅瑞尔所谓的"加紧召回和跟进"是彻头彻尾的捏造。[648]

然而入夏后很久，FDA 仍对梅瑞尔公司的欺骗浑然不知，也就根本没有去评估到底还有多少沙利度胺流落在外。

直至一个国会委员会传召拉里克和弗朗西丝去就此事公开做证时，拉里克才采取了具体行动。拉里克和弗朗西丝去参议院做证的前一天，FDA 给全国各地的检查员布置了一项紧急任务。截至 8 月 1 日星期三下班时，他们必须造访美国的每一名凯瓦登临床研究者，问他收到了多少沙利度胺，是什么时候收到的，有没有告诉病人扔掉这种药，有没有把这种药给过孕妇。

"鉴于公众极为关注此事,"FDA驻各地的官员接到的指示说,"这项任务是我们久未遇到的最重要的任务之一。"[649] FDA把成百上千分发凯瓦登的医生的名字压了整整3个月,却只给了检查员24小时的时间去找到他们。

制药业质疑沙利度胺在美国造成的危险

1962 年 7 月 29 日

辛辛那提（美联社）：威廉·S. 梅瑞尔公司的发言人说，有关沙利度胺的临床试验会造成婴儿畸形的广泛忧惧或许太夸张了。[650]

一些当之无愧的权威人士会说这个问题被夸大了。[651]

——FDA 局长乔治·拉里克，1962 年 8 月 1 日

第 30 章

8月一个热烘烘的早晨，弗朗西丝走进新落成的参议院办公楼。她身穿白衬衫和条纹西装上衣，别着埃利斯送给她的一个金质雉鸡领针，短发梳向后面。她扫视了一下房间。房间里挤满了电视摄制人员、观众、记者和摄影师，大家都注视着她这个明星证人。

这不是关于基福弗的药品法案的听证，而是由明尼苏达州民主党籍参议员休伯特·汉弗莱（Hubert Humphrey）主持的关于政府行动的小组委员会会议。表面上，参议员们在调查FDA的内部运作，但谁都知道这天真正要调查的是沙利度胺，在这里说的话能决定基福弗的药品法案 S.1552 的成败。

弗朗西丝前来做证本身就是基福弗的一个胜利。一周前，基福弗再次建议白宫为弗朗西丝授奖，并把他写给肯尼迪的信透露给了媒体。他知道，把公众注意的焦点保持在弗朗西丝——以及沙利度胺——上最有希望推动他的法案获得通过。

那天早上的听证会正式开始后，大家惊讶地看到一贯支持大公司利益的南达科他州共和党籍参议员卡尔·蒙特（Karl Mundt）对弗朗西丝百般奉承。基福弗的助手们事先给他透露了消息，说凯尔西一家不仅在南达科他州住了8年，而且他们仍然是那个州的选民。现在，蒙特盛赞自己选区的这位明星选民，称她为一位具有奉献精神的医生，代表着国家最高尚的价值观。蒙特对会议室里的人说,南达科他人为凯尔西一家而自豪。事实上,弗朗西丝的领针造型,环颈雉鸡,就是南达科他州的州鸟。

接下来,汉弗莱参议员接掌了会议的主持工作。他说,美国"勉强"避过了一场沙利度胺悲剧。[652] 他还说,政府迫切需要确立有关紧急公共安全问题的沟通规则。之后,他请拉里克局长发言。

虽然为吸引媒体而邀请了弗朗西丝,但代表FDA发言的依然是拉里克。在局里工作了39年的他和弗朗西丝并排坐在桌前,无色镜框的眼镜架在他下陷的双颊上。他脖颈的肉松松地挂在他那标志性的蝴蝶领结上方,梳得整整齐齐的白发也开始稀疏了。最近他休了好几次病假,大家都知道他身体不好。他与弗朗西丝形成了鲜明的对比。他没有她的青春活力和教育背景。他开始职业生涯时,FDA还是个靠看、触或尝来评估简单产品的小机构。40年来,科学推动了制药业的突飞猛进,现在的监管需要敏锐的科学评估。芭芭拉·莫尔顿对拉里克的攻击尽管没有成功,却仍然揭露了他学历上的欠缺。

拉里克按准备好的讲稿照本宣科,对委员会保证说梅瑞尔的行为是负责任的。他提供了一条总的时间线:接到德国传来的消息几天后,梅瑞尔联系了过去12个月内收到沙利度胺的医生,指示他们不要给更年期前的妇女吃这种药。"后来,"——拉里克没有具体说明过了多久——"公司召回了沙利度胺,或者要求将其销毁。"[653]

至于FDA,拉里克自夸道:"我们正在与每一个收到沙利度胺的医生核实,以确保他们执行了梅瑞尔公司的要求。"但他却没有说这项工作24小时之前才刚刚开始。[654] 无论如何,他对委员会保证,梅瑞尔的临床试验没有造成任何伤害。他声称,美国发生的少数几例海豹肢症是来自德国的药造成的。

作为对德国药造成了美国的几例海豹肢症这一说法的支持,汉弗莱参议员大声读出了他的家乡明尼苏达州一名陆军少校发来的电报:

1959 年我驻扎在德国时，医生给我妻子开了沙利度胺的处方。我两岁半的女儿出生时多处畸形，完全没有腿，手臂只有一部分。恳请采取强有力的立法行动以避免这类悲剧重演。[655]

但拉里克不是来呼吁立法改革的。他觉得 FDA 的审查过程总的来说是成功的。他夸口说现在 FDA 有一台电脑来收集数据，已经有 44 家医院被纳入不良反应报告系统[656]（但汉弗莱给他泼了一盆冷水，指出全国有超过 6 000 家医院）[657]。拉里克的话是为了安抚而不是刺激公众。把话筒交给弗朗西丝时，拉里克称赞她阻止了"沙利度胺的商业分销"，就好像弗朗西丝证明了 FDA 的效用一样。[658]

弗朗西丝一开口，闪光灯顿时噼里啪啦闪个不停。自从《华盛顿邮报》刊出那篇头版报道后，她上过几十次电台和电视节目，但公众仍不满足。她向委员会讲述了凯瓦登的新药申请如何到达她的案头以及她在《英国医学杂志》上看到的关于周围神经炎的来信。她转述了梅瑞尔的说法，说它的海外伙伴没有告诉公司这种药有神经方面的副作用，但纽约州参议员雅各布·贾维茨（Jacob Javits）不相信。贾维茨比在场的任何其他参议员都更怀疑梅瑞尔。他说，这家制药公司与格吕恩泰签订的授权协议难道不要求交流此类信息吗？

令贾维茨更加不满的是那些"临床试验"。纽约有 56 名医生给病人分发了沙利度胺，但这些医生是谁？他们给出了多少沙利度胺？病人是否知道自己吃的是什么药？关于这些问题，州卫生署得不到 FDA 的确切答复。[659]现在拉里克就在眼前，贾维茨要求知道：美国是否允许医生在病人不知情的情况下给病人吃仍在实验阶段的药？

允许，拉里克确认，这是完全合法的。

汉弗莱问，在美国沙利度胺一共被推销给了多少医生。拉里克对汉弗莱用"推销"（detail）这个字眼大为恼火，因为它专指在售药品的上门销售。但他承认有超过 1 200 名医生收到了沙利度胺。他解释说，法

第四部：代　价　　309

律允许"无限制的"临床试验。

蒙特参议员听了大吃一惊，宣称"这个法律漏洞大得可以通过一辆南达科他干草车"。[660]

接着，听证转向梅瑞尔听说德国出现了新生儿畸形的消息后采取的行动。贾维茨指出了拉里克略去未提的情况：事实上，梅瑞尔一直等到3月才要求医生们归还或销毁沙利度胺，整整拖延了4个月。贾维茨要求弗朗西丝解释这个时间差，弗朗西丝说这要由拉里克来回答。然而这位局长只是说："我认为这家公司采取了合理的尽职行动。"[661] 事实上，FDA直到4月才知道梅瑞尔拖了如此之久才发出要求医生们归还或销毁沙利度胺的信函。

之后，贾维茨问FDA有没有考虑过自己开始召回行动。

"我们很少需要命令召回。"拉里克含糊其词。[662]

贾维茨不明白：这种药1961年11月就在德国全部下架，但直到1962年3月，不论是梅瑞尔公司还是FDA都没有采取任何行动将此药撤出在美国的流通。3月份，梅瑞尔公司仅仅采取了最基本的举措——悄悄给医生们发了一封低调的警示信。

贾维茨又问：FDA有没有权力召回沙利度胺？

拉里克说，"我觉得我们有，是的"，但既然梅瑞尔已经采取了"合理的尽职行动"，FDA就不需要行使这个权力了。[663]

接下来，拉里克不遗余力地为梅瑞尔辩护，指出上年12月时尚未"确定无疑地证明"妊娠期使用沙利度胺的危险性。拉里克只字未提驻德国波恩的美国副科学专员赫尔曼·钦发回国的报告。那份报告详细介绍了维杜金德·伦茨的研究，正是他的研究说服了德国卫生当局全面召回沙利度胺。然而FDA自1月份看到报告后一直无所作为。

拉里克本来就被指责缺乏专业能力，他似乎非常害怕在国会委员会面前承认他领导的FDA对梅瑞尔的行动知之甚少，自身也懈怠无为。在莫顿·明茨聚焦弗朗西丝事迹的报道刊出之前，拉里克可能以为沙利度胺的事情就这样过去了。现在，沙利度胺引起的注意超过了他任局长期间的任何其他药品，他只得尽力表现出自己对相关的问题了如指掌。可能正是出于这一原因，他才对委员会撒了个弥天大谎。他说凯瓦登的试药医生"遵守"了梅瑞尔的召回指令。但既然 FDA 的调查实际上是那天早上大家来到委员会会议室开会的时候才开始的，那么局里就不会有人知道梅瑞尔的试药医生到底有没有归还或销毁手中的药片。

贾维茨不肯相信。他问弗朗西丝：**弗朗西丝**认为梅瑞尔采取了"尽职的行动"吗？

弗朗西丝回答说："我的理解是，这种药仍在研究阶段的时候……我们的权威鞭长莫及。"[664] 贾维茨问的是梅瑞尔，但弗朗西丝突然间把谴责的矛头指向了法律：**我们的权威鞭长莫及**。她与拉里克截然相反，说 FDA 没有法律权限在一种药的临床试验阶段将其召回。

弗朗西丝来到国会山，没有像陶西格那样带来震撼人心的照片，也没有像莫尔顿那样激情四射，但她明确呼吁通过一项新的药品法案。好像她这次来就是为了说明这一点似的，几分钟后她再次宣称：FDA 没有"明确的权威来叫停研究阶段的药品"。[665]

假如这是她的策略，那么这个策略奏效了。听证会余下的时间里，贾维茨做出提议时总是先说一句"假如你们有权威……"。很快，在座所有人都同意 FDA 缺乏重要的法律权限。作为解释，拉里克自己最终大声宣读了目前法律关于试验阶段的药品免于 FDA 监管的那部分条款（第 505 款）。如果药品送给"受过科学训练，有经验，因此有资格研究该药品安全性的专家"，那么它就不受监管。[666] 但弗朗西丝指出，"专家"一词被广泛滥用了。她说，有些做试验的研究者没有经验，他们提交的是非专业的证词，不是正经的研究报告。这是个严重问题，需要纠正。

听到这些话后，贾维茨提到了大家都心知肚明的重要问题——基福弗的法案 S.1552。贾维茨问拉里克，法案中提议的修正会如何改善药品的审批。但拉里克拒绝发表意见，称关于立法的意见是"政治性的"，FDA局长无法置喙。但汉弗莱追问：新法案会帮助FDA获得对药品的更多了解，改善科学信息的交流吗？

"会的。"拉里克不情愿地承认。[667]

汉弗莱参议员达到了目的，宣布散会并感谢凯尔西医生这位"可敬的南达科他人"给予的帮助。[668]之后，他正式宣布支持基福弗请总统为弗朗西丝授奖的动议。

肯尼迪总统那天早上先是会见了美国驻柬埔寨大使，然后参加了一场核裁军会议。听完关于《禁止核试验条约》（Nuclear Test Ban Treaty）的激烈讨论后，总统走出会场，发现汉弗莱的委员会再次把沙利度胺推到了新闻头条。弗朗西丝在参议院的做证激起了媒体的愤怒，记者大声疾呼，要求知道FDA对沙利度胺事件的调查结果。到午后时分，肯尼迪明白他得公开表明态度了。

在记者会上，肯尼迪站在数百名记者面前发出了后来所谓的对妇女们的警告，要她们仔细检查自己的药柜。但他首先呼吁通过一项新的药品法案。肯尼迪说，美国消费者应当得到更好的保护。他感谢弗朗西丝阻止了沙利度胺的商业销售，说她是美国力量的象征，但也指出"出于研究的目的，这种药已经被分发给了许多病人"。[669]为避免将来发生巨大的灾难，他提议除了提供立法保障外，还要把FDA的工作人员数量增加25%，这是FDA有史以来规模最大的一次性扩员。具体来说，肯尼迪想要一项允许迅速召回任何有危险的新药的法案。就这样，弗朗西丝告诉参议院FDA在法律上无权召回沙利度胺大约5小时后，肯尼迪表示准备给予FDA这种权力。

总统刚想谈禁止核试验条约的问题，一名记者又把话题拉回了沙利度胺：政府在**没有**新法律的情况下对这种药能做些什么？肯尼迪说，近200名FDA的检查员正在处理此事，所有的医生、医院和护士都接到了警告。尽管如此，美国妇女们检查自己的药柜"万分重要"。

整整 6 个月，美国政府知道这种在全国分发的药与严重的新生儿畸形存在关联。整整 6 个月，美国政府对自己驻外专员发回的报告无动于衷，毫无作为。然而，8 月的那天，拉里克局长和肯尼迪总统的言谈举止却让人觉得 FDA 的行动雷厉风行。这是彻头彻尾的假象。并没有人警告所有的医生、医院和护士。肯尼迪发出检查药柜的警告固然成为沙利度胺事件中的一个关键时刻，但那只是他回答记者提问时随口所说。美国政府从来没有想过要警告公众这种药已经广为传播。

梅瑞尔在沙利度胺调查中洗清责任

1962 年 8 月 2 日

华盛顿：华盛顿今天确认，辛辛那提的化学公司威廉·S. 梅瑞尔公司对沙利度胺的处理方法没有问题。[670]

现已确定,许多医生把药给了没有参与临床研究的其他医生,那些医生又把药给了别的医生。这样,药的分发面变得非常非常广,很难追踪。[671]

——詹姆斯·中田,FDA 凯瓦登召回行动主任,1982 年

第 31 章

肯尼迪在电视上发出警告几小时后，FDA各驻地办事处开始向总部报告它们的调查发现。

情况很不妙。

数百名梅瑞尔的临床研究者没有签署详述他们准备如何开展或对谁开展沙利度胺试验的正式声明。这种药散播很广却没有追踪，仅有的少量记录不是丢失就是被销毁了。少数几名向梅瑞尔提交了病人报告的医生却没有留底。几乎没有一名医生能够不假思索地告诉FDA哪些病人服用过这种有毒的药物。

在北卡罗来纳州的罗利，凯瓦登储存在一家医院的药房里，供多名医生使用，那里的药剂师没有记录医院收到了多少片药，或者药发给了谁。在新奥尔良的一家医院，尽管医院药房储存沙利度胺超过了一年，但没有一名医生承认用过这种药。

弗朗西丝关于差劲"专家"的说法准确得令人害怕。

与此同时，8月正是休假的季节，这减慢了全国各地调查的速度。在布法罗地区，名单上的临床研究者有一半出外度假。[672] 在芝加哥，7名医生在外旅行，联系不上。

有88名医生参与试药的芝加哥典型地展现了梅瑞尔"召回"行动的低效无能。[673] 检查员从两名手中有沙利度胺的医生那里拿到了100

多片药，而这是在芝加哥卫生局的召回行动已经从当地医生手中收回了3 076片药*之后*。

有些医生从同事那里拿到了凯瓦登，但同事没有转达警告信的内容。有些医生不愿意交出这种镇静药。费城老鹰队的队医一直在给队里的美式橄榄球球员吃凯瓦登。他坚称，这种药虽然对妊娠有副作用，但它对男人是**非常好**的催眠药。还有些医生存药显然是为了自己用。巴尔的摩的检查员发现有两名医生不在梅瑞尔的研究者名单上，却存有一批沙利度胺药片。一个医生自己吃，另一个医生给自己的妻子吃。

面对如此艰巨的任务，FDA检查员的畏难情绪日益增加。在西雅图，一名产科医生告诉他们，他在一家慈善机构的门诊部给孕妇开过数百片沙利度胺，但记录已经销毁了。[674]他声称那些孕妇都生下了正常的婴儿，但在梅瑞尔3月份发出警示信后，他没有联系过她们。检查员觉得"慈善门诊病人"，也就是贫困家庭的妇女，"是不可能找到的"，于是结束了调查。[675]在其他地方，医院档案汗牛充栋，令检查员望而生畏，结果只是"草草扫一眼"病历。[676]巴尔的摩地区的检查员听说一名注册护士产下过一个"无臂无腿"的婴儿，但他们一看没有文件显示她与某个正式的凯瓦登临床研究者有关系，就停止了调查。[677]

最令人震惊的是，北卡罗来纳州一名参与梅瑞尔药试的产科医生向FDA的调查人员承认，在他开展凯瓦登试验期间，6名受试人中有一人产下了一个死婴，婴儿脚趾间长着蹼，心脏有3个心室。[678]即便这样，检查员也没有声张。那名医生拒绝透露病人的名字，FDA的工作人员也同意，"在这种情况下，名字似乎并不重要"。[679]因而没有人通知那名妇女，她的宝宝可能受了沙利度胺的伤害。

梅瑞尔正式给1 231名医生提供过沙利度胺，FDA的代表最终联系到了其中的1 073人。[680]其中有67人手中仍然有沙利度胺。[681]卫生、教育与福利部把这一信息传达给了媒体，但闭口不谈检查员发现好几十名其他医生也在分发沙利度胺，也只字不提收缴的大批药片。那名护士产下的无臂婴儿以及脚趾长蹼的死婴也没有公开提及。

事实上，整个8月初，FDA都坚称凯瓦登没有伤害婴儿。他们反复向媒体保证，美国出现的少数几例海豹肢症是德国的药造成的。

然而在辛辛那提，FDA的检查员和当地媒体听到传言说出生了**好几个**"**海豹儿**"。8月5日，《辛辛那提问询报》报道了这些病例，还说"没有一例追踪到任何曾与这种药有过接触的母亲"。[682]一名不具名的当地产科医生说，是的，他测试过凯瓦登，但不是在妊娠早期。他声称没有见到过新生儿畸形的情况。报纸上的那篇文章说，不久前举行的参议院听证会已经确认梅瑞尔"没有责任"。[683]

一点也不奇怪，那个不具名的医生是雷·纳尔森，[684]他是在逐字重复几天前他在办公室对FDA的检查员说过的话：他只给81名妊娠晚期的孕妇服用过这种药，没有不良效果。[685]然而，《辛辛那提问询报》的文章给纳尔森带来了麻烦。

在读过《辛辛那提问询报》的那篇文章后，一名中年妇女和她22岁的儿媳冲进了梅瑞尔的总部，手中拿着3粒蓝色药片——沙利度胺。儿媳妇在妊娠期一直在服用这些药片，她生的女婴四肢畸形，而且只活了11个月。婆媳俩都是纳尔森医生的病人。

被问到这一消息时，纳尔森承认她们确实是他的病人，但否认曾给那名年轻的母亲吃过沙利度胺。[686]梅瑞尔起初声称公司相信纳尔森，对FDA说那名"气势汹汹"的婆婆也许是"别有用心"。[687,688]也许是**她**从纳尔森那里获取了药，然后给了儿媳妇呢？（事实上，梅瑞尔的托马斯·琼斯此时已经知道纳尔森在试药期间目击了至少4例新生儿畸形。）FDA又派了一个团队前往纳尔森的办公室，但这名产科医生去休假了，不肯缩短假期回来接受第二次质询。

在此期间，FDA的工作人员走访了那两名提出指控的妇女。他们发现婆婆的话可信度很高，婴儿的母亲给他们看了纳尔森给她装药的淡黄色小纸包。她每月一次去取装有大约60片药的纸包，上面的标签只写着："睡觉时服用一片或两片，帮助入眠。"她还给了 FDA 的人一粒药片去做测试。但当 FDA 的代表想借用宝宝的记录时，那位母亲拒绝交出女儿寥寥几张宝贵的照片，哪怕是短时间都不行。她丈夫愿意提供他们女儿的出生证、死亡证和医疗记录的副本，但她坚决要求新闻报道不要谈及她的女儿。

两名梅瑞尔高管的到来打断了调查。[689] 起初，婆婆悄悄地安排 FDA 的工作人员去别的房间，避免梅瑞尔的高管见到来访的政府人员。但最后 FDA 的人大摇大摆地走了出来，令梅瑞尔的两名高管大吃一惊。双方见面有些尴尬，但他们并非针锋相对。他们都认定纳尔森在撒谎。FDA 曾收到过纳尔森的一封信，日期是那名年轻的母亲分娩几天后，信中说他在凯瓦登试验中没有看到过受伤害的婴儿。梅瑞尔找到的记录显示，纳尔森收到了数千片沙利度胺，并绝对"在妊娠的所有阶段都用过这种药"。[690] 梅瑞尔很快把这一消息转告了 FDA。梅瑞尔还说，公司现在听说还有别的新生儿畸形的病例与这名深得其信任的当地产科医生有关。看起来梅瑞尔急切地希望与此人撇清关系。

FDA 的官员回头去找纳尔森时疑云大生。纳尔森匆忙地向他们大声宣读了看起来被做过很大手脚的病历：日期的年份写错了，字迹的墨色深浅不一。似乎有人曾笨拙地试图抹去任何表明纳尔森给过这名孕妇沙利度胺的蛛丝马迹。然而，一个细节出卖了他：那名妇女的病历显示，在她妊娠早期，纳尔森给过她 APC（阿司匹林/非那西丁/咖啡因）。雷蒙德·波格调制了 MRD-640 这种用沙利度胺来增强效力的 APC 药片，FDA 知道纳尔森给几百名妇女用过这种药。FDA 有这方面的证据；还有药品申请材料中的一封信，说纳尔森给 500~750 名病人吃过沙利度胺，用来治疗失眠和焦虑。这比他第一次被 FDA 人员质询时承认的 81 名妊娠晚期病人多好几百。[691]

然而，对于这个病例，纳尔森一口咬定他没有给过那名年轻的母亲这种药。纳尔森说，他的护士和助手中也没人会不经他指示就擅自给药。但他的诊所很忙，几乎算得上乱哄哄。他说怀孕的妇女可能做"一些奇怪的事情"，例如互相换药吃，甚至通过吃药来结束不想要的妊娠。[692] 所以，药来自他那里并非不可能。检查员问纳尔森有没有接生过别的"海豹儿"，FDA 的记录表示，他"非常强烈"地予以否认。[693]

次日，《辛辛那提邮报与时代明星报》(*The Cincinnati Post & Times-Star*)报道了死去的女婴的故事《辛辛那提婴儿之死与沙利度胺有关》。[694] 作为回应，拉里克局长虽然仍在赞扬梅瑞尔"极其坦率"地与 FDA 分享信息，[695] 但终于不得不公开承认，全国各地有 207 名孕妇吃过沙利度胺。[696] 拉里克没有点纳尔森的名，但承认这些孕妇多数住在辛辛那提，共有 121 人。[697]

辛辛那提媒体立即行动了起来。一名记者得到消息说当地一名医生有 800 粒药片下落不明，于是要求 FDA 的辛辛那提办事处提供详细信息。[698] 但 FDA 守口如瓶。梅瑞尔总部所在地会发生一连串由凯瓦登造成的伤害，海伦·陶西格的这一直觉准确得简直到了诡异的程度。然而，辛辛那提医学界没有把这些病例公之于众，反而紧紧抱成一团。

婆媳二人拿着蓝药片闯入梅瑞尔总部的前一天，辛辛那提犹太医院又有一名产妇产下了一个双臂海豹肢的婴儿。安·莫里斯躺在病床上还没有回过神来的时候，接生的医生就问她是否去加拿大买过沙利度胺。没有人提凯瓦登或者梅瑞尔公司。没有人提当地的一名产科医生正在开展大规模、非正式的药试。没有人提那所医院里也有一名凯瓦登试药医生。也没有人提关于一些药片下落不明的传言。安的产科医生不是正式的凯瓦登临床研究者，所以 FDA 的人不会找他谈话，即便 FDA 已经知道梅瑞尔的试药医生曾随便把药送给别人，无论是在私人执业的医生之间，还是在同一个医院的医生之间。无论是梅瑞尔公司还是最初收到药品的医生都不知道药最后到了哪里。大部分拿到凯瓦登的妇女根本不知道这是什么药。FDA 的整个调查行动完全依靠诚信制度，这非常靠不住。"如果一名医生说他联系了病人或将要联系病人，"FDA 当时这样

第四部：代　价　　323

写道,"我们就相信那是事实。"[699]

安和她的丈夫道格听从医院的劝说,把他们的宝宝卡罗琳·琼交给了寄养系统,以为她很快就会死。他们伤心欲绝地回到了自家的公寓。对于沙利度胺,安所知的一切都来自家里放着的不久前的 期《生活》杂志,里面有好几页照片,照片中是欧洲一些没有手臂的婴儿。安当时想:"德国发生的事太可怕了。"[700] 几十年后,她才开始怀疑她的女儿也遭到了同一种药的残害。

1962 年 8 月 9 日

杜鲁门·费尔特
公共关系顾问
国家新闻大厦 **1131** 室
华盛顿特区第 **4** 区

食品药品监督管理局
公共新闻司司长
第四街西南区 & 独立大道西南区
华盛顿特区

敬启者：

  我受辛辛那提的威廉·S. 梅瑞尔公司的延请，助其了解华盛顿药品规则制定的最新情况，希望将我放在食品药品监督管理局所有信息发放的邮寄名单上。

我的地址如上所示。

谢谢合作。

您真诚的，
杜鲁门·费尔特[701]

第 32 章

1962年8月7日，弗朗西丝走过白宫草坪，站在离肯尼迪总统只有几英寸的地方。她感觉好似身处一个童话故事中，有点应接不暇。总统把一枚金质奖章挂在她脖子上，摄影记者和电视摄制人员纷纷记录下这个时刻：美国的女英雄终于获得了总统颁发的杰出联邦公务员奖。弗朗西丝一贯对"讲究和排场"避之唯恐不及，但是为了这个场合，她这天穿了一条蓝色连衣裙，戴了一顶颜色相配的蓝色帽子，穿了一双中跟鞋。看到他们喜欢的这个朴实无华的女子打扮起来，公众异常高兴。[702] 不过《纽约时报》提醒读者："她不用化妆品，所以没有涂口红。"[703]

那天弗朗西丝带去白宫玫瑰园的11名客人中有埃利斯和她的两个女儿、E. M. K. 盖林、约翰·内斯特和芭芭拉·莫尔顿。来宾们在玉兰树下愉快地徜徉，政治力量的博弈却暗潮汹涌。华盛顿的圈内人想起了莫尔顿对FDA内情的揭露和对拉里克局长的批评。莫尔顿出现在了颁奖仪式上，但拉里克缺席了——这是个清楚的信号。

然而，那天更大的政治谜团是在场的基福弗参议员那阴郁的脸色。因为肯尼迪不喜欢基福弗不断施压，要他给弗朗西丝授奖，所以官方的说法是，给弗朗西丝授奖是新任卫生、教育与福利部部长安东尼·切莱布雷泽（Anthony Celebrezze）的主意。基福弗到最后一刻才受邀参加仪式。整个下午，基福弗在媒体拍摄的照片中始终被挤出中心位置，处于欢乐人群的边缘。切莱布雷泽郑重地把弗朗西丝介绍给总统的时候，旁观的基福弗沮丧地沉默着。

此时的基福弗与肯尼迪比过去更加不和。白宫看到沙利度胺的新闻激怒了公众，想把任何新法案的通过完全算成自己的功劳。在卫生、教育与福利部和 FDA 的帮助下，8 月 5 日星期日，肯尼迪在海恩尼斯港公布了现在被称为"总统修正案"的案文。[704] 参议院司法委员会立即注意到，这个新法案很像基福弗最早提出的对产业态度严厉的法案，也就是曾被他们改得力量全无的那个法案。然而这一次，委员会主席吉姆·伊斯特兰却对肯尼迪以自己的名义提出的修正案表示支持，休伯特·汉弗莱则对参议院宣称，总统在药品立法上采取了主动。

司法委员会后续召开的一次闭门会议邀请了弗朗西丝、拉里克以及卫生、教育与福利部的法律团队参加，却把基福弗完全排除在外。不过弗朗西丝宣扬了基福弗的主张。她学会了利用自己的科学知识和道德力量来论述立法观点。如同盖林在 1938 年所做的那样，弗朗西丝列出了新法的关键组成部分。她告诉委员会，他们应该恢复基福弗最初的修正案。[705] 按照那个版本，新药申请在提出 60 天后不再能自动得到批准。她还强烈要求取消药品召回所需的所有听证和官僚手续。如果存在紧急的危险，应当轻而易举就可召回药品。委员会对她的意见表达了认同，随即散会。

几周后，委员会全票通过了**第四版**的 S.1552，它的内容与基福弗最先提交的那个版本最为接近。现在可以把法案拿到参议院全会上投票了。记者问基福弗有何反应，他表现得令人意外地优雅大度。"这是个很好的药品法案……我觉得它会大大加强对美国人民的保护。"[706]

参议院终于在它那大理石铺就的宽阔的两层会议厅中审议这个法案时，基福弗和汉弗莱两人起身提出了修正案，要求处方药在给病人用之前必须先经过动物测试。修正案得到了一致同意。但贾维茨参议员更进一步。他提议，医生给病人用未经批准的药物时必须征得病人的同意。

在座的许多人不以为然，包括基福弗。他担心强大的美国医学会将誓死不让任何损害医生权利的法案获得通过。但就在这时，卫生、教育与福利部的一名代表冲进会议厅，手中拿的新闻稿登载了FDA沙利度胺召回行动的最新发现。

新闻稿写道，"没有标明药名的沙利度胺药片仍然散落在许多家庭的药柜里，可能会被误认为别的药"。[707]新闻稿说，事实上，250万片这种实验药物在美国各地被分发给了近2万美国人服用。[708]文件交到了伊斯特兰手里。读了里面令人心情沉重的内容后，他对会议厅宣布："不能再这样了，先生们。"[709]新闻稿的20份副本被分发给坐在回廊里的人们传阅。在经过修改以确保"病人利益"得到保护后，贾维茨的修正案获得了全票通过。

最终表决前，基福弗做了最后一次争取降低药价的努力。毕竟，他对药品开展调查正是始于对药价的关注。但他的提案被搁置了。

沙利度胺令药品法案成为所有人的关注焦点。安全是第一重要的。此时没有人在意利润率这种事。那天晚上7点，法案得到一致通过。

"田纳西州的基福弗参议员为推动一项合格的药品法案长期孤军奋战，"保罗·道格拉斯（Paul Douglas）参议员在会议厅中说，"因为使用沙利度胺，欧洲国家发生了许多可怕的悲剧，我们国家也有这种病例，这证明基福弗参议员一直都是对的……我们能吸取这个教训吗？还是说人类只有靠灾难和悲剧才能学乖？"[710]

肯尼迪总统上周在记者会上表扬了凯尔西医生。这位身材苗条、娴静温雅的女性长着一双闪亮的棕色眼睛，看起来比她 47 岁的实际年龄年轻得多。她短短的棕色头发往后梳着，显出一个教养深厚的人那不经意的精雅。[711]

——《天主教旗帜报》，1962 年 8 月

我们的问题是,我们怀疑理查森-梅瑞尔也许没有在新药申请中完全披露与沙利度胺有关的不良反应(周围神经炎和/或多发性神经炎,以及海豹肢症)……换言之,我们认为理查森-梅瑞尔也许在 FDA 接到这些情况的报告之前"很久"就已经知道这些不良反应了。[712]

——FDA 驻地管理局备忘录,1962 年 9 月 25 日

第 33 章

1962 年整个夏末，FDA 的调查敷衍塞责，拒不承认残疾婴儿与梅瑞尔的药试有联系，这令弗朗西丝怒火中烧。

首先引起她警觉的是梅瑞尔试药医生名单上的北卡罗来纳州妇产科医生特伦特·巴斯比（Trent Busby）。1961 年 4 月，巴斯比的一名怀孕受试人产下了一个脚趾间长蹼的"残缺"死婴。[713] 直接证据终于出现了。这是梅瑞尔自己的药试数据，表明这种药对妊娠妇女有毒。此时是梅瑞尔撤回凯瓦登申请的近一年前。最令人震惊的是，这个畸形婴儿出生在弗朗西丝要求梅瑞尔提供数据证明这种药的妊娠期安全性的一个月**之后**。按照临床试验的标准做法，应该向 FDA 提交病人的报告，详细说明死婴的外部（带蹼的脚）和内部（有 3 个心室的心脏）损伤。毫无疑问，在弗朗西丝要求看到妊娠数据后，梅瑞尔理应让试药的产科医生提供此类详细数据。

梅瑞尔似乎完全不在意妊娠的问题。即便在 1961 年 12 月从德国传来令人不安的消息后，梅瑞尔也没有对身为妇产科医生的巴斯比发出警示，告诉他沙利度胺疑似与海豹肢症存在关联，而是在 1962 年 3 月给巴斯比和 1 000 多名其他医生发了一封标准格式的信，指出没有确切证据将沙利度胺与新生儿畸形联系起来。[714] 梅瑞尔只是在认识到它必须对外界展现出已经采取了彻底的召回行动的假象**之后**才给巴斯比打了电

第四部：代 价　　335

话。那已经是 1962 年 7 月末，比 FDA 的工作人员上门来找巴斯比仅早了几个星期。

巴斯比对 FDA 的检查员实言相告：他没有书面记录显示给了那个死婴的母亲多少沙利度胺。[715] 他发给了梅瑞尔一张关于那个死婴的基本表格，报告胎儿是在妊娠 7 个月时死亡的，但没有详细说明胎儿的畸形。

"这名医生担任临床研究者的资质是公司的哪个官员评估的？"火冒三丈的弗朗西丝写信给领导 FDA 调查工作的几位同事问。梅瑞尔为什么不要求得到关于那个死婴状况的信息？巴斯比有没有试图从病人那里收回剩下的药片？[716]

弗朗西丝希望对这个案子开展"彻查"。[717]

起初，FDA 没有人像她那样坚定积极。巴斯比告诉 FDA，虽然他现在相信沙利度胺可能会导致海豹肢症，他以后"打死也不会"再碰这种药，但他不能确信是这种药伤害了**这名病人**的孩子。[718] 他不肯披露这名妇女的名字，也不肯告诉她当时给她吃的是一种仍处于试验阶段的药物。FDA 就这样结束了对他的调查。

弗朗西丝决定自己问巴斯比，逼他交出病人的名字和那个婴儿的解剖报告。她听说，要巴斯比试验凯瓦登的是梅瑞尔的一名地区销售经理，不是公司医学部或科学部的人。巴斯比收到了一份小册子和一些简短的病人评估表格。没有关于妊娠早期不能服用此药的警告。[719] 巴斯比说他从来没有被告知沙利度胺与周围神经炎的关联，也从来没有收到托马斯·琼斯警告这种药与海豹肢症有联系的 3 月来信。他只是在六七月份接到过梅瑞尔打来的一次电话，电话中提到了沙利度胺给妊娠带来的风险。

弗朗西丝认为，这证明梅瑞尔招募临床研究者时草率大意，发布警示时马虎松懈。在听说辛辛那提的雷·纳尔森 1961 年也接生过一个"海豹儿"后，她更是惊怒交加，要求对纳尔森也展开细致的调查：有没有做过尸检？那个婴儿具体有哪些畸形？最重要的是，为什么没有报告出生过这样一个畸形儿？整整一年，弗朗西丝都在要求梅瑞尔提供纳尔森的病人数据。

现在已经清楚地知道，**至少**有两个畸形婴儿的母亲是梅瑞尔凯瓦登临床研究者的病人。弗朗西丝向上级发出了警示：梅瑞尔的药试公然违反了有关药物研究性使用的规定。医生或者梅瑞尔，又或者**医生以及梅瑞尔**违犯了法律，因为法律要求实验性药品只能由"受过科学训练、有经验，因此有资格研究该药品的安全性的专家"来分发。[720] 另外，梅瑞尔公司仍在撒谎。8月6日，梅瑞尔的总裁宣布，美国仅有的几例沙利度胺伤害到胎儿的病例均为欧洲的药片所致。然而，巴斯比在7月就把他接生了一个长着脚蹼的死婴的事报告给了梅瑞尔。梅瑞尔公司在大肆散播谎言。

8月末，FDA发布了严峻的调查结果：沙利度胺被分发给了至少1.5万美国人，其中有3 200人是育龄妇女，有3个婴儿受到了梅瑞尔的药片的伤害。[721] FDA这时终于向民众发出警告，让大家注意流散在外的药片。但此时，人人都在津津乐道于弗朗西丝拯救了美国，避免了新生儿畸形大暴发这个振奋人心的故事。这导致梅瑞尔发动了美国历史上规模最大的药品上市前分发行动的消息未能激起多大反应。沙利度胺事件，按照媒体的说法，仍然是美国的成功故事。《生活》杂志刊登了欧洲沙利度胺受害者的照片并配文讲述了弗朗西丝对该药的申请做出的激烈抵制，但文章明显对梅瑞尔的药试一笔带过。

"有些美国妇女从欧洲获得了这种药或者拿到了'试用药'，"文章承认，"梅瑞尔已经把药送给了美国的一些医生用于试验，试药医生最终达到了1 200人。这是制药公司的标准程序，是法律允许的。"[722]

临床试验是标准程序。但1 200场临床试验不是。（史克公司在1956年和1957年测试同一种药时只把药给了67名医生。）[723]

《生活》杂志甚至刊登了梅瑞尔公司的卡尔·邦德（Carl Bunde

的一份长篇声明，用以证明公司说辞的真实性。邦德假称梅瑞尔从未要求医生用这种药来治疗晨吐，并声称梅瑞尔用于试验的沙利度胺"只给了老年病人、住院病人和某些特殊病人，如矫形病人和精神病人"。[724] 邦德只字未提梅瑞尔的试药医生中有 200 人是妇产科专科医生，也不说公司特意请雷·纳尔森发表了一篇有关妊娠晚期使用沙利度胺的论文。[725] 关于梅瑞尔听说德国发生了海豹肢症后的反应，邦德的叙述同样具有误导性。他声称，"几小时内，公司就给 FDA 打了电话"，公司的新药申请"随即暂停"。[726] 事实上，梅瑞尔直到次年 3 月才撤回新药申请，这导致沙利度胺在德国被禁之后的几个月里，美国的医生，包括产科医生，仍在继续分发此药。由于《生活》杂志的这篇文章，梅瑞尔充满谎言的自辩被送达了近 700 万美国家庭。[727]

然而，《生活》杂志上的这篇文章最令人难忘的部分是受害儿童的照片。拿沙利度胺这个话题问问特定年龄段的美国人，他们很可能会记起《生活》杂志上的那些照片：眼睛晶亮、活泼可爱的孩子，但肢体不全。一个身穿连身裤的女婴没有手臂，用脚抓着一块手表。卡尔和林德的儿子扬·舒尔特－希伦被卡尔用背袋背着，认真地看着林德举起的一朵花。一个英国男孩在快乐地试用一条人造手臂。

这些孩子都不是美国人。《生活》杂志的照片更加使读者认定沙利度胺的悲剧是一场国外的悲剧。

《国家询问报》(National Enquirer)[①] 登载的一篇报道更强化了这种认知。那篇报道的标题是《独家：第一批照片，5 000 名婴儿生有"海豹鳍肢"》，还附有十多张"带着可怕的怪异畸形降生到这个世上"的欧洲孩子的照片。[728] 文章提到了弗朗西丝阻止沙利度胺在美国上市销售的功绩，同时说"制药商把这种药分发给了医生用于试验"。但文章

---

① 尽管《辛辛那提问询报》(Cincinnati Enquirer)和《国家询问报》(National Enquirer)都使用了 Enquirer，但中文界普遍将前者翻译为"问询报"，后者翻译为"询问报"，本书中的翻译尊重这种习惯。——编者注

同样只字未提梅瑞尔的药试空前庞大的规模或一塌糊涂的安排。虽然FDA知道凯瓦登试药医生的病人中至少有两人生下了畸形婴儿，但拉里克仍旧对《国家询问报》保证，"看来不太可能有很多美国妇女在妊娠早期这个关键阶段服用过这种药"。梅瑞尔还谎称"临床研究者和他们所属的机构手中即便还有沙利度胺也所剩无几"。

事实上，FDA的调查已经确定，大量沙利度胺药片，至少2.5万片，仍流落在外。[729] 自拉里克3周前在国会为梅瑞尔辩护以来，召回行动的调查结果越发令人担忧。现在发现梅瑞尔给全国各地的医生提供了至少250万片沙利度胺。药片五颜六色，有蓝色的、黄色的、紫色的、淡棕色的和白色的。有些是纯沙利度胺，也有些是沙利度胺与阿司匹林或治疗肠易激综合征的双环胺的混合药。装药的药瓶经常没有标明"凯瓦登"或"沙利度胺"的字样。药片被装在小纸袋或小圆盒里提供给病人，用来治疗各种病症，包括头痛、腹痛和痛经。大多数医生从未被告知过这种药的危险，许多医生在收到梅瑞尔寄来的药片后再也没有收到过梅瑞尔的哪怕只言片语。甚至在梅瑞尔获知德国传来的这种药危险的消息后，得克萨斯州的一家医院还分发了数百剂沙利度胺。[730]

因为许多医生没有警告过病人给他们吃的是沙利度胺，所以数以千计的"受试人"仍然对真相毫不知情。少数几名通知了病人的医生发现病人手里还有很多沙利度胺。内布拉斯加州的一名医生从病人那里收回了150片药。[731] 密苏里州的一名医生明白了为什么必须提醒"受试人"注意他们手中药片的特性：一名不知情的男病人把他自己吃剩的药片给了怀孕的女儿。她的预产期是10月。[732] 8月末，一名曾给病人分发过沙利度胺的纽约医生告诉《纽约时报》，他给他的保险经纪人打了电话，要重新评估他的职业赔偿责任的保单。[733]

令事情更加复杂的是，FDA听说理查森-梅瑞尔的又一家子公司——费城的国家药品公司也测试过沙利度胺，但用的药名是"康特甘"（或"NDR-268"）。[734] 国家药品公司把药提供给了90多名医生，但直到

4月才把这种药的危险性告知其中的一部分人。[735] 同为理查森-梅瑞尔子公司的维克公司和沃克尔实验室（Walker Labs）也分发过这种药用于人体试验，但维克公司说不出它送出去的沙利度胺大部分去了何处。[736] FDA扩大对沙利度胺的搜寻范围后，检查员们发现了**4年前**史克公司试验用的沙利度胺。[737] 他们发现，拿着SKF#5627的医生们完全不知道他们分发出的药正是此刻造成骇人新闻的那种镇静剂。

沙利度胺在美国从未获批"销售"，但现在FDA认识到，在5年的时间里，共有5家不同的制药公司把沙利度胺分发到了全国各地，使用的是不同的标签和商标名，药片的颜色和剂量也各不相同。[738]

8月23日，FDA修正了其最初报告：至少有19 822名美国人吃过沙利度胺，这个数字比FDA最初的估算高出了大约25%。[739] 这些人中有3 760人是育龄妇女，其中有624名孕妇。仅仅两周前，FDA还宣称只有207名孕妇服用了这种药。新的数字是原来的3倍。

然而，这些妇女无法确定她们到底有没有吃这种药。应梅瑞尔的要求，FDA拒不披露凯瓦登临床研究者的姓名，说这是"医学保密的传统"。[740] 梅瑞尔说，它的"良知"要求它不能公布这些人的姓名。[741] 拉里克则声称，披露医生的姓名"会毫无必要地让他们所有怀孕的女病人担心害怕"。[742]

政府中的其他人完全不认同这种说辞。基福弗和他的经济学家埃佩斯·威尔斯·布朗——也就是芭芭拉·莫尔顿的丈夫——认为发布的那些少得可怜的信息"误导公众"，强烈要求FDA公布所有医生的姓名。[743] 但拉里克坚决不肯。

就在弗朗西丝忙着寻找新生儿畸形记录的同时，她发现自己被日益排除在了调查工作之外。[744] 8月，费城的一名律师写信给她，报告一个有海豹肢症的男孩的母亲认为自己吃过凯瓦登。信寄到了FDA，却从未送达弗朗西丝的办公桌。几个月后，弗朗西丝听说了这个病例，愤怒不已的她决心要看看那个孩子，给那名律师打了电话。

弗朗西丝发现，自己5月份询问过的安德鲁斯空军基地的一名产科医生没有告诉她有个"海豹儿"的母亲服用过凯瓦登。

FDA工作人员在全国各地的调查最终只收集到了21名孕妇服用过凯瓦登的确切信息。她们中的9人最终报告生下了"海豹儿"，其中6人在辛辛那提。[745]这成为FDA发布的在妊娠早期被美国沙利度胺药试伤害的婴儿的官方数字：**9人**。至于疑似病例，也就是没有证据表明某位试药医生在母亲怀孕的敏感时期给母亲服用过凯瓦登，但婴儿却表现出了海豹肢症典型的肢体损伤的那些病例，则全部被排除出了FDA的正式统计结果。

这样就抹去了许多奇怪的病例。一名医生坚持说他只在一名孕妇妊娠晚期给过她凯瓦登，那名妇女也是这样说，但她仍然生下了一个"海豹儿"。纽约有一个病例，父亲在梅瑞尔的纽约办事处工作，当确定母亲是从加拿大买的沙利度胺之后，这个病例就不被计算在内。（这个婴儿的一个肾脏长反了。FDA若能更细致地关注婴儿受到的伤害，也许就会扩大调查范围，注意"海豹肢"以外的损伤。）[746]

在巴尔的摩，一个与梅瑞尔最早的试药医生之一、神经病学家弗兰克·艾德有关的病例被计入了统计数据，但FDA认为这名医生和梅瑞尔都没有责任。艾德的病人是男性，病症是酒精中毒。他把给他的沙利度胺分给了他怀孕的女儿。她生出的婴儿有严重的先天性心脏畸形，双臂也比正常的短。沙利度胺的新闻在1962年8月爆出后，孩子的母亲在马里兰州卫生署那里得到确认，她吃的药片就是沙利度胺。[747]然而，梅瑞尔没有联系她，她找了律师，但律师也不把她的话当回事。FDA认为，"既然女儿吃的是给她父亲治病的药，所以没有采取行动的理由"。[748]这个案子就此结案。

一名得克萨斯妇女的侄子出生时右臂短小，没有右腿。她要求FDA提供试药医生的名单，但遭到了拒绝。[749]FDA认为对这一要求不予考虑是合理的，因为婴儿母亲的医生不在临床研究者名单上，尽管得

第四部：代　价

克萨斯州有63名试药医生，而且FDA此时已经知道，沙利度胺的流动范围很大。

事实证明，FDA几乎不可能查明沙利度胺的流动踪迹。公众最初以为只是医生做事马虎，8月末却揭开了更阴暗的一面。那时，FDA终于迫使梅瑞尔的一名推销员交出了他在1960年11月凯瓦登临床医院方案会议召开之后的行程表。FDA发现，梅瑞尔要求销售团队用甜言蜜语哄劝医生开展潦草马虎的"临床试验"，却并没有要求试药医生提供数据或报告。梅瑞尔招募到1 200名医生分发沙利度胺，这些医生都没有留下有关药去向的记录，因为公司告诉他们不要留记录。

国会山上流言四起，传说有文件可以证明梅瑞尔有问题。汉弗莱参议员连哄带劝地让拉里克拿出了文件。此时的汉弗莱处境尴尬，因为他在小组委员会初次召开听证会后公开表扬了梅瑞尔的作为，他的话被梅瑞尔用来大肆自我标榜。[750]汉弗莱随后把这份保密文件透露给了《华盛顿明星报》(The Washington Star)，后者揭露了梅瑞尔"向有影响力的医生'兜售'沙利度胺的速成方案"。[751]汉弗莱宣称他改变了想法。他对《华盛顿明星报》说，这不是临床研究，而是"推销"。沙利度胺的药品说明书"影响极为严重"，显示出"某种程度的粗心草率"，需要深入调查。

事实上，情况比FDA的报告显示的严重得多。FDA在检查过梅瑞尔的记录后发现，梅瑞尔不仅在美国分发了580千克的沙利度胺，而且还有另外116千克完全不知下落。[752]此外，梅瑞尔还把数量惊人的58千克沙利度胺从账上抹掉了，算作"制造损耗"。[753]鉴于这种药大部分被制成25~100毫克的药片，因此按保守估计，梅瑞尔各处的生产设施共生产了至少500万剂，是FDA公布的估算数量的两倍。[754]这些药片大部分都下落不明。事实上，FDA很快就发现全国各地的药店里仍存在"相当数量"的沙利度胺。[755]FDA发出召回令几个月后，一家纽约大医院的药房主任忧心忡忡地告诉FDA，医院的一名医生仍在开这种药。[756]

到 9 月末，FDA 的大多数人开始推测弗朗西丝说的严重情况或许是真的：梅瑞尔违犯了法律。驻地管理局的副主任自 1939 年起就在 FDA 工作，他写了一份措辞严厉的备忘录，表示 FDA 怀疑理查森-梅瑞尔"没有披露全部情况"，而且"早在向 FDA 报告情况'之前很久'就已经掌握了不良反应的信息。"[757] 他指出这家公司提供的材料中存在严重的矛盾和疏漏，包括梅瑞尔在得知沙利度胺与海豹肢症的联系后派人出访德国和加拿大的记录。这些记录是在国家药品公司的档案里发现的，梅瑞尔公司的记录里却没有。[758] 梅瑞尔为什么要隐瞒这次出访？梅瑞尔显然在 FDA 的检查人员到来之前就"查了一遍"档案，对检查员"遮遮掩掩"。[759] 另外，梅瑞尔自 1960 年以来的所有电话记录和部门间备忘录似乎都消失无踪了。[760]

10 月，FDA 各驻地办事处主任接到了一项新任务：正式确定梅瑞尔是否违犯了法律。[761] 该公司有没有对医生做出"虚假的误导性保证"？[762] 有没有打着临床研究的旗号开展营销活动？各办事处派出了工作人员去质询收到过凯瓦登的产科医生、妇科医生和全科医生。

"调查需要技巧、说服力和策略。"总部警告说。"检查员也许会遇到'阻力'"，因为许多医生已经不肯与 FDA 合作。[763] FDA 还想"尽量谨慎"地找到参加过 1960 年凯瓦登大会，并且可能愿意提供更多信息的梅瑞尔推销员。然而，这场日益加紧的调查是悄悄进行的。公众仍在庆幸美国逃脱了沙利度胺之祸，仍然相信梅瑞尔没有做错事。

《辛辛那提问询报》写道，梅瑞尔仅仅是试图让一种"看起来超级安全"的催眠药获批，却"身不由己地被推到了国际关注的风口浪尖"。[764]

1962 年 10 月，《星期六晚邮报》(*The Saturday Evening Post*)刊登了一篇洋洋洒洒 9 个页面的文章，题为《独家：沙利度胺宝宝不为人知的故事》，讲述了德国和英国近 100 个沙利度胺婴儿的情况。文章提到美国时仅说，"由于 FDA 的弗朗西丝·O. 凯尔西博士的警惕，美国得以逃脱这场灾难，只出现了寥寥几例"。[765] 文章没有提及成千上万的美国人得到了这种实验药物，也没有提及大量药片下落不明，对梅瑞尔错漏百出的召回行动同样只字未提。然而，文章却明确提到有些德国母亲"怀孕时可能会吃多达 16 种不同的药，如补药、安神药、催眠药，还有治头痛和腹痛的药片"，[766] 言下之意是吃沙利度胺的女人太任性。文章警告说，"怀孕或备孕妇女除非绝对必要，否则不应吃药"，并且"应该特别避免吃任何新药"。母亲们受到的指责比药企或医生都多。

梅瑞尔为这场漂亮的公关行动弹冠相庆。几周后，理查森-梅瑞尔的总裁 H. 罗伯特·马沙尔克（H. Robert Marschalk）和梅瑞尔的总裁弗兰克·盖特曼告诉《商业周刊》（*BusinessWeek*），尽管出了 MER/29 和凯瓦登的丑闻，但"分公司和母公司的名誉看起来都基本完好无损"。[767]

问： 那些因为参加了医院临床方案项目而拿到这种药的医生，你有没有在任何时候给他们中的任何人打过电话，警告他们这种药的副作用？

答： 我不记得打过。[768]

——一名梅瑞尔销售员的证词，"麦克卡里克诉理查森-梅瑞尔案"
加利福尼亚州最高法院，1971 年

第 34 章

8月,就在《生活》杂志和《国家询问报》刊出关于沙利度胺的报道后,4个美国人中有3个赞成加紧药品监管。[769] 然而,当众议院在同年秋天努力通过一项与参议院的法案一致的法案时,却出现了反对的声音,公众对这个问题的关注程度也开始下降。

《新闻周刊》(Newsweek)的一篇评论文章称,FDA已经十分高效,所以不需要新的药品法律。[770]《纽约时报》的医学专栏作家霍华德·拉斯克(Howard Rusk)医生不仅强烈批评新的药品法案,而且痛斥提出这一法案的理由——关于沙利度胺"最近的大惊小怪"。[771] 拉斯克写道:"沙利度胺事件很好地表明我们现有的法规是有效的……FDA确实把它挡在了市场之外。"[772]

在《医学论坛》杂志上,约翰斯·霍普金斯大学的路易斯·拉萨尼亚教授更进一步,发起了一场拯救沙利度胺的运动。[773] 拉萨尼亚宣称,沙利度胺是迄今发现的最安全的镇静剂,它"太宝贵了,不能失去"。[774] 他说,事实上,如果开给玛丽莲·梦露的是沙利度胺而不是巴比妥酸盐,梦露也许现在还活着。然而,拉萨尼亚没有透露他很早就为梅瑞尔试验过凯瓦登,还在一年前亲自陪同公司高管去FDA催促弗朗西丝尽快批准这种药。他指责"关于沙利度胺的歇斯底里"催生了将会危及药物研发的药品法案。[775] 他特别厌恶关于征求病人同意的条款。

病人的知情同意并不总是"合理可行的",[776] 在某些情况下,拉萨尼亚认为这样做是"残酷的"。[777]

海伦·陶西格对她这位约翰斯·霍普金斯大学的同事火力全开。[778] 玛丽莲·梦露真的会试图过量服用一种**非致命性药物**吗?难道值得为了一个人的生命去冒上千名婴儿生而没有四肢的风险吗?拉斯克也和陶西格论战过,他也不同意告诉病人用他们试药的事,说如果医生看到手续过于烦琐,就不会愿意担任临床研究者了。[779]

但陶西格深知沙利度胺幕后的故事,所以她在征得病人同意这一点上寸步不让。太多的妇女不清楚给她们吃的是什么药,现在后果极为严重。连续几个月,陶西格一直在调查康涅狄格州一个无臂儿童的遭遇。孩子的母亲没有自己吃过的药物的记录。在另一个事例里,一名得克萨斯州的医生向陶西格报告了一例"海豹儿",那个婴儿的母亲同样也说不出她在孕期吃过什么药。[780]

陶西格最令人惊心的发现是,史克公司在 1956—1957 年开展的沙利度胺试验的结果始终没有公布。后来她在写给弗朗西丝的私信中说:

> 我听说史克不仅在三四年前就试验过沙利度胺,而且他们十分肯定地认为他们观察到了孕妇在妊娠早期服用沙利度胺会导致海豹肢症。[781]

陶西格自己知道新英格兰还有几个病例是那段时间出生的。有一个问题仍然成谜:史克公司为什么在整整一年人体试验之后才确定这种药作为镇静剂没有效力?陶西格不想因公开指责史克公司而惹上官司,所以她问弗朗西丝:

> 你知不知道史克公司是否告诉过格吕恩泰,他们怀疑妊娠早期服用沙利度胺会导致畸形?……如果格吕恩泰在沙利度胺受到

怀疑的 3 年前就接到了史克的消息,那我认为制药公司就绝对没有任何借口不立即承认这个问题。这表明了金融投资对它们的影响有多大。[782]

弗朗西丝自己也不信任史克公司的药试。1956—1957 年,"纽约市同一条街上莫名其妙地出生了一批畸形婴儿",而那条街上的住户都去同一家药店买药。这一点表明史克公司的样品药可能进入了一家**药店**。[783]

更奇怪的是,史克试验并拒绝销售沙利度胺期间在史克工作的至少 3 名研究人员后来跳槽到了理查森-梅瑞尔的一些附属公司,这些公司当时正在开展沙利度胺的测试。

弗朗西丝试图继续深挖,但史克公司没有留下人体试验的文件。她曾与史克的一名试药医生谈过,那名医生承认自己没有试验新药的经验,也没有接受过药理学的专门训练。[784]但史克公司向他保证说这种药的安全性经过了充分的测试,所以他以为只是让他确定病人是否喜欢这种产品。

1956 年,沙利度胺尚未在德国上市,格吕恩泰的早期试药医生仍在表示怀疑。这个时候说"安全性经过了充分的测试"未免太大胆了。毫无疑问,史克公司不可能有数据表明这种镇静剂对孕妇是安全的。

史克公司内部把这次药试称为"猎鹰"行动,但看起来它和梅瑞尔的药试同样意在营销,同样潦草马虎,史克也同样对其讳莫如深。在史克悄悄地通知 FDA 有一例新生儿畸形可能与其药试相关后,弗朗西丝联系了那名试药医生,但他拒绝披露畸形婴儿父母的名字。史克的药试发生在沙利度胺的新闻爆出之前,所以那个畸形儿的母亲很可能根本不知道她吃的药是沙利度胺。

FDA 的整个召回行动暴露出各种法律漏洞的危险合而为一。试药医生不必告诉病人给他们吃的是实验中的药,也无须报告出生异常的情况。确知一种药有危险后,医生没有义务向获得这种药的病人发出警告。另外,医生可以拒绝披露病人的身份,从而阻挠政府的后续行动。试药医生的名字永远保密,这意味着病人也许永远不会知道他们被当成了实验用的小白鼠。在各个方面,法律都是医生的保护伞,病人却毫无保障。

在国会山,沙利度胺的故事展现出了这一法律上的困局。尽管药业游说集团仍力图做困兽之斗,但最终通过的法案其实比原来提出的两个**法案更强有力**。

"沙利度胺丑闻证明基福弗一直都是对的。"一名众议员解释说。他还说基福弗参议员作为"公共利益的强力倡导者"的威望帮助促成了法案的通过。"全靠他这个人的分量。"[785]

10月10日早上,在洒满阳光的白宫椭圆形办公室里,基福弗站在弗朗西丝、拉里克局长和汉弗莱参议员旁边,看着肯尼迪终于开始签署《87-781号公众法》[①]。肯尼迪签到一半时停了下来,转身把手中的笔交给了站在他背后的基福弗。

"埃斯特斯,你起了最重要的作用,"肯尼迪说,"所以这第一支笔是给你的。"[②,786]

惊讶莫名的基福弗接过钢笔。"谢谢您,总统先生。"

弗朗西丝安静地站在那里,此生第二次看着自己有所贡献的一项里程碑式药品法案得到颁布。肯尼迪接下来也送给她一支笔作为祝贺。尽管这些新的保护措施被编纂成法,但弗朗西丝参与沙利度胺召回行动的经验告诉她,有些问题是法案解决不了的:有大批医生在对他们的病人撒谎。

[①] 这是《食品、药品和化妆品法》的一项修正案。——编者注
[②] 美国总统在重要文件上签字一般会用许多支钢笔,然后将这些笔作为纪念品送人。——译者注

我母亲的医生是北卡罗来纳州威尔逊唯一的黑人医生。我母亲信任他……她怀孕期间恶心眩晕,所以他给了她一瓶样品药。那应该是在1962年末。

我出生的时候没有胳膊。那名医生说我活不过两个星期,然后说我永远没法走路,又说我永远生不了孩子。

我18岁时和妈妈一起回到威尔逊。我们是去拿我母亲的病历的。那名医生只给了她几张便条卡。他看着我,拍拍我的头,然后说:"我等着为这个宝宝吃官司已经等了18年。"[787]

——塔瓦娜·威廉姆斯(Tawana Williams),生于1963年5月

第 35 章

几乎没有人注意到威廉·S. 梅瑞尔公司被免除了刑事责任。

1962 年 10 月，FDA 关于梅瑞尔是否违法的调查没出几个星期就得出了确切且肯定的结论。11 月中旬，仍在呼吁对更多畸形病例展开跟进调查的弗朗西丝参加了卫生、教育与福利部组织的一次大型会议，会上介绍了 FDA 的正式调查结果。[788] 接受调查后，史克公司、维克公司、国家药品公司和沃克尔实验室没有遭到指控，但梅瑞尔公司遭到了严厉的谴责。梅瑞尔传播了有关凯瓦登的"虚假和欺骗性"的信息，并且非法开展了"商业活动"。[789] 梅瑞尔实质上把沙利度胺免费投入了市场，还做出了各种危险的虚假保证。

眼前的问题是：有没有足够的证据提出刑事指控？

FDA 负责召回行动的主任詹姆斯·中田在发言中坦率直言：在发给医生的警告函的内容和时间方面，梅瑞尔完全误导了 FDA，并且拒不交出凯瓦登临床研究者的名单。另外，弗朗西丝与梅瑞尔互动的时间线表明，梅瑞尔曾经隐瞒了关于海豹肢症和周围神经炎的信息。

FDA 一名审查过梅瑞尔内部文件的药理学家说，梅瑞尔在凯瓦登的申请材料中也隐瞒了一些数据，还提交了**虚假**数据。[790] 这还不算，FDA 还获得了曾做过梅瑞尔推销员的一些人的证词，证词指出了凯瓦登医院方案重在营销的意图。许多被招募来做凯瓦登临床研究者的医生——包括产科医生——都签署了宣誓书，说梅瑞尔告诉他们这种药不是真正意义上的实验药，并向他们保证说这种药的安全性已经得到了充分的测试。[791]

对梅瑞尔办公室的检查还发现了证据，表明该公司企图对有关沙利度胺副作用的报告淡化处理。文件显示，梅瑞尔曾出手干预，延迟了一篇探讨与沙利度胺相关的神经损伤的研究论文在《美国医学会杂志》上的发表。[792]

此外，辛辛那提的一名FDA检查员获知，雷·O. 纳尔森在担任凯瓦登临床研究者期间，曾以**20个死去的婴儿**的名义给辛辛那提儿童福利院捐过款。[793]纳尔森的试验难道残害了**几十个婴儿吗？**

卫生、教育与福利部这次令人心情沉重的会议结束时，与会者集体决定把指控提交给大陪审团。针对梅瑞尔的指控几乎一半涉及它的"召回行动"——拉里克局长在国会面前大肆赞扬的行动。这个变调意义重大。然而，FDA对梅瑞尔的批评在卫生、教育与福利部之外并未引起注意。

这些是对梅瑞尔提出的第二批刑事指控，之前因MER/29的问题对其开展的刑事调查仍在继续。但令人不解的是，这个案子在FDA内部陷入了沉寂。一名辛辛那提的驻地主任曾向华盛顿总部建议起诉梅瑞尔，他后来困惑地回忆说："我不停地询问进展，但得不到任何答复……最后他们告诉我，我的建议被FDA总部送到了司法部，在那里显然石沉大海。"[794]

事实上，FDA的指控是在1963年7月提出的。次年5月，司法部的特别检察官詹姆斯·W. 纳普（James W. Knapp）要求FDA提供关于"威廉·S. 梅瑞尔公司名誉"的更多信息。[795]FDA法规合规局复函说，梅瑞尔及其母公司理查森-梅瑞尔公司总的来说名声不错，[796]但当FDA试图检查该公司的办公场所时，他们"给我们的执法工作造成了困难"。[797]梅瑞尔只肯提供法律明确规定必须提供的信息，对其余的信息则守口如瓶。

但到了 1964 年 9 月，司法部决定不起诉。助理司法部长小赫伯特·J. 米勒（Herbert J. Miller, Jr.）向来不是一个怕事的人，他驳回这个案子令卫生、教育与福利部震惊不已。米勒认为针对梅瑞尔的证据"不够有力、不够清楚"，提起刑事诉讼"既无理由也不可取"。米勒觉得梅瑞尔当时那样理解法律是"真诚之举"，看起来"没有违反规则的意图"。[798]

毫无疑问，米勒对事实的评估与 FDA 的调查结果大相径庭。不知什么原因，米勒认为梅瑞尔"只给专业水平高的医生"分发了凯瓦登。[799] 更令人不解的是，米勒声称"据悉美国只有一例由母亲服用凯瓦登导致的婴儿畸形"。[800] 结果，米勒不相信法官或陪审团会认为公司有错，因为"难以证明凯瓦登在美国的散播造成了严重的伤害"。[801]

然而，"一例"似乎是凭空抠来的数字。FDA 已经告诉国会，有 9 名受害人确定与梅瑞尔的凯瓦登试验相关。局里很多人都知道实际数字远远不止这些。此外，还有 5 个病例可能是孕妇在妊娠晚期服用凯瓦登造成的。[802] 而且所有难以证明的病例都已经在统计时被抹掉了。

米勒关于美国只有一个凯瓦登受害人的奇怪说法站不住脚的另一个证明是，到他做出不予起诉的决定那天，受害者已经至少对梅瑞尔或雷·O. 纳尔森提起了 3 起民事诉讼，起诉人确信梅瑞尔的沙利度胺损坏了自己宝宝的肢体。[803]

尽管如此，赫伯特·米勒仍然觉得新法律会"消除这类分发活动再次发生的可能性"。[804] 司法部因此准备结案。

起诉被驳回令卫生、教育与福利部以及 FDA 的许多人为之震惊。在米勒的驳回信的边缘，沮丧愤怒的 FDA 工作人员写下了密密麻麻的字句："不对。确定有 10 例。可能还有另外 6 例。"[805] 另一个人写道，他立即打了电话澄清"凯瓦登的数字分别是 9 例和 5 例"。[806]

FDA 花了数月时间收集针对梅瑞尔的证据，所以很快就重整旗鼓。

局里各部门商讨了如何强化他们的起诉理由。就连曾经闯入芭芭拉·莫尔顿的办公室要她立即批准一种新药的拉尔夫·史密斯也想对梅瑞尔追责。FDA 向司法部指出,梅瑞尔的凯瓦登医院方案告诉推销员说公司**不想要数据**。一名推销员告诉 FDA,梅瑞尔的副总裁在凯瓦登会议上亲口告诉他们要严格遵守公司的营销说辞。很明显,梅瑞尔利用了法律给予"研究性"药品的豁免权来试图达到商业目的。另外,只有"一个畸形婴儿"的说法也明显不对。FDA 引用了自己统计的 9 例妊娠早期服用凯瓦登导致的海豹肢症病例,以及与妊娠晚期服药相关的 5 例。至此,就连海伦·陶西格也认为梅瑞尔的行为"坏得不可原谅"。[807]

之后,FDA 考虑起诉雷·纳尔森。原来的指控被米勒驳回后,FDA 各驻地办事处商讨了是否应援引第 18 条第 1001 款[①]来起诉纳尔森做了虚假声明。[808] 他们想要质询纳尔森的接生护士以及他原来的办公室助理:"我们需要证据证明这名医生蓄意掩盖了他接生的畸形婴儿。"[809] 此时,辛辛那提地区已经在调查"纳尔森医生的病人生下的约 40 名婴儿,他们显然都与凯瓦登有关"。[810]

但司法部依然不肯对梅瑞尔提出指控,[811]一时间谣言满天飞。《辛辛那提问询报》的一名记者听说司法部和梅瑞尔举行了一次"闭门听证会",让梅瑞尔有机会陈情。[812]FDA 有人听说司法部觉得梅瑞尔已经"受了很多伤害"。[813]

尽管沙利度胺在 1962 年是媒体关注的焦点,但 FDA 试图提出刑事指控以及司法部拒绝起诉的事从未成为公众谈论的话题。司法部也从未纠正它只有一个美国婴儿受到伤害的错误说法。引起公众兴趣的是一个联邦大陪审团在 1963 年 12 月因梅瑞尔的降胆固醇药物 MER/29 对这家公司提出的 12 项指控。受到指控的还有梅瑞尔的 3 名雇员,包括弗洛·范·曼依。范·曼依因伪造动物数据面临长达 5 年监禁的刑罚,梅

---

① 这里应该指的是美国《食品、药品和化妆品法》中的条款。——译者注

瑞尔公司则可能被罚款12万美元。

理查森-梅瑞尔公司的总裁向媒体断言，公司一定会被证明清白无罪。但大陪审团的传唤发现，有海量有关MER/29的数据被做过手脚。最终，被告在3月对8项指控（政府放弃了另外4项）表示"不抗辩"。调查发现，弗洛·范·曼侬经常处理掉与公司的安全性声明不相符的数据。梅瑞尔公司被指控的几名科学家最后被判6个月缓刑，公司被罚款8万美元。有史以来第一次，一家制药公司因为一种产品误导政府而被判罪。

更大的惩罚来自民事诉讼。州法院和联邦法院接到了1 500起索赔诉讼，[814]使之成为史上第一个大规模药品侵权案。事实上，就MER/29对梅瑞尔提出的联合诉讼为后来几十年关于石棉、烟草和橙剂①的大规模灾难诉讼铺平了道路。

然而，没有出现关于沙利度胺的全国诉讼潮，只有少数几个家庭收集证据后采取了行动。

美国第一个呈交公堂的案件是戴维·戴蒙德（David Diamond）的案子。1962年8月沙利度胺的新闻爆出后，乔安妮·戴蒙德（Joanne Diamond）确信她怀孕早期在丈夫治胸痛的一家克利夫兰医院里吃的药是沙利度胺，当时医院告诉她那是一种"新药"。1961年4月，她的儿子戴维在费城降生，孩子没有双臂。他们找了FDA，但乔安妮不是正式试药医生的病人，结果戴维的畸形被排除在了FDA的调查之外。然而，乔安妮在克利夫兰的姐夫仍然保留着一个给乔安妮装药的纸袋，上面有开处方的医生的名字。戴维的儿科医生向那名医生致函询问，解释说戴维有海豹肢症并问到沙利度胺。那名医生复函说"不可能"，并

---

① 橙剂是一种除草剂和落叶剂，在越南战争期间通过飞机喷洒被美军广泛使用。研究表明，这种药物有极强的致畸和致癌效应，对越南民众和很多美国参战士兵都造成了严重的伤害。越战结束后，美国的越战退伍军人曾对生产橙剂的公司提起过集体诉讼。——编者注

称医院药房里没有沙利度胺。[815] 但后来发现，一名正式的凯瓦登临床研究者查尔斯·布朗（Charles Brown）医生就在那家医院工作，而且谁都知道他喜欢屯积样品药。[816] 布朗医生说他从未给病人开过沙利度胺，但他没法说清自己对梅瑞尔提供的第一批 700 片药是如何处理的。第二批 800 片药同样如此。看起来有大约 1 500 片沙利度胺被随意放在克利夫兰的那家医院里。但医院的医生们统一了口径，他们异口同声地说，给戴蒙德太太的或许是安眠药，但绝对不是沙利度胺。

在经过 5 年半的挖掘、70 次陈述做证和多次国际调查后，戴蒙德的案子看起来岌岌可危。只要有任何医生拒绝承认**或许**给戴蒙德太太开过沙利度胺，就会对原告设置一层障碍。陪审团真的会相信所有这些声名卓著的医生都在撒谎吗？辩护方极尽强调这一点：

> 这个人是克利夫兰诊所的胃肠科主任，这个诊所的规模可以与大学医院或费城那些伟大的教育机构相媲美。而他们在这里却说这个人，说每个人都在撒谎。[817]

幸运的是，原告的法律团队最终找到了给乔安妮·戴蒙德发药的那名护士。她说了实话：指示她配的药毫无疑问就是凯瓦登。除了她的证词，一名曾在梅瑞尔实验室做技术员的人也做证说公司隐瞒了证明这种药有毒的动物实验结果，原告的案子因此起死回生。[818] 审判开始 3 天后，梅瑞尔与戴蒙德家达成了和解。

然而两年后，公司决定在陪审团面前赌一把。

1966 年，4 岁的佩姬·麦克卡里克（Peggy McCarrick）的家人对梅瑞尔提起了诉讼。雪莉·麦克卡里克（Shirley McCarrick）确信，在她妊娠早期给她治恶心的药片造成了她女儿的海豹肢症。但与乔安妮·戴蒙德一样，雪莉·麦克卡里克不是直接从凯瓦登的临床研究者手中得到药的。FDA 从未把她的案子计算在内，也没有展开过调查。她只能靠自己。5 年间，一个强大的加州律所试图收集证据，但所获寥寥。就在法定时效即将过期的时候，理查森-梅瑞尔表示愿意以 6 000 美元与麦克卡里克家达成和解。[819]

麦克卡里克夫妇拒绝和解并另找了一家律所。他们的新律师吉姆·巴特勒（Jim Butler）曾经是海军陆战队上校，自己有 9 个孩子。他坚信理查森-梅瑞尔"那些人坏透了"，争分夺秒地为佩姬的案子搜集证据。[820]

巴特勒很快就挖掘出资料，显示梅瑞尔分发凯瓦登的操作鲁莽且不计后果。巴特勒指出，医院的一名凯瓦登"研究者"爱德华·霍尔罗伊德可能把他手中 2 700 片药的一部分分给了其他主治医师和医院的药房。[821] 巴特勒也明白，佩姬可以带来效果极佳的强烈视觉冲击力。佩姬 9 岁生日那天，巴特勒把身穿祖母做的带花边的粉色连衣裙的佩姬带到了法庭上。1971 年 6 月，经过 2 个月零 19 天情绪激动的庭审，陪审团判给麦克卡里克一家 250 万美元的伤害赔偿，这是当时加州历史上数额最大的赔款，**比麦克卡里克家诉讼要求的金额还要多 30 万美元**。一名陪审员穿过法庭，拥抱佩姬的律师团队。

梅瑞尔再也没有让别的案子走到庭审这一步。

到 1971 年，美国的"海豹儿"家庭一共提起了 13 起民事诉讼。[822] 这些儿童中的很多人从未被计入 FDA 最初的统计人数中。受到沙利度胺伤害的美国儿童看起来比原来报告的要多。《纽约时报》也终于承认，"谁也不能肯定国内到底有多少沙利度胺儿童"。[823] 该报援引一名纽约流行病学家的话说，他看到了"证明纽约州 1962 年出现了'过多'肢体畸形病例的证据"。[824]

尽管如此，受害者家庭的法律行动依然累赘复杂到无法操作的程度。打官司费用高昂，法定时效规定的时间在一分一秒地流逝。许多此前和解的案子都附有一个条件：必须封存诉讼记录。梅瑞尔的辩护律师动辄指出，"就沙利度胺而言，政府从来没有提出过欺诈的指控"。[825]

尽管FDA相信梅瑞尔的疏忽到了犯罪的程度，却不与原告的律师合作，认为"FDA找出的事实……仅供我们自己使用"。[826] 仅是试图让FDA确认纳尔森是正式的沙利度胺"研究者"，纳尔森的病人的代理律师团队就花了数月之久的时间。戴蒙德一家的律师请FDA提供"有关凯瓦登的宣传材料"，FDA却说没有，不肯分享它自己用以指控梅瑞尔犯罪的主要证据——推行凯瓦登医院方案的行程安排。[827] 一名悲恸欲绝的母亲相信她的宝宝是被医生1961年或1962年给她吃的"装在没有标签的瓶子里的蓝色药片"伤害的。[828] 她请求FDA确认她的医生是否在"试验"沙利度胺的美国医生名单上。她得到的回复是，这种信息"按照法律不能披露"。[829]

从来没有人告诉过她，众多并非正式研究者的医生也给病人分发过这种药。

麦克卡里克案做出判决大约10年后，又一个美国沙利度胺案件上了头条新闻。1980年，杰米·斯文霍尔特（Jamie Swenholt）一家对理查森-梅瑞尔提起了诉讼。杰米于1961年4月出生在亚拉巴马州的一个空军基地，四肢全部畸形。斯文霍尔特家与理查森-梅瑞尔谈判了11年，但毫无进展。[830] 在法定时效到期之前，他们延请了阿瑟·雷恩斯，就是代表戴蒙德家打官司、掌握着梅瑞尔不当行为诸多证据的那名律师。1983年，梅瑞尔与斯文霍尔特家达成了和解。

3年后，最后一个案子聚焦了公众的注意力。1986年，俄亥俄州的一个家庭恳求罗纳德·里根总统解除法定时效，以便军事索赔法庭可以证明在随夫派驻德国的美军基地时，医生给玛丽·卢·麦克纳（Mary Lou McKenna）开了沙利度胺。她1960年12月出生的儿子没有腿，只有"鳍肢"。

里根同意了这一请求，这造成了一场小小的轰动。《华盛顿邮报》猜测说："麦克纳可能是最后一个未获赔偿的沙利度胺受害者。"[831] 然而，由于玛丽·卢说不出30年前给她药的医生的名字，麦克纳的案子此后就再未出现在媒体头条上。[832] 案子最终被驳回了。

到 20 世纪 80 年代中期,包括莫顿·明茨在内的诸多专家都预测北美不会再有沙利度胺诉讼案。《全国法律周刊》(*The National Law Journal*)宣布,一个"法律时代"终结了。[833] 美国的沙利度胺大戏被认为落下了帷幕。

首先我想说,我仍然认为这一指控是对我本人的极大不公。[834]

——海因里希·米克特,庭审证词,德国阿尔斯多夫,1968 年

第 36 章

1961年12月，德国开始从市场召回沙利度胺几天后，亚琛的检察官就开始探索对格吕恩泰提起刑事诉讼的可能性。调查历时近4年，动用警察突袭队从格吕恩泰的秘密"掩体"里取走了各种文件，[835] 还从格吕恩泰的一名律师家中没收了证据。提出初步起诉后，又过了3年才开始庭审。1968年5月27日，近700人挤进西德阿尔斯多夫一家矿业公司宽阔的大厅——那是当地最大的空间——旁听据说会与纽伦堡审判一样彻底的诉讼。

指控9名格吕恩泰雇员的起诉书全文长达972页。检方汇集了7万页证据、351名证人和29名科学及医学专家以指证这些格吕恩泰雇员的疏忽渎职。[836] 检方研究了5 000份病历，病人包括生下畸形儿的母亲以及患了周围神经炎的成人，[837] 有400人签名成为共同原告。[838] 刑事案件和民事案件将在同一场审判中同时处理。

检方掌握了大量材料，辩方则有庞大的律师团队，一共40人。那些律师不断地要求推迟审判。9名被控的格吕恩泰高管中有3人因健康原因获准缺席审判，包括公司的共同创始人、此时仍担任公司领导的赫尔曼·维尔茨。格吕恩泰还悍然试图控制对其不利的报道。5名记者后来向法庭申诉说，因为他们对审判的报道，格吕恩泰威胁要对他们展开报复。

格吕恩泰在法庭上的总策略是，辩称（1）测试药品的妊娠期安全性并非当时的标准做法；（2）沙利度胺事实上并未导致海豹肢症。格吕恩泰还提出了一个大胆的说法：或许沙利度胺还**拯救了**原本会自然流产的胎儿。这家公司的死缠烂打由此可见一斑。实质上，格吕恩泰的意思是得益于它的镇静神药，数千名缺胳膊少腿的受害者摆脱了死神的魔爪。

维杜金德·伦茨出庭做证了，受到了辩方18名律师的盘问。但因为他经常在媒体面前痛斥格吕恩泰，他的证词反而没有被法庭采信。检方原本希望请弗朗西丝·凯尔西出庭，但美国FDA的相关规定禁止她参与外国的审判。然而，阿尔斯多夫审判的其他证人提供了强有力的证词。被格吕恩泰点名称赞说证明了沙利度胺妊娠期安全性的奥古斯丁·布莱修医生做证说，他从未把这种药给过任何一名孕妇。拉尔夫·福斯医生讲述了格吕恩泰如何多次企图阻止他发出关于周围神经炎的警告。

最强有力的是坐在矿业公司大厅里的沙利度胺受害者的父母。他们带着绝望的心情一声不响地看着审判进行，他们的孩子在红十字会护士的照料下在走廊里玩耍。庭审结果将决定他们是否有能力为他们的儿女提供照顾。

卡尔·舒尔特-希伦比任何人都更明白此中的利害。

过去几年里，他和林德发挥了关键作用，将数千个德国沙利度胺家庭组织了起来。刚开始时，卡尔和林德担心这些孩子的父母会任孩子自生自灭，于是决心证明这些孩子的潜力。他们允许报纸登载正在茁壮成长的扬的照片。夫妇俩教会了扬举起他不全的手臂，办法是把一个小熊玩具捆在打字机上，哄着扬通过敲击空格键来移动小熊。他们希望扬以后成为一名科学家（事实上扬成了一名医生），细心培养他的好奇心和智力。快乐的扬和爱意满满的舒尔特-希伦一家的照片引发了其他沙利度胺家庭潮水般的回应，他们寄来了**800封信**。[839]（卡尔要求报纸公开了他家的住址。)一位母亲令人心酸地坦白说,在看到卡尔和扬那些快乐的照片之前,她曾考虑对自己的孩子施行安乐死。她告诉卡尔:"我从心底里感谢您。"[840]

卡尔和林德意识到组织起来和集体发声的重要性。他们组成了康特甘受害儿童父母协会(Association of Parents of the Child Victims of Contergan),通过协会发出请愿,呼吁成立专门的医疗中心以及研发义肢。林德为42个地方团体协调体操课和写作课,还大力促成了一个有游泳池的小学出借游泳池以便康特甘受害儿童学游泳。[841] 卡尔对媒体说:"除了他 [扬] 的未来以及所有像他一样有残疾或残疾更严重的其他孩子的未来,别的都不重要。"[842]

阿尔斯多夫审判即将开庭之际,卡尔相信正义终于要得到伸张了。他决定代表其他家庭出席民事诉讼,并做了一本100个沙利度胺儿童的相册,令人观之心酸。他把这本相册的副本给了亚琛法院、各主要政党以及新成立的西德卫生部。除了要求现金补偿外,卡尔还想让格吕恩泰的高管坐牢。[843] 他明白,政府的刑事诉讼对资助受害者家庭提起民事诉讼至关重要。但格吕恩泰的人脉太广了,朋友们担心卡尔做得太过,会给自己遍树强敌。没有因扬的出生而远离卡尔和林德的熟人们现在开始躲着他们。卡尔还被要求从他父亲的律所辞职。

对卡尔和林德夫妇来说,审判的那几年异常孤独艰辛。卡尔打这场官司没有收入,所以家里的生活捉襟见肘。现在他们又生了两个孩子,但一家人仍然住在他们刚结婚时住的那个狭小的3楼公寓里。看电影、派对和旅行与他们无缘。孩子们玩的是布片或手缝的娃娃。为了赚钱,孩子们从附近邻居家里收来成捆的旧报纸。扬用自己攒的钱买了个滑板——这证明他和他父亲一样敏捷大胆——与街区的其他孩子一起从小山上飞驰而下。对卡尔来说,周末在家里远离令人精疲力竭的法庭程序,带扬出门短时间游玩是最让他开心的事。父子二人乘坐卡尔的两座滑翔机飞过碧蓝的天空,扬欢声大叫"再高点!再快点!",卡尔的心

第四部:代 价

情也因此而飞扬起来。[844]

原以为审判会持续3年,但1970年12月18日,法庭突然宣布这是最后一次开庭。这场西德历史上最长的审判历时31个月,仅录音带就有120万英尺长。审判突然"不再继续",[845]观察家们无不感到震惊。审判也没有发布判决。

首席法官正式对格吕恩泰发出严厉的申斥:格吕恩泰无视了一家"认真仔细的制药公司"理应承担的责任,"缺乏道德","阻挠调查","玩忽职守"。[846]法庭还指出了另一个无可争辩的事实:沙利度胺有毒,造成了数千名西德婴儿的先天畸形以及数百名成人的周围神经炎。但被指控的8名格吕恩泰高管都没有坐牢(另一个人在审判期间去世)。格吕恩泰既没有被定罪,也没有被宣布无罪。审判就这么……结束了。

似乎辩方曾游说缩短审判时间,理由是联合国《世界人权宣言》规定应及时做出判决。(相比之下,纽伦堡审判只持续了10个月。)与此案关系更大的是,格吕恩泰提出给原告一笔巨款以达成庭外和解:给孩子们2 700万美元,给患周围神经炎的成人110万美元。格吕恩泰还同意承担大约160万美元的审判费用。同时,格吕恩泰表示,旷日持久的刑事审判会导致公司破产,那样它就没钱支付和解金了。法官很快就结束了审判程序。

但受害者家庭感觉好似被打了一闷棍。他们私下里同意放弃民事诉讼以换取和解,但没人告诉他们政府的刑事诉讼也会结案。他们一直坚决要求法院判定格吕恩泰有罪,所以对最终结果极为不满。格吕恩泰获得了未来任何刑事诉讼的豁免权,这是一张无法逆转,能够免除牢狱之灾的王牌,可以保护这家公司数十年。和梅瑞尔一样,格吕恩泰这家德国制药公司也从沙利度胺的灾祸中全身而退,没有受到任何法律制裁。

和解附有苛刻的条件:父母不能再说不利于格吕恩泰的话,他们必须全体接受商定的赔偿金。这笔钱平均下来是每个孩子1.9万美元,合今天的13万美元。具体金额取决于损伤的严重程度,而且还是分期付款。德国政府也向赔偿基金捐款 2 900 万美元,并负责管理这笔资金的分配。但最初确定的数额就是一个受害孩子的一生所得。

"阿尔斯多夫和解金"最终也用于支持奥地利、比利时、巴西、荷兰、葡萄牙、叙利亚和墨西哥的受害者。获权的外国公司在这些国家出售过格吕恩泰制造的沙利度胺药片。这就是格吕恩泰对全世界受害者做出的全部赔偿。

其他国家的受害者家庭也与本国的制造商和经销商展开了抗争。在瑞典,一场诉阿斯特拉制药公司(Astra Pharmaceuticals)①的民事审判经过 4 年庭审,于 1969 年达成了 1 400 万美元的和解。这笔钱涵盖瑞典的 100 名沙利度胺受害者,最终也扩展到丹麦和挪威的受害者。

然而,许多国家的法院并未伸张正义。在英国,迪斯提勒自 1958 年拿到特许权后就开始销售沙利度胺,这种药至少导致了 400 名儿童的明显残疾。但英国政府认为迪斯提勒没有错,议会下院投票否决了开展公共调查的提议。一个由受害儿童的父母组成的代表团去找卫生大臣伊诺克·鲍威尔(Enoch Powell)时——正是他主持的政府机构批准这种药上市销售的——他冷漠地拒绝了他们。鲍威尔说:"我希望你们不会状告政府。"[847] 他拒绝与任何受沙利度胺残害的儿童见面,也不肯警告民众仍有沙利度胺药片流散在外。1962 年 6 月以前,媒体尚未广泛报道关于沙利度胺危险性的警告,结果不知情的母亲们仍在吃这种毒药。事实上,英国政府决定,在严格的条件下允许继续在医院使用沙利度胺。[848]

和美国媒体一样,英国媒体也对肇事的制药公司网开一面。伦敦《泰晤士报》(*The Times*)刊载了一篇文章,声称迪斯提勒对沙利度胺进行了"当时情况下任何药理学家都会开展的十分彻底的各种测试"。[849] 文章刊出后的第二天,写这篇文章的记者就离开报社去迪斯提勒任

---

① 著名药企阿斯利康(AstraZeneca)的组成部分,于 1999 年与英国药企捷利康(Zeneca)合并为阿斯利康。——编者注

职了。[850]

对于为沙利度胺的事追责，政府和媒体似乎都不以为意。英国的受害儿童前途茫茫，直到报纸的编辑哈罗德·埃文斯决定发动一场争取正义的新闻圣战。

埃文斯初次接触这件事是在 1962 年。沙利度胺的消息刚爆出来时，他在达灵顿的《北方回声报》(*Northern Echo*) 任编辑。埃文斯高大魁梧，很小就展现出了文学天赋。他曾经帮助当地疗养院一群坐轮椅的病人创办体育杂志，这段经历令他非常能共情残疾人面临的困境。埃文斯决定在报纸上刊出萨塞克斯一家康复中心的"海豹儿"的照片，希望能激起公众对沙利度胺受害者的关注。

但此举引起的反应令他震惊不已。读者们愤怒地宣称，这些照片不适合登在全家人都看的报纸上。英国社会似乎不肯承认这场药品悲剧和受害儿童的存在。

然而，这件事在埃文斯的心头一直挥之不去。几年后，他在转任声名卓著的《星期日泰晤士报》[①]的编辑后开展了跟进调查。调查发现，62 个英国家庭正身陷对迪斯提勒缓慢而又昂贵的民事诉讼的泥沼中，只能靠法律援助的资助来与这家资产丰厚的制药公司抗争。受沙利度胺伤害的英国家庭没有一家收到过一分钱，政府派给他们的律师认为这个案子毫无胜算，反过来劝说这些家庭接受少得可怜的和解金。按照英国的法律，媒体不得报道尚未开审的诉讼，以免影响未来的陪审员，其结果是自 1962 年下半年第一起民事诉讼提出以来，沙利度胺这个话题一直被封在"法律茧房"里。[851] 英国公众对这一丑闻的全貌一无所知。

愤怒的埃文斯决定自己行动起来。他在《星期日泰晤士报》成立了一个"专项"工作组来做英国政府没有做的事——对迪斯提勒在这场灾难中的作用展开调查。工作组从一名拿得到辩方内部材料的药理学

---

① 《星期日泰晤士报》是《泰晤士报》的周末版。——编者注

家那里买到了 1 万份迪斯提勒的文件,[852] 还从对阿斯特拉提起民事诉讼的瑞典律师团队的一员那里得到了满满三手提箱格吕恩泰的文件。[853]《星期日泰晤士报》负责研究这些材料并采访相关人员的团队中有安东尼·特里,就是埃莉诺·卡马特家中晚餐的座上客,那位被埃莉诺催着就此问题发出第一篇报道的记者。

这个项目持续了 5 年。到 1972 年,埃文斯已经做好了准备,即将刊载 3 篇头版文章的第一篇。《我们的沙利度胺儿童:国家之耻》历数了沙利度胺研发过程中的各种疏忽过失,特别要求给予受害者"体面的"赔偿,并强烈谴责迪斯提勒提议以微不足道的金额和解。[854] 但英国法院非常重视媒体不得报道未审案件的规定。3 名高等法院法官试图发布禁令,还威胁要把埃文斯投入监狱。尽管如此,埃文斯还是刊出了这篇报道。

议会就此初次窥见了这个肮脏的故事。系列报道的第二篇的主要内容是受害儿童父母的来信。反对党工党呼吁迪斯提勒的高管"直面他们的道义责任"。[855]

高等法院禁止了第三篇报道的发表,但关于沙利度胺的新闻此时已经如燎原烈火般传开。伦敦全城爆发了一场公共运动,人们把反对迪斯提勒的海报贴在路灯杆上和公交车站。一家全国零售连锁店宣布拒售迪斯提勒的产品。甚至在大西洋的另一边,消费者权益保护活动家拉尔夫·纳德(Ralph Nader)①也威胁说,如果迪斯提勒不提供与佩姬·麦克卡里克同等水平的赔偿金,美国也会抵制其产品。就在迪斯提勒的股票价格一落千丈时,一名《泰晤士报》的记者安排了一次沙利度胺受害者家庭与迪斯提勒大股东的见面会。很快,公司股东大会紧急投票授权设立一个 2 840 万英镑的受害者基金,[856] 涵盖提出诉讼的 62 个家庭

---

① 纳德曾经就美国机动车辆的安全性对美国汽车产业提出过尖锐的批评,并推动美国政府通过了《交通车辆安全法》。——编者注

以及另外 341 个家庭。[857] 之后，上诉法院取消了对《星期日泰晤士报》系列报道最后一篇的禁令，但 5 名大法官（英国的最高法院法官）又重新恢复了禁令。埃文斯不得不去设在法国的欧洲委员会上诉，迫使上议院让步，准许系列报道的最后一篇在 1976 年 6 月 27 日刊出。

工作组将调查结果汇总，在 1979 年出版了《受苦的孩子们》（Suffer the Children）一书。这是 20 世纪出版的关于这一问题的两本权威著作之一，展示了格吕恩泰和迪斯提勒不仅都对有关副作用的重要报告视而不见，而且都跳过了至关重要的研究环节。埃文斯和他的团队还破除了当时没有制药公司在动物上开展生殖安全性实验的迷思。在向霍夫曼罗氏、立达、辉瑞、宝来惠康和其他大型制药公司求证后，埃文斯的团队确认，生殖安全性实验自 20 世纪 40 年代以来就是标准的产品研究程序。例如，眠尔通或利眠宁这类镇静药都专门在动物上开展了妊娠期安全性的研究。[858] 沙利度胺上市近 20 年后，肇事公司口中不可预见的悲剧才被证明实际上是这些公司省力气走捷径以及不负责任的营销活动造成的恶果。"内情调查组"（The Insight Team）出版的这本书为随后几十年间寻求正义的人们提供了基础。

到 1962 年，沙利度胺据信仅在西德一个国家就伤害了大约 1 万名婴儿，[859] 其中一半左右出生后不久即死亡。[860] 自那以来，有人估计这种药在全世界造成的受害者多达 15 万人，这个数字算上了没有报告的小产和起初没有意识到是沙利度胺造成的内脏损伤。[861]

活下来的人为获得赔偿费尽了精力。在数十年的时间里，不断有人提起法律诉讼。除了对制药商和分销商追责外，受害者家庭还求助于各自国家的政府。毕竟，有超过 45 个国家给这种被美国 FDA 的弗朗西丝·凯尔西怀疑并拒批的药开了绿灯。然而，有些国家推卸责任，还有些国家迟迟不满足受害者的需求。

在日本，沙利度胺曾以多达 15 种不同的药名上市销售。直到 1963 年 1 月，沙利度胺才完全下架。有大约 300 名婴儿受到了伤害。最终，受害者对日本的两家制药公司和日本厚生省提起了诉讼。审判5年后才开始,又过了一年整,所有3个被告方才承认自己的责任。

西班牙在德国召回沙利度胺的6个月后才于1962年5月停止销售沙利度胺,并且从未公开宣告这种药的危险性。直到2010年,西班牙政府才承认自己有责任,向幸存者支付了赔偿金。此时离他们受到伤害已经过去了近半个世纪。[862]

意大利同样漫不经心。在德国召回沙利度胺9个月后,某些形式的沙利度胺仍然在意大利继续销售。据估计有2 000名婴儿受到了伤害。直到2008年,意大利政府才给已知的350名意大利受害者发放了抚恤金。[863]

与卫生当局和药品分销商的法庭斗争在全球各地风起云涌,格吕恩泰却依旧岿然不动。这家公司把阿尔斯多夫审判没有做出裁决这一事实包装成对它的无罪宣判,并且得以继续不受追责索赔。然而,受害者长大成人后,医疗需求随之增加,阿尔斯多夫审判的和解金不足以支付医疗费用。向格吕恩泰求援的人几十年来一直遭到断然拒绝。直到2008年,面对媒体声势浩大的批评和指责,格吕恩泰才给了德国的赔偿基金一笔一次性的补款。[864]

格吕恩泰被免罪,这令沙利度胺受害者们愤怒不已。这个群体目前仍有数千人,现在都已步入花甲之年,身体未老先衰。他们说格吕恩泰犯了谋杀罪却逍遥法外。直至今日,维尔茨家族仍然掌管着格吕恩泰。赫尔曼·维尔茨的儿子米夏埃尔·维尔茨(Michael Wirtz)博士是公司的首席执行官。尽管维尔茨一家的不法行为有充分的记录,尽管他们的产品夺走了许多人的生命,但他们依然坐拥巨额财富,在德国政界呼风唤雨。

除了沙利度胺,格吕恩泰的止痛药曲马多(Tramadol)——这种药是前党卫军医生恩斯特-金特·申克在1962年发明的——引发了长达数十年的全球阿片类药物危机,直到2014年才被归类为附表第四类控制物质（Schedule IV controlled substance）①。[865]

格吕恩泰自诩为"疼痛管理的全球引领者"，[866]目前的年收益约为14亿美元，差不多一半来自止痛药的销售。[867]很多传言说维尔茨家族打算把公司卖给一家国际集团，如罗氏或赛诺菲（Sanofi），但沙利度胺的这段历史一直是格吕恩泰的一个污点，对于可能收购它的母公司来说是个伤脑筋的负担。格吕恩泰逃脱了法律的制裁，但受害者的回忆录、纪录片以及在施托尔贝格它的办公楼前的抗议不时地将它的劣迹展现在世人面前。

过去几年中，格吕恩泰好几次笨拙地试图重塑其名誉。2012年，在数十年冷冰冰的沉默后，格吕恩泰突然出人意料地发出了"道歉"，似乎希望展现出一副更具同情心的面孔。9月一个干爽的早晨，格吕恩泰集团的首席执行官哈拉尔德·斯托克（Harald Stock）在施托尔贝格的公司总部外面举行仪式，为一尊纪念沙利度胺受害者的雕塑揭幕。他在致辞中说：

> 沙利度胺现在是，并将永远是格吕恩泰历史的一部分。我们有责任，也直面这一责任。我代表格吕恩泰以及公司的股东和所有雇员，谨借今天这个纪念的机会就沙利度胺造成的后果表示真诚的遗憾，对所有受其影响的人、他们的母亲和他们的家人表示深切的同情。我们看到沙利度胺给受其影响的人、他们的家人，特别是他们的母亲带来的身体上的痛苦和感情上的折磨至今仍丝毫未减。我们也要向你们道歉，因为近50年来，我们没有一个一个地找到你们，反而一直保持沉默。我们为此非常抱歉。[868]

---

① 美国《受管制物质法》（Controlled Substances Act）根据物质的安全性、医疗使用接受度、滥用及成瘾可能等标准将药物和药物生产中使用的物质划分为五类，对第一类的管控最严格，第五类相对最宽松。——编者注

格吕恩泰在阿尔斯多夫审判期间始终矢口否认沙利度胺与新生儿畸形间有任何因果关系，还无耻地辩称这种药事实上拯救了一些本来活不了的婴儿。表面上看，上面这番话像是公司态度的惊天大逆转，但格吕恩泰依然拒不承认自己犯了任何不法行为，空言"道歉"却没有提供一分钱的经济支持。这座沙利度胺幸存者纪念雕塑是格吕恩泰帮助出资落成的，展示了生而缺失双臂的痛楚。但这并未为格吕恩泰赢得任何好感。没有人需要一座青铜雕塑，所有人需要的都是在支付医疗账单方面得到帮助。

"别说空话，做点实事。"世界各地的受害者怒斥。[869]

"用道歉包装的谎言仍然是谎言。"哈罗德·埃文斯说。[870]几十年来他一直在寻找能证明格吕恩泰欺骗的新证据。

事实上，格吕恩泰发出道歉几年后，浮现出了更多指向格吕恩泰不法行为的证据。在澳大利亚，一批原来不被承认的沙利度胺幸存者发起的集体诉讼发现，德国一个州的档案里有大量文件表明格吕恩泰秘密操纵了阿尔斯多夫审判的终止。[871]1970年下半年，包括71岁的赫尔曼·维尔茨在内的格吕恩泰高层与联邦卫生部私下举行了一次会面，那场会面似乎最终促使联邦有关部委停止了刑事诉讼程序。后来还发现，一名州检察官直到审判开始的两年前一直都是赫尔曼·维尔茨的私人辩护律师。

档案中还有一些从未在法庭上出示过的证据：化学研究生金特·冯·瓦尔代尔-哈尔茨（Günter von Waldeyer-Hartz）曾给检方寄过一份声明，说他在沙利度胺召回6周前在格吕恩泰的工厂里看到过"一个康特甘-沙利度胺的包装箱上贴着**孕妇禁用**的标签"，但他的声明从未呈堂。[872]

格吕恩泰把分析这些几十年前的文件的人斥为"阴谋论者"，[873]并坚决否认走过后门："政府和检方不是和解的当事方。"[874]

然而，2018年，在英国沙利度胺托管基金（UK Thalidomide Trust）

的资助下，《沙利度胺大灾难》(*The Thalidomide Catastrophe*)一书得以出版。基于大量的调研，这本书条理分明地详述了格吕恩泰对有关沙利度胺毒性的早期警告如何置之不理。格吕恩泰声称自己完全无辜的说法因此日益站不住脚。

作为回应，格吕恩泰建立了一个网站 www.thalidomide-tragedy.com 来讲述它的故事版本。这个网站盛赞德国康特甘基金会（German Contergan Foundation）。该基金会由格吕恩泰 1970 年支付的阿尔斯多夫和解金出资设立，2009 年又收到了格吕恩泰自愿捐助的 5 000 万欧元。他们说，这个基金会为德国的受害者和在格吕恩泰特许下销售沙利度胺的 37 个国家的受害者提供了支持。在意大利和西班牙等未经格吕恩泰准许就出售沙利度胺的国家，受害者"一般"由他们自己的国家"支持"。[875]（意大利和西班牙的沙利度胺幸存者仅仅在不久前才刚开始获得政府的支持。）在持特许权的公司自产自销沙利度胺的国家，如英国、澳大利亚、新西兰和瑞典，由相关制药公司和它们各自的政府提供财务支持。

格吕恩泰吹嘘说，"只要是当时由格吕恩泰或它的特许伙伴销售过沙利度胺的国家，都建立了财务支持方案"。[876] 然而，在其支持国际受害者的叙事中，格吕恩泰只字未提美国的沙利度胺幸存者。格吕恩泰对公众保证，在美国，"沙利度胺没有被销售过，因为 FDA 没有批准"。[877]

这里有美国人吗？[878]

——卡罗琳·桑普森（Carolyn Sampson）
国际沙利度胺幸存者脸书群"不再哭泣"里的发言，2011年

大家好，我叫格伦达·约翰逊，1962年出生，是沙利度胺受害者。我妈妈吃了这种药，导致我出现多种先天缺陷。我的右臂只有一半，有四根手指，我的左手也是畸形的，还有其他的先天缺陷。我真的非常同情众多其他受害者。我住在美国，很希望和其他受害者取得联系。我也从来没有收到过任何赔偿。如果有谁能帮助我或者给我出出主意，请尽量给我打电话或发电邮。我一直在寻求帮助，我真的需要帮助。我会非常感激……谢谢你们，愿上帝保佑你们。格伦达。[879]

——《保险杂志》网络版2010年的文章
《沙利度胺受害者索赔63亿美元》下的评论

第 37 章

1987 年，一名立志成为作家，年近三十的女子在《华盛顿邮报》上发表了一篇专栏文章，题为《我会选择我的生活》。[880]

艾琳·克罗宁是一个金褐色头发的美丽姑娘，很像玛丽埃尔（Mariel）和玛葛·海明威（Margaux Hemingway）[①]的姐妹。1960 年出生在辛辛那提的艾琳没有双腿。多年来，她那信仰天主教的大家庭一直告诉她，她这个样子是上帝的旨意。

20 世纪 80 年代早期，沙利度胺再次成为新闻。这种药被发现能够延缓肿瘤生长，似乎可能被重新启用来抗击癌症。另外，已改名为梅瑞尔陶氏（Merrell Dow）的梅瑞尔公司因为另一种药被告上了法庭。这种药就是雷蒙德·波格在 20 世纪 50 年代制造的治疗孕期晨吐的镇吐灵。在投入市场 30 年后，镇吐灵和沙利度胺一样也被指控导致了先天缺陷。大约就在这个时候，艾琳的残疾源自"上帝的旨意"的说法遭到了沉重一击。艾琳听说她母亲在一次飞往德国的旅途中吃过一粒防晕机的药。艾琳怀疑那药是沙利度胺。

经过一番调查，艾琳确认有沙利度胺流转到一些美国妇女的手中。她在《华盛顿邮报》的文章试图纠正一个普遍存在的误解，那就是认

---

① 两人都是演员、模特、著名作家海明威的孙女。——译者注

为沙利度胺从未在美国被使用过。艾琳写道，"它确实通过一家公司流入了美国"，并列举了大约20个已知的美国海豹肢症病例。[881]

文章的发表并未促成新的调查，但克罗宁怀疑是沙利度胺造成了自己的残疾，这是一个令她情绪激动的人生转折点。艾琳结婚后想要孩子，因此决定彻底弄清楚造成她腿残的究竟是遗传因素还是环境因素。她读了《受苦的孩子们》，得知分发凯瓦登的那家美国公司的总部居然就在她所在的城市。长期以来，她一直以为母亲在国际航班上吃的药片来自德国。现在，她生出了全新的怀疑。梅瑞尔庞大的临床研究者队伍和分发的大量药片使克罗宁大为震惊，她觉得这个尘封已久的故事还有许多不为人知的内容。毕竟，她就从未被FDA计入美国的沙利度胺受害者。

克罗宁认为自己可能是沙利度胺幸存者。她后来诞下了一个健康的女婴。作为临床心理学家的她在工作之余写了一部非常感人的回忆录《美人鱼：韧性的回忆》(Mermaid: A Memoir of Resilience)，讲述了她处理与家人关系的长期历程——她有10个兄弟姐妹，与母亲的关系也相当复杂。她还描述了试图弄明白自己伤残成因的痛苦经历。回忆录于2014年出版后，全国各地有很多与她素昧平生的人联系了她，说自己是或者认识美国其他的沙利度胺受害者。克罗宁最可怕的怀疑很快就得到了确认。有一封来信尤其令她崩溃。写信的是一名20世纪70年代在肯塔基州工作过的多明我会修女，她在信中描述了自己在一家护理院看到的许多没有双腿、被困在婴儿床里的孩子。那名修女回忆说，经营那家护理院的夫妇告诉她，那些孩子的母亲吃过沙利度胺，抛弃了自己的孩子。[882]

克罗宁感到这件事有很多内情没有被报道过。在2014年发表在赫芬顿邮报（HuffPost）网站上的一篇专栏文章中，她敦促"更深入地报道关于沙利度胺及其在美国的受害者的真相"。[883]但媒体没有跟进。

然而，西雅图的一家律师事务所正在深挖。哈根斯·伯曼（Hagens

Berman）这家位于西雅图的律师事务所办过不少著名的案子，迫使菲利普·莫里斯[①]、维萨和万事达[②]以及大众汽车公司支付了几十亿美元的和解金。在澳大利亚和新西兰的受害者提起了很有希望打赢的集体诉讼后，哈根斯·伯曼开始调查美国是否有未被承认的沙利度胺受害者。通过仔细检视互联网的留言板、在报纸分类广告栏登广告以及询问各地的律师，哈根斯·伯曼发起了一场搜寻幸存者的全国性行动。2011 年，哈根斯·伯曼代表大约 45 名原告提出了第一起诉讼。[884]

卡罗琳·桑普森是原告之一。这名直率的明尼苏达人经营着一家网上设计公司。卡罗琳 1962 年出生时一只手臂很短，手指也不全。和大多数原告一样，她本来一直不知道是什么造成了自己的伤残，直到 17 岁时公交车上一个陌生人问她："你是沙利度胺宝宝吗？"

卡罗琳回家后问了她的母亲，母亲承认在怀她的时候吃过医生给的一包缓解头痛的药。有一片药竟然奇迹般地留存了下来。卡罗琳找了一名律师，但实验室在分析了那粒药片后无法得出确切的结论。那名律师也肯定地告诉卡罗琳，说沙利度胺从未在美国获批销售过。

几十年过去了，卡罗琳因为手有残疾，连收银员和快餐厨师这些最基本的工作都找不到。她 19 岁结婚，生了两个女儿，于 23 岁时离婚。与此同时，她的手臂疼得越来越厉害。她试图掩饰自己的难处，就连在家人面前也是如此，例如她不愿让人看到自己为了戴上耳环不得不把手臂扭到背后去。为了缓解手臂的疼痛，她最终只能去做理疗。卡罗琳快 50 岁时，一名同事祝贺她在做报告时惊人地自信，"特别是考虑到……"，然后她就不说下去了。在那一刻，卡罗琳才意识到，不管她喜不喜欢，别人都把她视作"残疾人"。她也就接受了这个标签。

但"沙利度胺"这个词仍然让她无法释怀。一天深夜，她在谷歌

[①] 全球最大的烟草公司。——译者注
[②] 均为信用卡公司。——译者注

第四部：代　价　　383

上疯狂搜索，找到了《时代》周刊1962年8月的一篇文章，文章中提到有1 231名医生在美国分发过凯瓦登。卡罗琳知道她母亲的医生的名字，于是她给FDA写信，援引《信息自由法》（Freedom of Information Act），要求得到试药医生的名字。卡罗琳母亲的医生不在名单上。但FDA没有告诉她一个它在1962年就已经知道的事实，一个时至今日仍然埋藏在数千份FDA文件之下的事实：那个"名单"不过是个幌子，因为临床研究者经常把沙利度胺分给其他医生用。

卡罗琳有一种挥之不去的感觉，觉得沙利度胺一定在她的遭遇中起了作用。她加入了脸书上一个沙利度胺幸存者的国际群，在里面问了一句："这里有美国人吗？"一名加拿大的维权活动参与者告诉她美国有一起集体诉讼，于是卡罗琳报名加入了原告行列。据卡罗琳说，她最终是通过哈根斯·伯曼的律师获悉全部真相的：梅瑞尔所谓的试验草率马虎；样品药被装在没有标识的纸袋里发给病人，还被提供给别的医生；吃药的妇女根本不知道她们吃的是"实验药"。

看到这场对真相长达数十年的隐瞒，卡罗琳义愤填膺。她是天生的组织者，具有出色的公关才能，于是专门为美国的幸存者建了一个脸书群，并做了一个电子表格，列出了每个人的出生日期、出生城市、出生医院和接生医生。不久后，一个名叫"约约"乔斯·卡洛拉的俄勒冈州沙利度胺幸存者在线上与卡罗琳取得了联系，两人很快成了朋友。约约已婚，是两个孩子的父亲，在信息技术行业工作。他也喜欢组织各种活动。他们两人觉得群里的人应该见个面，于是计划2018年在亚特兰大举办一个小型聚会，共同制订未来的行动计划。他们成立了一个非营利组织来纠正一个仍在广泛流传的错误认知，那就是美国只有9个婴儿受到了沙利度胺的伤害。诉讼聚集起了超过50名原告，[885]卡罗琳和约约猜测实际受害者也许超过了100人。

整整一年，卡罗琳倾尽全力追踪有关美国各地幸存者的每一条线索，在电话上与可能加入他们群的人交谈。诉讼中提及的受害者大多彼此从未见过面或谈过话，只知道大家都在向法庭提起的集体诉讼的名单上。哈根斯·伯曼告诫所有原告不要彼此接触，也不要公开发帖。这个策略可能是为了尽量暂时不让他们了解到真相的全貌，以便向法庭强调原告对沙利度胺是多么不了解。律所甚至劝原告自己不要做任何调查研究。然而，在被欺骗和孤立了几十年后，幸存者们急切地想把握自己的未来，渴望建立社群。

2018年，我看到了卡罗琳描述她寻找自己伤残原因经历的一篇博客文章并联系了她。她邀请我去了她在明尼阿波利斯的家里。我们在她家起居室的沙发上坐了好几个小时，她的狗埃利时不时跳过来打断我们热切的谈话。卡罗琳夺人心魄的湛蓝美眸和又黑又长的睫毛使我想到她曾经告诉我，她当过玫琳凯（Mary Kay）的化妆品销售员，那是她做过的许多工作中的一个。卡罗琳热情友好、沉着镇定，娓娓讲述了她为弄清自己伤残的原因百般努力却屡遭挫败的艰难故事。在哈根斯·伯曼之前，有两个律师事务所严重误导了她，甚至弄丢了她的文件。明尼苏达的一名记者在2013年曾答应卡罗琳要写她的故事，却半途而废。哈根斯·伯曼的诉讼进展十分缓慢，任何伸张正义或赢得经济支持的希望之光看起来都随时可能再次熄灭。

我把我在FDA的记录和法律档案中的发现告诉了卡罗琳。我告诉她，大量信息似乎被闲置了几十年，它们显示FDA知道这种药传播的范围比试药医生广得多。FDA明知受沙利度胺伤害的婴儿可能比公开承认的多得多，却绝口不提所有那些无法轻易追溯到名单上某个临床研究者的病例。相关材料表明，母亲们不知道给她们吃的是实验药，她们吃了药后也没人告诉她们这个事实。少数几个上了法庭的案子的庭审记录显示，医生们在异口同声地撒谎。美国的所有受害者无一不处于绝对的劣势之下。他们竟然找到了彼此，这令我惊讶不已。

卡罗琳不想再干等律师的消息了，决定亲自调查FDA的记录。她想知道到底发生了什么，她想增强她新组建的群体的力量。她已经有了数十个美国人的名字，这些人相信自己受到了沙利度胺的伤害，认为自己有权了解这种药的全部历史。卡罗琳计划下一年举行一次大会，在全国各地的受害者之间建立联系，并制订一项让正义最终得以伸张的计划。

— ⊗ —

2019年11月，琼·格罗弗和她14岁的女儿冒着清晨的严寒离开她们在纽约州上州[①]的家。她们要去加州的圣迭戈与一群沙利度胺幸存者会面。琼是个有艺术家气质并且活力充沛的女人。她戴着钴蓝色镜框的眼镜，短发挑染成紫色。她的上臂刺着五颜六色的花卉文身，浑身散发出强烈的嬉皮士气息。她的声音醇厚柔和，最喜欢说的一句话是"真酷"。从她轻松愉快的做派中，一点也看不出她曾经因为被认为必死无疑而被放弃过，也看不出美国政府对她视若无睹，就像她根本不存在一样。

琼是安·莫里斯的女儿，就是那个被父母送去寄养的辛辛那提婴儿。琼一岁之前的大部分时间里，母亲都没有看过她一眼，但父亲会偷偷地去看她。他最后对安说了实话，说琼很可爱。安原来被告知琼缺少四肢，想象中这个孩子只有躯干。但当安最终去福利院看琼时，她看到琼在地板上迈着小步跑来跑去。安想："没有那么糟嘛！"第二天，安和道格就把琼接回家了。

琼的正式诊断是股骨近端局灶性缺损（proximal femoral focal deficiency）。具体来说，她的腿只有一半长，脚则在方向上发生了奇怪的旋转。她的一条手臂只长到了手肘的部分，双手与手臂连接的角度也不正常，一只手上只有一根手指，另一只手有两根手指。

但琼不断给父母带来惊喜。"他们惊讶地看到我居然活了下来。后

[①] 泛指纽约州除纽约市和长岛外的其他地区。——编者注

来发现我有能力实现自己的潜力,他们再次惊讶不已。"现年60岁的琼说。[886]

他们一家搬到了肯塔基州,琼在那里的一家康复医院接受治疗,还装了假腿。1971年,他们到纽约州的罗切斯特永久定居下来。琼很快加入了"主流",上了普通学校。十五六岁的时候,她和几个残疾孩子交上了朋友。那群孩子中两个年纪大一点的男孩——一个有脊柱裂,另一个有和琼类似的伤残——都能用手动离合器开车。琼被迷住了。"我想,**我也能做到!**"她告诉母亲她想学开车,并找到了一家职业康复学校。

琼对独立的渴望日益强烈。她戴着义肢一次能走四分之一英里。她用两只手上的几根手指握着笔,发现了自己卓越的绘画才能。高中毕业后,她上了罗切斯特技术学院,主修平面设计与传播,副修创意写作。1984年,她以最高荣誉毕业。

琼的个人生活也完全出人意料。她曾经对自己的初次性体验焦虑担忧。她会被男人压坏吗?男人会因为她的残疾而不举吗?但真到了那个时候,琼发现一切都惊人地自然:"我喜欢性,它成了我生活中的一个重要部分。"[887]在大学里,琼有过好几段健康的恋爱关系,男朋友都身体正常,想和她结婚。琼喜欢告别人,她让许多男孩心碎过。

她最终结了婚,在33岁生日那天生下了双胞胎男孩杰克和安迪。罗切斯特当地的报纸为策划母亲节的特别报道采访了她,采访中琼开玩笑说:"真是奇怪的讽刺,上帝给了我一半胳膊,却给了我双倍的宝宝。"[888]报纸上刊出了她的照片,她的这句话被用粗体字印在照片上。琼知道读者可能会惊骇不已,为此大笑不止,开心极了。

因为出生后被送到福利院待了一年,琼和母亲总是不太亲,所以她决心给两个儿子很多的爱。(琼不爱生气,但说到她出生的那家医院预言她很快就会死的时候,她明显露出了怒色。)她和儿子们的联系从一开始就十分紧密。有一件事尤其让琼说起来就热泪盈眶。

第四部:代 价 387

琼第一次在儿子的幼儿园"露面"是去参加一次母亲节的午餐会，其他孩子看到她纷纷发问：**那是谁？她的胳膊怎么了？**琼骇然不知所措，但她4岁的大儿子、比老二早出生两分钟的杰克举起了手，示意孩子们安静下来。"大家伙儿，这是我妈妈，"杰克宣布，"她的胳膊这个样子是因为她生来就这样，但她自己能吃饭，她还会画画。"很快，琼就应杰克的要求给所有孩子画起了素描。那一天彻底改变了琼。杰克定了调子，使她感到自己是个正常的母亲。

琼37岁时又当妈妈了，这次是通过收养。她听说印度有一个得了关节挛缩（arthrogryposis）的小女孩。这种病是先天性的，患病的人关节没法动。普丽雅（Priya）的双腿一生下来就交叉在一起。她在4周大的时候被送进了孤儿院，直到3岁都没人收养她。这个身在半个地球以外的女孩的故事一直让琼放心不下。她最终安排让普丽雅飞到美国，成为她家的一员。

琼和普丽雅很快就亲近起来。琼知道培养普丽雅的独立性和解决问题的技能非常重要。普丽雅15岁时在另一个镇找到了一份夏季工，需要一种方便使用轮椅的交通方式。她自己计划好了每天的通勤路线，要花4小时，转好几次公交车。普丽雅变得非常有条理、非常努力。她在跟着琼参加了一场残疾人权利集会后成了一名社区组织者，后来以全额奖学金上了雪城大学。

琼42岁时和她的第二个丈夫基思（Keith）生了第四个孩子莎拉。莎拉乍看之下像个典型的大大咧咧、喜欢自拍的少女，但她的眼神中有一种深深的成熟。她因为有一个不能帮她穿衣服、不能做家务的妈妈而变得很独立，并且为此深感自豪。

在成长的过程中，莎拉一直看着别人观察她的母亲："我这辈子已经习惯于被人盯着看了。"[889]不过她能原谅别人的围观。"人的眼睛总是会被差异吸引。"她这样解释说。她甚至觉得有些事很好玩，例如有一次在购物中心，一群孩子本来在哭，但他们看到琼操纵着电动代步车疾驰而过时一下子就变得一声不吭了。这次去圣迭戈就是莎拉陪她妈妈去的。琼的儿子安迪和朋友亚辛（Yasin）乘另一架飞机去，他们在拍摄一部关于琼初次与美国沙利度胺幸存者见面的纪录片。

琼不久前才开始认为自己是沙利度胺受害者，但在美国各地被误导、被蒙蔽的受害者的故事当中，琼的故事最令人震惊。琼出生前的两年间，在辛辛那提犹太医院**至少降生了** 4 个"海豹儿"，这个数字太惊人了。从未有人把这个信息告诉琼的母亲，琼的出生可能也从未被报告给 FDA 或州和地方的卫生当局。根据琼的出生日期来算，她母亲很可能是在 1961 年 11 月德国召回沙利度胺后吃的这种药，这意味着琼的出生会给医院和梅瑞尔招来祸患，可能会有人想让她的"病例"消失。

安一直说琼的畸形"就这么发生了"，但琼的内心对自己的畸形产生了好奇。整个童年时期，医生总会问她的肢体残缺是不是沙利度胺造成的，琼的回答总是否定的。然而，在肯塔基州的一家康复中心，琼遇到了一个和她有同样伤残的女孩。那个女孩出生在辛辛那提附近，与琼同年。她俩见面时，谁都没想过自己的状况与母亲孕期接触的药有任何关系。但琼一直觉得奇怪，因为她和这位朋友的伤残如此惊人地相同，她俩的出生日期又只差几个月。

琼既是母亲，也要工作，所以总是在忙，无法专注于这个问题。然而，在 1996 年成为"国际截肢儿童网络"（International Child Amputee Network）的顾问后，她看到了沙利度胺幸存者的照片。他们的样子和她非常相似，让她无法忘怀。2014 年，她实在抵挡不住自己的好奇心，在脸书上与英国一个沙利度胺互助小组的一名成员加了好友。那个朋友大致给琼讲了格吕恩泰和梅瑞尔的事情。他还告诉了她哈根斯·伯曼的诉讼。

琼随后也加入了原告的行列。她母亲依然坚持说自己没有吃过沙利度胺，但还记得用来装她缓解晨吐的"维生素"的药瓶没有标签。琼的母亲从未表示自己吃过沙利度胺，这对琼的案子来说是一大利好。它

第四部：代 价

说明了为什么几十年来琼一直没有采取法律行动。然而，诉讼的进展十分缓慢，律师劝原告不要彼此联系。他们的消息如此闭塞，直到我2018年去琼在纽约州上州的家里采访她的时候，她才从我这里听说梅瑞尔的总部就在她的家乡，而且有好几个"沙利度胺宝宝"与她出生在同一家医院里。

当时我刚从辛辛那提回来。我去那里见了那些"沙利度胺宝宝"中的两位，她们都在几十年前接受了梅瑞尔的和解金。她们的情况比较简单，因为她们的母亲是正式的沙利度胺临床研究者纳尔森医生的病人，而且两位母亲都坚称纳尔森给了她们凯瓦登。

纳尔森接生过好几个"海豹儿"，为别人发表过代笔的研究论文，还偷偷用凯瓦登替代镇吐灵。单单是这些恶劣的行为或许就足以让梅瑞尔在1968年向那两个女孩提出和解。两个女孩最终在辛辛那提一所为残疾儿童办的公立学校的学前班相识，但她们以为她俩是美国仅有的沙利度胺受害者。

两人中有一人的父母仍然在世，她不愿谈和解的事情，担心会危及和解金。另一个是格温·李希曼，这位曾经的女童子军队长疾恶如仇、大胆无畏。她想给梅瑞尔一个教训。"**我**可什么都没签！"[890]她骄傲地宣称。（她的父母签署了保密协议，但他们均已过世。）格温很乐意分享她的故事、她的和解文件和她父亲保存的厚厚的剪报夹。她也毫不避讳地宣布自己是FDA正式计入的"最早的"沙利度胺宝宝之一，把这当作一种荣誉。

2018年在辛辛那提格温的家里与她们两人见面时，我给她们讲了纳尔森的不当行为。对她们来说，纳尔森只是出生证上的一个名字，但我对她们解释说纳尔森是梅瑞尔药试中罪大恶极的人物。这令她们大吃一惊。在成长过程中，她们对父母寻求正义遇到的困难知之甚少。与其他美国幸存者建立联系令她们对这个更大，并且自己在其中扮演了关键角色的故事有了新的了解。

格温决定从辛辛那提飞到圣迭戈去参加大会。一年前她去亚特兰大参加聚会，路上车出了故障，结果她在75号州际公路边上足足滞留了5个小时。（如今的她宣称："我再也不会坐灰狗巴士了。"）格温上高中时是校报编辑，还是全优生，气场强大。她目光锐利、言辞直率，养了两匹设得兰矮种马和两只猫。除了担任女童子军领导外，她还做过几年特殊教育教师。不过她自2001年以来没有工作。

格温属于美国沙利度胺幸存者中受害最严重的，双腿双臂都非常短小。她从来没有用过义肢，出门只能坐轮椅。（在家里，她如果需要走动，就用磨出了厚厚老茧的膝盖挪动。）然而，她的举止丝毫不显柔弱。格温自带一种"别惹我"的气场。考虑到她家的情况，这也难怪。格温的母亲在她出生后精神崩溃，家里人对过去发生的一切三缄其口。从来没有人告诉格温是沙利度胺造成了她的伤残，直到她在初中上过一堂性教育课后问父母她生的孩子会是什么样，她才了解到真相。

格温的父亲是一名化学家，在通用电气公司工作。是他带头发起了集体诉讼。他爱格温，但也很严厉。一次，格温要戴上帽子，在地板上扑腾了好半天也戴不上，一个刚好来访的亲戚看不下去了，冲口而出："巴德，帮帮她！"但格温的父亲不为所动，他认为格温必须学会自己做这些事情。2010年，格温的母亲去世后，她搬回辛辛那提照顾已经有早期痴呆的父亲。亏了她成长过程中父亲的有意培养，格温以一己之力把父亲照顾得很好。

格温坐着电动轮椅和大学时的朋友黛波[①]一起来到圣迭戈参加大会。另一名沙利度胺幸存者租了一辆面包车到机场接人。格温到达后，我们5人下车在取行李处附近接到她，把她送到酒店。

坐着电动轮椅带着一帮人终于进入欣庭酒店[②]大堂时，格温已经难

[①] 黛波拉的昵称。——译者注
[②] 希尔顿旗下的住宅风格酒店。——译者注

掩旅行的疲惫。但在看到她的"辛辛那提姐妹"琼的那一刻,她一下子就精神起来。不久前她俩通了电话,这次真的见面两人都兴奋极了。在所有沙利度胺幸存者中,她俩的伤残最相似,但两人的性格却有天壤之别。格温锐利的注视与琼的温柔目光以及长长的蓝色雪纺围巾对比鲜明。但当琼伸出她文着图案的手臂拥抱格温时,格温的心都融化了。

日落时分,大约 20 名沙利度胺幸存者以及她们的伴侣和孩子聚在酒店的酒吧。这群胳膊、腿和手与众不同的新朋友在一起兴高采烈地大说大笑。有人跑去卖酒的商店买了伏特加和波旁威士忌,还有人用盘子装满酒店的免费肉丸,一起友好地坐在沙发椅上。每个人都沉浸在快乐中,谁也不在意其他酒店住客好奇的眼光。那些注视是善意的,充满了好奇,似乎只是想知道这些人为什么如此欣喜若狂。

— ⊘ —

这次大会名叫"美国沙利度胺幸存者大会:不再沉默,讲出我们的故事"。大会的活动排得满满的,有圆桌对话、情况介绍、集体聚餐、深夜卡拉 OK,还有即兴发起的乒乓球赛。与会者都能拿到印着大会标记的帆布袋和印好的活动表。我介绍了我做的研究。艾琳·克罗宁读了她回忆录的片段。在酒店开会常有的混乱也在所难免,例如等三明治等了 3 个小时,起晚了的人在会议开始后才陆陆续续走进会场,出现技术故障,发生性格冲突等,但也有人在大堂卡座里结下了友谊。

每天的集体讨论浮现出了一些共同的主题。大多数幸存者与母亲的关系都十分紧张,"缺乏母爱"是经常听到的抱怨。一个女人在会上站起身,声泪俱下地描述她年少时发现了一封信,显示她母亲准备把她送走,但她父亲威胁说那样他就要离婚。每当她向母亲提起这件事,母亲都拒绝和她讨论。沙利度胺母亲往往都不愿意回忆过去。一名母亲无数次地改动我对她电话采访的时间,我最终干脆放弃了。我跟林德·舒尔特-希伦通过几次电话后,她的孩子们告诉我不要再打了——这个话题会给她带来太多的痛苦。

不过,这些女性在分娩后的几天和几个月的时间内遭受的痛苦创伤留下了记录。1966年,加拿大心理学教授埃塞尔·罗斯基斯（Ethel Roskies）在蒙特利尔康复研究所开始了一项为时5年的研究,看这些沙利度胺母亲们过得怎样。研究结果很不乐观。"这里描述的身为人母的历程并不美好。"她在1972年出版的《异常与正常：母亲对沙利度胺儿童的养育》(Abnormality and Normality: The Mothering of Thalidomide Children)一书的前言中坦言,"这份记录或许没有呈现一种带着粉色或蓝色丝带的亲密母子关系,但其中仍然有许多内容展现出美好甚至英勇。"[891]

罗斯基斯与20位母亲交谈过,记录下了她们在产房痛苦而可怕的经历。她们从麻醉中醒来,看到医生在落泪,护士们行为古怪。她们被告知一切都好,医院却不给她们看宝宝。之后,她们被问到有关遗传畸形的奇怪问题。来探望的人一脸难过。护士不肯直视她们的眼睛。最后,医生、牧师和丈夫一起来到病房说明真相,这一幕让人心里七上八下,许多母亲都以为是因为自己活不长了。[892]

接下来,打击来了。一位母亲的医生用手比画着说她生了半个孩子。另一名医生告诉婴儿的父亲,可以帮助婴儿结束生命。一名修女表示可以把"海豹儿"换成一个正常的孩子。[893]震惊之下,有的母亲甚至发生了大出血。

出院后的日子同样不好过。相关部门基本上没有给这些母亲介绍过任何康复专家。有些母亲是初为人母,有些母亲还要照看其他孩子。大多数母亲没人帮忙。家里在孩子出生前准备的婴儿用品都收了起来。

之后是欺骗。许多加拿大受害者是1963年出生的,那时世人早已知道了沙利度胺的危害,但医生们并未警告这些母亲给她吃的是这种药。一名医生甚至干脆把给病人开的处方彻底改了。另一名医生搬离了原来的城市。当一名妇女问她的医生,给她开的药是不是新闻里说的沙利度胺时，那名医生断然否认。

最令人不安的记录显示，一名医生否认给一个畸形儿的母亲开过沙利度胺。但几个月后，他的狗生下了肢体不全的小狗——似乎他在测试这种药是否会致畸。[894]

公众紧盯着制药公司和监管机构的错误，医生们无人约束、静悄悄的欺骗却没人注意。医学界拒绝对受害者披露任何信息。即使在沙利度胺获得政府批准的加拿大，当受害者家庭对制药公司提起法律诉讼时，医生们哪怕宣了誓也拒绝承认给那些母亲开过沙利度胺。

在美国，大部分医生从未在事后告诉女病人给她们吃了沙利度胺。读到美国逃脱了这种德国药的祸害的新闻后，这些美国母亲也没有想到问一问自己有没有被当作"试验受试人"。因此，大多数美国幸存者没有任何证据。那些外观伤害不太明显的人要想确定自己的伤残与沙利度胺有关，其路漫漫，异常艰难。

简·吉本斯1960年出生于圣莫尼卡，只有手部有明显的"损伤"。青少年时期，她接受了手指修复，最终还切掉了其中一根。不过她在后来慢慢出现了更多的健康问题。简27岁就停经了，只能用捐助的卵子怀孕。她的甲状腺开始出毛病，皮肤也出现了"奇怪的发硬现象"。[895]简是家里5个孩子中的老三，只有她的身体有这样或那样的毛病。她自嘲说，"我总是制造惊喜"。简的手和胳膊疼痛日甚，到2015年只得去看疼痛专家。医生的话让她大吃一惊：医生建议她去问她母亲是否吃过沙利度胺。

简的母亲玛丽·波尔希默斯（Mary Polhemus）清楚地记得，曼哈顿海滩①的一名产科医生在1959年岁末给了她一小包止晨吐的药片，但她从未想过那些药片可能是沙利度胺。当简告诉她这种臭名昭著的德国药在美国曾经试验过时，她惊得瞠目结舌。

---

① 加州的一座城市。——编者注

那个装药片的小纸袋早就没有了。除了与其他幸存者建立联系，简别无他法。

"大伙儿需要我，我也需要大伙儿。"简谈到决定参加圣迭戈大会时这样说。[896] 简兴奋地和丈夫凯勒（Cuyler）带着柯利牧羊犬"炸土豆饼"一起来到圣迭戈。长着茂密的沙黄色头发的简特别外向大方，很容易交朋友。她在出版业工作了35年，曾帮助创建了《简》（Jane）杂志[①]，也在《洛杉矶杂志》（Los Angeles Magazine）工作过。简天生善于沟通，说话快得像打机枪。她笑口常开，散发着超乎寻常的乐观精神，急切地想了解其他幸存者的生活。

大会第一天上午，她坐在会议室里听别人讲述他们的童年生活。发言人都提到了孤独感，也都谈到想"藏起来"或拼命表现自己能行的冲动。金伯利是两个孩子的已婚母亲，她说自己这一辈子始终拒绝别人帮助，一定要证明自己什么都能干。她劳累过甚，导致关节疼痛发炎。她对参会者说，看到他们这些跟她一样的人后，她终于解开了一定要表现自己能行的心结。

许多人谈到了疼痛，担心自己的身体在"解体"。他们创造性地运用自己的肢体，例如格温做饭时用双脚捧着碗，但这种方法也加速了肢体的磨损。有两名女性吐露心声，说她们最大的恐惧是疼痛会使她们无法工作。平时欢快开朗的简沉重地承认："我觉得我的身体是一颗定时炸弹。""我的生活是一座纸牌屋……万一我不再能工作了怎么办？"她打了个寒战说。

然而，有一名女性活出了精彩。一天早晨，扎比内·贝克来到了会上。她仪态万方地走进酒店餐厅，身边跟着她的服务犬——一只名叫巴尔特的金色寻回犬。扎比内金发飘逸，耳坠叮当，脖子上的围巾五彩斑斓，整个人魅力四射，让其他幸存者看得移不开眼。她的腿没毛病，但

---

① 时尚综合杂志，已于2007年停刊。——译者注

没有双臂，行动间显示出电影明星般的自信。

扎比内生在德国，但现在住在加州。从1994年起，她就以励志演讲为业。这名有3个孙辈的奶奶冲浪、滑轮滑、骑马，最近又开始跑马拉松。这些都展示在她的网站sabinebeckerspeaks.com上的"皆有可能画廊"中。可能因为她是运动健将，完全自立，所以扎比内并不介意在小事上请人帮忙。她会很自然地请与她一同进餐的人帮她切食物。一天吃早餐时，她请我帮她绑紧马尾辫。我在酒店院子里给她梳头发的时候，另几个幸存者好奇地在一旁看着。扎比内与她们不同，她从来都全心接受自己作为沙利度胺幸存者的身份。

扎比内的新朋友们一度以为，对她来说一切都不在话下。然而她在小组会上的发言打消了这种幻觉。尽管她镇静自若，但其实生活很不容易：她的丈夫因脑动脉瘤去世；2005年，她的儿子患了白血病，差一点性命不保；几年前，她自己突发大面积脑卒中，导致左半身瘫痪，坐不起来也说不了话。她小时候费了很大的力气才学会如何在没有双臂的情况下正常生活。脑卒中后，她不得不从头再来。此外，她在面对所有这些挑战时也没有来自社群的支持。小时候，父母送她上了德国的一家普通学校。圣迭戈会议之前，她只见过一次另一个"沙利度胺人"，还是远远看到的。对会议室中其他幸存者产生的亲切感在她心中激发了新的感觉。"从出生那一刻就与众不同该怎么办？"她问道，"你怎么和别人打成一片？我学会了为自己的与众不同而骄傲，为自己这个样子而骄傲。"

格温眼含着泪指出，如果她们生在另一个时代，也许就成了P. T. 巴纳姆（P. T. Barnum）[①] 马戏团里的"怪物"。格温终于找到了自己的同类，也感到了此前没有的自豪。她大声说，她现在最喜欢的歌是电影《马戏之王》(The Greatest Showman)的插曲《这就是我》，还笑着说

[①] 19世纪美国马戏团大亨。——译者注

她一遍又一遍地放这首歌，都快把她的 Alexa① 逼疯了。

一种深深的相互理解把所有幸存者联系到了一起。他们的配偶和成年子女坐在他们身边，怀着爱意为他们打气。大家每天在小组会上分享自己的经历，明显感到情绪得到了宣泄。然而，他们仍然面临着寻求正义的压力。

过去几年里，他们奋力抗争，力图向一家美国法院证明他们最近才得知自己是沙利度胺的受害者。虽然美国公众大都认为沙利度胺从未在美国被使用过，但被告——格吕恩泰、赛诺菲-安万特（Sanofi-Aventis，原来的梅瑞尔陶氏）和葛兰素史克（原来的史克）——声称公众知道这种药在美国被试验过，因此美国的任何受害者早就应该提出索赔。

最初加入哈根斯·伯曼集体诉讼的原告有 55 人。各州的法定时效不同，但一般允许受害者在 1~6 年内为自己受到的伤害提起诉讼。为了克服法定时效的限制，律师们必须抓住关键的两点。第一，他们必须强调这个案子现在有了新的证据，为此哈根斯·伯曼援引了澳大利亚法律团队发掘出的格吕恩泰文件。此外，他们还指出，新的医学证据和对沙利度胺胚胎毒性的研究阐明了这种药是**如何**伤害胚胎的。法律团队说，由于这些新证据和研究结果，他们得以在医学上确定了原来没有得到承认的受害者。[897] 第二点更重要：所有原告至少有 50 年一直不知道他们伤残的原因。

许多人最终连原告资格审核都未能通过。严格来说，艾琳·克罗宁的诉讼时限从她 1987 年发表那篇专栏文章起就开始计时了。任何受害者或其父母若是对一名专业医务人员提到过对沙利度胺的怀疑，同样没有资格成为原告。②

金伯利·阿恩特是美国最早的一批沙利度胺受害者之一。理论上她

---

① 亚马逊旗下的智能音箱。——译者注
② 作者此处的意思是向专业医务人员提到对沙利度胺的怀疑往往在时间上比较早，所以已经过了诉讼时效。——编者注

的证据十分充足。金伯利1959年出生时两只手都只有3根手指，左臂不全，而且是畸形足。她的父亲唐纳德仍然清楚地记得，一个宾州小镇上的全科医生给了他怀孕的妻子多洛雷丝一个装有止晨吐的药片的纸袋。[898] 但金伯利的出生时间比美国人听闻沙利度胺的**任何消息**整整早了3年。如果那些药片是沙利度胺，那么就只可能来自史克公司。（事实上，史克药试唯一已知的受害者就出生在宾州的另一个小镇，离金伯利家只有几小时车程。）[899] 然而，对于史克公司在1956年开始的药试，媒体几乎没有关注。唐纳德那些年曾对金伯利的康复专家提到过药片的事，但直到50多岁发现美国沙利度胺幸存者脸书群后，金伯利才知道早在1956年就有医生"实验性"地把德国的这种药给病人吃过。她的父亲于是带着她回到宾州蒙图斯维尔找那名医生。他们走近医生诊所的砖房时，附近房子阳台上的两位老太太叫道："哦，你就是那个被那种药弄成这样的孩子！"

两位老太太说，还有其他婴儿受到了这种药的伤害。她们还说那名医生的婚姻很快就垮掉了，他在52岁时就去世了。

尽管金伯利在成年之前从未听说过这种奇怪的药，但她成为集体诉讼原告的要求被否决了，因为一家治疗残疾儿童的医院1966年的报告提到了她父母对沙利度胺的怀疑。另一家律所也拒绝了她，因为"争取这样的索赔的代价"会超过任何判决或和解带来的赔偿。[900]

在听说哈根斯·伯曼要求原告提供各类相关文件后，俄亥俄州的多萝西·亨特-洪辛格只得知难而退。她出生在宾州，所在的地区有数十名医生从梅瑞尔那里得到过沙利度胺。多萝西出生时双臂双腿都是畸形，但她没有任何书面的东西来佐证她母亲有关医生给了她止晨吐的药片的说法。多萝西觉得自己的案子肯定没有胜算，郁闷地退出了诉讼。

对许多幸存者来说，这是个第22条军规式的难题。如果没有证明，你可能连当原告的资格都没有。但如果存在表明你早已怀疑过沙利度胺的任何文件，被告的制药公司又可能用这一点来攻击你。据报道，有一名妇女的电脑曾经被没收，为的是查看她的搜索历史以及她对网上有关沙利度胺的文章的评论。[901]

虽然原告的人数因此变少了，但幸存者们觉得他们仍然有可能胜诉，而且他们的案子可能成为头条新闻：这是美国受害的**孩子们**第一次就沙利度胺提出诉讼。

哈根斯·伯曼收集了一些有说服力的证词。他们把史克公司（现在的葛兰素史克）列为被告，还找到了一名史克公司当时的临床研究者。已经年过九旬的戈登·福雷尔（Gordon Forrer）医生曾担任密歇根州诺思维尔州立医院的临床主任，他向哈根斯·伯曼确认了海伦·陶西格和弗朗西丝·凯尔西长期以来的怀疑：史克的药试同样草率马虎。福雷尔说他的研究"非常随便"，具体的工作被安排给了他手下的一名住院医师。[902]史克和梅瑞尔一样，没有要求试药医生提供任何记录或报告。另外，史克也没有向试药医生提供任何有关这种药安全性的具体信息。多年后，福雷尔才听说自己给老年病人开的SKF#5627其实是沙利度胺。福雷尔极为震惊。

"我差点惊掉了下巴。"他说。[903]

哈根斯·伯曼收集的材料详细显示了梅瑞尔、格吕恩泰和史克犯的错误。作为被告的几家制药公司则呈交给法庭一个单子，列举了几十篇20世纪60年代早期的报纸文章，这些文章中都提到了梅瑞尔的凯瓦登试验。他们的基本论点是，原告的案子应当驳回，因为原告很早就能了解到关键的相关信息。被告方说，不应迫使他们对显然早已过了法定时效的案子做出抗辩。主审法官保罗·S. 戴蒙德（Paul S. Diamond）最终在2013年9月做出决定，不会仅仅因为法定时效过期就驳回这些案子，这对原告们来说是一大利好。[904]这一决定为案子进入证据开示阶段，并最终进展到审判阶段扫清了障碍。

然而到2015年，证据开示正在进行期间，戴蒙德法官发现有3个案子原告的索赔"没有根据，过了时效，或二者皆是"。一个案子中原告的母亲否认自己在孕期吃过任何药物；另一个案子中原告的母亲早在20世纪60年代就告诉儿子，他的伤残是沙利度胺造成的。作为被告的葛兰素史克和格吕恩泰要求法庭以哈根斯·伯曼仍然就这些案子提出索赔为由对其实行处罚。作为回应，戴蒙德法官任命了一名特别主事官，最终处罚了哈根斯·伯曼在这些案子中表现的"欺骗和不诚实"，并命令哈根斯·伯曼支付格吕恩泰为抗辩这些索赔要求而付出的花费。[905]

当时哈根斯·伯曼的一名合伙人告诉媒体："虽然我们认识到这些案子在法律和事实上都具有挑战性，但我们真心相信应该为这些新发现的沙利度胺受害者争取索赔。"律所就处罚提起了上诉。

接下来，事情变得暧昧可疑起来。后来发现，葛兰素史克曾表示如果（除一人之外）所有原告撤回对葛兰素史克的诉讼，它就同意撤回处罚哈根斯·伯曼的动议。据称哈根斯·伯曼劝说沙利度胺案的原告撤回了对葛兰素史克的诉讼，却没有告诉他们全部情况。葛兰素史克随后撤回了处罚动议，但戴蒙德法官认为，此举惠及的"只有哈根斯·伯曼（并非它的客户）"。[906] 几年后，华盛顿州律师公会纪律委员会甚至对哈根斯·伯曼的一名律师发出了申斥，因为他在鼓励一名原告撤回索赔诉讼时改动了送给那名原告的医疗报告。[907]

幸存者们深为震惊。共有6名原告转而对哈根斯·伯曼提起了诉讼。[908] 这些案子中至少有一个达成了和解。（联系不上哈根斯·伯曼，无法征求其评论。）

根据侵权行为法和产品赔偿责任问题专家本杰明·齐普尔斯基（Benjamin Zipursky）的解释，"通常在你受伤的那一刻，计时就正式启动了"。[909] 然而，在许多管辖区，包括哈根斯·伯曼提诉的宾夕法尼亚州，都有"中止诉讼时效"（tolling statute）的规定。这一规定给计算诉讼时效的时钟重新定时，定在受害者得知自己所受的伤害的时候，或者有理由预期受害者通过合理的注意得知自己所受的伤害的时候。究竟什么算"合理的注意"将决定诉讼的胜败。

齐普尔斯基认为，法官可能倾向于认为沙利度胺造成了"特征明显的伤害"，这种伤害非常独特，也很明显，受害者有充分的理由很早就怀疑沙利度胺。[910]

但即便是现在，似乎也鲜少有人认识到受害者和他们的家人受到的误导有多么严重。在医生给了这么多错误信息的背景下，到底什么算是"合理的注意"？媒体的消息吗？FDA 的消息吗？司法部的消息吗？

新近才意识到自己也是受害者的人如此之多（到本书出版时已有好几十人），这本身就证明了免除法定时效的一个关键理由，那就是这些家庭很难得知真相。哈根斯·伯曼集体诉讼案的原告之一菲利普·耶茨（Philip Yeatts）是 1962 年出生的那个海豹肢男孩，他姑妈曾恳求 FDA 告诉她得克萨斯州有哪些医生可能给病人开过凯瓦登。FDA 的记录显示，在确认了男孩母亲的医生不是"正式"的临床研究者后，FDA 立即就对他姑妈的请求不予理会了。60 年来，FDA 没有一次告诉过公众，临床研究者经常把沙利度胺提供给其他医生使用。FDA 也从来没有告诉过公众，在药试结束后，仍有大量沙利度胺药片——可能多达数百万片——下落不明。[911] 而这一事实恰恰是每一名原告的案子的立案基础。

FDA 对沙利度胺的正式分发情况做了调查，但美国大多数受害婴儿是被暗中分发的沙利度胺，也就是在没有记录的情况下被大规模随意分发的沙利度胺伤害的。医生们不愿意承认自己在其中扮演的角色，并且似乎在刻意对病人家庭隐瞒真相。

延长法定时效有时会得到批准。关于儿童遭受性犯罪的案件，州立法者被敦促"做正确的事"。[912] 美国的沙利度胺幸存者不仅希望修改法律以便他们的诉讼可以继续，也想让各方认识到，对儿童的其他伤害可能也需要延长法定时效。毕竟，未来还有可能出现体外基因改造或者妊娠期使用的新药带来的法律挑战。如果一种如此臭名昭著、造成如此明显可见伤害的药都能被隐瞒半个多世纪，那还有什么别的东西可能被隐藏了起来，早已过了法定时效？相关法律所谓对"合理的注意"的预期有没有考虑到不同群体在阶层、教育程度以及获得律师服务的能力等方面的差别？

除了深陷诉讼的泥淖，令幸存者们出离愤怒的是 FDA 仍然坚持说他们这些人不存在。FDA 报告的 9 名受害者包括两个死胎和一个出生后不久即死亡的婴儿，也就是说只存在 6 名美国幸存者。[913]60 年来，FDA 从未修正过受害者的人数。近至 2010 年，在 FDA 举行的一次仪式上，政府要人盛赞弗朗西丝拒绝沙利度胺的上市申请，却绝口不提受到这种药伤害的美国人，甚至对沙利度胺的庞大试验都避而不谈。FDA 承认，"可能永远都不会知道究竟有多少人实际受到了影响"，但又说如果计数过低，那是因为婴儿出生时就已经死亡，或者婴儿受到的影响不是海豹肢症。[914] 幸存者们就这样被从历史上抹去了。对他们这些由于自己的伤残而无法淡入背景的人来说，这是一个残酷的讽刺。

这突出了美国受害者的两难处境。FDA 和美国司法部事实上早在几十年前就宣称他们的伤残**不是**沙利度胺造成的。60 年后的今天，法律又在惩罚这同一批受害者，惩罚的原因是他们当时没有知识，不知道美国政府错了。时至今日，尽管相关人士多次根据《信息自由法》要求 FDA 公开史克公司的沙利度胺临床研究者的姓名，FDA 依然拒不提供。我也曾请求 FDA 提供信息，答复过了近 3 年才姗姗来迟，说"披露所要求的信息可能导致病人或其子女被确认"并"导致病人及其子女受到无谓的打扰"。[915] 认为任何人仅仅根据一名医生的**名字**就能查到这名医生 60 年前的病人，这样的逻辑实在是匪夷所思，但这就是 FDA 给我的答复。更恶劣的是，FDA 通常不肯向查询的家庭提供有关史克公司药试的信息。当一名 1959 年出生的"畸形孩子"的家庭的律师询问情况时，这名律师仅仅被告知孩子的出生是在"第一批药运到该地区任何医生那里的四五个月之前"。[916] 同样，FDA 几十年来坚决不肯透露梅瑞尔临床研究者的名单。[917] 多达数百名医生公然违反关于药品试验的法律规定，FDA 却护了他们半个多世纪。与此同时，受沙利度胺伤害的美国妇女和儿童只能靠自己来解开谜团。此外，FDA 也从未警告过公众注意这种药的另一个副作用——周围神经炎。

美国是当今世界上唯一拒绝为任何沙利度胺受害者提供支持的发达国家。加拿大、英国、西班牙、爱尔兰、德国、瑞典、丹麦、澳大利亚、新西兰、日本、意大利……，所有其他分发过这种药的国家都为幸存者的照料费用提供补贴。美国政府宣告梅瑞尔没有任何刑事责任，实质上也借着一个技术细节逃避了自己的责任：数百万沙利度胺药片是免费分发的，没有出售。

世界各地为沙利度胺受害者大声疾呼的人士痛斥美国政府的冷漠态度。英国活动家盖伊·特威迪（Guy Tweedy）承诺要帮助美国的沙利度胺受害者向政府争取赔偿。直率坦诚的特威迪自己也是沙利度胺幸存者，他开着一辆写着"格吕恩泰是纳粹"字样的面包车走遍英国。研究者特伦特·斯蒂芬斯（Trent Stephens）在 2000 年写了一本书，讲述沙利度胺被用作治疗癌症和麻风病的药物。他志愿为任何可能的沙利度胺受害者的伤残开展医学评估。住在苏格兰的发育生物学家尼尔·瓦尔杰森（Neil Vargesson）是备受尊敬的沙利度胺研究者，现在他每次演讲都会谈及受害者的困境。

瓦尔杰森在阐明沙利度胺如何破坏胚胎方面起到了重要的作用。自 20 世纪 60 年代起，出现过数十个彼此竞争的理论，都试图解释沙利度胺是如何造成肢体短小的。有人认为这种药损害了 DNA（脱氧核糖核酸），有人认为它攻击了神经系统，有人认为它影响了血管，还有人认为它直接影响了骨头。到 20 世纪 90 年代晚期，认为沙利度胺损害神经的理论占了上风。但儿时就认识一名沙利度胺受害者的瓦尔杰森想要确切的答案。

瓦尔杰森与美国国立卫生研究院的药理学家 W. 道格拉斯·菲格（W. Douglas Figg）医生一起测试了不同种类的沙利度胺。一种是针对血管的，一种是针对炎症系统的，还有一种是两者都针对的。很快，用鸡胚开展的实验表明，沙利度胺对肢体的损害是因为这种药会阻碍血管的形成，令生长的组织得不到富含氧的血液。这将导致组织坏死或肢体停止发育。（这也是沙利度胺能有效阻止肿瘤生长的原因。）

进一步的实验室研究还表明，肢体受到的破坏差异很大。这推翻了一项始于20世纪60年代的假说，当时认为沙利度胺宝宝会展现出一种专一性的海豹肢症。维杜金德·伦茨曾被请来针对北美的一些受害者做证，就连他也承认这些受害者的海豹肢症看起来不是典型症状。最近的研究表明，在子宫中受到沙利度胺影响的动物胚胎会表现出各种不同的伤残。吃了沙利度胺的雌性动物如果生的是双胞胎，两个幼崽受到的伤害是不一样的。这个新证据扩大了沙利度胺受害者的识别范围。在澳大利亚不久前提起的集体诉讼中，许多人出生时没有被算作沙利度胺受害者。美国的琼和卡罗琳遭受的肢体损伤是非对称的，在20世纪60年代可能会被忽略，但最新的科学研究表明她们的症状完全属于沙利度胺的伤害范围。

在圣迭戈的聚会上，可以看到沙利度胺造成的伤害千差万别。琼和格温要坐轮椅；扎比内能跑马拉松却没有双臂；约约、卡罗琳和简只是手臂和手可以看出明显的伤残；加州的巴特（Bart）只是内脏受损，但他坚信这些损伤是沙利度胺造成的。

把他们团结在一起的是他们的使命：要把在美国分发的沙利度胺那些久已湮没的详情公之于众。他们想让公众知道，美国有许多沙利度胺受害者。在2019年的会议上，大家同意建立一个网站，制作展示试药医生所在地的地图，拍摄一部纪录片……尽一切可能把消息散播出去。

长期以来，叙事的焦点一直在弗朗西丝·凯尔西身上。但后来的发现表明，这名女英雄"挡住"的药已经在美国被广泛使用。弗朗西丝仍然被全世界的沙利度胺幸存者视为守护神——她是唯一怀疑到这种药有危险的人。不可否认，因为有她，成千上万的美国婴儿免于伤害。为此，美国的幸存者们心存感激。他们赞扬她的聪慧和勇气。但看到她成了整个故事中美国的代表，而他们却仍然不为人知，幸存者们的心中不免产生一丝艳羡。所有关于沙利度胺的公共叙事都少不了弗朗西丝·凯尔西的名字。对沙利度胺幸存者来说，她似乎是超乎常人、遥不可及的存在。

因此，圣迭戈会议的第二天，两名不速之客的突然到来引起一片惊讶怔忡也就不奇怪了。来的是弗朗西丝的女儿苏珊和克里斯蒂娜，她们已步入70岁的门槛，这次来是和大家打招呼的。

— ⊙ —

弗朗西丝在 100 岁时回到了加拿大，与克里斯蒂娜和她的丈夫约翰一起住在安大略省的伦敦。此前有一次，弗朗西丝在家中摔倒了。虽然她还能在纸上详细写下找人帮助的指示，把纸从前门底下的门缝塞出去给邮递员，但她的两个女儿觉得妈妈需要有家人来照料了。

那是在 2005 年。截至那年，弗朗西丝一直住在切维蔡斯的房子里，就是那座曾经收到来自全国各地的感谢信的房子。

在 2005 年年满 90 岁之前，弗朗西丝一直在 FDA 工作。

基福弗-哈里斯法案于 1962 年通过后，弗朗西丝被任命为 FDA 试验药物处（Investigational Drug Branch）处长。4 年后，她担任了新成立的科学研究办公室（Office of Scientific Investigations）主任，在这个位子上干到 1995 年，之后调到 FDA 的药品评估与研究中心（Center for Drug Evaluation and Research）。她在中心的建树是创办了机构审查委员会，负责在临床试验**开始之前**批准试验的方法、对象和地点。FDA 最终以她的名义创立了"药品安全卓越奖"（Drug Safety Excellence Award）。弗朗西丝从未忘记沙利度胺造成的恐怖。她对药品测试的流程做了调整，以确保获得病人的同意并为病人提供保护，这些完全是她的功劳。

她在白宫获颁奖章后，各种荣誉纷至沓来。1962 年下半年，FDA 第一任局长、为消费者利益奋力抗争的化学家哈维·威利的遗孀给弗朗西丝颁发了哥伦比亚特区妇女俱乐部联盟（D.C. Federation of Women's clubs）的表彰。那年12月，弗朗西丝在盖洛普"年度最受钦佩女性"的名单上排名第八。[918] 1963年，《美国女性名人录》（Who's Who of American Women）把弗朗西丝与凯瑟琳·安·波特（Katherine Anne Porter）[①]和蕾切尔·卡森（Rachel Carson）[②]相提并论。招募公务员的宣传片常常突出介绍她的事迹。一所加拿大高中和一颗小行星以她的名字命名。

然而，随着她声名鹊起，她也遇到了抵制。1966年接替乔治·拉里克担任FDA局长的詹姆斯·李·戈达德（James Lee Goddard）博士讨厌弗朗西丝。"弗朗西丝之所以获得总统金奖，成为英雄，是因为她工作拖拖拉拉，"戈达德在FDA的口述历史录音中说，"弗朗西丝拿不定主意，干脆把材料压在那儿……我对她的评价是，如果下雨了，等她决定应该到室内躲雨的时候她早就淹死了……肯尼迪总统想给某个人别上奖章，那个人碰巧是弗朗西丝·凯尔西。基本上这就是弗朗西丝在FDA被奉若神明的原因。"[919]

戈达德在1966年之前甚至都没有见过弗朗西丝，但他讲到这段历史时却怨气冲天。这提醒我们，弗朗西丝这个"美国甜心"仍然是一个男性占主导地位的机构中的女科学家。戈达德对莫尔顿也不乏诋毁。他说"如果芭芭拉回来就会有麻烦"，并阻止她回到FDA。戈达德愤愤地说："坦率地说，不用芭芭拉回来，局里光是有弗朗西丝·凯尔西就够麻烦的了。"[920]

弗朗西丝的亲朋好友承认，她的名气引起了"反弹"。作为一种"信号"，弗朗西丝的停车位被挪到了离办公楼更远的地方。[921] 给FDA打电话找弗朗西丝的人被告知她不在那里工作了。[922] 弗朗西丝还遭受

[①] 20世纪美国南方文艺复兴的女旗手，被誉为"一流艺术家"的作家。——译者注
[②] 美国海洋生物学家、科学作家、环保主义者，代表作《寂静的春天》。——译者注

了"空桌"待遇——同事们不理睬她,不给她事情做。弗朗西丝非常苦恼,情绪低落。[923]

弗朗西丝还失去了几位最亲密的盟友。1963年8月,基福弗在参议院对一项拨款法案提出修正案时突发心脏病,两天后与世长辞。3个月后,肯尼迪总统在得克萨斯州遇刺身亡。1966年,弗朗西丝遭到了人生中最大的打击:她的丈夫埃利斯突发心脏病去世。整整好几个星期,弗朗西丝无法正常生活,甚至不能提及丈夫的去世。之后不久,盖林教授患上了阿尔茨海默病。弗朗西丝作为他的法律监护人一直照料着他,直到他1971年去世。

孤独令弗朗西丝更加忘我地投入工作。两个女儿离开家上大学后,她独自住在切维蔡斯,每天通勤去FDA上班,晚上靠玩填字游戏和读人物传记来放松,一直遵循着老式的习惯。她和芭芭拉·莫尔顿仍是无话不谈的知己,直到芭芭拉得了阿尔茨海默病,无法与人交流。1996年,80岁的莫尔顿去世,她在彻底修改美国药品法的过程中起的作用完全被遗忘了。

沙利度胺的故事也一度从美国媒体的头条消失,直到FDA在1975年批准用沙利度胺治疗麻风病。以色列医生雅各布·舍斯金(Jacob Sheskin)无视世界各地对沙利度胺的召回,在哈达萨大学医院他办公室的架子上仍保留了一些沙利度胺药片。当一名严重失眠的男性麻风病人来看病时,舍斯金给了他沙利度胺。这种药不仅治好了他的失眠症,还减轻了他的麻风病症状。这是1964年的事。到1975年,美国公共卫生署(U.S. Public Health Service)开始从德国进口沙利度胺,用于治疗麻风病人。

20世纪80年代,沙利度胺还引起了其他医学领域研究者的兴趣。如果这种药能阻止麻风病的发展,它还能阻止别的病吗?FDA组成了沙利度胺工作组。1998年,沙利度胺获批用于治疗包括艾滋病和多发性骨髓瘤在内的多种疾病。

有关这些话题的新闻总是会提到沙利度胺过往的悲剧。弗朗西丝会把报纸上的文章剪下来，密切追踪事态的发展。她也注意着受害儿童以及他们争取正义的斗争的消息。直至临近生命的尽头，她仍在追踪的一件大事是2014年在加拿大由律师、说客、记者和沙利度胺受害者组成的联盟发起的"纠正错误"（Right the Wrong）运动。《环球邮报》刊登了一系列沙利度胺受害者令人心碎的照片，在推动议会批准给予加拿大的沙利度胺受害者更多资金方面助了一臂之力。加拿大政府在德国召回沙利度胺几个月后才开始自己的召回行动，这一拖延表明了政府的渎职。弗朗西丝对凯瓦登申请材料的怀疑更衬托出加拿大食品和药品管理局批准这种药是不负责任的行为。2014年12月1日，加拿大议会众议院一致投票承认沙利度胺受害者的紧迫需求和政府为他们提供支持的责任。

次年，安大略省副省长伊丽莎白·多德斯韦尔（Elizabeth Dowdeswell）听说弗朗西丝已来日无多，于是专程前往弗朗西丝和女儿同住的安大略省伦敦为她颁授加拿大总督功勋奖。8月的一个星期四下午，多德斯韦尔来到克里斯蒂娜·凯尔西的家。101岁的弗朗西丝正在一楼的一间小卧室睡觉，房间里到处都是拼字游戏和书籍。弗朗西丝身穿浅蓝色睡衣，床上铺着红色的床单。她的白发剪到齐下巴，这是她一生未变的发型。一只猫依偎在旁边。对面墙上挂着两张描绘她儿时的家"巴尔戈尼"的画，一张画着她父亲亲手造的房子，另一张是从房子的前廊望出去的景色，画中的树林是弗朗西丝儿时快乐而好奇地玩耍的地方。

在多德斯韦尔讲述弗朗西丝为沙利度胺受害者做出的英雄之举时，克里斯蒂娜站在她孱弱的母亲身旁。多德斯韦尔把奖章放在弗朗西丝的手中，原本昏昏欲睡的弗朗西丝提起了精神，活跃起来。她想说话却说不出来，但她的脸上露出了微笑。一位家里的老朋友在钢琴上弹奏《晚安，艾琳》（"Goodnight, Irene"）和《哦，加拿大》（"O Canada"）[①]，弗

[①] 加拿大国歌。——译者注

朗西丝无声地打着拍子。那天夜里，弗朗西丝在睡梦中平静离世。

— ⊗ —

苏珊原来是高中科学老师，现已退休，和丈夫汤姆一起住在华盛顿州谢尔顿一个占地广阔的农庄。克里斯蒂娜退休前是理疗师，现在仍和丈夫约翰一起住在安大略省。两姐妹关系非常密切，对维护她们母亲的遗产十分认真。她们十几岁的时候，沙利度胺的故事对她们来说只意味着她们的妈妈上电视或电台节目，或者去她们上学的高中做演讲。但埃利斯去世后，两个女儿和母亲越来越亲。长大成人后，她们终于明白了母亲在这段历史中的作用。

弗朗西丝去世前把自己的文件捐给了美国国会图书馆，以便公众能够看到。自此，两姐妹对任何想了解弗朗西丝和她的工作的人，包括高中学生，都尽力提供帮助。苏珊和克里斯蒂娜都曾在家中长时间接待我，给我看她们的私人信件、照片、家庭录像、童年时的日记，还给我讲她们过去的一些趣事，这比我在国会图书馆能查到的东西多多了。

我越来越喜欢她们。她们体现了她们母亲的聪慧、谦卑和道德上的一丝不苟。正是这些品质最初吸引我注意到沙利度胺和弗朗西丝的故事。一次，我们为纪念她们的母亲啜饮曼哈顿鸡尾酒的时候，我告诉了她们我的发现：其实有好几十名——甚至更多——美国沙利度胺受害者从未被 FDA 计入受害者名单；弗朗西丝的上司不知怎么把调查搞砸了；试药的医生都没有说实话。一生中的大部分时间里，姐妹俩都对 FDA 的官方说法深信不疑，以为美国基本上没有受到沙利度胺的荼毒。这个消息令她们郁闷不已。

当我告诉她们我要去参加圣迭戈的幸存者聚会时，两姐妹也想参加。

她们在小组会上被正式介绍给大家。两人完全不在意大家的惊讶，立刻和大家聊了起来，希望能认识所有人。在成长的过程中，她们一直与沙利度胺幸存者有接触,那些幸存者大多是和弗朗西丝交了朋友的加拿大人。对苏珊和克里斯蒂娜来说,这次与美国沙利度胺幸存者的见面特别令她们动情。她们感到母亲会想让她们来到这里。

扎比内虽然生为德国人,但她在励志演讲中总是提到弗朗西丝。这次会面令她特别激动。大家拍照、拥抱。苏珊和克里斯蒂娜好像重现了她们母亲那种风趣低调的精神。她们的头发不染不烫,脸上不施脂粉。两人都是高个子,穿着木底鞋,围着法兰绒和羊毛混纺的大披肩,周身散发着好奇和温暖的气息。她们非常爱笑,也喜欢酒劲大的鸡尾酒。

星期六的会议结束后,姐妹俩和大家一起去附近的一家墨西哥餐馆吃饭,那家餐馆的玛格丽特鸡尾酒量大得惊人。大家坐在温暖的灯光照射下的大桌子旁,白天那些声泪俱下的陈述造成的沉重心情轻松起来。谈话不再围绕着陷入停滞的诉讼,大家都非常享受新组成的这个集体。一个名叫杰夫的澳大利亚幸存者开玩笑地讲到他哪里需要多几英寸,哪里不需要。约约开始召集人手组织深夜卡拉OK,他准备引吭高歌《我的方式》("My Way")[①]。琼坐在她的辛辛那提"姐妹"格温身旁。召集了这次聚会的卡罗琳和女儿安吉坐在一起,感叹自从她8年前犹犹豫豫地在国际沙利度胺幸存者团体"不再哭泣"的脸书群里发帖以来,发展居然如此之大。

幸存者们坐在一起,完全不觉得自己的身体有什么不对。但现在他们知道,他们的身体是这个国家借以建立法律保障的基础。他们希望国家反过来也能帮助他们。

---

① 欧美著名英文流行歌曲,被著名歌手弗兰克·辛纳特拉(Frank Sinatra)收入唱片后风靡全球,成为辛纳特拉的代表作。——译者注

FDA 没有更新的数字,只有几十年来公开报道的数字,这个数字一直未变:大约 10 名儿童由于国内分发的试验用沙利度胺而患了海豹肢症,另有 7 名儿童因从其他国家获得的沙利度胺患了同样的病。[924]

——FDA 新闻官,2020 年

亲爱的范德贝斯女士：

  这是对您于 2019 年 7 月 9 日依据《信息自由法》提出的要求的回复，本办公室于 2019 年 7 月 9 日收到此项要求。您要求获取刑事司有关美国司法部就凯瓦登问题对威廉·S.梅瑞尔公司展开的调查的记录。

  谨此告知，刑事司的工作人员查阅了最有可能保留记录的卷宗，没有找到符合《信息自由法》披露条件的相应记录……[925]

——司法部刑事司《信息自由法》/《隐私法》股的信函
2021 年 5 月 14 日

后　记

2004年，持照护士达伦·格里格斯正在密苏里州哥伦比亚市布恩医院的熟练护理楼层工作，他忽然接到领导的通知，要他去给一名癌症病人施用一种特殊的药物。其他的护士都是年轻女性，按规定不能接触那种药。达伦做护士已超过10年，他按照指示把胶囊拿给了那名病人，然后就把这件事抛到了脑后。到了后来他才惊恐地意识到，那种药事实上就是沙利度胺，就是他母亲在1961年下半年吃的、伤到了当时还在母亲子宫里的他的那种药。事实上，一辈子都住在密苏里州的达伦就出生在他给病人施用沙利度胺的这家医院里。

达伦当时没有立刻意识到这种药是沙利度胺的衍生药，是因为如今它有两个名字。一个是"沙利美"（Thalomid），药名暗示了这种药的起源，但没有印在胶囊上。另一个名字"瑞复美"（Revlimid）中则没有这种药原名的任何痕迹。两种名字的药都是新泽西州的制药公司新基医药（Celgene Corporation）生产的。1998年，该公司获得了FDA的专有许可，得以把这种臭名昭著的"孤儿药"[①]投入美国市场，当时是为了治疗麻风病。

让FDA批准这样一种可能招致毒害的产品并非易事。新基医药必

---

① 指用于诊断、预防和治疗罕见病的药物。——译者注

须与FDA协作建立一套制度，以确保这种药绝不能落入孕妇手中。为此，新基医药也明白应该与沙利度胺幸存者沟通。新基的高管们很可能不知道有很多美国人受到了这种药的伤害，所以找到了加拿大的一个受害者群体。加拿大沙利度胺受害者协会（The Thalidomide Victims Association of Canada）非常害怕再次出现大批伤残婴儿，但他们知道有控制地销售这种药比地下分销更安全。新基的高管和协会的人见了面，彼此增加了信任。最终，新基医药邀请了一些加拿大的"沙利度胺受害者"担任一个监督委员会的委员，并提供了视频和书面证词，供想要使用这种药的病人参考。

新基医药后来建立的沙利度胺教育与处方安全体系（System for Thalidomide Education and Prescribing Safety，STEPS）包括多个组成部分。开沙利度胺处方的医生和接受处方的病人必须在一个全国数据库中登记；女病人必须出示两次阴性孕检结果，第一次在治疗之前的10~14天，第二次在服药后的24小时之内；每个月都必须做孕检；女性还必须证明自己在使用两种形式的避孕药具；服用沙利度胺的男性在性交时必须用避孕套。（早在1967年，就有研究显示精子中的沙利度胺可能会对生殖产生负面影响。）[926]这种产品最终被FDA列为"第X类"药，即已知会造成胎儿畸形，风险或不良效果超过可能的医疗裨益的药品。

刚开始时，并不清楚沙利度胺能否为新基医药带来足够的利润。它的使用有非常严格的限制，只能用来治疗麻风结节性红斑（一种麻风病造成的令人衰弱的症状），而美国患这种病的只有7 000人（虽然国际市场更大一些）。另外，这种药已经发明了数十年，所以新基医药并不拥有这种药的任何专利。然而新基巧妙地将这种药的危险拿来为己所用：它为给沙利度胺制定的**安全程序**申请了专利。FDA要求任何有潜在危险的药品都必须建立风险评估及缓解系统（Risk Evaluation and Mitigation System）。新基的沙利度胺安全程序获得了14项专利，这让新基实际上掌握了沙利度胺未来20年的独家销售权。

这给了新基充裕的时间去寻找顾客。麻风病人只是达到更大目标的通道而已。

早在1962年，梅瑞尔公司就曾探索过沙利度胺延缓肿瘤生长的能力。[927]看来当梅瑞尔认识到沙利度胺和氨基蝶呤一样会造成胎儿损伤时，研究人员就猜想或许它也能阻碍肿瘤的生长。然而美国国立癌症研究所（National Cancer Institute）和国立卫生研究院的医生1965年在71名癌症病人中的试验显示，沙利度胺没有抑制肿瘤生长的效果。[928]放疗和其他疗法似乎更有希望，因而沙利度胺仅被用于治疗麻风病。然而，洛克菲勒大学的一个研究团队于1989年再次打破这种药的尘封状态，报告说新的实验表明沙利度胺能够抑制肿瘤坏死，还能帮助调节免疫反应。兴奋的科学家们开始测试用这种药来治疗从艾滋病到红斑狼疮等各种病症，取得了明显的成功。一个具体的例子是，沙利度胺似乎能帮助愈合艾滋病造成的口腔溃疡，扭转病人体重急剧减轻的趋势。

过了这么多年，沙利度胺成了**真正**的"灵药"。消息传出后，当时的买家俱乐部，也就是把有望治愈疾病却**没有**得到FDA批准的药走私入美国的团体，马上四处出动搞药。[929]这不是难事，因为自20世纪70年代以来，作为对麻风病人的"同情用药"，沙利度胺在国外一直是免费分发的。"它简直神了。"国立汉森病中心（National Hansen's Disease Center）①设在路易斯安那州卡维尔的实验室研究分部的主任罗伯特·C.黑斯廷斯（Robert C. Hastings）医生称赞说。[930]他的实验室离半个世纪前梅瑞尔的雷蒙德·波格自己制造麻风病药物的卡维尔监狱只有一箭之遥。

沙利度胺的地下传播令FDA如坐针毡。[931]它催促新基医药和其他制药公司研究这种药的安全使用范围，以便它批准和追踪此药。[932]新基医药在菲律宾对17名麻风病人开展了正式研究，然后向FDA提交了申请。

这一次，沙利度胺的新药申请进展迅速。到1998年7月，FDA认

---

① 在英语中，汉森病就是麻风病。——译者注

定新基医药在表明该药治疗麻风病"裨益大于风险的过程中尽到了它的科学义务",遂予以批准。[933]

不过新基医药从一开始就表明,它准备拓宽沙利度胺获批的用途。负责销售的副总裁布鲁斯·威廉姆斯(Bruce Williams)说:"我们希望麻风结节性红斑很快将不再是这种药的唯一适应症。"[934]事实上,新基医药曾提出用"希那韦"(Synavir)作为商标名,但遭到了FDA的拒绝,因为它与一些艾滋病抗病毒治疗药物听起来太相似了。①

然而,新基没有等待官方批准就扩大了沙利度胺的使用。FDA很快听到风声说新基医药的推销员——现在叫"销售代表"——告诉肿瘤医生这种严格控制的药物能够治疗骨髓癌和其他癌症。在一次投资者大会上,据说新基医药向股东保证,将鼓励对这种药物的"超说明书"使用,以此来增加销售。[935]新基医药的广告宣传似乎也有意淡化沙利度胺的风险。FDA对新基医药发出了警告,后来又发了一次。

新基医药声称沙利度胺可以帮助治疗其他疾病,这个说法并不离谱。新基一直在积极研究用沙利度胺治疗骨髓瘤和其他癌症,但FDA尚未批准它的临床数据。[936]看来FDA准备对这种世界上最恶名昭彰的致畸药谨慎地慢慢审查。

2003年,新基生产的沙利度胺"沙利美"遭到了沉重一击。世界卫生组织似乎撤回了对沙利度胺作为麻风病治疗药物的支持。[937]世界卫生组织发现,这种药治疗麻风病功效的原始研究结果事实上似乎并不明朗。该组织还说强的松和氯法齐明(clofazimine)的临床效果好得多,而且事实证明沙利度胺太危险了[938]——麻风病人众多的巴西出现了新一代的"沙利度胺宝宝"。[939]此外,现在售出的沙利美有超过90%被用于超说明书用途,如治疗多发性骨髓瘤以及其他血癌和肿瘤。[940]

---

① 有很多艾滋病治疗药物的英文都以"navir"结尾,如利托那韦(Ritonavir)、洛匹那韦(Lopinavir)。——编者注

回过头来看，麻风病只是一个幌子，是沙利度胺重新进入世界市场的切入点。

其他疾病的治疗对沙利度胺需求旺盛，任由沙利度胺转入地下销售又危险重重，FDA 因而最终于 2006 年同意新基医药销售沙利度胺用于治疗多发性骨髓瘤。FDA 还批准了瑞复美（来那度胺）的申请。这是一种在沙利美的基础上稍加改动的药品。新基从沙利度胺分子中去除了一个氧原子，加上了一个氮原子，这一改动产生的新药又获得了好几年的专利保护。

多发性骨髓瘤是一种相当罕见的癌症，美国每年诊出的新病例约为 3 万。即便如此，新基医药还是财源滚滚。20 世纪 50 年代末至 60 年代初，沙利度胺是日常药，卖得很便宜。但在 2006 年，多发性骨髓瘤病人每个月要花 6 195 美元购买所需的 21 粒瑞复美胶囊。[941] 到 2010 年 11 月，价格涨到了每月 8 000 美元左右。2018 年，每月用药的费用更是达到近 1.7 万美元。仅这一种药就给新基医药带来超过 90 亿美元的年收入。[942] 药价上涨如此迅猛引起了众议院监督与改革委员会（Committee on Oversight and Reform）的注意，毕竟谁都知道一种发明于 60 年前的药物的研发费用微乎其微。基福弗 60 年前的事业有了新的接班人——众议员伊莱贾·E. 卡明斯（Elijah E. Cummings）。他向众议院的同侪发出了警示：

> 我们一次又一次地看到制药公司通过药品涨价赚得盆满钵满，涨价经常没有道理，有时是一夜之间价格飞涨。而病人只能乖乖掏钱。[943]

如果有竞争，新基的药价到某个时候自然会降下来。新基对沙利度胺没有专利，虽然它对瑞复美本身拥有 4 项专利（2019 年开始到期），但它其他的瑞复美专利大多是关于分销系统的。在这方面，沙利度胺的危险性反而成全了新基医药对市场的独占。别的公司若想出售沙利度胺或沙利度胺的衍生物，都必须确保不能让孕妇接触到，而新基拥有14项专利的STEPS体系使其他公司几乎不可能提出一个不会涉及STEPS内容的风险评估与管理系统。

迈兰制药公司（Mylan）最后提起了诉讼，称新基的14项专利根本不应该批准。毕竟，女病人在服用致畸性药物之前应该验孕这个主意有什么创新性？需要多少研发？

此外，新基还被指控阻挠竞争者获得足够的沙利度胺来开展研究。[944] 要把一种仿制药投入市场，制药公司必须向FDA表明它的产品与商标药一模一样——同样的化合物以同样的方式被人体吸收。做到这一点需要超过2 000剂新基的药。根据迈兰提起的诉讼，新基医药以安全程序为借口拒绝向迈兰出售沙利度胺样品。新基医药则在新泽西州的一个联邦法庭上回应说，它希望确保"这种产品得到安全的使用，病人的健康得到保护，不仅参与试验的人，而且开展试验的人员也都能［保持］安全"。专利争端最终达成了和解。[945] 2022年初，仿制的瑞复美（来那度胺）投入了市场。然而，与新基医药——现已由百时美施贵宝（Bristol Myers Squibb）拥有——达成的协议规定，仿制方只能向市场投放有限数量的来那度胺。[946] 很快就有骨髓瘤患者抱怨说，由于这些仿制药供应有限，这种"急需药物"的标价和药费的自付部分几乎没有降低。[947]

美国的沙利度胺幸存者坚决要求沙利度胺及其所有致畸衍生物必须始终受到严格的控制。但琼·格罗弗觉得如果这种药有益处，如果能用它救命，那么就应当让它发挥出益处。在纽约州费尔波特的家中，在她的孩子们的环绕下，这名没人认为能活过几个月的60岁妇女说："我希望这种用我的身体和生命试验过的药能在未来给他人带来好处。"[948]

事实上，她不久前去世的丈夫基思患有脑膜瘤——一种原发性中枢神经系统肿瘤——以及路易体痴呆（Lewy body dementia）。琼是她丈夫生前的主要看护人，照顾了他7年的时间。"如果沙利度胺能够治好他的脑瘤或减轻他的症状，"琼说，"我自己就会给他吃。"[949]

致　谢

若没有斯隆基金会（Sloan Foundation）和美国人文基金会（National Endowment for the Humanities）的早期支持，本书不可能完成。我无限感激它们给我时间和资金，使我得以开展要讲好这个故事所必需的研究。

很幸运有希拉里·雷德蒙（Hilary Redmon）做我的编辑和朋友。当我随口提到我正在考虑写一本非虚构作品，讲一讲这个湮没已久的故事时，是她第一个给我加油鼓劲，并始终坚定地支持我，即便这本书后来变得与她最初同意出版的书**大相径庭**，写作的时间也两倍于预期。她对叙事架构的敏锐感知帮我把原来拉杂无序的叙述整理出了条理。她的反馈帮我理顺了行文、加快了节奏。她真的是所有作者梦想的编辑。我也万分感激兰登书屋的以下各位：温蒂·多雷斯廷（Windy Dorresteyn）、本杰明·德雷尔（Benjamin Dreyer）、卢卡斯·海因里希（Lucas Heinrich）、米丽娅姆·哈努科夫（Miriam Khanukaev）、马修·马丁（Matthew Martin，他简直是个圣人！）、斯蒂夫·梅西纳（Steve Messina）、弗里茨·梅奇（Fritz Metsch）、汤姆·佩里（Tom Perry）、莫妮卡·斯坦顿（Monica Stanton）、斯泰西·斯坦因（Stacey Stein）和安迪·沃德（Andy Ward）。本书在苏珊·卡米尔（Susan Kamil）作为出版人时交到了兰登书屋实在是天大的幸运。苏珊是我多年前第一本小说的编辑。真希望她还在,能看到本书的定稿,因为它体现了她教给我的许多讲故事的技巧。

我非常感谢我在WME[①]的团队:永远精力旺盛的多里安·卡奇马(Dorian Karchmar)、安娜·德罗伊(Anna DeRoy)、菲奥娜·拜尔德(Fiona Baird)、詹姆斯·蒙罗(James Munro)、劳伦·苏尔格特(Lauren Szurgot)、妮基·蒙塔萨兰(Niki Montazaran)和苏珊·威文(Susan Weaving)。我也要感谢哈珀·柯林斯英国公司的伊莫金·戈登·克拉克(Imogen Gordon Clark)。

几位早期读者给了我宝贵的反馈:奥莉维亚·真蒂莱(Olivia Gentile)、埃里克·卡茨(Eric Katz)、阿恩·凯尔(Aryn Kyle)、利拉·阿奇(Leila Hatch,她自从在大学时和我成为室友以来就被我拉来读我的文稿!)、汤姆·佩列洛(Tom Perriello)、珍妮特·布鲁姆(Janet Bloom)和莎拉·芬克·巴特勒(Sarah Funke Butler)。

本书起初是专门写弗朗西丝·凯尔西的。弗朗西丝的两个女儿苏珊·达菲尔德和克里斯蒂娜·凯尔西始终对我无比亲切,给我讲述了准确的历史事实,这是我极大的幸运。住在北美大陆东西两端的她们俩轮流为我提供食宿,和我分享她们儿时的日记、家庭录像和家人的信件。让一个外人看到这些自己生活的记录是一种至高无上的信任,我希望我没有辜负她们两位。也感谢汤姆·达菲尔德("詹妮弗,曼哈顿鸡尾酒就该这么调!")和约翰·布勒兹(John Broeze),他们继承了埃利斯·凯尔西的好丈夫传统。

我去华盛顿特区拜访莫顿·明茨,向他询问半个世纪前的事情时,他已是95岁高龄。他一生热爱新闻报道,对挖掘真相充满热情,因此他大度地接受了我的多次造访。感谢他的女儿玛格丽特·明茨

---

① 指从事中介代理服务的威廉·莫里斯奋进娱乐公司(William Morris Endeavor)。——编者注

（Margaret Mintz）准许我在她家地下室的储物柜里翻来找去。我现在把那个储物柜称为"明茨档案馆"。

我很幸运，找到了布鲁西·莫尔顿（Brucie Moulton）、芭芭拉·莫尔顿（Barbara Moulton）和沃伦·森德斯（Warren Senders）。他们慷慨地与我分享逸事、照片和信件，使他们的姑母和朋友芭芭拉·莫尔顿·威尔斯那湮没已久的故事在我眼前重新鲜活起来。

埃莉诺·卡马特的侄子克里斯·卡恩（Chris Kahn）保留了她的沙利度胺研究材料，这是历史的一大幸事。卡马特的名字过去从未在关于沙利度胺的报道中被提及过，尽管她是敦促国际媒体报道这一新闻的第一个美国人。另外，她凭一己之力促成了美国驻波恩大使馆给美国国务院发去报告，报告详细叙述了维杜金德·伦茨对沙利度胺危险性的研究。搬回美国后，卡马特花了几十年的时间收集国际报道中关键人物的证词。她的调查令我受益匪浅。

海伦·陶西格1961年与弗朗西丝·凯尔西和约翰·内斯特的会面在这个故事的基本时间线中早有提及。但无论是陶西格对沙利度胺在国外造成的影响开展的长达一年的独立研究，还是她为受害者利益的奔走呼吁，都遭到了严重的忽视。陶西格的存档资料对我来说是天降厚礼。

我深深地感激林德·舒尔特-希伦，她是少数几名愿意公开发声的母亲之一。我也要感谢她的儿子扬·舒尔特-希伦，他给我讲了有关沙利度胺的医学和法律知识以及他自己的亲身经历。唐纳德·费尔斯通（Donald Firestone）与我分享了他作为一个受沙利度胺伤害的孩子的父亲的经历，可惜他在本书出版之前去世。玛丽·弗格森·波尔希默斯、安·莫里斯和迪莉亚·加尔韦斯·卡洛拉（Delia Galvez Calora）与我谈了她们在怀孕期间服用沙利度胺的经历。莎拉·格罗弗毫不掩饰地向我敞开心扉，讲述了她作为一名幸存者的女儿的生活。

在为本书开展研究期间，我与好几十位自认为沙利度胺受害者的人谈过话。许多人讲出了自己的隐私。对于他们的信任我永远心存感激。他们所有人都抱定决心，要让更多人知道这个尘封已久的故事，这对我始终是极大的激励。我从心底里感谢金伯利·阿恩特、埃里克·巴莱特、扎比内·贝克、乔斯·卡洛拉、艾琳·克罗宁、格斯·伊科诺米季斯、扬·加莱特、简·吉本斯、杰夫·格林、达伦·格里格斯、C. 琼·格罗弗、多萝西·亨特-洪辛格、格伦达·约翰逊、巴特·约瑟夫、佩姬·马茨·史密斯、洛里·凯伊、鲁伯格、格温·李希曼、卡罗琳·桑普森、塔瓦娜·威廉姆斯和菲利普·耶茨，感谢他们的耐心和友善，也感谢他们愿意参加这本书的写作。我多么希望能把我访谈过的所有了不起的幸存者都写进书里，因为他们每个人的故事都足够写一本书。（艾琳·克罗宁和塔瓦娜·威廉姆斯已经出版了回忆录。）请访问非营利组织"美国沙利度胺幸存者"的网站 www.usthalidomide.org，更多地了解美国幸存者的情况并给予支持。

写作本书的过程中免不了要查档案。美国国会图书馆、美国国家档案馆、哈佛康德威医学图书馆以及约翰斯·霍普金斯大学的切斯尼档案馆出色的工作人员为我提供了宝贵的帮助。

当我遇到难题时，FDA 的历史学家约翰·斯旺（John Swann）是我重要的解惑人。英国的盖伊·特威迪和安吉·梅森（Angie Mason）慷慨地与我分享了他们关于沙利度胺起源的研究成果。通过 Zoom 视频通话，本杰明·齐普尔斯基给我上了一堂关于产品责任法的课，让我听得津津有味。迈克尔·丹（Michael Dan）与我分享了他在佩姬·麦克卡里克案审判中任第二法官那段时间的回忆。在呼吁为加拿大沙利度胺受害者提供支持时起到关键作用的律师斯蒂芬·雷恩斯（Stephen Raynes）给我讲了整个过程的背景情况，对我大有帮助。

在科学方面，发育生物学家和沙利度胺研究者尼尔·瓦尔杰森慷慨地抽出时间审阅了本书的相关内容，亚历山德拉·莱里（Alessandra Leri）教授帮忙解决了所有关于化学的问题。

我并非第一个写沙利度胺题材的作者，以前出版的有关这一题材的书给予了我莫大的帮助。《泰晤士报》"内情调查组"写的《受苦的孩子们》以及亨宁·舍斯特伦（Henning Sjöström）和罗伯特·尼尔松（Robert Nilsson）合著的《沙利度胺与制药公司的权力》（*Thalidomide and the Power of the Drug Companies*）都出版于20世纪70年代。它们是我最早看到的关于这一题材的书，也为所有后来的研究者的研究奠定了重要的基础。2012年澳大利亚的沙利度胺受害者诉讼最终原告胜诉，原告律师迈克尔·马加扎尼克（Michael Magazanik）后来写了《源自震惊的沉默》（*Silent Shock*），书中引用了20世纪70年代不为人知的多份格吕恩泰文件。马丁·约翰逊（Martin Johnson）、雷蒙德·斯托克斯（Raymond Stokes）和托比亚斯·阿恩特（Tobias Arndt）合著的《沙利度胺大灾难》细致精确地记叙了格吕恩泰初创时期的详细情况，并提出了有关沙利度胺"发明"的各种理论。马丁·约翰逊非常乐意提供帮助，阅读了本书的一部分书稿。我要专门感谢《纽约时报》的凯蒂·托马斯（Katie Thomas）。几年前幸存者们联系到她之后，她深入调查了此事的历史。

我要多谢戴尔·布劳纳（Dale Brauner）、霍利·范·勒文（Holly Van Leuven）、雷德·辛格（Reid Singer）和莉迪亚·温特劳布（Lydia Weintraub）帮助我确保本书中事实和引语的准确以及相关许可的到位。

本书大部分内容是在新冠大流行期间写成的，我在写作的同时还得照顾我的孩子和父母。那段时间我得以继续写作多亏了朋友们的帮助，特别是阿比·圣玛丽亚（Abby Santamaria）、贾斯汀·克罗宁（Justin Cronin）、吉娜·琼弗里多（Gina Gionfriddo）、雷娜·宁汉姆（Rena Ningham）和加布里埃尔·斯坦顿（Gabrielle Stanton）。我亲爱的"书友们"——阿历克斯·霍洛维茨（Alex Horowitz）、萨莉·科斯洛（Sally Koslow）、贝茨·卡特（Betsy Carter）、劳伦·贝尔弗（Lauren Belfer）、伊丽莎白·卡德茨基（Elizabeth Kadetsky）、阿恩·凯尔（Aryn Kyle）和帕特里夏·莫里斯洛（Patricia Morrisroe）——总在提醒着我书籍的重要性。由内尔·弗罗伊登伯格（Nell Freudenberger）和朱莉·奥灵格（Julie Orringer）领导的团体——我把它称为"布鲁克林作家"——给了我时间和空间，让我倾诉写作中遇到的各种困难，谢谢你们总是允许一个河对岸的外人前来打扰![1] 我要感谢安·卡奥（Ann Kao）、伊丽莎白·鲍尔弗（Elizabeth Balfour）和埃里克·多普曼（Erik Dopman）提供房间让我临时过夜，还帮我获取文件。

最后，但同样重要的，是我的女儿们：安妮卡，你出生在我开始这个项目的一年前，你的生活一直与房子各处数百个鼓鼓囊囊的文件夹相伴！很多时候我不能陪在你的身边，但我希望等你长大读到这本书时，你会明白我这样做的原因。埃勒里，谢谢你每天都对我说："妈妈加油！"你立刻就懂得了这个故事的重要性，我走的每一步都有你在坚定地为我加油打气。因为有你们，我无限骄傲，也无比感激。

亲爱的妈妈爸爸，6年来你们总在问我："你的那本书写完了吗？"现在我终于可以回答，写完了。

---

[1] 布鲁克林与曼哈顿之间隔着东河。——译者注

注 释

序 言

1. 作者对安·莫里斯（假名）的采访。
2. Statement by Dr. John Chewning, Merrell Co. spokesman, quoted in "Thalidomide Study: Prevent Monsters," *Daily Iowan*, Aug. 9, 1962.
3. Allan C. Barnes, "Our Uncomfortable Glass House," *American Journal of Obstetrics and Gynecology* 84, no. 3 (Aug. 1962): 411.
4. "Code K17," *Der Spiegel*, June 3, 1968.
5. 沙利度胺与周围神经炎有关联的新闻爆出后，东德在 1961 年拒绝批准这种药。

第一部：新 手

第 1 章

6. Morton Mintz, *At Any Cost: Corporate Greed, Women, and the Dalkon Shield* (New York: Pantheon, 1985), xv.
7. *The Lemmon Leader*, Sept. 26, 1957.
8. Letter from Frances to Geiling, Oct. 3, 1957, Eugene M. K. Geiling Collection, Alan Chesney Medical Archives (hereafter Geiling Archives).
9. Letter from Ellis Kelsey to Geiling, Sept. 13, 1956, Geiling Archives.
10. Letter from Frances to Geiling, Dec. 27, 1956, Geiling Archives.
11. Letter from Ralph G. Smith to F. Ellis Kelsey, Jan. 22, 1957, Frances Kelsey Papers, Library of Congress (hereafter Frances Kelsey Papers).
12. 拉尔夫·C. 爱泼斯坦（Ralph C. Epstein）说，制药业当时位列第 16。"Industrial Profits

in the United States," *National Bureau of Economic Research*, 1984.
13. 美国参议院司法委员会反托拉斯与反垄断小组委员会的听证会，1959 年 9 月 28 日至 30 日。
14. "Larrick, Career Employee, Heads FDA as Crawford Retires . . . Big Case Load and Limited Budget Are Major Problems," *Journal of Agricultural and Food Chemistry* 2, no. 16 (1954): 810.
15. 同上。
16. "Tabulation of New Drug Applications" table, "Summary of NDA Approvals & Receipts, 1938 to the Present," Food and Drug Administration, available at fda.gov/about-fda/histories-product-regulation/summary-nda-approvals-receipts-1938-present.
17. Martin Towler report included in "Kevadon: A New, Safe, Sleep-Inducing Agent" in New Drug Application 12-611, FDA Archives.
18. Report card, St. George's School for Girls, Victoria, B.C., Dec. 16, 1927, Frances Kelsey Papers.
19. Report card, St. Margaret's School, Victoria, B.C., June 28, 1929, Frances Kelsey Papers.
20. Frances Kelsey Oral History, FDA Oral History Interview, 5.
21. 同上，9。
22. 同上，12。
23. Writings & Editorials, ca. 1940s, Frances Kelsey Papers.
24. "Screwy News," *The New Yorker*, May 31, 1941.
25. Ruth DeForest Lamb, *American Chamber of Horrors: The Truth About Food and Drugs* (New York: Farrar & Rinehart, 1936), 9.
26. "The Good Fight," *Evansville Courier and Press*, July 3, 1930.
27. Morton Mintz, *The Therapeutic Nightmare: A Report on the Roles of the United States Food and Drug Administration, the American Medical Association, Pharmaceutical Manufacturers, and Others in Connection with the Irrational and Massive Use of Prescription Drugs That May Be Worthless, Injurious, or Even Lethal* (Boston: Houghton Mifflin, 1965), 41.
28. "Old Time Farm Crime: The Embalmed Beef Scandal of 1898," *Modern Farmer*, Nov. 8, 2013.
29. "National Control of Food Products," *Journal of Proceedings of the Annual Convention of the National Association of State Dairy and Food Departments* (Herman B. Meyers, 1903), 43.
30. Bruce Watson, "The Poison Squad: An Incredible History," *Esquire*, June 27, 2013.
31. *Public Health Reports*, Jan. 21, 1916, 137.
32. Lamb, *American Chamber of Horrors*, 45.
33. 同上，46。
34. 同上，53。
35. 同上，55。
36. 同上，58。
37. "他真的不太看得起女性科学家。" Frances Kelsey Oral History, FDA Oral History Interview,

13.
38. 作者对克里斯蒂娜·凯尔西的采访。
39. Frances Kelsey Oral History, 22.
40. Carol Ballentine, "Taste of Raspberries, Taste of Death: The 1937 Elixir Sulfanilamide Incident," *FDA Consumer*, June 1981.
41. Lamb, *American Chamber of Horrors*, 296.
42. Letter reprinted in "Taste of Raspberries, Taste of Death: The 1937 Elixir Sulfanilamide Incident," *FDA Consumer*, June 1981.
43. "Notes and Comment," *Medical Alumni Bulletin, University of Chicago*, 1962, Frances Kelsey Papers.

第 2 章

44. Evelyne Shuster, "Fifty Years Later: The Significance of the Nuremberg Code," *New England Journal of Medicine*, Nov. 13, 1997.
45. Alan Wayne Jones, "Early Drug Discovery and the Rise of Pharmaceutical Chemistry," *Drug Testing and Analysis* 3, no. 6 (June 2011).
46. "Merck, the Oldest Pharma Company Turns 350," *Deutsche Welle*, July 16, 2018.
47. Jones, "Early Drug Discovery".
48. Emmanouil Magiorkinis et al., "Highlights in the History of Epilepsy: The Last 200 Years," *Epilepsy Research and Treatment*, 2014, 582039.
49. Norman Ohler, Blitzed (Boston: Houghton Mifflin Harcourt, 2017), 108.
50. "Secrets by the Thousands," *Harper's Magazine*, Oct. 1946.
51. Douglas M. O'Reagan, *Taking Nazi Technology: Allied Exploitation of German Science After the Second World War* (Baltimore: Johns Hopkins University Press, 2021), 37.
52. F. López-Muñoz, P. García-García, and C. Alamo, "The Pharmaceutical Industry and the German National Socialist Regime: I. G. Farben and Pharmacological Research," *Journal of Clinical Pharmacology and Therapeutics* 31, no. 1 (Feb. 2009): 67–77.
53. Jacques R. Pauwels, *Big Business and Hitler* (Toronto: Lorimer, 2017), 72.
54. Jonathan B. Tucker, *War of Nerves: Chemical Warfare from World War I to Al-Qaeda* (New York: Anchor, 2007), 88.
55. "German Firm Is Cited as Top Producer of Death Camp Gas," *Los Angeles Times*, Dec. 4, 1998.
56. Patricia Posner, *The Pharmacist of Auschwitz: The Untold Story* (Surrey, UK: Crux Publishing, 2017), 61.
57. Correspondence between Auschwitz camp commander and Bayer headquarters quoted in ibid., 62.
58. 同上，61。
59. 同上，62。

60. 同上，64。
61. 同上，114。
62. Telford Taylor quoted in Scott Christianson, *Fatal Airs: The Deadly History and Apocalyptic Future of Lethal Gases* (New York: Praeger Press, 2010), 70.
63. 同上。
64. *The United States of America Against Carl Krauch et al.*, Military Tribunal, No. VI, C.A. No. 6, Paul M. Hebert, Dissenting Opinion, *Nuremberg Trials Documents* (1948).
65. "The Nazis and Thalidomide: The Worst Drug Scandal of All Time," *Newsweek*, Sept. 10, 2012.
66. Martin Johnson, Raymond G. Stokes, and Tobias Arndt, *The Thalidomide Catastrophe: How It Happened, Who Was Responsible, and Why the Search for Justice Continues After More Than Six Decades* (London: Onwards and Upwards, 2018), 72.
67. "The Nazis and Thalidomide: The Worst Drug Scandal of All Time," *Newsweek*, Sept. 10, 2012.
68. 莫尼卡·艾森伯格（Monika Eisenberg）和马丁·约翰逊与作者分享的他们于 2009 年 7 月在德国亚琛对克里斯蒂安·瓦格曼（Christian Wagemann）的采访。
69. "Code K17," *Der Spiegel*, June 3, 1968.
70. "This story taxes credibility to the breaking point!" Johnson, Stokes, and Arndt, *Thalidomide Catastrophe*, 77–78.
71. Johnson, Stokes, and Arndt, *Thalidomide Catastrophe*, 79.
72. 同上，80。
73. Wichmann, Koch, and Heiss, Zeitschrift für Klinische Medizin (1956), cited in Johnson, Stokes, and Arndt, *Thalidomide Catastrophe*, 80.
74. "他还是精明的生意人，精明得与格吕恩泰谈成的合同规定，除了薪金外，公司还要把营业额的 1% 给他作为奖金。" United States Congress, Congressional Record: Proceedings and Debates. . . . (Washington, D.C.: U.S. Government Printing Office, 1969), 14553.
75. *Sunday Times* Insight Team, *Suffer the Children: The Story of Thalidomide* (London: Andre Deutsch, 1979), 28.
76. U.S. Patent # 2830991 and UK Patent # 768821, cited in Johnson, Stokes, and Arndt, *Thalidomide Catastrophe*, 85.
77. Affidavit of Michael Magazanik as to the Plaintiff's Case Against the First Defendant, *Lynette Suzanne Rowe v. Grünenthal GmbH*, in the Supreme Court of Victoria at Melbourne, Common Law Division, Major Torts List, document prepared July 13, 2012, cites GRT.0001.00010.0172, a letter from Dr. Ferdinand Piacenza to Dr. Mückter, March 25, 1956, which refers to a patient who received the drug on Nov. 25, 1955. Mückter's reply on April 3, 1956, GRT.0001.00010.0181, states that "we have been testing k17 in many clinics and various sanatoriums for about two years . . ." (hereafter *Rowe v. Grünenthal* Affidavit).
78. Johnson, Stokes, and Arndt, *Thalidomide Catastrophe*, 82.
79. *Sunday Times* Insight Team, *Suffer the Children*, 42.

80. Letter from Dr. Ferdinand Piacenza to Dr. Mückter, March 25, 1956, GRT.0001.00010.0172, *Rowe v. Grünenthal* Affidavit.
81. Letter from Mückter to Piacenza, April 3, 1956, GRT.0001.00010.0181, *Rowe v. Grünenthal* Affidavit.
82. 同上。在其他文献中被译为"我觉得你对剂量过于热情了一些"。

第 3 章

83. *Sunday Times* Insight Team, *Suffer the Children*, 100; Report for the month of March 1959 (Dr. Michael), GRT.0001.00053.0079, *Rowe v. Grünenthal* Affidavit.
84. 作者对苏珊·达菲尔德和克里斯蒂娜·凯尔西的采访。
85. Frances Kelsey Oral History, FDA Oral History Interview, 27.
86. Letter from Roger Stanier to Frances Oldham, March 14, 1943, Frances Kelsey Papers.
87. Letter from Roger Stanier to Frances Oldham, July 31, 1943, Frances Kelsey Papers.
88. Frances's personal notebooks, Kelsey Family Archives, Shelton, Washington (hereafter Kelsey Family Archives).
89. Nathaniel Comfort, "The Prisoner as Model Organism: Malaria Research at Stateville Penitentiary," Studies in History and Philosophy of Biological and Biomedical Sciences 40, no. 3 (Sept. 2009).
90. Frances's personal notebooks, Kelsey Family Archives.
91. Letter from Ellis to Frances Kelsey, undated, 1944, Kelsey Family Archives.
92. Letter from Ellis to Frances Kelsey, Sept. 6, 1944, Kelsey Family Archives.

第 4 章

93. 作者对艾琳·克罗宁的采访。
94. Letter, Dec. 5, 1961, Frances Kelsey Archives.
95. Letter from Frances to the Merrell Co., Nov. 10, 1960, FDA Archives.
96. "The Experimental Toxicology and Pathology of Kevadon (Thalidomide.)," New Drug Application 12-611, 44, FDA Archives.
97. 同上，45。
98. Letter from Frances Kelsey to the Wm. S. Merrell Company, Nov. 10, 1960, FDA Archives.
99. 弗朗西丝 1960 年 11 月 14 日的报告表明，第一份申请展示了"17 名美国研究者"的报告，FDA Archives。弗朗西丝·凯尔西写给 R. G. 史密斯医生的信中提到，"最初的申请包括 37 名研究者的报告，涵盖 1 589 名病人"，1962 年 5 月 31 日，FDA Archives。
100. Memo to Dr. Smith, May 18, 1953, Frances Kelsey Papers.
101. Letter from Dr. Austin Smith to Frances, March 23, 1956, Frances Kelsey Papers.
102. Letter from Frances Kelsey to Dr. Smith, March 27, 1956, Frances Kelsey Papers.

103. "Drug Promotion," *JAMA*, Oct. 12, 1957, Frances Kelsey Papers.
104. *Therapeutic Nightmare*, 181.
105. Philip Hilts, *Protecting America's Health: The FDA, Business, and One Hundred Years of Regulation* (Chapel Hill: University of North Carolina Press, 2004), 120.
106. *Drug Trade News*, vol. 34, no. 13, June 29, 1959.
107. Winton Rankin quoted in Hilts, *Protecting America's Health*, 120.
108. Frances Kelsey Oral History, 51.
109. 同上。
110. Oyama's assessment of Kevadon, New Drug Application 12-611, Oct. 25, 1960, FDA Archives.
111. 关于莫尔顿做证时弗朗西丝在场观看的报道有误，当时弗朗西丝不在华盛顿特区。她是通过埃利斯听说莫尔顿的做证的，埃利斯寄给了她一份剪报。

第 5 章

112. "Kevadon—Hospital Clinical Program," Inter-Department Memo, Merrell, Oct. 10, 1960, Plaintiff's exhibit 298A, *McCarrick v. Richardson-Merrell*.
113. 作者对埃里克·巴莱特的采访。
114. Mary C. Moulton, *True Stories of Pioneer Life* (Detroit, 1924), dedication page.
115. Testimony of Barbara Moulton, Hearings Before the Subcommittee on Antitrust and Monopoly of the Committee on the Judiciary, U.S. Senate, June 2, 1960 (hereafter Moulton Testimony).
116. 同上。
117. "Sullivan, Leonor Kretzer," "History, Art, and Archives" section, United States House of Representatives website, available at history.house.gov/People/Detail/22744.
118. United States Information Service, USIS Feature, United States Department of State, 1952.
119. 基福弗上了民调机构罗珀（Roper）的美国十大最受钦佩人物名单。美国参议院的州际商业有组织犯罪特别委员会的网页。
120. Jack Anderson and Fred Blumenthal, *The Kefauver Story* (New York: Dial Press, 1956), 22.
121. 同上，22。
122. Richard Harris, *The Real Voice* (New York: Macmillan, 1964), 49.
123. Anderson and Blumenthal, *Kefauver Story*, 6.
124. Harris, *Real Voice*, 14.
125. "布莱尔惊讶地发现，它的税后利润率达到投资资本的18.9%。"同上，17。
126. 同上。
127. 同上，21。
128. "Administered Prices, Drugs": Report of the Committee on the Judiciary, Subcommittee on Antitrust and Monopoly, U.S. Senate, Eighty-seventh Congress, First Session (Washington, D.C.: U.S. Government Printing Office, 1961), 54.

129. Harris, *Real Voice*, 36–37.
130. 同上，37。
131. 同上，37。
132. 同上，38。
133. 同上，42。
134. 同上，43。
135. 同上，44。
136. "Administered Prices, Drugs: Report of the Committee on the Judiciary, United States Senate, Made by Its Subcommittee on Antitrust and Monopoly, Pursuant to S. Res. 52, Eighty-seventh Congress, First Session," 209.
137. John Lear, "Taking the Miracle Out of the Miracle Drugs," *Saturday Review*, Jan. 3, 1959, 42.
138. "Charge Drug Price Hiked over 7000 Percent," *Chicago Daily Tribune,* Dec. 7, 1959.
139. "Administered Prices: Hearings Before the Subcommittee on Antitrust and Monopoly of the Committee on the Judiciary, United States Senate, Eighty-sixth Congress, First Session" (Washington, D.C.: U.S. Government Printing Office, 1960), 7888.
140. Harris, *Real Voice*, 80.
141. Martin Seidell's testimony quoted in "The High Price of Drugs," *Washington Post*, Feb. 26, 1960.
142. Harris, *Real Voice*, 96.
143. 同上，88—89。
144. 同上，89。
145. "Administered Prices: Hearings Before the Subcommittee on Antitrust and Monopoly of the Committee on the Judiciary, United States Senate, Eighty-fifth Congress, First Session" (Washington, D.C.: U.S. Government Printing Office, 1960), 10616.
146. Harris, *Real Voice,* 113.
147. "U.S. Drug Aide Got $287,142 on Side," *New York Times*, May 19, 1960.
148. 同上。
149. Henry Welch, opening remarks, Fourth Annual Antibiotics Symposium, *Antibiotics Annual,* 1956–1957.
150. 同上。
151. "Drug Makers and the Government: Who Makes the Decisions," *The Saturday Review*, July 2, 1960.
152. R. E. McFadyen, "The FDA's Regulation and Control of Antibiotics in the 1950s: The Henry Welch Scandal, Félix Martí-Ibáñez, and Charles Pfizer & Co," *Bulletin of the History of Medicine* 53, no. 2 (Summer 1979).
153. "Investigation of Food and Drug Agency Planned," *Port Angeles Evening News*, June 1960.
154. Moulton Testimony.
155. 同上。
156. 同上。

157. 同上。
158. "Ex-FDA Aide Asks Agency Shake-Up," *Baltimore Evening Sun*, June 2, 1960.
159. Harris, *Real Voice*, 107.
160. 同上。
161. James Lee Goddard Oral History, National Library of Medicine, 1969, 306.

第 6 章

162. Elinor Kamath papers, Harvard Medical Library, Francis A. Countway Library of Medicine, Boston (hereafter Kamath Papers).
163. "默里打电话来说他收到了关于凯瓦登的信函，对信的内容感到'忧虑'。""Summary of Substance of Contact," Nov. 15, 1960, FDA Archives.
164. Letter from Murray to Frances, Dec. 9, 1960, NDA 12-611, vol. 3, FDA Archives.
165. Account of Dec. 29, 1960, in "Chronology of transactions with the William S. Merrell Company regarding 'Kevadon' (thalidomide)," April 17, 1962, FDA Archives.
166. Memo from Ellis Kelsey to Frances Kelsey, Dec. 30, 1960, Frances Kelsey Papers; Kevadon NDA, 12-611, vol. 3, 240, FDA Archives.

第二部：灵　药

第 7 章

167. Congressional Record, Proceedings and Debates of the 90th Congress, Second Session, vol. 114, part 2, May 22, 1968, 14495.
168. Michael Magazanik, *Silent Shock: The Men Behind the Thalidomide Scandal and an Australian Family's Long Road to Justice* (Melbourne: Text Publishing, 2015), 66.
169. 同上。
170. *Sunday Times* Insight Team, *Suffer the Children*, 45.
171. Leonard Gross, "The Thalidomide Tragedy: A Preview of a New Horror Trial," *Look*, May 28, 1968.
172. 同上。
173. Excerpt from Blasiu's paper in *Medizinische Klinik*, May 2, 1958, printed in *Sunday Times* Insight Team, *Suffer the Children*, 68.
174. Grünenthal's letter printed in Gross, "Thalidomide Tragedy".
175. Congressional Record: Proceedings and Debates of the 90th Congress Second Session (Washington, D.C.: U.S. Government Printing Office, 1968), 14753.
176. Johnson, Stokes, and Arndt, *Thalidomide Catastrophe*, 115.
177. *Sunday Times* Insight Team, *Suffer the Children*, 62.

178. 同上，63。
179. Magazanik, *Silent Shock*, 120.
180. 同上，120。
181. *Sunday Times* Insight Team, *Suffer the Children*, 79.
182. 同上，80。
183. 同上，36—37。
184. 同上，66。
185. 同上，83。
186. Letter from Walter A. Munns, Smith, Kline & French Laboratories, to Commissioner Larrick, July 31, 1962, FDA Archives.
187. 同上。
188. 同上。
189. *Sunday Times* Insight Team, *Suffer the Children*, 90.
190. Johnson, Stokes, and Arndt, *Thalidomide Catastrophe*, 121.
191. Pam Fessler, *Carville's Cure: Leprosy, Stigma, and the Fight for Justice* (New York: Liveright, 2020), 136.
192. Memorandum from Dr. Raymond Pogge to Merrell president Frank Getman, Oct. 26, 1953.
193. Michael D. Green, *Bendectin and Birth Defects: The Challenges of Mass Toxic Substances Litigation* (Philadelphia: University of Pennsylvania Press, 1996), 90.
194. Betty Mekdeci, Executive Director, Birth Defect Research for Children, "Bendectin: How a Commonly Used Drug Caused Birth Defects, Part One," Birthdefects.org.
195. Andrea Tone, *The Age of Anxiety: A History of America's Turbulent Affair with Tranquilizers* (New York: Basic Books, 2009), 54.
196. Raymond C. Pogge to Frank J. Ayd, "Since your series is now up to about one hundred cases, . . ." March 14, 1960, Kamath Papers.
197. Ray O. Nulsen, "Bendectin in the Treatment of Nausea in Pregnancy," *Ohio Medical Journal* 53, no. 665 (1957). 在1983年一场关于镇吐灵的诉讼中，波格做证时承认"代写"了这篇文章。Green, *Bendectin and Birth Defects*, 176, 179. See also *Raynor v. Richardson-Merrell, Inc.*, 643 F. Supp. 238 (D.D.C. 1986), Aug. 8, 1986.
198. Deposition of Ray O. Nulsen, *Soroka v. Richardson-Merrell*, Civil Action No. 75-962, Nov. 15, 1976, 53–54 (hereafter Nulsen Deposition).
199. 同上，43，46。
200. 同上，112。
201. 同上，121。
202. Deposition of Thomas Jones, *Diamond v. William S. Merrell Co. and Richardson-Merrell, Inc.*, Eastern District of Pennsylvania, CV 62-0032132, filed Oct. 4, 1962, deposition taken May 11, 1966 (hereafter Jones Deposition), 38.

第 8 章

203. Direct Examination of Raymond Pogge, *Diamond v. William S. Merrell Co. and Richardson-Merrell, Inc.*, Eastern District of Pennsylvania, CV 62-0032132, filed Oct. 4, 1962 (hereafter Pogge Deposition).
204. Nulsen Deposition, 30–31.
205. Ralph Adam Fine, *The Great Drug Deception: Lessons from MER/29 for Today's Statin and Drug Consumers—What Your Doctor May Not Know* (New York: Stein and Day, 2012), 122.
206. "Kevadon Hospital Clinical Program: Meeting Agenda & Job Description," 1960, FDA Archives.
207. 同上。
208. 同上。
209. 同上。
210. 同上。
211. 同上。
212. 同上。
213. 同上。
214. 同上。
215. Deposition of Evert Florus Van Maanen, *McCarrick v. Richardson-Merrell*, No. 882 426, Superior Court of California, Los Angeles, Feb. 27, 1971, 14, 24 (hereafter Van Maanen Deposition).
216. Van Maanen Deposition, 111.
217. *Sunday Times* Insight Team, *Suffer the Children*, 97.
218. 范·曼侬承认，第 1257-40 号实验的日期是 1960 年 6 月 28 日，这是在梅瑞尔向 FDA 提交凯瓦登申请的两个多月之前。他也承认，在指挥链中，把实验结果报告给 FDA 是他的责任。范·曼侬的证词，16，17，21。
219. Plaintiff's Exhibit E, Feb. 27, 1959, letter from Raymond Pogge, read aloud in the Jones Deposition, 38.
220. F. Jos. Murray to Dr. R. C. Pogge, Inter-Department Memo, March 16, 1960, Kamath Papers.
221. 默里说爱泼斯坦在过去多次"未予深究"，还说爱泼斯坦表示可以"出手干预"，帮助处理 MER/29 的申请事宜。Memos cited in Fine, *Great Drug Deception*, 200.
222. Fine, *Great Drug Deception*, 46.
223. 同上，47。
224. *Sunday Times* Insight Team, *Suffer the Children*, 92.
225. Fine, *Great Drug Deception*, 133–34.
226. 同上，141。
227. Ibid., 136. 法恩（Fine）引用了梅瑞尔发给销售人员的《宣传行动策略》("Campaign Strategy")，计算出 MER/29 的年销售额为 4 亿美元。《星期日泰晤士报》内情调查组出版的《受苦的孩子们》第 92 页引用的数据则表明 MER/29 的年销售额可能为

42.5 亿美元。我采用的数字是年销售额 5 亿美元。
228. "Kevadon—Hospital Clinical Program," Inter-Department Memo, Merrell, R. H. Woodward to G. L. Christenson, Oct. 10, 1960.
229. The Feminine Conscience of the FDA: Dr. Frances Oldham Kelsey," *Saturday Review*, Sept. 1, 1962.

第 9 章

230. Kevadon brochure, 1960, Plaintiff's Exhibit, *McCarrick v. Richardson-Merrell*, Superior Court of California, Los Angeles.
231. Reprinted in Interagency Coordination in Drug Research and Regulation, Hearings Before the Subcommittee on Reorganization and International Organizations of the Committee on Government Operations, U.S. Senate, Agency Coordination Study, Government Operations, Aug. 1 and 9, 1962.
232. Letter from Sidney Cohen to Thomas Jones, Nov. 5, 1960, Exhibit 22-A, Jones Deposition.
233. Keith Ditman to Thomas Jones, December 28, 1960, and Thomas Jones to Charles Freed to Merrell, Nov. 22, 1960, Exhibit 16-F, Jones Deposition.
234. "Kevadon Clippings: Quota Exceeded," November 29, 1960. Reprinted in Interagency Coordination in Drug Research and Regulation, Hearings Before the Subcommittee on Reorganization and International Organizations of the Committee on Government Operations, U.S. Senate, Agency Coordination Study, Government Operations, Aug. 1 and 9, 1962.
235. 同上。
236. Thomas L. Jones to E. B. Linton, Acuff Clinic, letter, Dec. 5, 1960. Ibid, 273.

第 10 章

237. *Sunday Times* Insight Team, *Suffer the Children*, 68.
238. Magazanik, *Silent Shock*, 63.
239. *Sunday Times* Insight Team, *Suffer the Children*, 46.
240. Report of Grünenthal sales representative Zila of a visit to a pharmacist in Düsseldorf, July 14, 1959, GRT.0001.00021.0151, *Rowe v. Grünenthal* Affidavit.
241. Letter from Pharmacolor AG, Switzerland, to Grünenthal, Aug. 27, 1959, GRT.0001.00021.0272, *Rowe v. Grünenthal* Affidavit.
242. Letter from Dr. Ralf Voss to Grünenthal, Oct. 7, 1959, GRT.0001.00022.0013, *Rowe v. Grünenthal* Affidavit.
243. *Sunday Times* Insight Team, *Suffer the Children*, 48–49.
244. Sales report to Management, Oct. 15, 1959, GRT.0001.00022.0055, *Rowe v. Grünenthal* Affidavit.
245. Letter from Grünenthal to doctor in Iserlohn, Oct. 26, 1959, GRT.0001.00022.0056, *Rowe v.*

Grünenthal Affidavit.
246. Letter from Grünenthal to Dr. Ralf Voss, Dec. 17, 1959, GRT.0001.00022.0169, *Rowe v. Grünenthal* Affidavit.
247. Grünenthal report by sales rep Zila, Dec. 17, 1959, GRT.0001.00022.0167 at 0168, *Rowe v. Grünenthal* Affidavit.
248. Letter from Grünenthal to Dr. Grafe von Schroder, Dec. 30, 1959, *Rowe v. Grünenthal* Affidavit.
249. 同上。
250. Sunday Times Insight Team, *Suffer the Children*, 49.
251. 同上。
252. Magazanik, *Silent Shock*, 95.
253. Letter from Grünenthal to surgeon, March 11, 1960, GRT.001.00024.0021, *Rowe v. Grünenthal* Affidavit.
254. 同上。
255. Magazanik, *Silent Shock*, 72.
256. Rock Brynner and Trent Stephens, *Dark Remedy: The Impact of Thalidomide and Its Revival as a Vital Medicine* (New York: Basic Books, 2001), 22.
257. Dr. Mückter report for the month of July 1960, GRT.0001.00026.0128, *Rowe v. Grünenthal* Affidavit.
258. Sunday Times Insight Team, S*uffer the Children*, 52.
259. 同上，34。
260. 同上。
261. 同上，52。
262. 同上，53。
263. 同上。
264. 同上。
265. 同上。
266. Situation Report from Düsseldorf Sales Area, Dec. 7, 1960, GRT.0001.00029.0129, *Rowe v. Grünenthal* Affidavit.
267. 同上。

第 11 章

268. A. Leslie Florence, "Is Thalidomide to Blame?" *British Medical Journal*, Dec. 1960.
269. *Soroka v. Richardson-Merrell*, Civil Action No. C C75-962, Nov. 15, 1976, 148.
270. Joseph Murray to Dr. Harold W. Werner, "Kevadon ND—Report of FDA Visit," Inter-Department Memo, Merrell, April 4, 1961, Kamath Papers.
271. Letter from Frances Kelsey to Merrell, Feb. 23, 1961, Kamath Papers.
272. 同上。

273. Letter from Joseph Murray to Denis Burley Distillers, Feb. 15, 1961.
274. Letter from Leslie Florence to Chief Medical Officer, Distillers, Feb. 17, 1959, Kamath Paper.
275. Letter from D. M. Burley, Distillers, to Dr. Florence, Feb. 25, 1959, Kamath Papers.
276. Letter from Distillers to Dr. Mückter, Grünenthal, Nov. 1960, Frances Kelsey Papers.
277. "Alexander Leslie Florence," *British Medical Journal*, May 4, 2018.
278. Sunday Times Insight Team, *Suffer the Children*, 83.
279. 同上, 59。
280. 同上。
281. Magazanik, *Silent Shock*, 95.
282. Letter from Dr. Eckerle to Grünenthal, Nov. 2, 1961, *Rowe v. Grünenthal* Affidavit.
283. Letter from Lauberntha to Scheid, director of the Universität Nerve Clinic, Oct. 30, 1961, *Rowe v. Grünenthal* Affidavit.
284. Sales letter from Dr. Goden to Sievers, Feb. 23, 1961, GRT.0001.00031.0256, *Rowe v. Grünenthal* Affidavit.
285. Magazanik, *Silent Shock*, 72.
286. Letter from Grünenthal to Franz Wirtz in U.S., Feb. 23, 1961, GRT.0001.00031.0253, *Rowe v. Grünenthal* Affidavit.
287. D. Burley, "Is Thalidomide to Blame?," *British Medical Journal* (Jan. 14, 1961).
288. Dr. D. M. Burley, "Thalidomide and Peripheral Neuritis: A Report on the Joint Discussions with representatives of Chemie Grünenthal, Stolberg-in-Rheinland and Wm. Merrell Limited, Cincinnati, Ohio with notes on visit to West Germany," March 1961, Kamath Papers.
289. 同上。
290. 同上。
291. 同上。
292. 同上。"目前已知英国和德国共有约 150 个沙利度胺引起的周围神经炎病例。预计还有一些尚未报告的病例。"

第 12 章

293. Letter from Thomas Jones, Merrell, to Denis Burley, April 28, 1961, Kamath Papers.
294. Memo to John Swann, 1998, Frances Kelsey Papers.
295. Harris, *Real Voice*, 107.
296. "Kevadon NDA—Report of FDA Visit," Inter-Department Memo, April 4, 1961, Kamath Papers.
297. F. Joseph Murray to Frances Kelsey, March 29, 1961, Kamath Papers.
298. Routing and Transmittal slip from Frances Kelsey to FDA Historian John Swann re: handwritten notes from Ralph Smith, Nov. 24, 1995, Frances Kelsey Papers.
299. Fine, *Great Drug Deception*, 64.
300. Letter from Franz Wirtz to Dr. von Schrader describing "the atmosphere at R&M," May 7,

1961, GRT.0001.00037.0116, *Rowe v. Grünenthal* Affidavit.
301. "Chronology of transactions with the William S. Merrell Company regarding 'Kevadon' (thalidomide)," April 17, 1962, FDA Archives.
302. 同上。
303. Draft of letter from Frances to Merrell, April 26, 1961, Frances Kelsey Paper.
304. "Chronology of transactions with the William S. Merrell Company regarding 'Kevadon' (thalidomide)," April 19, 1961, FDA Archives.
305. Letter from Frances Kesley to Merrell, May 5, 1961, FDA Archives.
306. 同上。
307. Memo of telephone interview, Ralph Smith, FDA, and Joseph Murray, Merrell, May 9, 1961, FDA Archives.
308. Notes on meeting between Frances Kelsey, R. G. Smith, J. Archer, and Joseph Murray, May 11, 1961, Frances Kelsey Papers.
309. 同上。
310. 同上。

第三部：斗 争

第 13 章

311. Memo from Cincinnati District to Bureau of Field Administration, Aug. 21, 1962, FDA Archives.
312. American Trial Lawyers Association, Midwinter Meeting, 1969, San Francisco, California, 654.
313. 作者对多萝西·亨特-洪辛格的采访。
314. Dan G. McNamara et al., "Historical Milestones: Helen Brooke Taussig, 1898 to 1986," *Journal of the American College of Cardiology* 10, no. 3 (Sept. 1987): 662–71.
315. Jesús De Rubens Figueroa et al., "Cardiovascular Spectrum in Williams-Beuren Syndrome: The Mexican Experience in 40 Patients," *Texas Heart Institute Journal* 35, no. 3 (2008): 279–85.
316. "The Unfolding Tragedy of Drug Deformed Babies," *Maclean's*, May 19, 1962.
317. Letter from Helen B. Taussig to Ms. Elinor Kamath, June 23, 1976, Helen B. Taussig Collection, Alan Mason Chesney Medical Archives, Baltimore, Maryland (hereafter Taussig Collection).
318. Gerri Lynn Goodman, "A Gentle Heart: The Life of Helen Taussig," thesis, Yale University School of Medicine, New Haven, Connecticut, 1983, 4.
319. Joyce Baldwin, *To Heal the Heart of a Child* (New York: Walker & Company, 1992), 39.
320. 学界普遍认为陶西格学会了用手指听诊。See J. Van Robays, "Helen B. Taussig (1898–

1986)," *Facts, Views & Vision in ObGyn* 8(3) (Sept. 2016): 183–87, published online Dec. 5, 2016.
321. McNamara et al., "Historical Milestones".
322. Letter from Taussig to Dr. Leonard Sherlis, Maryland Heart Association, Feb. 6, 1962, Taussig Collection.
323. Letter from Prof. Dr. Med. Gerhard Joppich to Taussig, Jan. 29, 1962, Taussig Collection.
324. Laurence Urdang, *Bantam Medical Dictionary*, 5th ed. (New York: Random House, 2009).
325. Magazanik, *Silent Shock*, 94.
326. Helen B. Taussig, "A Study of the German Outbreak of Phocomelia: The Thalidomide Syndrome," *JAMA* 180 (June 30, 1962).

第 14 章

327. K. H. Schulte-Hillen, "My Search to Find the Drug That Crippled My Baby," *Good Housekeeping*, May 1963, 95.
328. 同上。
329. "People with Disabilities," annotated bibliography, United States Holocaust Museum, available at ushmm.org/collections/bibliography/people-with-disabilities.
330. Magazanik, *Silent Shock*, 98.
331. Schulte-Hillen, "My Search," 96.
332. 作者对林德·舒尔特−希伦的采访。
333. 同上。
334. 同上。
335. Schulte-Hillen, "My Search," 96.
336. 同上。

第 15 章

337. Internal GRT memo re Contergan Situation by Dr. Michael, May 10, 1961, GRT.0001.0037.0141, *Rowe v. Grünenthal* Affidavit.
338. *Sunday Times* Insight Team, *Suffer the Children*, 7.
339. William McBride, *Killing the Messenger* (Cremorne, Australia: Eldorado, 1994), 53.
340. 麦克布莱德成为产科医生的"起始日"大概在 1954 年前后。"Doctor Who Alerted the World to the Dangers of Thalidomide," *Sydney Morning Herald*, July 18, 2018.
341. Bill Nicol, *McBride: Behind the Myth*, ABC Enterprises for the Australian Broadcasting Corp, Jan. 1, 1989, 16.
342. Magazanik, *Silent Shock*, 241.
343. 同上，6。
344. *Sunday Times* Insight Team, *Suffer the Children*, 6.

345. McBride, *Killing the Messenger*, 9.
346. Magazanik, *Silent Shock*, 243.
347. McBride, *Killing the Messenger*, 58.
348. 同上，59。
349. 同上，61。
350. McBride, *Killing the Messenger*, 61.
351. H. Eagle, "Nutrition Needs of Mammalian Cells in Tissue Culture," *Science* 122, no. 3168 (1955): 501–14.
352. 麦克布莱德相信和他通电话的是斯特罗布尔，但这一点无法得到确认。
353. "Obstetrician's Decisive Action on Thalidomide Helped Spare Many," *Sydney Morning Herald*, Sept. 8, 2015.

第 16 章

354. Lenz quoted in Nicol, *McBride*, 27.
355. Schulte-Hillen, "My Search," 96.
356. 同上，97。
357. 同上，98。
358. Horst Biesold, *Crying Hands: Eugenics and Deaf People in Nazi Germany* (Washington, D.C.: Gallaudet University Press, 2004), 18.
359. Henry Friedlander, *The Origins of Nazi Genocide: From Euthanasia to the Final Solution* (Chapel Hill: University of North Carolina Press, 1995), 12.
360. Schulte-Hillen, "My Search," 98.
361. Dr. W. Lenz, "Thalidomide Embryopathy in Germany, 1960–1961," paper presented at the 91st Annual Meeting of the American Public Health Association, Kansas City, Missouri, Nov. 1963, 2 (hereafter 1963 Lenz Paper).
362. 同上。
363. Schulte-Hillen, "My Search," 98.
364. 同上。
365. 同上。
366. 作者对林德·舒尔特–希伦的采访。
367. 1962 年，比利时的苏珊娜·范德普特（Suzanne Vandeput）因杀死自己没有手臂的婴儿受到了审判，最终被宣判无罪。
368. 1963 Lenz Paper, 5.
369. 同上，11。
370. 同上，12。
371. Helen B. Taussig, "Thalidomide and Phocomelia," *Pediatrics* 30, no. 4 (October 1962): 656.
372. Schulte-Hillen, "My Search," 100.
373. 同上。

374. 同上。

第 17 章

375. Heinrich Mückter quoted in Henning Sjöström and Robert Nilsson, *Thalidomide and the Power of the Drug Companies* (Harmondsworth, UK: Penguin, 1972), 88.
376. 1963 Lenz Paper, 21.
377. June 1961 report, GRT.0001.00040.0034, *Rowe v. Grünenthal* Affidavit.
378. Staff Meeting report (Hamburg office), May 12, 1961, GRT.0001.00037.0145, *Rowe v. Grünenthal* Affidavit.
379. Note re: Contergan, by Grünenthal's legal department, July 10, 1961, GRT.0001.00225.0282, *Rowe v. Grünenthal* Affidavit.
380. Memo on Liability, July 5, 1961, GRT.0001.00042.0078, *Rowe v. Grünenthal* Affidavit.
381. 同上。
382. 同上。
383. Note re: Contergan, by Grünenthal's legal department, July 10, 1961, GRT.0001.00225.0282, *Rowe v. Grünenthal* Affidavit.
384. Magazanik, *Silent Shock,* 59.
385. Sjöström and Nilsson, *Thalidomide and the Power of the Drug Companies,* 88.
386. Internal memo, Oct. 1, 1961, GRT.0001.00211.0239, *Rowe v. Grünenthal* Affidavit.
387. Sjöström and Nilsson, *Thalidomide and the Power of the Drug Companies,* 91.
388. Memo, Aug. 16, 1961, GRT.0001.00225.0276, *Rowe v. Grünenthal* Affidavit.
389. 同上。
390. Letter, Sept. 15, 1961, GRT.0001.00048.0142, *Rowe v. Grünenthal* Affidavit.
391. 同上。
392. Letter from Dr. Raschow to Dr. Sievers, Oct. 10, 1961, GRT.0001.00050.0157, *Rowe v. Grünenthal* Affidavit.
393. "File memo Dr. Helbig," Nov. 17, 1961, GRT.0001.00055.0202, *Rowe v. Grünenthal* Affidavit.
394. Letter from Laubenthal to Scheid, director of the University Nerve Clinic, Oct. 30, 1961, GRT.0001.00050.0427, *Rowe v. Grünenthal* Affidavit.
395. 同上。
396. Letter to Grünenthal from an associate of Dr. Kalvelage, Nov. 7, 1961, GRT.0001.00050.0207, *Rowe v. Grünenthal* Affidavit.
397. "To date 89 recourse claims have been lodged," internal memo re Contergan, Oct. 1, 1961, GRT.0001.00211.0239, *Rowe v. Grünenthal* Affidavit.
398. "1961 年 9 月 19 日，我们接到了迄今第一份康特甘损害赔偿的书面报销要求，由一家法定健康保险基金，即 Leipziger Varein-Barmenia 的总部提出。" 同上。
399. 同上。
400. "1961 年 9 月，在施托尔贝格举行的一次会议上，格吕恩泰对它在英国、美国和瑞典的特许生产商讲了这种药可能引发周神经炎的风险和严重性，但隐瞒了它已经知道仅在德国就出现了 2 400 个病例的事实。" *Sunday Times* Insight Team, *Suffer the Children*, 60.

401. Magazanik, *Silent Shock*, 90.
402. Johnson, Stokes, and Arndt, *Thalidomide Catastrophe*, 115.
403. 同上，115。
404. Magazanik, *Silent Shock*, 74—75.
405. Grünenthal to Dr. von Rosenstiel, National Drug Co., March 23, 1961, GRT.0001.00031.0252, *Rowe v. Grünenthal* Affidavit.
406. 同上。
407. Magazanik, *Silent Shock*, 95.
408. 同上，92。
409. 同上，92—93。
410. Resignation of Dr. Schuppius described in *Rowe v. Grünenthal* Affidavit; and Hagens Berman Notice to plead—COMPLAINT 006185-11 627962 V1, 82.
411. 这是弗朗西丝·凯尔西要求梅瑞尔提供这种药妊娠期安全性证据的 4 个月后。
412. 1961 年 10 月 3 日，理查森-梅瑞尔的子公司国家药品公司写信给格吕恩泰，说 FDA 特别问到康特甘是否进入了胎儿体内。Letter from W. H. Rosenstiel to Dr. von Schrader, Oct. 3, 1961, Frances Kelsey Papers.
413. Thomas Jones letters to Dr. Ray O. Nulsen, Dr. Edward Holyroyd, and Dr. James Seiver, all dated Sept. 12, 1961.
414. Thomas Jones letter to Edward Holyroyd, head of obstetrics, Rio Hondo Memorial Hospital, Downey, California, Sept. 12, 1962.
415. FDA 的工作人员后来发现了琼斯给纳尔森的信的副本。Memo from Ralph Weilerstein, MD, to Bureau of Medicine, Sept. 4, 1962, FDA Archives.
416. Nulsen Deposition, 144-48. 纳尔森后来声称他根本没考虑过婴儿的状况与沙利度胺相关的可能性。
417. Letter from F. H. Wadey, managing director, the Wm. S. Merrell Company, to Dr. H. W. von Schrader, Chemie Grünenthal GmbH, Stolberg im Rheinland, Germany, Sept. 27, 1961, Frances Kelsey Papers.
418. "Dr. Michael's report of visit to Dr. Kemper," Oct. 24, 1961, GRT.0001.00050.0207, *Rowe v. Grünenthal* Affidavit.
419. Magazanik, *Silent Shock*, 81.
420. 同上，91—92。1969 年，金特·冯·瓦尔代尔-哈尔茨医生写信给德国政府，陈述了他在 1961 年 10 月看到的情形。

第 18 章

421. "Deposition of Evert Florus Van Maanen," *McCarrick v. Richardson-Merrell*, Superior Court

of California, Los Angeles, Feb. 27, 1971, 62.
422. "Committee on Fetus and Newborn; Statement by Committee on Fetus and Newborn: Effect of Drugs upon the Fetus and the Infant," *Pediatrics* 28, no. 4 (Oct. 1961): 678.
423. 作者对杰夫·格林的采访。
424. Magazanik, *Silent Shock*, 261.
425. *Sunday Times* Insight Team, *Suffer the Children,* 121–122.
426. Magazanik, *Silent Shock*, 254.
427. 同上，255。
428. Magazanik, *Silent Shock*, 239.
429. Nicol, *McBride*, 72.《柳叶刀》当时的编辑伊恩·蒙罗（Ian Munro）博士表示没有接受或拒绝过这篇论文，说杂志的投稿记录中没有麦克布莱德的论文。Ian Munro, "Thalidomide and the Lancet," *British Medical Journal*, June 16, 1979. 但在1972年的一封信中，皇冠街妇女医院的院长说《柳叶刀》的助理编辑在1961年7月13日拒绝了这篇论文。
430. McBride, *Killing the Messenger*, 73.
431. S. A. Doxiadis et al., "Iatrogenic Diseases of the Newborn," *The Lancet*, Sept. 30, 1961, 753–754.
432. Magazanik, *Silent Shock*, 126.
433. McBride, *Killing the Messenger*, 75–76.
434. Letter to McBride from Denis Burley, Distillers UK, Nov. 29, 1961, reprinted in McBride, *Killing the Messenger*, 77.

第 19 章

435. Schulte-Hillen, "My Search," 95.
436. 同上，100。
437. *Sunday Times* Insight Team, *Suffer the Children*, 134.
438. 1963 Lenz Paper, 15.
439. 同上，17。
440. Schulte-Hillen, "My Search," 100.
441. 1963 Lenz Paper, 16.
442. 同上，17。
443. 同上，18。
444. John Clymer, "The Untold Story of the Thalidomide Babies," *Saturday Evening Post*, Oct. 20, 1962.
445. *Sunday Times* Insight Team, *Suffer the Children*, 136.
446. 同上。
447. Leonard Gross, "The Tragedy of Thalidomide Babies: Preview of a New German Horror Trial," *Look*, May 28, 1968, 52.

448. 同上。
449. *Sunday Times* Insight Team, *Suffer the Children*, 138.
450. 同上，139—140。
451. Letter reprinted in *Sunday Times* Insight Team, *Suffer the Children*, 139.
452. 同上，139—140。
453. "Missgeburten Durch Tabletten?," *Welt am Sonntag*, Nov. 26, 1961.
454. Telegram reprinted in *Sunday Times* Insight Team, *Suffer the Children*, 40.
455. Letter reprinted in *Sunday Times* Insight Team, *Suffer the Children*, 141.

第 20 章

456. Letter from Max Sien to Elinor Kamath, Dec. 6, 1961, Kamath Papers.
457. "Missgeburten Durch Tabletten?"
458. Kamath, "Echo of Silence: The Causes and Consequences of the Thalidomide Disaster," unpublished manuscript, Kamath Papers.
459. 同上。
460. 同上。
461. 根据卡马特的说法，西德尼·格鲁森后来说，"她双手奉上了这个故事"。同上，14。
462. 同上，13—14。
463. Telegram from Chemie Grünenthal to Merrell, Dec. 22, 1961, Frances Kelsey Papers.
464. "Sedative Drug Is Withdrawn by British, German Makers," *Medical Tribune*, Dec. 25, 1961.
465. Letter from Kamath to Mr. Fritz Silber, Physicians News Service, June 7, 1963, Kamath Papers.

第 21 章

466. 作者对扎比内·贝克的采访。
467. Letter from Norman Orentreich, MD, to Thomas L. Jones, Associate Director of Clinical Research, Merrell, July 14, 1961, Kamath Papers.
468. Letter from Ralph L. Byron to Thomas Jones, Department of Medical Research, Merrell, Aug. 28, 1961, Kamath Papers.（琼斯 1961 年 9 月 12 日回复拜伦时称，这个结果令他感到"困惑"。）
469. Letter from Thomas L. Jones to Sidney Cohen, MD, April 13, 1961.
470. Letter from Thomas Jones, Associate Director of Clinical Research, Merrell, to Frank J. Ayd, MD, Aug. 18, 1961, Kamath Papers.
471. Letter from Joseph Murray to Frances Kelsey, Aug. 21, 1961, Kamath Papers.
472. Letter from Thomas Jones to Sidney Cohen, Aug. 28, 1961, Kamath Papers.
473. "Conference of Sept. 7th. Frances O. Kelsey," undated, FDA Archives.
474. Frances Kelsey, memo of telephone interview with Dr. Donald Tower, Chief of Clinical Neurochemistry Laboratory, Institute of Neurological Diseases and Blindness, June 28, 1961,

Frances Kelsey Papers.
475. "询问之下，他们都说不知道这种药如果用于孕妇会对胎儿有何影响。" "Conference of Sept. 7th. Frances O. Kelsey," undated, FDA Archives.
476. Frances Kelsey to Wm. S. Merrell Company, Sept. 13, 1961, Kamath Papers.
477. Frances Kelsey Oral History, 62.
478. Dr. Murray and Frances Kelsey, "Memo of (Telephone) Interview," Sept. 26, 1961, Frances Kelsey Papers.
479. 同上。
480. 同上。
481. 同上。
482. Letter from Joseph Murray to Frances Kelsey, Sept. 28, 1961, Kamath Papers.

第 22 章

483. 作者对格温·李希曼的采访。
484. Plaintiff's Exhibit in *Diamond v. William S. Merrell Co. and Richardson-Merrell, Inc.*, Eastern District of Pennsylvania, Case CV 62-0032132.
485. 作者对格斯·伊科诺米季斯的采访。
486. Fine, *Great Drug Deception,* 73.
487. 同上，71—72。
488. 同上，75。
489. 同上，112。
490. 同上，88。
491. 同上，105。
492. Getman's quote appears in ibid., 90.
493. 同上，91。
494. 同上，89。
495. 同上，90。
496. 1961 年 9 月，梅瑞尔告诉格吕恩泰，美国服用凯瓦登的病人总数为 16 821。Letter from Thomas Jones to H. W. von Schrader-Beielstein, Dec. 29, 1961.
497. Curt Suplee, "John Nestor: Strife in the Fast Lane," *Washington Post*, Nov. 21, 1984.
498. Fine, *Great Drug Deception,* 93.
499. 同上，108。
500. 同上，95—96。
501. "Memorandum," Office of Commissioner to Bureau of Medicine, Nov. 7. 1961, Frances Kelsey Papers.
502. Joseph Murray and Frances Kelsey, memo of telephone call, Nov. 30, 1961, Frances Kelsey Papers.
503. 梅瑞尔于 1962 年 3 月正式撤回了凯瓦登的新药申请。

504. Reference to telephone call between Frances and Dr. Miller J. Sullivan in letter from Frances to National Drug Company, Oct. 4, 1961, FDA Archives.
505. Letter from Distillers to Herr H. Leufgens, Grünenthal, Nov. 29, 1961, Frances Kelsey Papers.

第 23 章

506. 作者对乔斯·卡洛拉的采访。
507. 作者对扬·泰勒·加莱特的采访。
508. 作者对卡罗琳·法默·桑普森的采访。
509. 梅瑞尔派了两名代表去国外调查，但没有向弗朗西丝报告调查的任何情况。《医学世界新闻》(*Medical World News*)在 1962 年 2 月 2 日刊载了一篇关于此事的简短报道。之后，《时代》周刊的一名记者打电话给弗朗西丝，想了解这种药的背景，弗朗西丝介绍这名记者去找梅瑞尔。Frances Kelsey and Jean Franklin, memo of telephone conversation, Frances Kelsey Archives.《时代》周刊的相关报道于 1962 年 2 月 13 日刊出。
510. Reference to a "Foreign Service Dispatch" about thalidomide appears in a memo from Ralph Smith, Division of New Drugs, FDA, to Mr. F. D. Clark, Office of the Commissioner, Jan. 12, 1962, FDA Archives. Letter from Herman I. Chinn, Deputy Scientific Attaché, Foreign Service, to Elinor Kamath, June 11, 1963, Kamath Papers. "他［拉里克］说《医学世界新闻》1962 年 2 月 2 日的报道发表之前没见过任何报告，这令人难以理解。你我差不多在六周前就报告了。"
511. Letter from Harold W. Werner to Frances Kelsey, FDA, March 5, 1962.
512. Letter from C. A. Morrell to Joseph Murray, March 2, 1962, Frances Kelsey Papers.
513. National Drug Company "Dear Doctor" letter, Jan. 11, 1962, FDA Archives.
514. Letter from C. A. Morrell to Joseph Murray, March 2, 1962, Frances Kelsey Papers.
515. Letter from Robert H. Woodward to Dr. H. W. v. Schrader-Beielstein, March 12, 1962, Frances Kelsey Papers.
516. "琼斯博士说他第一次看到这两封信是在 1962 年 3 月。这些信件的日期是 1962 年 2 月 14 日和 1962 年 1 月，信是关于纳尔森医生的病人生的 4 个畸形孩子的。" Memo from Ralph Weilerstein, MD, to Bureau of Medicine, Subject: Kevadon (brand of thalidomide), visit to William S. Merrell Division, Sept. 4, 1962, FDA Archives.
517. Memorandum of Conference: Helen Taussig, Frances Kelsey, and John Nestor, April 6, 1962, FDA Archives.
518. 同上。
519. 同上。
520. 同上。
521. Letter from Taussig to Dr. von Schrader Beielstein, Grünenthal, April 9, 1962, Taussig Collection.
522. Magazanik, *Silent Shock*, 102.
523. Letter from Widukind Lenz to Helen Taussig, April 4, 1962, Taussig Collection.

524. "这个国家的大部分人都觉得对此事不声张才是聪明的做法，尤其是因为这家公司是大型企业的子公司。" Letter from Lenz to Taussig, Jan. 31, 1962, Taussig Collection. "从一开始就如此明显的隐瞒事实的压力仍有增无减。" Letter from Lenz to Taussig, Aug. 19, 1964, Taussig Collection.
525. "Reminisces of Helen Brooke Taussig: Oral History," 1975, 42, Columbia Center for Oral History, Columbia University.
526. Letter from Lenz to Taussig, Aug. 19, 1964, Taussig Collection.
527. See Taussig's extensive correspondence with German medical authorities throughout April 1962. Taussig Collection.
528. "Heroine of FDA Keeps Bad Drug Off Market," *Washington Post*, July 15, 1962.
529. Taussig to Colonel Immon, MD, April 19, 1962, Taussig Collection.
530. Dick Smithells, "Teratoserendipity," *Issues and Reviews in Teratology* 7 (1994): 1–36.
531. 几个月前，萨默斯的研究表明沙利度胺会减少大鼠一胎所生鼠崽的数量，还会导致死胎数量增加。Magazanik, *Silent Shock*, 232.
532. "Sleeping Pill Nightmare," *Time*, Feb. 23, 1962.
533. "Deformed Babies Traced to a Drug," *New York Times*, April 12, 1962.
534. 同上。
535. "Medical Analysis of BFA Information on Kevadon Investigational Drug Recall," Frances O. Kelsey, May 31, 1962, FDA Archives.
536. Knightley et al., *Suffer the Children*, 93; and "The Mer/29 Investigation," Bureau of Enforcement, June 5, 1962, FDA Archives.
537. 同上。
538. "Richardson-Merrell Is Withdrawing Drug Used on Heart Patients: Side Effects Cited," *Wall Street Journal*, April 17, 1962.
539. Memo from William Kessenich, May 7, 1962, FDA Archives.
540. "Medical Analysis of BFA Information on Kevadon Investigational Drug Recall," Frances O. Kelsey, May 31, 1962, FDA Archives.
541. 同上。
542. John M. Premi, Medical Director, Merrell "Dear Doctor" letter, Feb. 21, 1962, FDA Archives.
543. 同上。
544. "Medical Analysis of BFA Information on Kevadon Investigational Drug Recall," Frances O. Kelsey, May 31, 1962, FDA Archives.
545. 同上。

第 24 章

546. Harris, *Real Voice*, 47.
547. 同上，121—122。
548. Hearings Before the Subcommittee on Antitrust and Monopoly of the Committee on the

Judiciary, Drug Industry Antitrust Act, U.S. Senate, Jan. 30, 1962.
549. 同上，3105。
550. Eleanor Roosevelt, "My Day," Sept. 8, 1961, *The Eleanor Roosevelt Papers Digital Edition* (2017).
551. 同上。
552. "Annual Message to the Congress of the State of the Union," January 11, 1962.
553. Harris, *Real Voice*, 136.
554. 同上，153。
555. 同上，71。
556. Robert K. Plumb, "Deformed Babies Traced to a Drug," *New York Times*, April 12, 1962.

第 25 章

557. Letter from Joseph Murray to Dr. von Schrader-Beielstein, Grünenthal, May 1, 1962.
558. 作者对佩姬·马茨·史密斯的采访。
559. Letter from Helen Taussig to Paul White, April 3, 1962, Taussig Collection.
560. 这种药于 3 月 5 日被正式召回。Letter from Robert H. Woodward, Merrell, to Dr. H. W. v. Schrader-Beielstein, Chemie Grünenthal, March 12, 1962.
561. June Callwood, "The Unfolding Tragedy of Drug-Deformed Babies," *Maclean's*, May 19, 1962.
562. Joseph Murray to Taussig, April 30, 1962, Taussig Collection.
563. 同上。
564. 同上。
565. Van Maanen Deposition, 26.
566. Letter from A. Ashley Weech to Taussig, April 24, 1962; letter from Knapp to Taussig, May 30, 1962, Taussig Collection.
567. According to Taussig. See letter from Taussig to Mr. Ashley Montagu, July 20, 1962, Taussig Collection.
568. Letter from Joseph Garland, editor, *New England Journal of Medicine*, to Taussig, May 14, 1962, Taussig Collection.
569. "Statement of the American Institute of Chemists," New York, May 28, 1962, submitted to Hon. Emanuel Celler, Chairman of the Committee on the Judiciary, House of Representatives, Washington, D.C.
570. Goodman, "Gentle Heart," 76.
571. Testimony of Helen Taussig, Hearings Before the Antitrust Subcommittee of the Committee on the Judiciary, U.S. House of Representatives, May 23, 1962.
572. 同上。
573. 同上。
574. 同上。

575. 同上。
576. 同上。
577. 同上。
578. 同上。

第 26 章

579. 作者对达伦·格里格斯的采访。
580. Handwritten draft, "Commentary on 'Thoughts on Thalidomide,'" 1962, Frances Kelsey Papers.
581. Harris, *Real Voice*, 162.
582. "Remembering Everett Dirksen," *Illinois Times*, Aug. 27, 2008.
583. Harris, *Real Voice*, 164–165.
584. 同上，164。
585. 同上，168。
586. 同上，171。
587. 同上，170。
588. 同上，171。
589. 同上，172。
590. 同上。
591. 同上，173。
592. 同上，178。
593. 同上，184。
594. 同上。

第 27 章

595. Letter from Taussig to Dr. Charles Lowe, June 19, 1962, Taussig Collection.
596. Charles Lewis, *935 Lies: The Future of Truth and the Decline of America's Moral Integrity* (New York: PublicAffairs, 2014), 116.
597. Speech presented before the Mental Health Committee of the Missouri Senate, Hotel Mayfair, St. Louis, June 19, 1954, Morton Mintz Personal Archive.
598. 同上。
599. 同上。
600. 同上。
601. 作者对莫顿·明茨的采访。

第 28 章

602. "Dr. Kelsey Would Prefer to Retain Anonymity," *Boston Globe*, Aug. 5, 1962.
603. 苏珊·凯尔西·达菲尔德给作者看的私人日记。
604. "Heroine at FDA Keeps Bad Drug Off Market," *Washington Post*, July 15, 1962.
605. Ann G. Sjoerdsma, *Starting With Serotonin* (Silver Spring, Md.: Improbable Books, 2008), 5.
606. Letter from the Dunlaps, Hollywood, California, to Frances Kelsey, July 21, 1962, Frances Kelsey Papers.
607. Kenneth Luchs, Maryland, to Frances Kelsey, July 15, 1962, Frances Kelsey Papers.
608. Letter from Mrs. Charles L. G., Cleveland, Ohio, to Frances Kelsey, undated, Frances Kelsey Papers.
609. 同上。
610. 同上。
611. Letter from Mrs. Dorothy D. L., Washington, D.C., to Frances Kelsey, July 22, 1962, Frances Kelsey Papers.
612. V. B. Dingledine, Oakland, California, to Frances Kelsey, July 30, 1962, Frances Kelsey Papers.
613. Mrs. Frances B., Brooklyn, New York, Aug. 2, 1962, Frances Kelsey Papers.
614. Morton Mintz, " 'Heroine' of FDA Keeps Bad Drug Off Market," *Washington Post*, July 15, 1962.
615. Senator Estes Kefauver to Commissioner Larrick, July 18, 1962, FDA Archives.

第四部：代　价

第 29 章

616. "The Drug That Left a Trail of Heartbreak," *Life*, Aug. 10, 1962.
617. Western Union Telefax to Helen B. Taussig from Edward Sattenspeil, MD, July 24, 1962, Taussig Collection.
618. Jay Mathews, "25 Years After the Abortion," *Washington Post*, Apr. 27, 1987.
619. 同上。
620. 同上。
621. 同上。
622. Letter from Carl A. Bunde, Merrell, to Hon. Emanuel Celler, Chairman, Antitrust Subcommittee, June 11, 1962, FDA Archives.
623. Office of Commissioner, report detailing "number of investigators by state," July 30, 1962, FDA Archives.
624. Frances Kelsey Report on Conversation with Doctor Edith Potter of the Chicago Lying-In

Hospital, May 15, 1962, Frances Kelsey Papers.
625. Arthur Ogden, MD, to Thomas Jones, July 20, 1962, Frances Kelsey Papers.
626. Office of Commissioner, Bureau of Field Administration, "The number of investigators by state . . . ," July 30, 1962, FDA Archives.
627. "City Seeks Doctors Who Received Drug," *New York World Telegram and Sun*, July 26, 1962.
628. Memorandum of Telephone Conversation, July 18, 1962, FDA Archives.
629. Press release, William S. Merrell Company, July 20, 1962, FDA Archives.
630. "Merrell Firm Clarifies Position on Thalidomide," *Cincinnati Enquirer*, July 29, 1962.
631. Memorandum of Telephone Conversation, July 25, 1962, FDA Archives.
632. "Merrell's Chronology of Kevadon Developments," letter filed with House Antitrust Subcommittee, June 11, 1962, Frances Kelsey Papers.
633. Letter to John Lear of the *Saturday Review*, Sept. 19, 1962; letter from Taussig to Colonel Thomas Inmon, Taussig Collection.
634. Memo, "Regarding Dr. Jacobzinger's letter of June 12, 1962," July 6, 1962, FDA Archives.
635. Memorandum of Telephone Conversation between Jerome Trichter, City of New York Health Department, and Charles Orr, Division of Federal and State Relations, July 19, 1962, FDA Archives.
636. Letter from Walter A. Munns, SKF, to Commissioner Larrick, July 31, 1962, FDA Archives.
637. 同上。
638. Harris, *Real Voice*, 188.
639. Memo from Philadelphia District to Bureau of Field Administration, Aug. 6, 1962, FDA0120, FDA Archives.
640. Memo of telephone conversation, July 30, 1962, FDA Archives.
641. Memo of telephone conversation, July 31, 1962, FDA Archives.
642. "Abnormal Birth Probe Heartens Celebrezze: No Evidence Found Yet of Ill Effects in America from Drug Thalidomide," *Pittsburgh Post-Gazette*, Aug. 8, 1962.
643. "Baby Deformed by Thalidomide Born in New York," Associated Press, July 31, 1962.
644. "Baby Deformed by Thalidomide Born in New York: Drug Samples in 39 States," *Beckley Post-Herald* (Beckley, West Virginia), via the Associated Press, July 31, 1962.
645. Edmund R. Beckwith Jr. to Commissioner Larrick, report of telegram to Department of Health, City of New York, July 26, 1962, Frances Kelsey Papers.
646. "Dear Doctor" letter from Thomas Jones of Merrell, March 20, 1962, FDA Archives.
647. Letter from Joseph Murray to Frances Kelsey, April 25, 1962, FDA Archives.
648. The firm's "intensive effort recall and follow up" noted in Western Union Telegram from Edmund R. Beckwith Jr. to Commissioner George P. Larrick, July 26, 1962, FDA0181, FDA Archives.
649. "Inspection Assignment," Fred Lovsfold, District Director, July 31, 1962, FDA Archives.

第 30 章

650. *Washington Post*, July 29, 1962.
651. Testimony of Commissioner Larrick and Frances Kelsey cited is reprinted in the *Interagency Coordination in Drug Research and Regulation*, report for the Senate Subcommittee on Reorganizations and International Organizations of the Committee on Government Operations, Aug. 1 and 9, 1962.
652. 同上。
653. 同上。
654. 同上。
655. 同上。
656. 同上。
657. 同上。
658. 同上。
659. 同上。
660. 同上。
661. 同上。
662. 同上。
663. 同上。（然而拉里克承认，在过去的几天里，FDA 发现市场上还有流散在外的沙利度胺。）
664. 同上。
665. 同上。
666. 同上。
667. 同上。
668. 同上。
669. 同上。

第 31 章

670. "Merrell Wins Clearance in Thalidomide Inquiry," *Cincinnati Enquirer*, Aug. 2, 1962.
671. James Nakada Oral History, FDA Oral History Interview, June 16, 1982, 8.
672. Memorandum on "Recall of Thalidomide," Buffalo District to Bureau of Field Administration, Aug. 1, 1962, FDA Archives.
673. U.S. Government Memorandum, Chicago District to Bureau of Field Administration, Aug. 1, 1962, FDA Archives.
674. U.S. Government Memorandum, Seattle District to Administration, Aug. 2, 1962, FDA Archives.
675. 同上。
676. Memo from Director, Baltimore District, to Inspector L. M. Carter, Raleigh, North Carolina,

Aug. 30, 1962, FDA Archives.
677. Memo from Baltimore District to Bureau of Field Administration, Aug. 2, 1962, FDA Archives.
678. FDA Report of interview with Dr. Trent Busby, July 31, 1962, Frances Kelsey Papers.
679. Report by Donald A. Schiemann, Inspector, Atlanta District, FDA, Aug. 9, 1962, Frances Kelsey Papers.
680. "U.S. Finds 67 More Doctors with Supplies of Thalidomide," *New York Times*, Aug. 3, 1962.
681. 同上。
682. "Man Humbled by Thalidomide Fiasco," *Cincinnati Enquirer*, Aug. 5, 1962.
683. 同上。
684. Handwritten memo notes Ray Nulsen as being the doctor referenced in the *Cincinnati Enquirer* article. FDA Archives.
685. Memorandum, Cincinnati District to Bureau of Field Administration, Aug. 21, 1962, FDA Archives.
686. "Confidential Administrative," memo of telephone conversation between Richard E. Williams, Merrell, and T. C. Maraviglia, Director, Cincinnati District, Aug. 17, 1962, FDA Archives.
687. Handwritten memo, Tom Rice to Beckwith, ca. Aug. 1962, FDA Archives.
688. "Confidential Administrative," Cincinnati District to Bureau of Field Administration, Aug. 16, 1962, FDA1378, FDA Archives.
689. Memorandum describing visit to the mother, Aug. 16, 1962, FDA Archives.
690. "Confidential Administrative," memo of telephone conversation, Aug. 17, 1962, FDA Archives.
691. Memorandum, Cincinnati District to Bureau of Field Administration, Aug. 21, 1962, FDA Archives.
692. Memorandum, Cincinnati District to Bureau of Field Administration, Aug. 21, 1962, FDA Archives.
693. 同上。
694. *Cincinnati Post and Times-Star*, Aug. 21, 1961.
695. 同上。
696. 同上。
697. Memo of telephone conversation between Pat Boyso, Station WKRC, Cincinnati, and T. C. Maraviglia, Director, Cincinnati District, Aug. 10, 1962, FDA Archives.
698. Memo of telephone conversation between Sharon Maloney, *Cincinnati Post and Times-Star*, and George Meeks, Assistant to the Director, Cincinnati District, Aug. 9, 1962, FDA Archives.
699. "Thalidomide," Memo from A. T. Rayfield to George Larrick, Sept. 20, 1962, FDA Archives.
700. 作者对安·莫里斯（假名）的采访。

第 32 章

701. Letter from Truman Felt to Director, Division of Public Information, FDA, Aug. 9, 1962, FDA Archives.
702. "Modest Heroine," *Newsmakers,* Sept. 1962, 11, Frances Kelsey Papers.
703. "Dr. Kelsey Receives Gold Medal from Kennedy at White House," *New York Times*, Aug. 8, 1962.
704. Memo from Wilbur Cohen referring to "the adoption of the President's amendments by the full committee," April 13, 1962, transcribed in Theodore Ellenbogen Oral History, March 1974, FDA.gov.
705. "Dr. Kelsey Calls for Tighter Restrictions on Drugs as Senate Hearings Open," *New York Times*, Aug. 6, 1962.
706. Harris, *Real Voice*, 206.
707. U.S. Department of Health, Education, and Welfare, press release, Aug. 23, 1962; Congressional Record: Drug Coordination, 248.
708. HEW press release, Aug. 23, 1962.
709. Harris, *Real Voice*, 210.
710. *A Legislative History of the Federal Food, Drug, and Cosmetic Act and Its Amendments* (Washington, D.C.: Department of Health, Education and Welfare, Public Health Service, Food and Drug Administration, 1979), 350.

第 33 章

711. "Dr. Kelsey, Heroine," *Catholic Standard*, Aug. 10, 1962.
712. Bureau of Field Administration to Dr. Glenn Slocum, London, England, Sept. 25, 1962, FDA Archives.
713. FDA Report of interview with Dr. Trent Busby, July 31, 1962, Frances Kelsey Papers.
714. 同上。
715. 同上。
716. Draft of Memo to James Nakada, undated, Frances Kelsey Papers.
717. 同上。
718. FDA Report of interview with Dr. Trent Busby, July 31, 1962, Frances Kelsey Papers.
719. 同上。
720. Federal Food, Drug, and Cosmetic Act, approved June 25, 1938.
721. "Thalidomide Pills Used by 15,000 Americans," *Brockton Daily Enterprise*, Aug. 8, 1962, FDA Archives.
722. Carl A. Bunde, "A U.S. Drug Firm's Shock," *Life*, Aug. 10, 1962.
723. Letter from Walter A. Munns, Smith, Kline, & French Laboratories, to Commissioner Larrick, July 31, 1962, FDA Archives.

724. Bunde, "A U.S. Drug Firm's Shock".
725. "Medical Analysis of BFA Information on Kevadon Investigational Drug Recall," Frances O. Kelsey, May 31, 1962, FDA Archives.
726. Bunde, "A U.S. Drug Firm's Shock".
727. Ayer, N.W., and Son, eds., *N.W. Ayer and Son's Directory [of] Newspapers and Periodicals*, 80th ed. (Philadelphia: N. W. Ayer and Son, 1962).
728. *National Enquirer*, Aug. 12, 1962.
729. "For Immediate Release," Aug. 23, 1962, FDA Archives.
730. "Comment: Regarding Dallas District Report August 2, 1962," Frances Kelsey to James Nakada, FDA, Sept. 17, 1962, Frances Kelsey Papers.
731. "For Immediate Release," U.S. Department of Health, Education, and Welfare, Aug. 23. 1962, FDA Archives.
732. 同上。
733. "Costs of Malpractice Insurance on Increase for Physicians Here," *New York Times,* Aug. 25, 1962.
734. Letter from Miller J. Sullivan, Director of Pharmaceutical Research, National Drug Company, to Commissioner Larrick, Aug. 22, 1962, FDA Archives.
735. "Review of File on National Drug Company Investigation of Contergan (thalidomide)—NDA 12-711," Sept. 26, 1962, FDA Archives.
736. 纽约州芒特弗农的沃克尔实验室、宾州费城的国家药品公司和纽约州芒特弗农的维克化学公司都是"理查森-梅瑞尔的子公司，都分发过用于研究的沙利度胺"。新泽西州菲利普斯堡的 J. T. 贝克公司也是"理查森-梅瑞尔的子公司，它持有格吕恩泰化学公司的特许证，制造了大部分在美国分发的这种化学物"。Memorandum from Bureau of Field Administration to Dr. Glenn Slocum, Sept. 25, 1962, FDA Archives。
737. "Thalidomide Investigation," Memo from James Nakada, Aug. 3, 1962, FDA Archives.
738. "Thalidomide Dosage Forms," attachment to letter from Frederick J. Pilgrim, Merrell, Aug. 22, 1962, FDA Archives.
739. "For Immediate Release," U.S. Department of Health, Education, and Welfare, Aug. 23, 1962, FDA Archives.
740. "To All Physicians," letter from Frank N. Getman, President, Merrell, Aug. 10, 1962, FDA Archives.
741. 同上。
742. Letter from Larrick to Kefauver, Aug. (day illegible), 1962, FDA Archives.
743. Memorandum of Interview, Dr. E. Wayles Browne, L. Lawrence Warden, FDA, and Robert C. Brandenburg, FDA, Aug. 16, 1962, FDA Archives.
744. Memorandum from Frances Kelsey to Winton Rankin, Assistant Commissioner, Sept. 10, 1962, Frances Kelsey Papers.
745. Memo from Frederick Garfield, Sept. 24, 1962, FDA Archives.
746. Letter from Commissioner Larrick to Dr. Jerome Trichter, Department of Health, New York,

Dec. 12, 1962, FDA Archives.

747. Letter from Dr. Muriel Wolf at Harriet Lane Home to Dr. Edward Davens, Deputy Commissioner of the Maryland State Health Department, with handwritten postscript by Taussig, Aug. 30, 1962, Frances Kelsey Papers.

748. Memo from Bureau of Field Administration to Bureau of Medicine, Subject: "Phocomelia Case," Oct. 24, 1962, Frances Kelsey Papers.

749. Memo from Bureau of Field Administration to Frances Kelsey, Oct. 19, 1962, FDA Archives.

750. 1962 年 8 月 10 日，梅瑞尔总裁弗兰克·盖特曼给"美国所有医生"写了一封信，声称"小组委员会主席休伯特·汉弗莱参议员在听证会后对美联社说，梅瑞尔自始至终行为负责，并'遵守了所有规定'"。FDA Archives.

751. "Too Much Too Soon? Manual Reveals Early Plan to Push Thalidomide," *Washington Star*, Sept. 16, 1962.

752. 在《星期六评论》1962 年 9 月 1 日刊登的《沙利度胺未完结的故事》一文中，约翰·里尔以梅瑞尔制造或进口的 5 300 千克沙利度胺原料为依据，提出梅瑞尔分发了大约 2 000 万粒药片。但里尔没有算入梅瑞尔运往加拿大的 1 462 千克散装沙利度胺以及用于动物实验的沙利度胺。"Thalidomide," Memorandum, Aug. 1, 1962, FDA Archives.

753. "Thalidomide," Memorandum, Aug. 1, 1962, FDA Archives.

754. 以发表的凯瓦登研究报告为依据，日服用剂量为 75~100 毫克。

755. "U.S. Finds Stores Got Thalidomide: Says Barred Drug Reached Many Pharmacy Shelves," *New York Times*, Aug. 31, 1962.

756. Memo of telephone conversation between Mr. Simon, Director of Pharmacy, Lenox Hill Hospital, and T. E. Byers, Chief Chemist, New York District, Dec. 31, 1962, FDA Archives.

757. Memo from Bureau of Field Administration to Dr. Glenn Slocum, London, England, "Thalidomide Investigation," Sept. 25, 1962, FDA Archives.

758. 同上。

759. 同上。

760. "……几乎完全没有 1960 年以后的电话记录或部门间备忘录，但卷宗里有很多 1959 年的这类备忘录。" See memo from Ralph W. Weilerstein, Associate Medical Director, to the Bureau of Medicine, Sept. 4, 1962, FDA Archives.

761. "Priority Assignment," Bureau of Field Administration to Director of Districts, Oct. 3, 1962, FDA Archives.

762. 同上。

763. 同上。

764. "Deformed Babies Still Arriving," *Cincinnati Enquirer*, Nov. 24, 1962.

765. "Exclusive: The Untold Story of the Thalidomide Babies," *Saturday Evening Post*, Oct. 20, 1962.

766. 同上，20。

767. *BusinessWeek*, Sept. 15, 1962.

第 34 章

768. Deposition of James Rhea, *McCarrick v. Richardson-Merrell*, Superior Court for the State of California, for the County of Los Angeles. Case No. 882,426, 29, March 4, 1971.
769. "What America Thinks: Stricter Drug Control Needed, Poll Reveals," *Sunday Star*, Aug. 13, 1962.
770. Henry Hazlitt, "Overregulation," *Newsweek*, Sept. 10, 1962, 86.
771. Howard A. Rusk, MD, "Drug-Test Regulations: U.S. Proposals Innocuous on Surface, but Lowering of Standards Is Feared," *New York Times*, Sept. 16, 1962.
772. 同上。
773. "Drug Panic and Its Aftermath," *Medical Tribune*, Aug. 27, 1962.
774. "Scientists Fear New Drug Laws," *New York Times*, Aug. 26, 1962.
775. Letter from Louis Lasagna to Helen Taussig, Oct. 8, 1962, Taussig Collection.
776. 同上。
777. Letter from Louis Lasagna to Helen Taussig, Oct. 8, 1962, Taussig Collection.
778. Letter from Taussig to Dr. Louis C. Lasagna, Sept. 27, 1962, Taussig Collection.
779. Letter from Dr. Howard A. Rusk to Taussig, Oct. 5, 1962, Taussig Collection.
780. Letter from Taussig to Dr. Cornelius S. Meeker, Oct. 5, 1962, Taussig Collection.
781. Letter from Taussig to Frances Kelsey, July 8, 1963, Taussig Collection.
782. 同上。
783. John Lear, "The Unfinished Story of Thalidomide," *Saturday Review*, Sept. 1, 1962, 38.
784. Memo of telephone conversation, Kenneth Lennington, Oct. 8, 1962, FDA Archives.
785. Congressman Leo O'Brien, quoted in Harris, *Real Voice*, 239–40.
786. 同上，201。

第 35 章

787. 作者对塔瓦娜·威廉姆斯的采访。
788. "Thalidomide Investigation," Memo from Kenneth Lennington, Nov. 9, 1962, FDA Archives.
789. "Thalidomide Investigation Summary," Memorandum of Conference, Nov. 16, 1962, FDA Archives.
790. 同上。
791. "Thalidomide Investigations," "Confidential Administrative," Oct. 13, 1962, and Oct. 11, 1962, FDA Archives.
792. "此备忘录附有西德尼·科恩医生提交给美国医学会的一篇关于沙利度胺造成的多发性神经病变的论文。我希望我们能将此论文的发表推迟到我们获得有效的新药申请之后。" Inter-Department Memo from Thomas L. Jones to F. J. Murray, Subject: "Paper by Dr. Sidney Cohen," Oct. 31, 1961.
793. "Confidential Administrative," Bureau of Field Administration, Nov. 8, 1962, FDA Archives.

794. Theodore C. Maraviglia and Philip Brodsky Oral History, FDA Oral History Interview, Sept. 11, 1981, 26.
795. Letter from G. S. Goldhammer, Assistant Director for Regulatory Operations, Bureau of Regulatory Compliance, to Mr. James W. Knapp, Special Attorney at the U.S. Courthouse in Washington, May 22, 1964, FDA Archives.
796. 同上。
797. 同上。
798. Letter from Herbert J. Miller, Jr., Assistant Attorney General, Criminal Division, U.S. Department of Justice, to William W. Goodrich, Assistant General Counsel, Department of Health, Education, and Welfare, Sept. 21, 1964, FDA Archives.
799. 同上。
800. 同上。
801. 同上。
802. Letter from John L. Harvey, Deputy Commissioner, FDA, Dec. 10, 1964, FDA Archives.
803. *Diamond v. William S. Merrell*, filed Oct. 4, 1962; *Blachman v. Richardson Merrell, Inc.*, filed Nov. 28, 1962. 李希曼和鲁伯格于1963年5月和9月起诉了雷·O. 纳尔森，1964年12月起诉了梅瑞尔。
804. Letter from William W. Goodrich, Assistant General Counsel at the United States Department of Justice, to Herbert J. Miller, Jr., Assistant Attorney General, Criminal Division, Sept. 21, 1964, FDA1320, FDA Archives.
805. 同上。
806. 同上。
807. Helen Taussig to Edward Madeira, Jr., Nov. 27, 1964, Taussig Collection.
808. "Investigation of Dr. Nulsen," Memorandum of Telephone Conversation between Mr. Maraviglia, Director, Cincinnati District, and F. R. Herron, Division of Field Operations, Oct. 26, 1964, FDA Archives.
809. "Investigation of Dr. Nulsen Re: Possible Title 18, Section 10001 Violation," Oct. 20, 1964, FDA Archives.
810. "Investigation of Dr. Nulsen," Memorandum of Telephone Conversation between Mr. Maraviglia, Director, Cincinnati District, and F. R. Herron, Division of Field Operations, Oct. 23, 1964, FDA Archives.
811. 我在2019年依据《信息自由法》向司法部提交了申请，要求给出有关不起诉梅瑞尔的决定的所有记录。这份申请"处理"了近两年，我最终未得到任何记录。
812. Memorandum of Phone Call between T. C. Maraviglia, Director, Cincinnati District, and Jack Smith, reporter, *Cincinnati Enquirer*, April 14, 1964, FDA Archives.
813. Theodore C. Maraviglia and Philip Brodsky Oral History, FDA Oral History Interview, Sept. 11, 1981, 27.
814. Fine, *Great Drug Deception*, 181。
815. American Trial Lawyers Association 1969 Midwinter Meeting. Rheingold, Paul D., and

Dennis L. Kripke. American Trial Lawyers Association, 1969, Midwinter Meeting, San Francisco, California. Edited by Dennis L Runyan, The W. H. Anderson Company, 1970, 656.

816. 查尔斯·H. 布朗。
817. Court transcript, *Diamond v. William S. Merrell Co. and Richardson-Merrell, Inc.*, Eastern District of Pennsylvania, CV 62-0032132, filed Oct. 4, 1969, 149.
818. *Sunday Times* Insight Team, *Suffer the Children*, 175.
819. 约合今天的 5 万美元。*Sunday Times* Insight Team, *Suffer the Children*, 176.
820. 作者对麦克卡里克审判中仅次于吉姆·巴特勒的第二律师迈克尔·丹的采访。
821. Deposition of Isadore Weinstein, Feb. 19, 1971, *McCarrick v. Richardson-Merrell*.
822. "Thalidomide: The American Experience," *New York Times*, April 29, 1973.
823. 同上。
824. 同上。
825. David Diamond transcript, 49.
826. Memo from Van W. Smart, Bureau of Enforcement, to Cincinnati District, Dec. 11, 1962, FDA Archives.
827. Letter from Van W. Smart, Bureau of Enforcement, to Mr. Nathaniel B. Richter, Lichter, Levy, Lord, Toll & Cavanaugh, Oct. 9, 1962, FDA Archives.
828. Letter to Frances Kelsey, sender's name redacted, received Aug. 12, 1968, FDA Archives.
829. Letter from Bernard T. Loftus, Bureau of Regulatory Compliance, recipient's name redacted, Aug. 21, 1968, FDA Archives.
830. Morton Mintz, "She's 19, Deformed, and Family Is Suing Thalidomide Maker," *Washington Post*, Nov. 15, 1980.
831. Mary McGrory, "Justice and Thalidomide," *Washington Post*, Oct. 21, 1986.
832. "Findings of Fact and Conclusions of Law," Case No. 1:88CV4638, United States District Court, Northern District of Ohio, Eastern Division, Aug. 9, 1995.
833. "Last Thalidomide Suits Settle to End Legal Era," *National Law Journal*, July 30, 1984.

第 36 章

834. Druin Burch, *Taking the Medicine: A Short History of Medicine's Beautiful Idea, and Our Difficulty Swallowing It* (London: Random House, 2009), 211.
835. Harold Evans, "Thalidomide: How Men Who Blighted Lives of Thousands Evaded Justice," *The Guardian*, Nov. 14, 2014.
836. 同上。
837. 同上。
838. 同上。
839. Schulte-Hillen, "My Search," 102.
840. 同上。
841. 作者对林德·舒尔特-希伦的采访。

842. Schulte-Hillen, "My Search," 101.
843. "The Thalidomide Generation," *Life*, July 26, 1968, 62. 文章引用的卡尔的原话是："应该判他们坐牢，以此来警诫其他制药商。"
844. 同上。
845. "West German Thalidomide Trial Ends; $27-Million to Go to Deformed Children," *New York Times*, Dec. 19, 1970.
846. 同上。
847. Brynner and Stephens, *Dark Remedy*, 81.
848. "我们决定在联合王国全境对提出要求的医院提供迪塔瓦及相关产品。""Distaval: Confidential," letter to Bill Poole, Dec. 22, 1961; "Thalidomide Still Used in U.K. Under Rigid Hospital Conditions," *Medical Tribune*, Oct. 15, 1962.
849. "Thalidomide Tests Showed No Sign of Danger," *Sunday Times*, Aug. 1, 1962, 6.
850. Brynner and Stephens, *Dark Remedy*, 82.
851. Harold Evans, *My Paper Chase: True Stories of Vanished Times* (New York: Little, Brown, and Company, 2009), 360.
852. Harold Evans, *Good Times, Bad Times: The Explosive Inside Story of Rupert Murdoch* (New York: Open Road Media, 2011), 89。
853. "在沙利度胺调查期间，《星期日泰晤士报》接到了吹哨人蒙塔古·菲利普斯（Montague Phillips）医生提供的迪斯提勒的关键文件。"Interview: Harold Evans: Whistleblowers, Papers, and Why the Truth-Seekers Are Still Vital," *The Guardian*, Jan. 9, 2016.

菲利普·奈特里（Phillip Knightley）说："一张支票是给亨宁·舍斯特伦的。他是斯德哥尔摩的一个著名律师。1967年，他来到报社，提出了一个我们无法拒绝的建议。他曾代表105名瑞典儿童对沙利度胺的瑞典经销商提起诉讼，因此得到了德国当局在调查时从格吕恩泰化学公司那里没收的文件。德国没有一家报纸能发表这些文件，因为那将构成蔑视法庭罪，但英国报纸可以发表。舍斯特伦交出这些文件想得到报酬——他的经纪人提出的数额是2 500英镑。

"另一张支票给了蒙塔古·菲利普斯医生，他是做咨询服务的药理学家和化学工程师，曾被英国家庭的代理律师延请为专业顾问。作为'证据开示'这一法律程序的一部分，律师获得了迪斯提勒有关沙利度胺的所有文件并把它们交给了菲利普斯。菲利普斯看后愤怒不已，等待着自己出庭的时刻。但几年过去了，似乎这个案子永远不会开审。哈罗德·埃文斯犹豫过，但在必然会遭到'用钱买新闻'的指责和讲述这个故事对公众的好处间权衡再三后，他最终给了菲利普斯8 000英镑。" Phillip Knightley, "A Battle Won Late: Phillip Knightley Was Part of the Celebrated *Sunday Times* Team Which Exposed the Thalidomide Scandal. His Memoirs Give a New Slant to an Old Story," *The Independent*, Aug. 24, 1997。

854. "Our Thalidomide Children: A Cause for National Shame," *Sunday Times*, Sept. 24, 1972.
855. "British Dispute over Thalidomide Cases Intensifies," *New York Times*, Nov. 18, 1972.
856. Brian Cashinella, "Distillers to Raise 20m Compensation Offer for Thalidomide Children," *Sunday Times*, Jan. 6, 1973, 6.

857. Brynner and Stephens, *Dark Remedy*, 107.
858. *Sunday Times* Insight Team, *Suffer the Children*, 71, 77.
859. "Thalidomide Toll Placed at 10,000: West German Survey Finds 5,000 Infants Still Alive," *New York Times*, Aug. 30, 1962.
860. 同上。
861. thalidomidesociety.org/what-is-thalidomide/; Johnson, Stokes, and Arndt, *Thalidomide Catastrophe*, 30–31.
862. "Spain Finally Recognizes Thalidomide Victims," *British Medical Journal*, Aug. 10, 2010.
863. *Thalidomide Catastrophe*, 180.
864. Ben Hirschler, "Thalidomide Victims Seek Compensation, 50 Years On," Reuters, April 4, 2008.
865. "DEA Classifies Tramadol as a Schedule IV Controlled Substance," *Pharmacy Times*, Aug. 21, 2014.
866. grunenthal.com, accessed Aug. 31, 2022.
867. Grünenthal Group, "Grünenthal Agrees to Acquire European Rights to CRESTOR™ (Rosuvastatin) from AstraZeneca," Dec. 1, 2020, press release, available at www.grunenthal.com/en/press-room/press-releases/2020/gruenenthal-agrees-to-acquire-european-rights-to-crestor.
868. Scott Hensley, "Thalidomide Maker Apologizes after More Than 50 Years," NPR, Aug. 31, 2012.
869. Ben Quinn, "Thalidomide Campaigners Dismiss Manufacturer's 'Insulting' Apology," *The Guardian*, Sept. 1, 2012.
870. Harold Evans, "Thalidomide's Big Lie Overshadows Corporate Apology," Reuters, Sept. 12, 2012.
871. Harold Evans, "Documents Raise Fresh Questions About Thalidomide Criminal Trial," Reuters, Nov. 14, 2013.
872. "管理层最晚到10月中旬就已经知道这种药对子宫内部的影响。他们仍然决定继续出售这种药无疑是为了赚钱，我认为这是犯罪。" 同上。
873. 格吕恩泰描述说，"英国活动分子提出了一种阴谋论，以便对德国联邦政府提出索赔"。"The History of the Thalidomide Tragedy," Grünenthal website, available at www.thalidomide-tragedy.com/en/the-history-of-the-thalidomide-tragedy.
874. 同上。
875. "Our Responsibility: How Grünenthal Supports People Affected by Thalidomide," Grünenthal website, available at www.thalidomide-tragedy.com/how-grunenthal-currently-provides-support-to-thalidomide-affected-people.
876. grunenthal.com.
877. "Thalidomide: The Active Substance in Contegan, and Its Consequences," Grünenthal website, available at www.thalidomide-tragedy.com/thalidomide-the-active-substance-in-contergan-and-its-consequences.

第 37 章

878. Posted to "Stop the Tears" Facebook group, Sept. 2011.
879. Glenda Johnson comment, Aug. 24, 2010, on "Thalidomide Victims Seek $6.3 Billion," *Insurance Journal*, April 3, 2008, available at www.insurancejournal.com/news/international/2008/04/03/88808.htm?comments#comment-168175.
880. Eileen Cronin-Noe, "I Would Choose My Life," *Washington Post*, June 28, 1987.
881. 同上。
882. 作者对玛丽·达维德·迪尔韦斯特修女（Sister Mary Davyd Deerwester）的采访。
883. Eileen Cronin and Michelle Botwin Raphael, "Born Without Arms or Legs: The Secret Legacy of Thalidomide," *Huffington Post*, Aug. 21, 2014.
884. "Hagens Berman Adds Five Cases to Thalidomide Litigation," Hagens Berman website, Aug. 12, 2013, available at hbsslaw.com/press/thalidomide/hagens-berman-adds-five-cases-to-thalidomide-litigation.
885. 最终的人数是 52 人。*Glenda Johnson v. Smithkline Beecham Corporation*, U.S. District Court for the Eastern District of Pennsylvania, Case No. 2:11-cv-005782-PD.
886. 作者对 C. 琼·格罗弗的采访。
887. 同上。
888. 同上。
889. 作者对莎拉·格罗弗的采访。
890. 作者对格温·李希曼的采访。
891. Ethel Roskies, *Abnormality and Normality: The Mothering of Thalidomide Children* (Ithaca, NY: Cornell University Press, 1972), xi.
892. 同上，58。
893. 同上，86。
894. 同上，53。
895. 作者对简·吉本斯的采访。
896. 同上。
897. "US Lawsuit Extends Thalidomide's Reach," *Nature* 479, Nov. 9, 2011.
898. 作者对唐纳德·费尔斯通的采访。
899. "Summary of Abnormal Infants Associated with Thalidomide," Sept. 19, 1962, Frances Kelsey Papers.
900. Letter from Lopez McHugh, LLP, Attorneys and Counselors at Law, to Kimberly Arndt, Jan. 2, 2014, Kimberly Arndt Personal Papers.
901. 作者对格伦达·约翰逊的采访。
902. Deposition of Written Questions of Gordon R. Forrer, MD, Oct. 1, 2014, *Glenda Johnson, et al. v. SmithKline Beecham Corporation, et al.*, United States District Court for the Eastern District of Pennsylvania, Case No. 2:11-CV-05782-PD.
903. 同上。

904. "Hagens Berman: U.S. Judge Rejects Pharmaceutical Companies' Attempt to Dismiss Thalidomide Cases," *Businesswire via The Motley Fool*, Sept. 27, 2013.
905. Lisa Ryan, "Hagens Berman Sanctioned for Bad Thalidomide Suits," Law360.com, March 9, 2015.
906. *Johnson v. Smithkline Beecham Corp.*, Civ. No. 11-5782 (E.D. Pa. Mar. 9, 2015).
907. mywsba.org/webfiles/cusdocs/000000029413-0/003.pdf.
908. "Thalidomide Morass Deepens for Hagens Berman as More Clients Sue Firm," Reuters, Nov. 29, 2021; "Client Who Sued Hagens Berman over Failed Thalidomide Case Settles," *Pennsylvania Record*, Sept. 23, 2020.
909. 作者对本杰明·齐普尔斯基的采访。
910. 同上。
911. 梅瑞尔向医生提供了至少 1 000 万片药，FDA 的调查行动至多只查收了 2.5 万片。"The Unfinished Story of Thalidomide," *Saturday Review*, Sept. 1, 1962.
912. 作者对本杰明·齐普尔斯基的采访。
913. "Thalidomide Deformity Investigation," Sept. 24, 1962, FDA Archives.
914. Email to author from Brittney Manchester, press officer, Office of Media Affairs, FDA, Feb. 14, 2020.
915. FDA, Author's FOIA Request, Number: 2018-9838, 2018-9829, denied on April 1, 2019. Appealed on June 21, 2019. Appeal denied Aug. 24, 2021.
916. 这封信提示，这名律师是在询问梅瑞尔在佛罗里达州的凯瓦登临床研究者的情况，他不知道这种药自从 1956 年下半年就开始试验了。Van W. Smart to Norman K. Rutkin, Attorney at Law, Feb. 20, 1963, FDA Archives.
917. "Hagens Berman: Patients Seek to Force FDA to Release Records Showing US Distribution of Thalidomide," Nov. 17, 2011, press release accessed via PR Newswire.
918. "Mrs. Kennedy is Most Admired Woman," *Washington Post*, Dec. 26, 1962.
919. Dr. James L. Goddard, Oral Histories, U.S. Food and Drug Administration, April 30–June 19, 1969.
920. 同上。
921. Alice Dredger, "Saint Frances, Walking to Her Car," Aug. 26, 2015, blog post, available at alicedreger.com/Frances/.
922. "Erroneous Information," memorandum from Frances Kelsey to Mr. James Shipp, Chief Administrative Branch, April 22, 1965, Frances Kelsey Papers.
923. "我的办公桌一度空空荡荡，我的情绪非常低落。"The Federal Diary: President Moves to Widen Women's Role in Government," *Washington Post*, March 9, 1967.

后 记

924. Email from Brittney Manchester, FDA press officer, to the author, Feb. 14, 2020.
925. U.S. Department of Justice, Criminal Division, to author, Request No. CRM-300779274, May

14, 2021. 2023 年，作者认定其他地方存有相关卷宗，正在调查。
926. C. Lutwak-Mann, K. Schmid, and H. Keberle, "Thalidomide in Rabbit Semen," *Nature* 214 (1967): 1018–20.
927. U.S. Government Memorandum from Ralph Weilerstein, Associate Medical Director, to Bureau of Medicine, Sept. 4, 1962, FDA Archives.
928. Harry Grabstald and Robert Golbey, "Clinical Experiences with Thalidomide in Patients with Cancer," *Clinical Pharmacology and Therapeutics* 6 (1965): 298–302.
929. Terence Monmaney, "Thalidomide Reemerges as Potential 'Wonder Drug,'" *Los Angeles Times*, March 26, 1998.
930. "Leprosy's Legacy," *Washington Post*, April 25, 1989.
931. "Thalidomide Distribution by Three AIDS Buyers' Clubs for Cachexia Draws FDA Warning Letter," *The Pink Sheet*, Sept. 11, 1995.
932. "37 Years Later, a Second Chance for Thalidomide," *New York Times*, Sept. 23, 1997.
933. "FDA May Approve Use of Thalidomide," *Deseret News*, Sept. 23, 1997.
934. "37 Years Later."
935. "Celgene Receives FDA Warning Letter over Thalidomide Promotion," ThePharmaLetter.com, Aug. 5, 2000; "Celgene Gets Swatted with FDA Warning About Off-Label Thalidomide Sales," TheStreet.com, April 24, 2000.
936. G. A. Bruyn, "Thalidomide Celgene Corp," *IDrugs: The Investigational Drugs Journal* 1, no. 4 (1998): 490–500.
937. Dr. V. Pannikar, Medical Officer, Communicable Diseases (Leprosy Group) WHO, "The Return of Thalidomide: New Uses and Renewed Concerns," *Leprosy Review*, Sept. 2003; and "No Role for Thalidomide in Leprosy," WHO Leprosy Team, World Health Organization, Geneva, Switzerland, 2003, paho.org/hq/dmdocuments/2013/No-Role-Thalidomide-Leprosy-2003-Eng.pdf.
938. Colin L. Crawford, "No Role for Thalidomide in the Treatment of Leprosy," *Journal of Infectious Diseases*, June 15, 2006, 1743–44.
939. "No Role for Thalidomide in Leprosy".
940. A. Maureen Rouhi, "Thalidomide: Purpose Immunomodulator," *Chemical and Engineering News* 83, no. 25 (June 2005).
941. Alison Kodjak, "How a Drugmaker Gamed the System to Keep Generic Competition Away," NPR, May 17, 2018.
942. "Celgene, Sold for $74 Billion, Leaves a Legacy of Chutzpah in Science and Drug Pricing," *Stat News*, Jan. 22, 2019.
943. Hearing Before the Committee on Oversight and Reform, U.S. House of Representatives, One Hundred Sixteenth Congress, First Session, January 29, 2019.
944. "How a Drugmaker Gamed the System to Keep Generic Competition Away."
945. "Celgene to Allow Another Generic of Revlimid in 2022, Settling Patent Dispute," Spglobal.com, March 29, 2019.

946. "Celgene Settles U.S. Revlimid Patent Litigation with Alvogen," Celgene press release, March 29, 2019, s24.q4cdn.com/483522778/files/doc_news/2019/03/2019-03-29-CELGENE-SE,TLES-U.S.-REVLIMID-PATENT-LITIGATION-WITH-ALVOGEN_FINALv2.pdf.
947. "Generic Revlimid in Myeloma: Don't Get Too Excited," myelomacrowd.org/myeloma/community/articles/generic-revlimid-in-myeloma--dont-get-too-excited.
948. 作者对琼·格罗弗的采访。
949. 同上。